Emma Brodie

Das Songbuch unserer Liebe

EMMA BRODIE

Das Songbuch unserer Liebe

Roman

Aus dem Amerikanischen
von Sibylle Uplegger

List

Die Originalausgabe erschien 2021
unter dem Titel *Songs in Ursa Major*
bei Borzoi Books, einem Imprint von Alfred A. Knopf,
Penguin Random House LLC, New York.

Wir verpflichten uns zu Nachhaltigkeit
- Klimaneutrales Produkt
- Papiere aus nachhaltiger Waldwirtschaft und anderen kontrollierten Quellen
- ullstein.de/nachhaltigkeit

MIX
Papier
FSC FSC® C014496

List ist ein Verlag
der Ullstein Buchverlage GmbH

ISBN 978-3-471-36038-5

Gesetzt aus der Sabon bei LVD GmbH, Berlin
Druck und Bindearbeiten: GGP Media GmbH, Pößneck

Den bemerkenswerten Frauen in meiner Familie zu Ehren – allen voran meinen Großmüttern Anne-Marie und Esther sowie meiner Tante Rosemary.

1

Island Folk Fest
Samstag, 26. Juli 1969

Ein Helfer trug das zerlegte Schlagzeug der Band Flower Moon von der Bühne, als der letzte Sonnenstrahl den Rand des Beckens golden aufleuchten ließ. Die Sonne schien der Menge noch einmal zuzunicken, dann ging sie unter. In der Dämmerung schimmerte die Bühne wie das Innere einer Muschel, in der die freudige Erregung der Zuschauer rauschte.

Gleich würde Jesse Reid auftreten.

Curtis Wilks stand etwa zehn Meter von der Bühne entfernt bei den anderen Presseleuten: Zeke Felton von der *Billboard*, der sich mit einem Flower-Moon-Groupie im perlenbestickten Kaftan einen Joint teilte; Ted Munz vom *New Musical Express*, der im Licht eines Scheinwerfers seine Notizen durchging; Lee Harmon von *Creem*, der mit Jim Faust vom *Time Magazine* Anekdoten austauschte.

Das Flower-Moon-Groupie beäugte Curtis' Presseausweis. Unter seinem Foto – Keith Moon hatte Curtis' Aussehen einmal mit dem eines »obdachlosen Paddington-Bärs« verglichen – standen sein Name und der seines

Arbeitgebers: der *Rolling Stone*. Das Groupie bot Curtis den Joint an. Er nahm einen Zug, und sein Atem wurde sichtbar wie der Pinselstrich in einem impressionistischen Gemälde. Der Rauch stieg kräuselnd in die vom Meer salzige Luft. Auf der Festivalwiese herrschte ein Gewimmel aus sonnengebräunten Körpern und jugendlich frischen Gesichtern, die sich wie lebendige Blumenkränze miteinander verwoben. Er gab der jungen Frau den Joint zurück und sah ihr hinterher, als sie wieder zu ihren Hippiefreunden hüpfte. Irgendjemand hatte eine Conga dabei, und Nymphen in Flohmarktklamotten begannen zu ihrem synkopischen Rhythmus zu tanzen.

Curtis hatte seine ersten journalistischen Erfahrungen auf Musikfestivals gesammelt. Berkeley, Philly, Big Sur, Newport – was die Atmosphäre anging, konnte keins von ihnen dem Bayleen Island Folk Fest das Wasser reichen. Der steile Fußweg die roten Tonklippen hinauf, die Wiese voller Wildblumen mit Blick auf den Atlantik. Es hatte etwas Magisches, wenn man die Fähre nehmen musste, um zu einem Konzert zu gelangen.

Während er den Mädchen beim Tanzen zusah, stieg eine Woge Wehmut in ihm auf. In der Branche war man sich einig, dass die Tage der Folkmusik gezählt waren. Der Vietnamkrieg dauerte nun schon so lange, dass die Protestlieder, die Dylan und Baez berühmt gemacht hatten, abgenutzt und müde klangen.

Curtis war gekommen, um sich anzusehen, was alle sehen wollten: Jesse Reid, der für das sterbende Genre eine neue Ära einläuten sollte. Wie auf ein Stichwort hin stimmten die tanzenden Mädchen mit vor Aufregung bebenden Stimmen den Song an, mit dem Reid seinen großen Durchbruch hatte.

»My girl's got beads of red and yellow,
Her eyes are starry bright.«

Das fiebrige Kichern der Mädchen erinnerte Curtis an den Auftritt des jungen Elvis Presley an seiner Highschool in Gladewater, Texas, 1955. Er selbst war damals achtzehn gewesen, ein glühender Buddy-Holly-Fan, und hatte mit angesehen, wie Mädchen, die er seit dem Kindergarten kannte, in hemmungsloses Schluchzen ausbrachen, weil sie sich so sehr in die Fantasie hineinsteigerten, dass Elvis sie erwählt hätte. Wie in *Bye Bye Birdie*. Solche Macht besaß ein echter Rockstar.

Der Kontrast zwischen Elvis und dem eher stillen, zurückhaltenden Jesse Reid hätte größer nicht sein können, trotzdem schien Reid in seinen Fans dieselbe glühende Verehrung hervorzurufen. Er vereinte den Cowboy-Bariton eines Kris Kristofferson (der bei Reid allerdings kein bisschen aufgesetzt klang) mit dem lyrischen Gitarrenspiel von Paul Simon. Dazu war er überdurchschnittlich groß und hatte blaue Augen, die laut *Snitch Magazine* »die Farbe einer abgetragenen Levi's« hatten.

»She makes me feel so sweet and mellow,
She makes me feel all right.«

»Sweet and Mellow« war wie ein Snickers-Riegel in Songform: War man einmal auf den Geschmack gekommen, wollte man immer mehr davon. Ohne Frage der Hit des Sommers, hielt er sich doch seit mittlerweile achtzehn Wochen in den Top Ten des *Billboard Magazine*. Curtis verfolgte Reids Karriere, seit dieser im Jahr zuvor als Opening Act für die britische Band Fair Play im Wembley-Stadion aufgetreten war. Die Single seines ersten Albums mit dem schlichten Titel *Jesse Reid* hatte den jungen Mann über Nacht von einem Geheimtipp in eine massentaugliche Sensation verwandelt. Und heute Abend würde er seinen rechtmäßigen Platz als Thronfolger des Folkrock einnehmen.

Die Menge applaudierte, als ein Glatzkopf mit grauem Bart auf die Bühne geschlurft kam – Joe Maynard, der Festivalleiter. Je länger das Publikum klatschte, desto gequälter wurde Maynards Miene. Curtis witterte Neuigkeiten.

»Ja. Hallo, meine wunderschönen Freunde«, begann Maynard, während er mit erhobenen Händen um Ruhe bat. »Also. Es gibt keinen einfachen Weg, es zu sagen, deshalb rede ich nicht lange drum herum«, sagte er. »Jesse Reid wird heute Abend leider nicht auftreten können.«

Curtis verspürte einen Moment der Enttäuschung, als die Liste von Schlagzeilen, die er sich zurechtgelegt hatte, in Rauch aufging. Wie eine Schockwelle lief die Nachricht durch die Besuchermenge, wischte die verträumten Mienen fort und hinterließ weiße Gesichter, wie verblühter Löwenzahn auf einer Blumenwiese, bereit, beim nächsten Windhauch in die Luft zu gehen.

Dann brach der Zorn sich Bahn. Schreie der Entrüstung hallten über das Gelände. Mädchen, die kurz zuvor noch gesungen und getanzt hatten, brachen unter Tränen zusammen. Maynard machte sich hinter dem Mikrofon ganz klein.

»Aber wir haben eine andere, wirklich großartige Band für euch. Bitte habt noch ein paar Minuten Geduld.«

Curtis schob sich näher an die Bühne heran. Irgendetwas musste vorgefallen sein. Nach seinem Interview mit Flower Moon hatte er Reids Pressesprecher hinter der Bühne gesehen. Vielleicht war Reid zu betrunken, um aufzutreten. Vielleicht hatte er auch die Nerven verloren. Auf dem Festival heute Abend hatte er den sechsunddreißigsten

Auftritt seiner insgesamt sechzig Stadien zählenden weltweiten Tournee. Manchmal hielten die Künstler dem Druck einfach nicht stand. Curtis hatte das schon oft erlebt.

Er erspähte Mark Edison, der sich vom Backstagebereich einen Weg in die Zuschauermenge bahnte, und versuchte seine Aufmerksamkeit zu erregen. Edison war Reporter bei der *Island Gazette*, einer unabhängigen Lokalzeitung. Die meisten Kollegen von den überregionalen Blättern fanden seinen theatralischen, oft abfälligen Stil unerträglich, aber für Curtis hatten sich seine Informationen schon oft als nützlich erwiesen.

Der anfängliche Unmut war einer allgemeinen Geschäftigkeit gewichen. Die Masse hatte sich in Bewegung gesetzt, und unter Protestrufen der besonders glühenden Reid-Fans begannen sich Schlangen in Richtung Ausgang zu bilden.

Edison war bei Curtis angekommen und bot ihm seinen Flachmann an. Beide tranken einen tiefen Schluck lauwarmen Gin.

»Was ist los da hinten?«, wollte Curtis wissen. »Wo ist Reid?«

Edison schüttelte den Kopf. Sie traten ein Stück beiseite, als zwei Mädchen vorbeistürmten und dabei ein Schild mit der Aufschrift »Peace Love Jesse« zerrissen. Die Band, die gleich anstelle von Reid vor diesem aufgestachelten Publikum auftreten musste, war nicht zu beneiden.

»Wer kommt denn jetzt? Jemand aus dem Programm von morgen?«

Erneutes Kopfschütteln. »Eine Band von hier, die Breakers.«

»Noch nie gehört«, sagte Curtis. »Welches Label?«

»Die haben kein Label. Das sind einfach nur ein paar Teenager. Ursprünglich sollten sie auf der Amateurbühne auftreten, die Festivalorganisation hat ganz kurzfristig umdisponiert. Sie haben noch nie vor mehr als vierzig, fünfzig Leuten gespielt.«

»Ach du Scheiße«, sagte Curtis. Das würde ein absolutes Fiasko werden.

Unterdessen hatten drei junge Männer damit begonnen, ihr Equipment auf der Bühne aufzubauen. Sie konnten nicht älter als zwanzig sein. Der Drummer war der Kräftigste von ihnen, mit kantigen Gesichtszügen, schulterlangen schwarzen Haaren und dunklem Teint. Vermutlich ein Mitglied der Wampanoag, die im nördlichen Teil der Insel in einem kleinen Reservat lebten. Man sah sofort, dass er und der Bassist miteinander verwandt waren. Letzterer schien etwas jünger zu sein, trug die Haare bis zum Kinn und hatte sich ein rotes Tuch um die Stirn gebunden. Der Gitarrist wiederum hatte fast knabenhafte Züge und strohblonde Haare, die ihm in die Augen fielen, während er mit ernster Miene sein Instrument stimmte.

»Wir wollen Jesse!«, kreischte ein Mädchen irgendwo hinter Curtis.

Er fragte sich, ob es nicht das Beste wäre, zurück in den Ort zu fahren. Die Produzenten von Elektra hatten eine Jacht gechartert und wollten eine After-Show-Party für Leute aus der Branche schmeißen. Bayleen Island war nur fünf Meilen von internationalen Gewässern entfernt, es würde also erstklassige Drogen geben. Wenn er wollte, konnte er in einer Stunde high sein.

»Jesse Reid! Jesse Reid!«, begannen die Getreuen unter den Zuschauern zu skandieren.

Während die drei Jungs auf der Bühne mit dem Soundcheck beschäftigt waren, bemerkte Curtis hinter dem Schlagzeug eine weitere Gestalt, die ihr Instrument an den Verstärker anschloss. Als sie sich aufrichtete, flammten im

Licht der Scheinwerfer ihre hellen Haare auf, die ihr bis zur Taille reichten. Sie hatte eine akustische Gitarre umgehängt, trug kurze ausgefranste Jeans und eine weiße Bauernbluse. Mit ausholenden Schritten ging sie zur Bühnenmitte. Ihre gebräunten Beine sahen aus wie die eines jungen Mädchens, ihr Gesicht mit den vollen Lippen und ausgeprägten Wangenknochen jedoch war das einer Frau.

Sie schien zu leuchten.

»Wer ist das?«

»Jane Quinn«, antwortete Mark. »Leadsängerin und Gitarre.«

Als sie ihren Platz eingenommen hatte, rückten die drei Bandmitglieder automatisch näher an sie heran. Sie scharrten mit den Füßen wie Rennpferde kurz vor dem Start.

»Wir wollen Jesse!«, rief ein Mädchen aus dem Publikum mit überschnappender Stimme.

Jane Quinn beugte sich zum Mikro. Curtis fiel auf, dass sie barfuß war.

»Wow«, sagte sie. Sie schien erhitzt. »Toller Ausblick von hier oben.«

Die Menge nahm keinerlei Notiz von ihr. Diejenigen, die dem Ausgang zustrebten, setzten ihren Weg fort, als wäre sie gar nicht da. Eine kleine Gruppe Reid-Fans rief über den allgemeinen Lärm hinweg immer wieder den Namen ihres Idols.

»Jesse Reid, Jesse Reid.«

Jane Quinn unternahm einen zweiten Versuch.

»Hi, alle zusammen«, sagte sie. »Wir sind die Breakers.«

Die Leute redeten unbeeindruckt weiter, als wären sie nicht auf einem Konzert, sondern auf einem Parkplatz. Die Jungs oben auf der Bühne traten unbehaglich von einem

Fuß auf den anderen. Jane wechselte einen Blick mit dem Gitarristen.

»Runter von der Bühne!«, drang eine schrille Stimme durch das Chaos.

Jane schaute zum Drummer, als wolle sie einen Song anzählen, zögerte dann aber. Curtis war voller Mitgefühl. Wie sollte dieses Landei einen der größten Stars der Welt ersetzen können?

»Jesse Reid, Jesse Reid!«

Doch dann drehte sich Jane Quinn wieder nach vorn und straffte die Schultern. Ihre Bewegungen waren langsam und bedacht. Sie holte tief Luft, umfasste mit einer Hand den Mikrofonständer und schloss die Augen. Ganz still stand sie da und schien zu lauschen. Die Menge wurde ein halbes Dezibel leiser.

Als sie die Augen wieder aufschlug, lag ein entschlossenes Funkeln darin. Sie beugte sich ganz dicht ans Mikrofon heran.

»My girl's got beads of red and yellow.«

Curtis' Herz setzte einen Schlag aus, als der Refrain von »Sweet and Mellow« über die Wiese schwebte wie ein silberner Komet. Die Bandmitglieder wechselten verständnislose Blicke. Die Menge wurde still.

Traute sie sich das wirklich zu?

»Her eyes are starry bright.«

Jane Quinn ließ den Blick selbstbewusst über die Zuschauer schweifen, als wolle sie sagen: *Ich weiß, ihr wollt Jesse Reid, aber ich zeige euch gleich was viel Besseres.* Es war, als würde sie in einem Monsun ein Feuerzeug hochhalten. Verdammt, das Mädchen hatte Mumm.

»She makes me feel so sweet and mellow.«

Was für ein Tonumfang – ein Sopran von der Klasse einer Joan Baez oder Judy Collins, wenngleich nicht annähernd so geziert wie Collins oder so druckvoll wie Baez. Ihre Stimme klang ungeschliffen und besaß eine fast urtümliche Rauheit, die Curtis die Haare im Nacken aufstellte. Einfach umwerfend.

»She makes me feel all right.«

Jane suchte den Blick ihres Gitarristen, der nickte. Sie war ein Wagnis eingegangen, und die Band folgte ihr. Die Grundakkorde des Songs waren eine simple Durtonfolge, die jeder halbwegs geübte Instrumentalist nachspielen konnte. Der Schlagzeuger zählte vor, und die Breakers begannen zu spielen.

»My girl makes every day a hello.«

Wenn Jesse Reid »Sweet and Mellow« sang, tat er es ohne jede Verzierung – nur sein Bariton und seine Gitarre. Jane Quinn hingegen lieferte ihre ganz eigene Interpretation des Songs. Sie fügte Läufe und Ornamente ein, als würde die Melodie erst beim Singen in ihrem Kopf entstehen. Curtis staunte: Sie traf Entscheidungen, die kein anderer Musiker getroffen hätte. Die kein anderer Musiker hätte treffen können.

»Her eyes light up the night.«

Die Zuschauer konnten nicht anders, sie begannen mitzusingen. Sie waren gekommen, um die Geburt einer Legende zu erleben, und genau das geschah nun vor ihren Augen. Nur dass diese Legende nicht Jesse Reid war.

»*She makes me feel so sweet and mellow.*«

Curtis war dabei gewesen, als Bob Dylan mit seiner elektrischen Fender Stratocaster die Bühne von Newport erobert hatte. Zwei Jahre später hatte er in Monterey miterlebt, wie Jimmy Hendrix bei »Wild Thing« seine Gitarre anzündete. Nichts davon kam diesem Moment gleich. Ein junges Mädchen, eine gänzlich Unbekannte hatte einfach so den Platz des Hauptacts auf einem großen Festival eingenommen. Über das Island Folk Fest 69 würde man bis in alle Ewigkeit sprechen.

»*She makes me feel all right.*«

Wer im Gehen begriffen war, kehrte um. Wer zuvor geweint hatte, lächelte. Die Leute johlten und schrien, küssten sich und fielen einander in die Arme. Als der Song zu Ende war, drehten sie durch.

»Janie Q!«, jubelte Edison, der neben Curtis stand und wie wild applaudierte.

Janie Q.

»Es ist wirklich ein wunderschöner Abend«, sagte Jane ins Mikro, als setze sie eine zuvor begonnene Unterhaltung fort.

Danach zählte sie den nächsten Song an, eine Up-Tempo-Nummer namens »Indigo«, die ein bisschen an »White Rabbit« von Jefferson Airplane erinnerte. Curtis verstand kaum etwas vom Text, aber die Musik war großartig. Die

Breakers hatten einen fantastischen Sound, eine Mischung aus Artrock und Psychedelic, voller melodischer Schnörkel und kreischender Akkorde.

Aber das Unglaublichste war Janes Stimme. Sie klang so anmutig, so wunderschön, dass es unmöglich war, sie anzuhören und sich nicht beflügelt zu fühlen. Während sie sang, hatte Curtis dieses echte Rockstar-Gefühl: Er wollte, dass sie ihn sah, wollte unbedingt von ihr wahrgenommen werden. Sie wiegte leicht die Schultern, und ihre seidigen Haare reflektierten das Licht. Dann passierte es. Jane Quinn grinste ihn an. Er wusste es genau.

Viele Stunden später, während Curtis auf der Elektra-Jacht Koks vom Bauch des Flower-Moon-Groupies schniefte, bekam Mark Edison eine Nachricht von einem Informanten aus dem Krankenhaus der Insel. Dreißig Minuten später ging die *Island Gazette* mit folgender Schlagzeile in den Druck: *Folk-Fest-Star Jesse Reid in beinahe tödlichen Motorradunfall verwickelt. Restliche Tournee abgesagt.*

2

Jane lag im Bett und lauschte auf das Windspiel, das draußen gegen die Veranda schlug. Tageslicht wärmte ihre Lider, doch sie öffnete die Augen nicht. Sie wollte den gestrigen Abend noch ein wenig länger festhalten.

Eine Reihe von Bildern flimmerte durch ihren Kopf: wie sie mit ihren Sandalen nach Kyle geworfen hatte, während er hinter der Amateurbühne seinen Bass stimmte; ein völlig fassungsloser Greg, der seine Snaredrum hinten in einen zerbeulten Army-Jeep lud; das Johlen der Menge, als ein Festivalmitarbeiter sie hinter die Hauptbühne brachte; die Hitze der Scheinwerfer auf ihren Wangen, als sie die Bühne betrat und merkte, dass sie ihre Schuhe vergessen hatte; Richs Knöchel, die weiß wurden, weil er den Gitarrenhals so fest umklammert hielt, als die Menge sich nicht beruhigen wollte.

Drei Jahre spielten sie nun schon auf dem Festival, aber Jane hätte sich niemals träumen lassen, dass sie es irgendwann auf die Hauptbühne schaffen würden. Das war so weit von ihrer Wirklichkeit entfernt wie eine dreistöckige Jacht in Regent's Cove: Man konnte sie zwar sehen, aber sie gehörte in die Welt der Reichen und Mächtigen. Deshalb hatte Jane auch keine Angst gehabt, als sie gestern Abend auf die Bühne gegangen war: Es hatte sich überhaupt nicht real angefühlt.

Aber dann hatte sie gemerkt, dass Rich kurz davor war, die Nerven zu verlieren, und ihr Instinkt hatte die Führung übernommen: Wenn die Leute »Sweet and Mellow« wollten, dann würde sie ihnen »Sweet and Mellow« geben. Sie hörte noch den Klang ihrer eigenen Stimme, die knisternd aus den Lautsprechern drang.

Dabei hatte sie Jesse Reids Album noch nie gehört. Sie kannte »Sweet and Mellow« nur, weil das Stück schon den ganzen Sommer über ununterbrochen im Friseursalon ihrer Großmutter lief. Das Album war (hauptsächlich von Kyle) so in den Himmel gelobt worden, dass sie sich ganz bewusst dazu entschieden hatte, es sich nicht anzuhören. In den Strophen hatte sie ziemlich viel improvisieren müssen, doch am Ende war das egal gewesen. Sie hatte immer noch den tosenden Applaus im Ohr.

Es klopfte an der Tür. Jane hielt die Augen geschlossen.

»Janie.« Grace betrat das Zimmer. »Ich habe so lange wie möglich gewartet, aber wir müssen um elf oben im Norden sein.« Ihre Tante zog die Vorhänge zurück, sodass die Morgensonne auf den zugemüllten Fußboden fiel.

»Meine Schicht fängt erst um zwölf an«, sagte Jane und wälzte sich im Bett herum.

»Tut mir leid, ich weiß, aber ich habe um elf Uhr dreißig ein Bewerbungsgespräch für eine private Pflegestelle.« Grace zwängte die Türen des Kleiderschranks auf und warf eine gestärkte blaue Uniform aufs Bett. Sie landete auf Janes Kopf. Jane stöhnte.

»Komm schon«, sagte Grace. »Heute ist ein großer Tag.«

Jane setzte sich auf. Ein dumpfes Unbehagen machte sich in ihr breit, als die Uniform in ihren Schoß rutschte.

Unten saß bereits ihre Cousine Maggie am Küchentisch. Sie hatte ihren Stuhl ein Stück zurückgeschoben, um Platz für ihren dicken Babybauch zu machen. Ihre Großmutter Elsie stand am Herd. »Morgen«, sagte sie und hob den Kopf. In der Küche roch es nach Zitronen und brauner Butter.

»Guten Morgen.« Mit einem Kamm steckte Jane sich die Haare zu einem Knoten hoch. Maggie warf ihr einen giftigen Blick zu, ehe sie sich wieder der Titelseite der *Island Gazette* widmete.

»Und hallo«, fügte Jane hinzu. Maggie reagierte nicht. Sie war zwanzig, ein Jahr älter als Jane, und was das helle Haar, die schmale Statur und die gebräunte Haut anging, hätten sie Schwestern sein können. Aber dort endeten die Ähnlichkeiten auch schon.

Elsie zwinkerte Jane zu, dann fuhr sie fort, die Hashbrowns in der Pfanne zu wenden. Sie war Ende fünfzig, und Jane hatte ihre markanten Gesichtszüge und grauen Augen geerbt. Allerdings wirkte der Blick ihrer Großmutter stets so, als wäre sie nicht ganz von dieser Welt, ein Eindruck, der durch die Farbe ihrer Haare noch verstärkt wurde. Seit zehn Jahren waren sie nun schon silberweiß. Seit jener Nacht, in der Janes Mutter nicht nach Hause zurückgekehrt war.

Jane trat zum Herd und angelte sich mit den Fingern eins der Kartoffelplätzchen.

»Klar, bedien dich nur«, sagte Maggie, ohne aufzublicken. Jane biss hinein und spürte, wie das Fett auf ihrer Zunge prickelte. Dann las sie über Maggies Schulter hinweg die Schlagzeile.

»Was? Jesse Reid hatte einen Unfall?«

»Igitt, Jane, dein Atem!« Maggie stieß ihr in die Rippen, und Jane plumpste auf ihren Stuhl. Elsie stellte je einen Teller mit Hashbrowns, Bacon und Eiern vor ihre Enkeltöchter hin und nahm sich die Zeitung, gerade als Grace aus dem Garten hereinkam.

»Gut, dass du auf bist, Janie«, sagte sie, während sie die Gießkanne unter der Spüle verstaute. Dann trat sie zum Herd und schnappte sich wie Jane einen Hashbrown direkt aus der Bratpfanne.

»Daher hat Jane also ihre Manieren«, sagte Maggie.

»Ganz ruhig, Officer. Es war sowieso der letzte«, entgegnete Grace. Man sah auf den ersten Blick, dass die beiden Mutter und Tochter waren, auch wenn Graces braune Augen bereits von kleinen Fältchen umrahmt wurden und ihre Haare mit der Zeit dunkler geworden waren.

Elsie stieß einen Jubelruf aus. Sie faltete die *Island Gazette* einmal in der Mitte und begann laut vorzulesen.

»Der gestrige Abend war für Jesse Reid der vermutlich schlimmste seines Lebens, doch für die auf ganz Bayleen Island beliebte Band The Breakers wurde er zu ihrem bisher größten Triumph.

Reids Ausfall ebnete ihnen den Weg auf die große Bühne, und Leadsängerin Jane Quinn fühlte sich im Rampenlicht sichtlich wohl.«

»Hat Mark Edison das geschrieben?«, fragte Jane. In sechs Jahren hatte er noch nie eine gute Kritik über die Breakers verfasst.

»Weiter unten nennt er die Breakers ein ›sich langsam entwickelndes, aber brauchbares Garagen-Quartett‹«, warf Maggie ein.

»Ich hatte mich schon gewundert«, sagte Jane.

Elsie legte die Zeitung auf den Tisch. »Wie war es, da oben zu stehen?«, wollte sie wissen.

Jane spürte noch immer das Vibrieren der Musik von ihren Fersen bis in den Brustkorb und die Energie des Publikums, die in riesigen Wellen über sie hinwegspülte.

»Wie ein Ozean«, sagte sie.

Elsies Augen funkelten, als wäre sie selbst dabei gewesen. Grace schenkte Jane ein müdes Lächeln. »Wir sollten bald aufbrechen.«

Von der Treppe her ertönte ein Poltern, als Greg aus Maggies Schlafzimmer nach unten gestapft kam. In Janes Vorstellung war Gray Gables ein stattliches viktorianisches Haus, doch sobald ein Mann in einem der Türrahmen stand, wurde ihr bewusst, wie klein es in Wirklichkeit war.

»Morgen, alle zusammen«, sagte Greg. Er trug seine verschwitzten Sachen vom Abend zuvor, und die Haare standen ihm zu Berge. Nach ihrem Auftritt waren sie noch feiern gewesen und hatten getrunken, bis die Bars zumachten.

»Janie Q!«, rief er und klatschte Jane ab. »Der Abend gestern war episch. Breakers forever!«

»Die Breakers sind unoriginell und banal«, ließ Maggie sich vernehmen.

»Mags, mein süßer Schatz«, sagte Greg. »Ich weiß, du fühlst dich nicht so gut, aber das ist kein Grund …«

»Ich habe dir gesagt, bis das Baby da ist, kannst du nicht mehr hier übernachten. Aber gestern bist du einfach aufgetaucht und sofort eingeschlafen. Du hast fünf Stunden lang geschnarcht, Greg.«

»Du hättest mich auf die Seite drehen sollen.«

»Das habe ich doch versucht. Du warst wie ein riesiger besoffener Schweinswal.« Als Nächstes wandte Maggie sich an Jane. »Und du hast ihn angeschleppt.«

»Jane trifft keine Schuld. Es tut mir leid, dass ich so gedankenlos war«, sagte Greg, während er gleichzeitig einen Hashbrown von Maggies Teller stibitzte. Maggie funkelte ihn mordlüstern an.

»Zeit zum Aufbruch«, verkündete Jane.

»Fahrt ihr ins Zentrum?«, fragte Greg. »Könnt ihr mich beim Reservat absetzen?«

»Bleibst du nicht noch hier?«

»Geht nicht. Ich will duschen und mir was Frisches anziehen. Außerdem sind meine Füße total geschwollen, ich muss mich erst mal ausruhen.«

»Du willst mich doch wohl …« Ein kleines Keuchen drang aus Maggies Kehle, und sofort horchten alle auf. Bis zum Entbindungstermin waren es nur noch zwei Wochen.

»Entspannt euch.« Maggie veränderte ihre Sitzposition. »Es hat mich bloß getreten.«

Greg seufzte. »Wäre es nicht einfacher, wenn wir heiraten und zusammenziehen?«

»Nicht für mich«, sagte Maggie.

Die Quinn-Frauen lächelten. Die Letzte aus ihrer Familie, die geheiratet hatte, war Charlotte Quinn gewesen. Sie war 1846 mit fünfzehn Jahren als Kindsbraut an den Kapitän eines portugiesischen Walfangschiffs verschachert worden. Als das Schiff vor Bayleen Island zum Frachtlöschen Anker geworfen hatte, war Charlotte, in einer Petroleumkiste versteckt, heimlich mit von Bord gegangen. Die sieben Generationen der Quinns, die seitdem auf der Insel ansässig waren, hatten schon viele Titel getragen: Hure, Hexe, Großmutter – aber niemals Ehefrau.

Es war Viertel vor elf, als sie in den uralten Familienkombi mit den holzverkleideten Seiten stiegen und sich auf den Weg machten. Jane drehte am Radioknopf, bis sie auf »Yellow Submarine« stieß. Sie kurbelte das Fenster herunter und ließ sich die salzhaltige Seeluft ins Gesicht wehen, während sie von Regent's Cove mit seinen weißen Cottages in die baumgesäumten Straßen von Mauncheake fuhren. Mit leicht angeschlagenen Stimmbändern summte sie die Lieder aus dem Radio mit.

Bayleen Island war nur einen Steinwurf von der Küste Massachusetts' entfernt und besaß idyllische Sandstrände, Wiesen voller Wildblumen, Ackerland und jede Menge Wald. Dazwischen lagen verstreut fünf kleine Ortschaften: Perry's Landing, Lightship Bay und Regent's Cove, die das ganze Jahr über bewohnt waren, sowie die Touristensiedlungen Caverswall und Mauncheake, die im wohlhabenden Norden der Insel lagen und an das Wampanoag-Reservat angrenzten.

Die einheimische Bevölkerung war eine Mischung aus Wampanoag, ehemaligen Portugiesen, Briten und Einwanderern aus Barbados, deren Stammbäume so unentwirrbar miteinander verflochten waren wie Fischernetze. Diese Vielfalt gehörte ebenso zum Charakter der Insel wie die Lehmklippen und Strandpflaumen und machte sie zu einem beliebten Urlaubsziel.

Der Tourismus war die Haupteinnahmequelle auf Bayleen Island, und jeden Sommer schwoll die Zahl der Bewohner auf das Zehnfache an. Familien verbrachten ihre Sommerferien meistens in Regent's Cove oder Lightship Bay, weil es dort große öffentliche Strände gab, wohingegen es die besser betuchten Gäste eher zum Jachtclub nach Perry's Landing zog. Die Steinreichen wiederum, zu denen auch Familien ehemaliger Präsidenten, einige Ölmagnaten und Ostküsten-Blaublüter zählten, residierten in ihren mehrere hundert Hektar großen Anwesen in Mauncheake oder Caverswall. Zu Begegnungen zwischen Einheimischen und Urlaubern kam es fast ausschließlich im Rahmen verschiedener Dienstleistungen, die Erstere für Letztere verrichteten.

Als sie am südlichen Eingang zum Reservat ankamen, stoppte Grace den Wagen, damit Greg aussteigen konnte.

»Danke fürs Mitnehmen«, sagte er. Grace lächelte und legte den Rückwärtsgang ein.

»Janie Q«, rief Greg. »Bist du nachher im Carousel?«

»Weißt du doch«, gab Jane zurück. Er winkte, als der Kombi weiterfuhr. Das Zentrum lag etwa eine Meile vom Reservat entfernt.

»Du kannst nach der Arbeit den Wagen nehmen«, sagte Grace. »Ich habe heute eine Doppelschicht und fahre dann mit dem Bus.«

»Bist du sicher?«

Grace nickte. Kurz darauf bogen sie in eine lange asphaltierte Zufahrt ein, die Jane fast ebenso vertraut war wie die zu ihrem eigenen Haus. Sie beobachtete eine Schwester in blauer Kluft, die einem Patienten über den Rasen half, und spürte, wie sie innerlich taub wurde. Grace kurbelte auf der Fahrerseite die Scheibe herunter, um den Wachmann am Tor zu grüßen.

»Die Mighty Quinns«, sagte Lewis und winkte sie durch.

Das Cedar Crescent Hospital und Rehabilitationszentrum war auf dem ehemaligen Anwesen eines reichen Walfangunternehmers aus dem neunzehnten Jahrhundert untergebracht und wurde als noble Privatklinik von den Reichen für seine ausgezeichnete Pflege und Diskretion geschätzt. Grace arbeitete seit über zehn Jahren dort, und auch Jane hatte nach ihrem Schulabschluss eine Ausbildung zur Pflegehelferin gemacht. Ursprünglich wollte sie danach eine Vollzeitstelle annehmen, allerdings hatte sie schnell gemerkt, dass sie die sterile Umgebung nicht Tag für Tag ertragen konnte. Hinter der Theke im Carousel verdiente sie genauso gut. Aber weil Maggie ein Kind erwartete und die Familie jeden Cent brauchte, hatte sie zusätzlich einige Schichten im Zentrum übernommen.

Grace bog auf den Parkplatz ein und schaltete den Motor aus, blieb aber noch im Wagen sitzen.

Jane drehte sich zu ihrer Tante um. Im Profil sah Grace ihrer Mutter sehr ähnlich.

»Was ist?«

Grace zuckte mit den Schultern. »Ich habe einfach nicht erwartet, mit neununddreißig schon Großmutter zu werden«, sagte sie.

»Gran muss doch auch ungefähr in dem Alter gewesen sein.«

Grace schüttelte den Kopf. »Maggie macht einfach immer, was sie will.«

»Ich persönlich freue mich darauf, dass sie bald Windeln wechseln muss«, meinte Jane.

Grace lachte. »Sie weiß nicht, was auf sie zukommt. Sie wird keinen Tag mehr freihaben. Und wir müssen in den nächsten Monaten jeden Cent zweimal umdrehen. Krankenhausrechnungen läppern sich.«

»Sie will doch eine Hausgeburt«, sagte Jane, aber Grace hörte ihr gar nicht zu. Es ging auch nicht nur um die Krankenhausrechnungen, das wusste Jane. In den Wintermonaten gab es praktisch keine Verdienstmöglichkeiten auf der Insel, deshalb versuchten die Einheimischen während der Saison möglichst viel Geld zurückzulegen. Da Maggie mitten im Sommer ausfiel, würde das Budget der Quinns das ganze Jahr über knapp sein.

»Mir wäre wohler zumute, wenn ich diese Pflegestelle kriege«, sagte Grace und gab sich einen Ruck.

Wenn ein Patient zu Hause betreut werden musste, stellte das Zentrum manchmal eine seiner Schwestern als persönliche Pflegekraft zur Verfügung. Für Grace wäre es eine gute Gelegenheit, ihr Gehalt aufzubessern – sofern der betreffende Patient sich für sie entschied.

»Die kriegst du bestimmt«, sagte Jane. »Und selbst wenn nicht – Gran und ich übernehmen Maggies Kundinnen im Salon. Außerdem arbeite ich ein paar Schichten die Woche hier, und dann ist da noch das Trinkgeld aus dem Carousel. Wir schaffen das schon.«

Grace nickte, machte jedoch nach wie vor keine Anstalten auszusteigen.

»Ist noch was?«

Grace betrachtete sich im Rückspiegel. »Ich habe irgendwie ein ungutes Gefühl«, sagte sie.

»Wegen dem Baby?«

Grace schüttelte den Kopf. »Nein ... Ich glaube, es hat eher mit dem Folk Fest zu tun.«

Jane verspürte einen plötzlichen Rausch, als hätte sie zu viel Zucker im Blut, auch wenn die vertraute Alltagsumgebung die Erinnerungen an das Festival bereits verblassen ließ. »Das war keine große Sache«, wiegelte sie ab. »Einfach nur ein toller Abend.«

»Genau so fängt es an«, sagte Grace. »Ein toller Abend, und dann kommen die Haie und versprechen dir das Blaue vom Himmel.«

Jane lachte und stieg aus. »Dazu wird es nicht kommen. Du hast Maggie doch gehört: Wir sind unoriginell und banal.«

»Wir wissen beide, dass das nicht stimmt.«

Sie gingen vom Parkplatz über den Rasen und winkten einem Pfleger zu, der gerade mit einer Patientin Krocket spielte.

»Hey, Charlie«, rief Jane. »Wir sehen uns gleich.«

Der Pfleger nickte.

»Egal, was passiert, sei einfach vorsichtig.« Grace bog auf den gepflasterten Fußweg zum Personaleingang ein.

»Es wird nichts passieren«, sagte Jane.

Die Möglichkeit, dass vielleicht doch etwas passieren könnte, ängstigte und erregte sie zugleich. Musik war nicht das wahre Leben. Sie war bloß ein Zeitvertreib, eine Möglichkeit, sich auszutoben. Wenn sie mehr daraus machte, riskierte sie bloß, dass ihr Herz gebrochen wurde – oder noch Schlimmeres. Aber Grace hatte recht, es konnte nicht schaden, vorsichtig zu sein. Schließlich wusste ihre Familie nur allzu gut, wie schnell zerplatzte Träume in einer Tragödie enden konnten.

Und dennoch wurde Jane das Gefühl nicht los, am vergangenen Abend auf der Bühne sich selbst begegnet zu sein. Es war das Natürlichste von der Welt gewesen, vor so vielen Menschen zu singen, als wäre sie dafür geboren worden. Und wenn man einmal wusste, dass man so empfinden konnte, war es da überhaupt noch möglich, einfach weiterzumachen wie bisher?

»Es wird nichts passieren«, sagte sie noch einmal, wenngleich eher zu sich selbst als zu Grace.

Ihre Tante schenkte ihr ein kleines Lächeln, doch Jane bemerkte den leicht angespannten Zug um ihren Mund, als sie gemeinsam die Klinik betraten.

3

Das Carousel, etwas versteckt unterhalb des Regent's Cove Hotel gelegen, war dafür bekannt, dass sich dort während des Folk Festivals die Pressevertreter von außerhalb ihre Zeit vertrieben. Den Rest des Jahres wurde die leicht heruntergekommene Kneipe vor allem von Einheimischen besucht, die sich bei Livemusik betrinken und in Erinnerungen schwelgen wollten.

Jane stand hinter der Theke und ließ den Blick durch den Raum schweifen. Es war kurz nach zehn, gleich würde der abendliche Ansturm beginnen. Innerhalb einer Stunde würde sie so viel zu tun haben, dass sie nicht mehr wusste, wo ihr der Kopf stand. Im Moment allerdings waren die Sitznischen noch fast ausschließlich von Stammgästen belegt, die schweigend unter den bunten Lichterketten ihr Bier tranken.

Die Tür zum Hinterausgang flog auf, und ihr Chef Al kam mit einem Kübel Eis herein. Jane öffnete mit dem Knie die Tiefkühltruhe und bückte sich, um ihm dabei zu helfen, das Eis ins dafür vorgesehene Fach zu schütten.

»Danke, Janie.« Die Kälte hauchte gegen die hinter ihnen aufgereihten Flaschen wie ein frostiger Kuss. »Wie sieht's aus?«, fragte er mit einer Kopfbewegung in Richtung der Zapfhähne.

»Das Narragansett ist bald alle.«

Al nickte und schlurfte in Richtung Keller davon, gerade

als sich Mark Edison auf seinem angestammten Barhocker in der Ecke niederließ.

»Du siehst ganz bezaubernd aus heute Abend«, sagte er.

Jane verdrehte die Augen und nahm eine Flasche Gin vom Regal. Sie war von Kopf bis Fuß in Schwarz gekleidet, hatte ein Geschirrtuch über der Schulter, und ihre Haare waren immer noch zu einem Knoten hochgesteckt.

»Ich wollte dir noch sagen, dass das gestern wirklich ein toller Auftritt war.«

Jane legte einen Untersetzer auf die Theke und stellte seinen Gin Tonic darauf. »Für ein ›brauchbares Garagen-Quartett‹«, sagte sie, ehe sie sich selbst ein Schnapsglas vollgoss.

»Drollig, dass es dich interessiert, was in der *Island Gazette* steht.«

»Wir hätten die Titelseite bekommen sollen.«

»*Janie Q erobert die Welt.*«

»*Lokalhelden werden zur Legende*«, entgegnete Jane.

Mark zog eine Augenbraue hoch. »Ich will ja nicht kleinlich sein, aber Jesse ist auch von der Insel«, sagte er. »Übrigens habe ich gerade aus vertraulicher Quelle erfahren, dass er sich hier von seinem Unfall erholen will. Die Familie besitzt ein Anwesen in Caverswall, seit seiner Kindheit haben sie dort jedes Jahr die Sommerferien verbracht.«

»Das ist nicht dasselbe«, sagte Jane. Die Leute vom Festland besaßen Sommerresidenzen, Einheimische putzten sie.

Mark hob sein Glas. »Auf dich«, sagte er.

»Auf die Breakers«, sagte Jane und trank. Wenig später tauchte ein schnaufender Al aus dem Keller auf.

»Versuch's jetzt mal.«

Jane ließ das Bier aus dem Zapfhahn in einen Krug laufen, bis sich dieser mit Schaum füllte.

Die Tür öffnete sich, und eine kleine Schar Studentinnen

strömte herein. An ihren bestickten Kleidern und dem dezenten Schmuck erkannte Jane, dass sie aus Perry's Landing kamen.

»Was für einen Bourbon habt ihr?«, fragte eine von ihnen, ein ziemlich großes Mädchen mit Haaren wie kupferfarbene Federn.

Manchmal kam Jane sich vor wie eine Apothekerin, die über einen Vorrat an Tinkturen wachte. Sie nannte die Namen auf den abgegriffenen Etiketten der Flaschen hinter ihrem Rücken und schenkte der jungen Frau schließlich einen acht Dollar teuren Bourbon mit Eis ein. Dann machte sie das Gleiche für alle ihre Freundinnen.

»Behalt die erst mal«, sagte die Rothaarige und reichte Jane eine Kreditkarte, auf der der Name »Victor Vidal« stand. Vermutlich ihr Vater. Jane legte die Karte neben die Kasse, während sich die Gruppe einen Tisch im hinteren Bereich der Bar suchte.

»Was kostet die Welt?«

Jane hob den Kopf. Die Bemerkung kam von einem ihr unbekannten Mann, der einige Plätze von Mark Edison entfernt saß. Er trug ein kariertes Poloshirt in grellen Farben, eine Pilotensonnenbrille und schien etwa Anfang dreißig zu sein. Jane wusste sofort, dass er aus der Großstadt kam. Sein zottiger brauner Topfschnitt sah teuer aus.

»Was kann ich Ihnen bringen?«

»Was können Sie denn empfehlen?«

Sie wurden von einer Gruppe reicher Jungs Anfang zwanzig unterbrochen, Begleiter der Studentinnen, die Jane gerade bedient hatte. Sonnengebräunte Unterarme wurden auf die Theke gelegt, und schwielenfreie Hände winkten mit druckfrischen Dollarscheinen.

»Zwei Pitcher Miller«, sagte der Kleinste der Gruppe. »Ich zahle.«

»Diggsy«, rief sein Freund. Ein Chor von »Diggs!«-Rufen erklang, während Jane das Bier zapfte.

»Das macht neun Dollar«, sagte sie.

»Der Rest ist für dich.« Diggs legte einen Stapel Scheine auf den Tresen. Jane nahm sie mit einer flinken Bewegung und ließ das Trinkgeld in ihrem BH verschwinden.

»So«, wandte sie sich danach wieder dem Fremden zu. »Was möchten Sie denn nun?«

Er betrachtete sie einen Moment lang, dann nahm er die Sonnenbrille ab. Darunter kam ein Paar scharfsinniger Augen zum Vorschein.

»Ich möchte mit Jane Quinn sprechen.«

»Und wer ist ›ich‹?«

»Willy Lambert«, sagte er. »Ich bin Talentmanager bei Pegasus Records. Ich habe Sie gestern Abend gehört und suche schon den ganzen Tag nach Ihnen.«

Jane warf einen Blick zu Mark. Dessen Körperhaltung ließ keinen Zweifel daran, dass er ihr Gespräch belauschte.

»Lassen Sie mich raten.« Sie nahm ein Longdrinkglas und öffnete mit dem Fuß die Kühltruhe. »Sie haben unseren Auftritt gesehen, und jetzt wollen Sie mich fragen, ob ich heute Abend nach meiner Schicht Zeit habe, um mit Ihnen ›über meine Zukunft zu sprechen‹.«

»So ähnlich«, sagte Willy unbehaglich. Jane nahm Tequila und Orangensaft und goss von beidem etwas in das hohe Glas.

»Es mag Sie schockieren, aber Sie sind nicht der erste Typ, der es bei mir mit der Nummer versucht«, sagte sie. Als Nächstes holte sie eine Flasche Grenadine und ließ einen Schuss Sirup über den Rücken eines Löffels ins Glas laufen.

»Was?«, fragte Willy. »Nein, so war das doch gar nicht gemeint. Ich bin verheiratet.« Er hob die linke Hand und zeigte ihr seinen goldenen Ehering. »Hier.« Er langte in seine Tasche und förderte eine Visitenkarte mit seinem Namen sowie einen zerknitterten Zeitungsausschnitt zutage, den Jane als Mark Edisons Story über Jesse Reid wiedererkannte.

»Mark, schau mal, jemand hat deinen Artikel gelesen und ihn nicht sofort in den Müll geworfen«, sagte Jane, ehe sie den Rand des Glases mit einer Orangenscheibe und einer Maraschino-Kirsche garnierte.

»Zum Wohl«, sagte Mark und hob seinen Drink. Jane stellte Willy Lambert seinen Cocktail auf den Tresen.

»Was ist das?«, fragte er.

»Ein Tequila Sunrise. Passend zu Ihrer Brille.« Willy verzog das Gesicht zu einem kleinen Lächeln. Jane nahm Marks Glas, um es aufzufüllen, und rechnete damit, dass Willy verschwunden sein würde, wenn sie zurückkam. Doch er saß immer noch an seinem Platz.

»Ich habe es Ihnen doch gesagt, ich suche schon den ganzen Tag nach Ihnen. Da gebe ich mich jetzt nicht nach zwei Minuten geschlagen.«

»Und wie haben Sie mich am Ende gefunden?«

»Die Frau im Beach Tracks hatte ein Einsehen mit mir, als ich ihr gesagt habe, dass ich der Manager von Jesse Reid bin. Sie hat mich zu Widow's Peak geschickt. Und die Frau im Widow's Peak wiederum hat mir gesagt, dass Sie hier sind.«

»Das war meine Großmutter.«

»Tatsächlich? Ah ja, jetzt sehe ich die Ähnlichkeit. Also, wenn sie mich hergeschickt hat, kann ich doch kein so schlimmer Mensch sein, oder?«

»Abwarten«, sagte Jane, auch wenn sie ihm insgeheim recht gab. »Hey, wenn Reid sauer ist wegen ›Sweet and Mellow‹ ...«

Willy schüttelte den Kopf.

»Jesse hat im Moment ganz andere Sorgen. Ich will nachher noch nach ihm sehen. Deshalb komme ich auch gleich zur Sache. Stehen Sie irgendwo unter Vertrag?«

Sämtliche Geräusche in der Bar verstummten. Jane hörte nur noch das Pochen ihres eigenen Pulsschlags in den Ohren.

»Nein«, sagte sie. »Wollen Sie mir ein Angebot machen?«

Willy lächelte. »Das würde ich gern. So was wie gestern Abend habe ich noch nie gesehen. Ihre Ausstrahlung ist absolut unverwechselbar. Ihr Stil, Ihre Stimme – ich weiß immer noch nicht, wie Sie die hohen Töne getroffen haben. War das Ihre eigene Musik?«

Jane nickte.

Willys Augen begannen zu leuchten. »Mit dem richtigen Drumherum könnten Sie es weit bringen«, sagte er.

»Das richtige Drumherum?«

»Zunächst mal brauchen Sie einen Keyboarder. Vielleicht auch eine Rhythmusgruppe.«

»Zusätzlich zu meiner Band?«

Willy zuckte mit den Schultern. »Oder stattdessen. Haben Sie schon mal darüber nachgedacht, es solo zu versuchen?«

Jane starrte ihn an. Die Breakers waren seit der Mittelschule zusammen. Sie war noch nie ohne die Jungs aufgetreten.

»Nichts gegen die Band«, schob Willy hastig hinterher. »Ich denke nur, dass Sie auf einem ganz anderen Level sind. Ihr Name könnte in aller Munde sein. Singer-Songwriter sind im Kommen, und ich glaube, Sie haben das Zeug dazu, ganz oben mitzuspielen. Was sagen Sie?«

Jane stellte sich vor, wie sie ganz allein im Scheinwerferlicht auf einer leeren Bühne stand. Sie trug ein schwarzes

Kleid, silberne Ketten um den Hals und hielt eine ebenfalls silberne Gitarre im Arm. Sie spürte die gespannte Aufmerksamkeit der Menge. Da war es wieder, dieses ozeanische Gefühl. Und sie war der Mond, der über Ebbe und Flut herrschte.

Die Tür zum Carousel öffnete sich, und Greg kam herein. Er lachte gerade über etwas, das Rich zu ihm gesagt hatte. Als die beiden sahen, dass Jane sich an der Bar mit jemandem unterhielt, spähte Greg neugierig in ihre Richtung, bis Rich ihn am Arm nahm und zur Jukebox lotste.

Gleich darauf setzten die Umgebungsgeräusche wieder ein.

»Ich bin kein Singer-Songwriter«, sagte sie. »Ich schreibe keine Texte.«

Das stimmte nicht ganz. Tatsächlich hatte Jane den Text für den Song »Spark« selbst geschrieben, nur um danach zu verkünden, dass es das erste und letzte Mal gewesen war. Auf Nachfragen hin hatte sie sich geweigert, einen Grund dafür zu nennen, und lediglich darauf verwiesen, dass die Band bereits einen Texter hatte: nämlich Rich.

Willys Miene hellte sich auf. »Dann würden wir Ihnen einen Ghostwriter an die Hand geben«, sagte er. »Mit persönlicheren Songs wären Sie absolut unschlagbar. Songs wie ›Sweet and Mellow‹.«

»Rich ist gut«, sagte Jane. Obwohl er oft an seinen Fähigkeiten zweifelte, gaben seine Texte ihr die Struktur, die sie brauchte, um sich ganz auf die Musik konzentrieren zu können. Sie konnte sich nicht vorstellen, auf eine andere Weise Songs zu schreiben.

»Sehe ich genauso. Aber ich sage Ihnen, dass Sie besser sein können als gut.«

Jane blickte auf, um sich zu vergewissern, dass Rich und Greg dies nicht gehört hatten. Dann beugte sie sich über den Tresen. »Sie scheinen mir ein ganz netter Kerl zu sein«, sagte sie leise. »Aber ich vertraue der Musikindustrie nicht. Ich habe gesehen, wie die Leute da miteinander umspringen – wenn jemand was will, nimmt er es sich einfach. Wir arbeiten noch nicht mal zusammen, und Sie sind jetzt schon dabei, mich so hinzubiegen, dass es zu Ihrem Label passt. Warum sollte ich das wollen?«

Willy fixierte sie mit festem Blick.

»Weil Sie dann mehr Abende wie den gestrigen haben könnten«, antwortete er. »Eine Platte, Fans, Ruhm, Geld … Normalerweise muss ich den Leuten nicht erst erklären, welche Vorteile es hat, ein Rockstar zu sein.«

Rockstar. Das Wort funkelte wie ein Tautropfen.

Willy betrachtete sie nachdenklich. »Wie haben Sie und Ihre Band sich eigentlich kennengelernt?«

»Greg und Kyle sind Brüder«, antwortete Jane. »Rich war auf der Grundschule in Gregs Klasse, und ich war im selben Jahrgang wie Kyle.«

»Helfen Sie mir noch mal auf die Sprünge, wer wer ist?«

»Rich spielt Gitarre.«

Willy nickte. »Typisch amerikanischer Junge. Er sieht süß aus – Mädchen mögen so was. Weiter?«

Jane musste lächeln. Rich war unglaublich schüchtern, vor allem in Gegenwart von Frauen. »Kyle ist unser Bassist«, fuhr sie fort.

Willy lehnte sich ein wenig zurück. »Er spielt bundlos, richtig? Er ist gut.«

Jane nickte. »Und Greg ist der Drummer.«

Willy Lambert rieb sich das Kinn. »Eigentlich suche ich derzeit nicht nach einer Band.«

»Warum nicht?«

»Bands bedeuten immer Drama.«

Jane bemerkte, dass ein Pulk von Gästen versuchte, ihre

Aufmerksamkeit zu erregen. »Einen Moment«, sagte sie. Beim Aufnehmen der Bestellungen ließ sie sich absichtlich Zeit. Als sie danach zu Willy zurückkehrte, hatte dieser seinen Cocktail noch nicht angerührt.

»Gibt es vielleicht einen anderen Drink, den Sie lieber möchten?« Sie deutete auf seinen Tequila Sunrise.

Er schüttelte den Kopf. »Ich muss noch fahren.« Dann klopfte er mit seiner Visitenkarte auf die Theke. »Entschuldigen Sie, dass ich das sage, aber für jemanden, der so jung ist, haben Sie eine ziemlich abgebrühte Sicht auf die Plattenindustrie.«

Jane war nicht sicher, was sie zu einer Antwort bewog. Vielleicht lag es daran, dass Elsie ihn hergeschickt hatte oder dass sie nicht damit rechnete, ihn nach diesem Abend je wiederzusehen. »Meine Mutter war Songschreiberin«, sagte sie.

Willy runzelte die Stirn. »Wie heißt sie denn?«

Jane räusperte sich. »Charlotte Quinn. Sie kennen sie nicht.«

»Stimmt.«

»Sie hat ein paar Songs für Lacey Dormon geschrieben, ›I Will Rise‹ und ›You Don't Know‹.«

Willy nickte. Die Titel waren ihm ein Begriff. »Ich kenne Lacey aus L. A.«, sagte er. »Die Songs haben sie berühmt gemacht.«

Jane atmete tief ein. »Sagt Ihnen ›Lilac Waltz‹ was?«

Willys Augenbrauen schnellten in die Höhe. »Der Tommy-Patton-Song? Der war ein Riesenhit.«

Jane nickte. »Der ist auch von ihr. Sie hat ihn geschrieben, und er hat ihn ihr geklaut.«

»Der Song wurde doch bestimmt von Dutzenden von Interpreten gesungen. Er lief in Filmen, Fernsehserien, in der Werbung …« Er verstummte.

»Sie hat nie einen Cent gesehen.«

»Das ist bitter«, sagte Willy. »Ich wünschte, es wäre das erste Mal, dass ich so eine Geschichte höre.«

Jane schüttelte angewidert den Kopf.

Willy rieb sich mit der Hand über das Gesicht. »Das ist ein großartiger Song. Ich würde die Frau, die ihn geschrieben hat, zu gerne kennenlernen.«

»Ich wünschte, das wäre möglich«, sagte Jane. »Sie wurde seit über zehn Jahren nicht mehr gesehen.«

»Oh«, sagte Willy. »Das tut mir sehr leid. Ich … Jetzt kann ich Ihre Haltung nachvollziehen. Und das mit der Familie verstehe ich gut. Mein Vater ist auch in der Musikbranche tätig, genau wie meine beiden großen Brüder. Sie alle haben sich erst mit Big Bands und dann mit Rock 'n' Roll einen Namen gemacht. Als ich ihnen gesagt habe, dass Softrock der nächste Trend wird, haben sie mich für verrückt erklärt. Aber ich hatte Jesse gehört, ich wusste, dass ich richtiglag, und jetzt ist er kurz davor, der größte Star der Welt zu werden. Ich denke also, ich erkenne eine Sensation, wenn ich sie höre.« Er räusperte sich. »Was Sie vorhin gesagt haben – dass die Branche sich nimmt, was sie will … Das kann passieren, aber ich arbeite nicht so. Ich setze mich immer für meine Künstler ein. Die Vorschläge, die ich eben gemacht habe … Ich will Ihnen nur helfen, aus den Startlöchern zu kommen. Aber ich verstehe, weshalb so etwas herablassend wirken kann.«

Jane betrachtete ihn. Sie wusste nicht recht, was sie sagen sollte.

Willy fuhr fort. »Jesses Unfall hat zur Folge, dass sein Album erst Anfang nächsten Jahres erscheinen kann, und ich muss noch einen Platz im Herbstprogramm füllen.«

»Diesen Herbst?«

Willy nickte. »Wir müssten Anfang Oktober ins Studio. Können die Breakers das schaffen?«

Als sie den Namen ihrer Band aus seinem Mund hörte, musste Jane wider Willen lächeln. »Songs haben wir genug«, sagte sie.

Willy rutschte von seinem Hocker. »Ich würde sie gerne hören. Ich glaube wirklich, aus Ihnen könnte was werden. Deshalb bin ich auch bereit, die ganze Band in Betracht zu ziehen.« Er schob ihr seine Karte hin. Jane starrte sie an, strahlend weiß auf dem klebrigen Lack der Theke.

»Wenn wir das machen, brauchen wir komplette künstlerische Freiheit«, sagte sie. »Ich will nichts mehr von einer Rhythmusgruppe oder einem Ghostwriter hören.«

»Falls ich Sie unter Vertrag nehme, behalten Sie die volle Kontrolle.« Willy notierte sich ihre Kontaktinformationen und versprach, sie am nächsten Morgen anzurufen.

»Bis morgen dann«, sagte er und setzte sich die Sonnenbrille wieder auf.

Kaum war er weg, kamen Rich und Greg zu ihr an die Bar. »Wer war das?«, fragte Greg und drängelte sich unter Einsatz seiner Ellbogen an einer Gruppe Hippies vorbei, die wegen des Festivals da waren. Jane blickte erst die weiße Visitenkarte, dann ihre Bandmitglieder an und grinste.

Ihre Schicht endete um zwei Uhr früh, und es dauerte bis halb drei, ehe sie aufgeräumt und abgeschlossen hatte. Als sie den Hügel in Richtung Gray Gables hinaufstapfte, konnte sie kaum noch geradeaus schauen. Sie hatte einen BH voller Geldscheine, aber alles, woran sie denken konnte, war die weiße Visitenkarte in ihrer Tasche. Als sie zu Hause ankam, stellte sie verblüfft fest, dass Grace mit einem Glas von Elsies selbst gemachtem Fliederwein auf der Veranda saß.

»Du bist noch wach«, stellte sie fest und setzte sich

neben sie. Grace reichte ihr das Glas, und Jane trank einen kleinen Schluck von der süßen, brennenden Flüssigkeit.

»Konnte nicht schlafen«, sagte Grace. »Du errätst nie, was mir heute Morgen passiert ist.«

»Und du errätst nie, was mir heute Abend passiert ist.«

»Du zuerst«, sagte Grace und nahm das Weinglas zurück.

»Du hattest recht – ich wurde von einem Plattenlabel angesprochen. Von Jesse Reids Manager.«

»Kein Witz?«

»Nein«, sagte Jane. »Und ich weiß genau, was du jetzt denkst, aber wir hatten ein langes Gespräch, und bisher macht er einen ganz anständigen Eindruck.«

»Das denke ich gar nicht«, sagte Grace. »Wenigstens noch nicht.«

»Was dann?«

Grace sah sie mit einem schiefen Lächeln an. »Weißt du noch, die private Pflegestelle? Ich habe sie bekommen. Und der Patient ist Jesse Reid.«

4

Willy, der im Hinterzimmer von Elsies Friseursalon Widow's Peak auf einer Kiste mit L'Oréal-Haarfärbemitteln saß, verschränkte die Arme vor der Brust. Die Betonwände saugten den letzten Akkord von »Dirty Bastard« auf. Willy hatte am Morgen angerufen und gesagt, er wolle alles hören, was die Breakers zu bieten hatten. Sie hatten ihm gerade ihr gesamtes Repertoire vorgespielt.

»Super«, sagte Willy. Dann machte er eine Pause. »Ich würde sagen, ihr habt acht Songs.«

Jane und Rich wechselten einen Blick. »Wir haben doch zehn gespielt«, sagte Rich.

»Genau, genau.« Willy warf einen Blick auf seine Uhr. »Die Hymne gerade eben …«

»›Dirty Bastard‹?«, fragte Greg.

Willy nickte. »Die ist dem anderen Song zu ähnlich – ›Rebel Road‹. Ihr solltet einen von den beiden durch eine Ballade ersetzen. Und ihr braucht noch eine echte Pop-Single.«

Rich errötete.

»Nicht ›Indigo‹?«, fragte Jane.

Willy schüttelte den Kopf. »Zu psychedelisch für den Mainstream.«

»Was ist mit ›Spark‹?«, fragte Rich.

Janes Mund wurde trocken. Sie wartete auf das Urteil zu ihrem Song.

»›Spark‹ ist sehr gut‹«, sagte Willy. »Toller Hook. Aber er ist vier Minuten lang. Um ins Radio zu kommen, braucht ihr einen Song, der kurz und eingängig ist. ›Spark‹ könnte dann eure zweite Single-Auskopplung werden.«

»Wir brauchen also nur noch zwei weitere Songs?«, sagte Kyle. »Ansonsten sind wir im Geschäft?«

»Definitiv«, sagte Willy.

»Was meinst du?«, fragte Rich. Jane zögerte. Kyle hob einen Lockenwickler vom Boden auf und rollte ihn über den Hals seines Basses, sodass sich im rosafarbenen Schaumstoff dunkle Rillen abdrückten.

»Ich will nicht in die Petula-Clark-Schublade gesteckt werden«, sagte sie.

Willy lachte. »Keine Angst, so fängt jeder mal an. Wenn ihr es erst mal ins Radio geschafft und euch eine Fangemeinde aufgebaut habt, folgen sie euch überallhin.«

Jane runzelte die Stirn.

»Wir können das schaukeln«, sagte Rich.

»Komm schon, Janie«, sagte Kyle. »Willst du nicht auch ins Radio?«

»Doch.« Jane lächelte. »Das will ich.«

»Also – sind wir im Geschäft?«, fragte Willy.

»Ja«, sagte Jane.

»Ausgezeichnet.« Er klatschte in die Hände. »Sobald ich wieder in L. A. bin, lasse ich den Vertrag aufsetzen.«

Jane brachte ihn noch hinaus. Während sie zusah, wie seine drahtige Gestalt die Main Street hinunter verschwand, gesellte sich Elsie zu ihr nach draußen, um eine Pall Mall zu rauchen. Als sie auch Jane eine anbot, griff diese zu.

»Was denkst du?«, fragte Jane. In Sachen Menschenkenntnis vertraute sie niemandem so sehr wie ihrer Großmutter.

»Er ist ein echter Macher«, sagte Elsie. »Ich mag ihn.«

Jane und Elsie hatten damit begonnen, Maggies Kunden im Salon zu übernehmen, sodass die Breakers ihre Bandproben schließlich nur noch in den fünfzehnminütigen Pausen zwischen Dauerwelle und Koloration abhalten konnten. An dem Tag, als bei Maggie die Wehen einsetzten, war die Luft so gesättigt mit dem Geruch von Dauerwellenflüssigkeit, dass den Breakers nichts anderes übrig blieb, als »Don't Fret« zu proben, dessen kurzen Refrain man in einem Atemzug singen konnte.

»Don't fret,
You can't fight life,
Don't sweat,
No blues,
No strife.«

Gerade als Kyle zu seinem improvisierten Bass-Solo ansetzte, steckte Elsie den Kopf zur Tür herein. Die Band verstummte.

»Es ist so weit«, sagte sie.

Jane warf einen Blick auf die Uhr – kurz vor drei. Graces Schicht war erst in vier Stunden zu Ende.

Greg sprang auf. »Kann ich …« Ihm versagte die Stimme.

»Du kannst mich nach Hause fahren«, sagte Elsie. »Jane? Mrs Clemens muss noch ungefähr zehn Minuten unter der Haube sitzen bleiben, danach sag alle restlichen Termine für den Nachmittag ab und fahr zu Grace, um sie abzulösen.«

»Moment mal«, schaltete Kyle sich ein. »Du übernimmst Graces Schicht bei Jesse Reid?«

»Sieht ganz danach aus«, sagte Jane.

Elsie warf ihr einen mitfühlenden Blick zu.

»Aber ist das nicht ein bisschen heikel?«, fragte Kyle.

»Warum denn?«, entgegnete Rich sarkastisch. »Ist ja nicht so, als hätte sie in irgendeiner Weise von seinem Unfall profitiert.«

Jane erinnerte sich an das, was Willy zu ihr gesagt hatte: *Jesse hat im Moment ganz andere Sorgen.*

»Ich bezweifle, dass er überhaupt weiß, wer wir sind«, sagte sie. »Ihr müsst jetzt zu Maggie.« Viel lieber hätte sie sich den anderen angeschlossen, doch ihr blieb keine Wahl. Das Zentrum hatte strikte Regeln, was die Gewährleistung einer kontinuierlichen Versorgung der Patienten betraf. Eine Krankenschwester durfte während ihrer Schicht nur gehen, wenn sie durch eine andere zertifizierte Pflegekraft abgelöst wurde. Und so kurzfristig kam dafür niemand anders infrage als Jane. Maggie brauchte ihre Mutter, und sie alle brauchten Graces Gehaltsscheck. Also trocknete sie

Mrs Clemens die Haare, schloss dann den Salon ab und machte sich auf den Weg nach Caverswall.

Sie hatte Grace schon mehrmals bei Reids Haus abgesetzt, war aber immer nur bis zum Tor mitgekommen. Als sie anhielt, stellte sie fest, dass sie den privaten Wachmann der Reids kannte. Es war Ross Seager, ein Stammgast aus dem Carousel, mit dem sie im vorletzten Sommer einmal geschlafen hatte.

»Oh. Hey, Ross«, sagte sie erstaunt. »Du siehst … gut aus.« Jane hatte Ross nicht mehr gesehen, seit er im vergangenen Jahr für einen Drogenentzug ins Zentrum gekommen war. Bei seinem letzten Besuch im Carousel war er nur Haut und Knochen gewesen.

»Danke, Janie. Dir brauche ich ja nicht zu sagen, dass die im Zentrum echt was von ihrem Job verstehen. Ich bin jetzt seit fast acht Monaten clean. Nicht schlecht für einen Junkie.«

»Ganz und gar nicht«, pflichtete Jane ihm bei. Sie hatte nichts gegen Drogen und hatte mit Ross zusammen einiges ausprobiert, aber bei Heroin hörte für sie der Spaß auf. Das Zeug konnte einen umbringen.

»Du warst übrigens großartig auf dem Festival«, fügte er hinzu.

»Danke«, sagte Jane. »Bei Maggie haben die Wehen eingesetzt. Lässt du mich rein?«

»Wie schön. Ich wette, sie sieht immer noch sexy aus.«

Das eiserne Tor schwang auf, und Jane fuhr die gekieste Einfahrt entlang, bis ein weitläufiges Anwesen vor ihr auftauchte. Grace kam ins Freie geeilt. Sie schwang sich auf den Fahrersitz, und die beiden begannen hastig, ihre Kleider zu tauschen. Jane schlüpfte in Graces Uniform, während Grace sich Janes weit ausgestelltes Leinenkleid überzog.

»Er ist oben mit Morgan, einer Freundin«, sagte sie, als Jane ausstieg. »Du kannst im Wohnzimmer sitzen und eine Zeitschrift lesen, er ruft, wenn er was braucht. Ich habe ihm schon Bescheid gesagt, dass eine andere Pflegerin kommt. Telefon und alle wichtigen Informationen sind in der Küche. Danke dir, Janie.«

»Alles Gute«, sagte Jane. Grace nickte und fuhr mit Vollgas davon.

Jane fühlte sich schwerelos, als sie auf das Haus zuging, dessen kantige Holzfassade vom Salz in der Luft silbrig geworden war. Jenseits des Gebäudes am hinteren Ende des Grundstücks funkelte das Meer. Von Grace wusste sie, dass Jesse und seine Familie das Anwesen scherzhaft »die Hütte« nannten, was sie nun, da sie seine Größe kannte, noch unerträglicher fand als zuvor.

Sie stieß die Haustür auf. Im Innern roch es wie in einem Museum, das professionell gereinigt und dann sich selbst überlassen worden war. Die Eingangshalle war imposant und vornehm wie ein Grabmal. Jane kam sich wie ein Eindringling vor. Sie drehte sich die Haare zu einem Dutt, so wie Grace ihn immer bei der Arbeit trug.

In der Küche fand sie das erwähnte Telefon und rief im Zentrum an, um Bescheid zu geben, dass sie die Schicht übernommen hatte. Dann blätterte sie durch Graces Notizen. Bei seinem Unfall war Jesse auf die rechte Körperseite gestürzt, wodurch er sich drei Rippen gebrochen und Frakturen der Elle, Speiche sowie mehrerer Handknochen zugezogen hatte. Darüber hinaus gab es auch noch einige oberflächliche Schürfwunden, von denen sich eine entzündet hatte. Jane würde ihm eine Injektion mit Gentamicin verabreichen müssen. Abgesehen davon sah es nach einem ruhigen Abend aus.

Sie ging an einer geschwungenen Treppe vorbei und betrat ein großes Wohnzimmer. Durch die hohen Fenster fiel Tageslicht auf bis zur Decke reichende Bücherregale und weiße Designermöbel. In der Mitte des Raums stand ein Konzertflügel, schwarz und spiegelblank wie Lackschuhe. Als Jane ihn sah, schnappte sie unwillkürlich nach Luft.

Die Tasten glänzten einladend, der hintere Deckel war hochgeklappt und gab den Blick auf die metallenen Saiten frei. Auf ihrer alten Schule hatte sie hin und wieder mit dem verstimmten Klavier im Musikraum geliebäugelt, allerdings nie sein Innenleben gesehen. Jane hatte ein Händchen für Saiteninstrumente, so wie manche Menschen ein Händchen für Tiere hatten. Ihr war noch kein Saiteninstrument untergekommen, das sie nicht bändigen konnte. Sie wusste nicht, warum, aber sie brauchte ein Instrument nur anzuschauen, um zu hören, wie und wo die einzelnen Noten gespielt werden mussten. Während sie so dastand, kam ihr der Gedanke, dass ein Klavier im Grunde genommen auch nichts anderes war als eine Gitarre – bloß mit viel mehr Saiten.

Beim Anblick des Flügels spürte Jane Energie in sich aufsteigen. Es war, als würde sie in den Nachthimmel schauen. Plötzlich hatte sie den überwältigenden Drang, sich hinzusetzen und ihre Finger über die Tasten gleiten zu lassen.

Lieber nicht. Es war schon seltsam genug, dass sie hier war. Sie fragte sich, wie weit der Klang wohl tragen würde, und sah sich im Raum um. Auf den Regalen standen keine Fotos, an der Wand hing lediglich ein einzelnes Ölgemälde von einer Frau, einem Mann und einem kleinen Jungen in förmlicher Kleidung.

Ihr Blick wanderte zurück zum Flügel, und wieder spürte sie die beinahe magnetische Anziehungskraft, die er auf sie ausübte. Gerade als sie die Hand danach ausstrecken wollte, betrat Jesse Reid das Zimmer. Obwohl er leicht vornübergebeugt stand, um seine gebrochenen Knochen zu schützen, hatte er eine erstaunlich starke Ausstrahlung. Er war groß, bestimmt eins neunzig, schätzte Jane. Als ihre Blicke sich trafen, ging ein kleiner Schauer durch ihren Körper. Seine Augen hatten die Farbe blauer Flammen.

Ehe einer von ihnen etwas sagen konnte, trat hinter ihm eine Frau ins Wohnzimmer. Jane erkannte in ihr die Studentin mit den kupferroten Haaren aus dem Carousel wieder. Sie hatte lange dunkle Wimpern, die ihre Augen fast golden aussehen ließen. Das musste dann wohl Morgan sein. Morgan Vidal – Jane erinnerte sich an ihren Nachnamen von der Kreditkarte ihres Vaters. Ihr erster Eindruck aus der Bar schien sich zu bestätigen. Diese Frau war an Reichtum gewöhnt. Sie bewegte sich mit größter Selbstverständlichkeit durch einen Raum, in dem Jane sich wie eine Außerirdische vorkam.

»Oh, hallo«, sagte Morgan.

Janes Herz hatte wild zu klopfen begonnen. Die beiden waren wie zwei wunderschöne Dschungelkatzen, die durch ihren exotischen Lebensraum pirschten. Auf einmal wurde sie sich ihrer Uniform bewusst und der Tatsache, dass sie darin praktisch unsichtbar war.

»Ich habe Grace abgelöst«, sagte sie. »Ich bin Jane.«

»Jane Quinn«, sagte Jesse, und ein Funkeln trat in seine Augen. Jane stutzte. Aha – er kannte sie also doch.

»Freut mich«, sagte Morgan, die bereits weitergegangen war. »Ich dachte, ich mache uns was zum Abendessen. Irgendwas Einfaches, letztes Jahr habe ich in Frankreich ein schnelles Rezept für Ragout gelernt.«

»Hört sich gut an«, sagte Jesse. »Aber ich glaube, außer Tiefkühlmenüs haben wir nichts im Haus.«

»Dann lass uns einkaufen fahren, auf dem Weg von meinen Eltern hierher bin ich an mindestens zwei Marktständen vorbeigekommen.«

Jesse nickte, und Jane versteifte sich. Dass sie nicht dabei sein konnte, wenn Maggie ihr Baby bekam, weil sie für Grace einspringen musste, war eine Sache. Aber sie wollte nicht allein in einem fremden Haus sitzen, während ihr Patient Ragoutzutaten einkaufte.

»Ich weiß nicht«, sagte Jesse nach einem Blick zu Jane. »Ich glaube, ich bekomme noch eine Spritze, oder?«

Dass Patienten freiwillig nach Injektionen verlangten, erlebte sie äußerst selten. Jane fragte sich, ob Morgan womöglich unangekündigt vorbeigekommen war.

»Können Sie das denn?«, fragte Morgan.

»Ja«, sagte Jane.

»Super. Dann warte ich hier, bis ihr fertig seid.« Sie setzte sich an den Flügel und begann, ohne zu zögern, zu spielen. Jane spürte einen Stich des Neids, als klassische Musik den Raum erfüllte.

»Ich glaube, Grace bewahrt die Sachen hier auf«, sagte Jesse und ging in die Küche. Jane folgte ihm.

»Ich bin übrigens Jesse.« Er warf ihr einen raschen Blick zu.

»Freut mich, Sie kennenzulernen.« Jane half ihm, die Armschlinge abzulegen. Sollte sie noch mehr sagen? Sich vielleicht bei ihm entschuldigen? Ihm danken?

Sie begann ihm das Hemd aufzuknöpfen. Sein Oberkörper war vollständig verbunden, und zwischen den einzelnen Bandagen konnte man wie durch eine Jalousie die Blutergüsse sehen.

»Sieht ziemlich schmerzhaft aus«, sagte sie nach einer Weile.

»Ich bin selber schuld«, entgegnete er, ehe er sich an den

Küchentresen setzte. »Bin oben an der Middle Road ins Schleudern gekommen – die Maschine hat Totalschaden. Zwölf Knochenbrüche. Habe das Festival verpasst. Aber das wissen Sie ja schon.«

Jane spürte, wie ihr die Hitze in die Wangen stieg, während sie in Graces Sachen nach dem Gentamicin suchte.

»Laut der *Gazette* haben Sie mir ja ordentlich Konkurrenz gemacht.«

Jane sah ihn an. »Ich würde sagen, jemand mit so viel Geld kann ein bisschen Konkurrenz durchaus verkraften.«

»Ich meinte nur ... Es muss ein toller Auftritt gewesen sein«, sagte er sanft.

Jane streifte sich ein Paar Handschuhe über und war froh, sich auf etwas anderes konzentrieren zu können.

»Grace redet ständig von Ihnen und Maggie«, fuhr Jesse fort. »Wie geht es Maggie denn?«

»Bei ihr haben gegen drei Uhr die Wehen eingesetzt«, antwortete Jane und begann, an seinem Oberarm nach einer guten Vene zu suchen. »Grace müsste bald bei ihr sein.«

»In Gray Gables«, sagte er.

Jane nahm eine Spritze aus ihrer sterilen Verpackung, steckte die Nadel in ein Fläschchen mit Gentamicin und zog sie auf. »Genau.« Darüber sprechen zu müssen machte ihr erst wirklich bewusst, wie nervös sie wegen der bevorstehenden Geburt war.

Jesse blieb das nicht verborgen. »Eigentlich können Sie auch verschwinden. Hier rumzusitzen ist bestimmt das Letzte, worauf Sie jetzt Lust haben.«

Jane hatte nicht die Energie, ihm zu erklären, dass sie eben nicht einfach »verschwinden« konnte, weil das Zentrum die Telefonzentrale überwachte, um sicherzustellen, dass die Anrufe der Pflegerinnen auch wirklich aus den Häusern der Patienten kamen. Und Janes Familie brauchte das Geld zu dringend, als dass sie Graces Job aufs Spiel setzen würde.

»Möchten Sie lieber wegschauen?«, fragte sie.

Jesse schüttelte den Kopf. »Ich habe keine Angst vor Spritzen.«

Als sie ins Wohnzimmer zurückkehrten, stand Morgan abrupt vom Flügel auf. Die letzten Noten hingen noch in der Luft wie klirrende Eiszapfen.

»Können wir dann?«, fragte sie. Jane machte Platz, während Jesse sich von Morgan in die Eingangshalle führen ließ.

»Das wird dir guttun«, sagte sie und hakte sich bei ihm unter. Dann warf sie einen Blick über die Schulter zurück. »Jane war Ihr Name, richtig?«

»Richtig.«

»Wir müssten bis sieben Uhr zurück sein, aber falls nicht, wären Sie bereit, ein bisschen länger zu bleiben, damit Sie ihn sich noch mal ansehen können, ehe Sie nach Hause fahren?«

»Morgan ...«, sagte Jesse.

»Das macht Jane doch nichts aus.« Morgan schenkte ihr ein strahlendes Lächeln. »Oder, Jane?«

Es war ein Manöver, das Jane hundertmal bei Maggie und ihrer Clique auf der Highschool beobachtet hatte. »Bestimmt sind Sie rechtzeitig wieder da«, sagte sie, direkt an Jesse gewandt. Morgans Miene verhärtete sich.

»Auf jeden Fall«, sagte Jesse.

Jane nickte, und gleich darauf waren die beiden fort. Sie wartete noch, bis die Scheinwerfer des Wagens durch die Eingangshalle geglitten waren, dann ging sie zum Flügel und klappte den Deckel hoch. Die Tasten darunter waren weiß wie Knochen. Jane strich ganz behutsam darüber, als würde sie zum ersten Mal ein wildes Tier anfassen. Dann begann sie zu spielen. Zum zweiten Mal hatte sie das Gefühl, in den Nachthimmel zu schauen, doch jetzt war er überall um sie herum.

5

Barbara »Bea« Quinn erblickte am 1. August 1969 kurz nach Mitternacht im Badezimmer von Gray Gables das Licht der Welt. Jane und Elsie standen im Türrahmen, während Grace das Neugeborene aus dem Badewasser holte und es Maggie an die Brust legte.

»Sie weiß noch gar nicht, dass sie geboren wurde«, sagte Elsie.

Maggie lachte ungläubig, als Bea erst schnaufte und dann einen spitzen Schrei ausstieß. »Sie hat dein Organ, Jane«, sagte sie. Jane war viel zu überwältigt, um zu antworten. Stattdessen machte sie das alte Handzeichen aus ihrer Kindheit, den Schweigefuchs. Lächelnd erwiderte Maggie die Geste.

Banditen stellen keine Fragen.

Die Nabelschnur wurde durchgeschnitten, und Elsie säuberte Bea, ehe sie sie fest in eine Decke wickelte. Dann legte sie Jane das schlafende Bündel in die Armbeuge und scheuchte sie aus dem Bad, damit Grace und sie sich um Maggie kümmern konnten.

Ganz vorsichtig, als trüge sie rohe Eier, ging Jane die knarrende Treppe hinunter. Vor lauter Konzentration, ja nicht das Baby zu stören, brach ihr der Schweiß aus. Es war seltsam, dass ein so winziges Wesen ihr das Gefühl geben konnte, eine Fremde im eigenen Haus zu sein.

Unten angekommen, sprangen Greg, Rich und Kyle auf und scharten sich um sie, damit sie einen Blick auf das Neugeborene werfen konnten.

»Sie schläft«, sagte Jane. »Schaut mal.«

Die Augen der Jungs wurden feucht, als Jane ihnen das Neugeborene präsentierte. »Die kleine Bea.«

»Oh, sie sieht so schön aus«, schwärmte Greg. »Wie geht es Maggie? Das klang ja ziemlich … schlimm.«

»So was habe ich noch nie erlebt«, sagte Jane.

Kyle machte leise gurrende Geräusche. »Ich bin Onkel!«, sagte er.

»Darf ich …?« Greg streckte die Arme aus, und Jane legte das Baby behutsam hinein. »Wow«, hauchte er. »Wow.«

Einige Zeit später durften sie alle nach oben gehen. Maggie hatte sich die Haare gewaschen und saß im frisch bezogenen Himmelbett unter einer gewebten Decke. Bea schlief friedlich weiter, als sie ihrer Mutter übergeben wurde.

»Wie geht es dir, Mags?«, fragte Greg. Maggie lächelte.

Als Greg ein Wiegenlied der Wampanoag anstimmte, kehrte Jane der berührenden Szene den Rücken und zog sich in den dunklen Flur zurück. Von dort aus beobachtete sie Maggie, die ihre kleine Tochter im Arm hielt, und ihr kam der Gedanke, dass ihre eigene Mutter sie früher genauso gehalten und über sie gewacht haben musste.

Janes Erinnerungen an Charlotte waren wie Fotos, die einen Wasserschaden erlitten hatten: Viele der schönen Erinnerungen waren durch schreckliche verdorben worden, und es war das Einfachste, sie komplett zu verdrängen, statt die einzelnen guten Momente mühsam herauszulesen. Nur im Schlaf fand Charlotte immer einen Weg zu ihr.

Die wiederkehrenden Albträume begannen jedes Mal

gleich. Charlotte machte sich für eine Verabredung fertig. Sie trug ein fliederfarbenes Kleid und betrachtete sich im Flurspiegel. Die geblümte Tapete war noch frisch und neu. Als Letztes legte sie roten Lippenstift auf.

Sowie die Farbe ihre Lippen berührte, versteifte sie sich und stieß einen Schrei aus, als wäre sie gestochen worden. »Leg das weg!«, rief Jane, aber ihre Mutter hörte nicht. Sie fuhr fort, sich zu schminken und dabei vor Schmerzen zusammenzuzucken, als wäre der Lippenstift ein heißer Schürhaken.

Jane erwachte schweißgebadet. Sie versuchte sich zu beruhigen, doch kaum dass sie die Augen schloss, war das Bild ihrer Mutter wieder da. Sie zwang sich dazu, es durch ein anderes zu ersetzen, und stellte sich stattdessen vor, wie Charlotte einen mondbeschienenen Strand entlangging. Sobald eine Spur nackter Fußabdrücke im Sand erschien, entspannten sich ihre Atemzüge.

Am nächsten Morgen stellte sie verwundert fest, dass sie trotz der Geburt der kleinen Bea an nichts anderes denken konnte als an den Konzertflügel in Jesse Reids Haus. Sie versuchte den Gedanken beiseitezuschieben, schließlich hatte sie einen Popsong zu schreiben. Doch ihr war nicht nach Pop zumute. Sie hatte drei verschiedene Jobs, und ihr Gehirn war darauf gepolt, Dollars statt Taktschläge zu zählen.

Mit dem Baby im Haus war es schwer, die nötige Ruhe zum Nachdenken zu finden. Irgendwer brauchte immer Hilfe. Als Trudy, Willys Sekretärin in L. A., einige Tage später anrief, um Jane mitzuteilen, dass ihr Vertrag unterwegs sei, hatte sie immer noch keine einzige Note zu Papier gebracht.

An diesem Nachmittag trafen sie und Rich sich im Hinterzimmer von Widow's Peak. Jane hatte den Arm locker über ihre Gitarre gehängt, während sie Rich dabei zusah, wie er etwas auf einen Block kritzelte. Auf diese Weise entstanden fast alle ihre Songs. Sie diskutierten über eine Idee, Rich dachte sich den Text aus, und Jane übernahm den Rest.

Rich schrieb die Worte »Spring Fling« ganz oben auf die Seite. »Versuch's mal damit«, sagte er.

Strong,
Yeah,
You bring me along.
When everything's wrong,
This is your song.

Jane umfasste den Gitarrenhals und ließ ihre Fingerkuppen über die Furche in der tiefen E-Saite gleiten. Der Text passte perfekt zu einem Popsong, er war einprägsam und beschwingt wie ein Kinderreim, nur eben für Erwachsene. Jane sehnte sich nach etwas Gehaltvollerem. Sie selbst hätte solche Zeilen niemals geschrieben.

»Ich weiß, das entspricht nicht deinem Geschmack«, sagte Rich. Jane lächelte. Sie arbeiteten schon sehr lange zusammen.

»Es ist ein guter Popsong.« Noch während sie sprach, hallten Willys Worte in ihrem Kopf wider. *Ich sage Ihnen, Sie können besser sein als gut.*

Sie begann ein wenig zu experimentieren, aber weil sie mit Richs Text nichts anfangen konnte, klang jeder ihrer Akkorde schal, und keiner wollte richtig passen. Die Musik war stets ein Ausdruck ihrer Stimmung. Wenn sie nichts fühlte, konnte sie auch keine Musik machen. Sie bemühte sich, eine sorgenfreie Version ihrer selbst heraufzubeschwören, die nicht so viel Verantwortung zu tragen hatte, doch stattdessen geisterte ihr ständig nur ihr Terminplan im Kopf herum: Grace abholen, dann Abendessen, dann die Schicht im Carousel. Nach einer Stunde war Rich mit allen Strophen fertig, und Jane hatte immer noch nichts vorzuweisen.

»Vielleicht liegt es am Text«, meinte er. »Willst du es mal selber versuchen?«

»Der Text ist perfekt«, sagte sie. »Es liegt an mir. Ich kann mich einfach nicht richtig konzentrieren. Ach du Scheiße, schon so spät?«

Sie schnappte sich die Autoschlüssel und machte sich auf den Weg zur »Hütte«, um Grace abzuholen. Weil sie zehn Minuten zu spät dran war, rechnete sie damit, dass ihre Tante draußen vor dem Tor auf sie warten würde, doch sie war nirgends zu sehen. Jane gab dem Nachtwächter Bescheid und fuhr weiter bis zum Haus.

»Hallo?«, rief sie, als sie die Tür öffnete. Die tief stehende Sonne malte violette Schatten in die Ecken der Eingangshalle. Keine Antwort. Jane ging in die Küche und von dort aus weiter ins Wohnzimmer. Der Flügel glänzte.

»Hallo?«, rief sie noch einmal. Nichts. Sie lauschte, doch alles, was sie hörte, war das Rauschen des Blutes in ihren Ohren. Sie wusste, sie hätte nach Grace suchen sollen, aber die Verlockung, noch einmal den Flügel auszuprobieren, war einfach zu groß. Sie zog sich den Hocker heran und nahm darauf Platz.

Die Tasten hatten einen angenehm schweren Anschlag, und die ersten Töne waren wie eine Befreiung. Jegliche Gedanken an »Spring Fling« wurden fortgespült, als in ihrem Innern ein Damm brach und eine Flut drängender, verworrener, turbulenter Klänge aus ihr herausströmte. Jane hatte keine Ahnung, was dies für Musik war, aber mit Sicherheit war es kein Pop.

Die Glastüren zur Terrasse öffneten sich, und Grace kam herein. Jane fuhr zusammen und nahm hastig die Finger von den Tasten. Hinter Grace hatte sie Jesse erkannt. Der Blick seiner blauen Augen war unverwandt auf sie gerichtet.

»Ich wusste nicht, dass ihr hier seid«, sagte sie.

»Wir waren zur Physio draußen im Garten«, sagte Grace. In ihrer Miene spiegelte sich der allzu vertraute Widerstreit von Stolz und Trauer, weil Janes Musik sie auf ewig an ihre Schwester Charlotte erinnerte. »Ich rufe nur schnell in der Klinik an«, sagte sie und verschwand in der Küche.

Jesse beobachtete sie weiter. Jane schluckte und blickte auf ihre Füße. Jesse räusperte sich.

»Sie waren ganz versunken«, sagte er.

Auf einmal war Jane atemlos, als wäre sie bei einem Kuss unterbrochen worden. Sie gab sich einen Ruck. »Wie fühlen Sie sich?«, fragte sie.

»Schwach«, antwortete Jesse und streckte an seinem unverletzten Arm die Finger. »Aber Grace hilft mir.«

»So, das wäre erledigt«, verkündete Grace, als sie zurückkam. »Gute Arbeit heute«, setzte sie, an Jesse gewandt, hinzu.

»Dann bis morgen«, sagte der. Sie winkten einander zum Abschied. Grace legte Jane einen Arm um die Schultern, ehe sie gemeinsam das Wohnzimmer verließen und Kurs auf die Haustür nahmen. »Was gibt es zum Abendessen?«, fragte sie. »Ich bin am Verhungern.«

»Lasagne à la Kyle.«

»Meine Jahresdosis Knoblauch in einer einzigen Mahlzeit«, sagte Grace. Janes Gelächter echote durch die Halle. Sonst war es ganz still im Haus, deshalb wusste sie, dass Jesse sie hören konnte. Sie blieb stehen. Grace warf ihr einen fragenden Blick zu, doch ehe sie etwas sagen konnte, war Jane ins Wohnzimmer zurückgekehrt. Jesse stand am Klavier.

»Möchten Sie vielleicht zum Abendessen mit zu uns kommen?«, fragte sie. »Meine Band ist auch da. Kleine Warnung – nach dem Essen werden Sie extrem durstig sein.«

Im ersten Moment glaubte sie, er hätte sie nicht gehört. Doch dann hob er den Kopf, und Dankbarkeit leuchtete aus seinen Augen.

6

Die Sonne war bereits untergegangen, als der Kombi vor Gray Gables hielt, und das viktorianische Häuschen leuchtete einladend. Jane konnte Kyle und Rich in der Küche umhergehen sehen, Greg und Maggie saßen mit Bea auf der Veranda. Grace war Jesse beim Aussteigen behilflich.

»Habt ihr die Panoramaroute genommen?«, fragte Maggie, als sie die Stufen erklommen. Ihr Blick glitt zu Jesse. »Wer ist denn das?«

»Das ist Jesse«, sagte Grace. »Er isst heute mit uns zu Abend.« Maggie hielt den Blick ihrer Mutter einen Moment lang fest, während Greg neben ihr ungläubig nach Luft schnappte.

»Freut mich, Sie kennenzulernen«, sagte Jesse. »Wie ich höre, kann man gratulieren.« Er deutete mit einem Kopfnicken auf Bea.

»Jesse Reid, heilige Scheiße, Mann!«, sagte Greg. Ein Grinsen breitete sich auf seinem Gesicht aus, als er vortrat und begeistert Jesses unverletzte Hand schüttelte. Jesse lächelte scheu.

»Es ist so cool, Sie kennenzulernen. Ich bin Greg – Janies Drummer. Das ist Maggie, meine Liebste.« Er nahm ihr die kleine Bea aus dem Arm, um sie Jesse zu zeigen. »Und das hier ist unsere Tochter Bea.«

»Sie ist wunderschön«, sagte Jesse.

Kyle kam nach draußen. Er trug eine geblümte Schürze. »Abendessen ist fertig!«, rief er. Im nächsten Moment hatte er Jesse erspäht und stöhnte.

»O Mann, Jesse Reid ist hier? Ihr hättet mir Bescheid sagen sollen, dann hätte ich Rich gesagt, dass er kochen muss.« Er schüttelte den Kopf, dann legte er einen Arm um Jesse und führte ihn ins Haus. »Ich entschuldige mich schon im Voraus, Mann. Ich hole Ihnen erst mal ein Bier. Ich bin übrigens Kyle.«

Greg folgte den beiden mit Bea auf dem Arm. Maggie erhob sich langsam von ihrem Platz. »Was soll das werden?«

»Jane hat ihn eingeladen«, sagte Grace.

»Oh. Verstehe.«

»Ich gehe jetzt rein«, verkündete Jane.

»Nur nicht so schüchtern«, sagte Maggie. »Wir verstehen schon. Er ist groß und berühmt.«

»Ich kann dich nicht hören«, sagte Jane, als sie die quietschende Fliegengittertür aufzog.

Kyle hatte Jesse den Stuhl am Kopfende des Tischs zugewiesen und war gerade dabei, einen weiteren Platz einzudecken. Greg legte Bea in ihren Stubenwagen, und Rich füllte die Gläser aus einem grünen Krug mit Wasser. Gleich darauf tauchte Elsie, ein Bouquet getrockneter Schafgarbe in der Hand, aus ihrer Kellerwerkstatt auf. Sie brachte einen Schwall nach Gewürzen duftender Luft mit. Als sie

Jesse sah, zwinkerte sie Jane zu, ehe sie sich an ihren Platz setzte.

Nachdem alle einander vorgestellt worden waren, ließen sie sich Kyles Lasagne schmecken. Das salzige Essen schien ihnen die Befangenheit zu nehmen, denn schon bald lachten und scherzten alle mit Ausnahme von Maggie, die Wert darauf zu legen schien, Jesse spüren zu lassen, dass er in ihren Augen nichts Besonderes war. Während die anderen sich Mühe gaben, ihn in ihre Gespräche miteinzubeziehen, behandelte Maggie ihn wie Luft.

»Wie lief es heute mit Mrs Robinson?«, fragte sie Elsie. »Hat sie sich den Stufenschnitt erneuern lassen, oder ist sie zu ihrer alten Außenwelle zurückgekehrt?«

»Zurück zur Außenwelle«, sagte Elsie.

Maggie rollte mit den Augen. »Ich wusste es. Wann kapieren die Leute endlich, dass es sie nur älter macht, wenn sie an einer jugendlichen Frisur festhalten?«

»Mags«, sagte Greg. »Ich glaube nicht, dass Jesse sich für Mrs Robinsons Haare interessiert.«

»Tja, dann hätte er eben nicht kommen sollen – nichts für ungut«, sagte Maggie.

»Ich dachte, die Außenwelle ist passé, oder irre ich mich da?«, fragte Jesse, und alle lachten. Als sie die Unterhaltung wieder aufnahmen, schielte Jane verstohlen in seine Richtung und stellte fest, dass der Blick seiner strahlend blauen Augen auf ihr ruhte.

Nach dem Abendessen bestanden Elsie und Grace darauf, den Tisch abzuräumen, und Maggie verschwand nach oben, um Bea zu stillen, sodass Jesse und die Breakers alleine im Wohnzimmer zurückblieben. Mittlerweile hatte sich zwischen ihnen eine Vertrautheit eingestellt. Sie waren von Bier zu Elsies Fliederwein übergegangen, und das Gespräch wandte sich der Musik zu.

»Hast du vielleicht einen Rat?«, fragte Rich zaghaft und sah Jesse durch seine langen blonden Ponysträhnen an. »Für unsere erste Platte, meine ich.«

Jesse runzelte die Stirn. »Glaubt mir, von mir wollt ihr keinen Rat.« Stattdessen erzählte er ihnen Geschichten aus London, wo er sein Album eingespielt hatte. Er war im selben Tonstudio gewesen wie die britische Band Fair Play und hatte mehrmals bei den Aufnahmen für deren neuestes Werk *Elevator Pitch* zuhören dürfen.

»Ich kann nicht glauben, dass du Hannibal Fang kennengelernt hast«, sagte Kyle mit leuchtenden Augen. »Der Typ ist eine Legende.«

»Ehrlich gesagt, kann ich mich an das meiste gar nicht mehr so genau erinnern«, gestand Jesse. »Ich war ziemlich neben der Spur. Aber ja, Hannibal ist ein krasser Bassist.«

»Du sagst es.« Kyle tat so, als würde er Luftbass spielen, und ahmte mit seinen knochigen Hüften Hannibal Fangs berüchtigtes Beckenkreisen nach. Die anderen lachten.

»Und? Hilfst du Jane?«, wollte Kyle wissen. Jane strafte ihn mit einem vorwurfsvollen Blick. Kyle war ein offenherziger und direkter Mensch. Er konnte sich nur schwer vorstellen, dass nicht jeder diese Offenheit teilte.

»Wobei?«, fragte Jesse.

»Sie muss noch einen Popsong schreiben. Für unser Album. Eine Single.«

»Was ist mit dem Stück, das du vorhin auf dem Klavier gespielt hast?«

»Jane kann nicht Klavier spielen«, sagte Rich.

Jesse lachte. »Und ob sie das kann.«

Kyle, Rich und Greg stöhnten.

»Gibt es irgendwas, was du nicht spielen kannst?«, fragte Greg.

Jesse sah von einem zum anderen. »Ich verstehe nicht ganz.«

»Jane ist ein Genie«, klärte Kyle ihn auf. »Sie kann sich so ziemlich jedes Instrument selbst beibringen. Erst war es die Gitarre, dann die Violine …«

»Die Mandoline«, sagte Rich.

»Die Laute«, sagte Greg.

»Die Ukulele«, sagte Kyle. »Und jetzt ist sie die Pianozähmerin.«

»Die Pianozähmerin«, echoten Rich und Greg.

»Das ist unglaublich«, sagte Jesse.

Jane wandte den Blick ab. »Kyle hat recht. Wir brauchen einen radiotauglichen Song. Nichts Kompliziertes. Rich hat schon den perfekten Text geschrieben, es fehlt nur noch die Musik … Ich muss mich bloß endlich mal richtig konzentrieren.«

»Wie funktioniert das denn bei dir, Mann?«, wollte Greg von Jesse wissen. »Niemand schreibt solche Ohrwürmer wie du.«

»Keine Ahnung.« Jesse blickte auf seine Hände. »Ehrlich gestanden, habe ich eher das Gefühl, dass ich die Songs finde, statt sie zu schreiben.«

»Jesse Reid«, sagte Kyle. »Du bist viel zu bescheiden.«

Während das Gespräch weiterging, wandte Jesse sich an Jane und sagte mit leiser Stimme: »Wenn dir gar nichts anderes einfällt, nimm einen Dur-Septakkord.«

Jane blickte überrascht auf. »Danke«, sagte sie und nahm sich vor, bei nächster Gelegenheit nachzuschlagen, was ein Septakkord war.

Er nickte ihr zu, dann klinkte er sich wieder in die Unterhaltung ein.

Gegen elf Uhr begann Greg lauthals in seinem Sessel zu schnarchen, und sie beschlossen, die Runde aufzulösen.

»Ich kann dich mitnehmen«, bot Kyle Jesse an und klopfte ihm auf die unversehrte Schulter. »Echt toll, dass du heute hier warst, Mann.«

»Es war sehr schön«, sagte Jesse. Er fing Janes Blick ein. »Wirklich.«

»Du solltest uns mal spielen hören«, murmelte Greg gähnend. »Wir treten fast jedes Wochenende im Carousel auf.«

Jesse nickte. Dann wandte er sich an Jane. »Du kannst jederzeit kommen und den Flügel benutzen, wenn du möchtest.«

»Ja, das wäre großartig«, sagte Jane. Ihr Magen machte einen kleinen Satz, als Jesses Blick noch einen Moment länger auf ihr ruhte.

Dann folgte er Kyle nach draußen. Rich ging an Jane vorbei, säuselte »Das wäre großartig« und klimperte mit den Wimpern. Jane boxte ihn gegen den Arm, und er lief Kyle und Jesse nach, während Greg nach oben verschwand.

Jane war noch hellwach. Sobald sie allein in ihrem Zimmer saß, schnappte sie sich den Notizblock mit dem Text zu »Spring Fling«. Auf einmal ergaben die Zeilen einen Sinn. Sie waren für Abende wie diesen geschrieben worden, an denen man sich jung und frei fühlte und das Gefühl hatte, dass alles möglich war.

Strong,
Yeah,
You bring me along,
When everything's wrong,
This is your song.

Jane holte ihre Gitarre und kramte das zerfledderte Buch mit Griffen hervor, das Kyle ihr in der zwölften Klasse zu

Weihnachten geschenkt hatte. Dann begann sie mit der Komposition der ersten Akkorde. Behutsam, damit das Baby nicht aufwachte, schlug sie die Saiten an. Jesse hatte recht gehabt, der C-Dur-Septakkord war die Lösung. Als sie fertig war, waren ihre Notizen länger als der Text von Rich. Sie lehnte sich zurück, um ihr Werk zu begutachten.

Als es an der Tür klopfte, wusste sie, dass es ihre Tante war, noch bevor diese hereinkam.

»Hey!«, sagte Jane.

»Hey«, sagte Grace. »Ich wollte dich nicht stören. Es dauert auch nicht lange.«

Jane klappte den Notizblock zu, und Grace setzte sich zu ihr auf die Bettkante.

»Das war sehr schön heute«, begann sie. Sie knetete ihre Finger. Jane spürte, wie eine leise Angst in ihr aufstieg und ihre Zufriedenheit störte. Sie wartete darauf, dass Grace fortfuhr.

»Mir war nicht klar, dass du auch privat Umgang mit Jesse haben willst«, sagte sie.

Jane schluckte. »Will ich nicht. Er hat mir nur leidgetan, weil er ganz allein war.«

Grace nickte. »Jesse ist ein netter Mensch. Aber er ist eben auch ein Patient.«

Jane wurde ganz unbehaglich zumute. »Und?«

»Und ... Leute mit seiner Vergangenheit sind nicht dafür bekannt, besonders vertrauenswürdig zu sein.« Grace brach ab. Sie durfte keine vertraulichen medizinischen Informationen preisgeben, auch nicht einer jüngeren Kollegin gegenüber.

Janes ungutes Gefühl wurde stärker. »Was meinst du denn damit?« Ihre Blicke trafen sich.

»Ich meine, dass du lieber keine zu enge Beziehung zu ihm aufbauen solltest. Und pass auf, was du ihm sagst.«

Diese Warnung schien direkt an Janes zehnjähriges Ich gerichtet zu sein. Maggie hatte damals keine Gelegenheit ausgelassen, Grace zu provozieren und ihre Grenzen auszutesten, denn für sie war es selbstverständlich, eine Mutter zu haben. Aber für Jane nicht. Einmal war sie während eines Hurrikans von zu Hause ausgerissen. Grace hatte sie gefunden, allein und zu Tode verängstigt, und ihr damit vermutlich das Leben gerettet. Von jenem Tag an wäre Jane lieber gestorben, als ihre Tante noch einmal zu enttäuschen.

»Natürlich«, sagte sie und schenkte ihrer Tante ein flüchtiges Lächeln. »Ich will gar nichts von ihm, ehrlich. Es ist einfach nur gut, ihn zu kennen – für die Band.«

Grace nickte. »Okay.«

Sie umarmten einander, und Grace ging ins Bett.

Nachdem sie fort war, warf Jane abermals einen Blick auf den Text zu »Spring Fling«. Jetzt hatte er sich wieder in die nichtssagenden Worthülsen vom Nachmittag zurückverwandelt.

Sie legte ihre Gitarre zurück in den Koffer und zog sich ein viel zu großes T-Shirt mit dem Aufdruck »Carousel, Summer 1967« an. Als sie nach unten ging, um sich etwas zu trinken zu holen, traf sie auf Elsie, die am Küchentisch saß und *Jamaica Inn* las, obwohl sie es schon kannte. Der grüne Krug vom Abendessen war noch zur Hälfte mit Wasser gefüllt. Elsie sah zu, wie Jane sich ein frisches Glas einschenkte. Als ihre Enkelin nicht gleich wieder verschwand, ließ sie ihr Buch sinken.

»Ich liebe meine Tochter«, sagte sie. »Aber manchmal kann Grace eine ganz schöne Spielverderberin sein.«

Jane blickte ihrer Großmutter forschend ins Gesicht. »Was hältst du denn von Jesse?«

Elsie zuckte mit den Achseln. »Er ist ein Rockstar.

Ruhm bringt Probleme mit sich, er ist wohl kaum der Erste, auf den das zutrifft. Die eigentliche Frage lautet doch: Was hältst du von ihm?«

»Ich mag ihn«, gestand Jane. »Aber im Moment hat das Album Vorrang. Es würde mir schon reichen, von ihm zu lernen.«

Elsie grinste diebisch. »Fürs Erste«, sagte sie.

Jane verdrehte die Augen und gab ihrer Großmutter einen Gutenachtkuss.

7

Mitte August verkündete Maggie, dass sie bereit sei, wieder einige ausgewählte Kundinnen im Salon zu bedienen. Um ihr den Einstieg zu erleichtern, richtete Greg für Bea im Lagerraum ein kleines Kinderzimmer ein. In einem Trödelladen in Perry's Landing hatte er eine Wiege erstanden, die er gründlich säuberte und unter einem Mobile aus Blechmonden aufstellte. Als Maggie einen Blick darauf warf, lachte sie bloß. Greg machte ein langes Gesicht. Jane war voller Mitleid.

»Du glaubst doch wohl nicht ernsthaft, dass ich sie da reinlege«, sagte Maggie. Sie machte auf dem Absatz kehrt und ging mit Bea zurück in den Salon. Greg sah aus, als wäre er von einer Schlange gebissen worden, und ließ die Schultern hängen. Rich trat zu ihm, um ihn zu trösten, während Jane ihrer Cousine nach draußen folgte.

»Was glaubst du eigentlich, wer du bist?«, zischte sie über den Empfangstresen hinweg.

»Ich bin ihre Mutter«, entgegnete Maggie. Im nächsten

Moment öffnete sich die Tür zum Salon. »Jane, mach Platz, wir haben Kundschaft.«

Als Jane am frühen Nachmittag zur »Hütte« fuhr, brodelte sie immer noch vor Zorn. Sie traf Grace und Jesse beim Bocciaspielen in der Einfahrt an. Seine Blicke folgten ihr, als sie aus dem Auto stieg.

»Es ist erst sechs«, sagte Grace erstaunt. Wahrscheinlich passte es ihr nicht, dass Jane gekommen war.

Doch Jane kümmerte das nicht. »Ich weiß«, sagte sie. »Jesse, darf ich den Flügel benutzen?«

Jesse nickte. Auf dem Weg ins Haus fragte sie sich, ob er vielleicht gar nicht damit gerechnet hatte, dass sie auf sein Angebot zurückkommen würde. Sie verspürte einen Hauch von schlechtem Gewissen, der jedoch verflog, sobald sie den Flügel sah.

Das Blut pochte in ihren Ohren, als sie die Klappe anhob und über die Tasten strich. Sie beugte den Kopf nach vorn, als wolle sie sich vor dem Instrument verneigen. *Hilf mir*, dachte sie. Sie hatte Maggies Gehabe so satt. Ihre Cousine nahm alles und jeden als selbstverständlich. Dass die anderen länger arbeiteten, um ihren Verdienstausfall wettzumachen. Greg und seine Güte. Sie bedankte sich nie. Sie war nicht einmal nett. Jane musste die ganze Zeit daran denken, was für ein Gesicht Greg gemacht hatte, nachdem Maggie sich so verächtlich über die Wiege geäußert hatte.

Sowie ihre Finger sich auf die Tasten senkten, erfüllte ein Durcheinander aus Phrasen und Läufen den Raum. Jane erkannte sie als das, was sie waren: unterschiedliche Elemente, die, wenn sie sie erst einmal auseinanderdividiert hatte, eine Strophe, einen Refrain und eine Bridge ergeben würden. Während sie spielte, sang sie, was ihr gerade in den Kopf kam.

»Viper twisted in your nest,
Wearing wallets for your skin,
Apple green as original sin,
How much like a girl you are,
Lounging breezy in your denim,
Killing love with words of venom.«

Die Worte waren wie ein Metronom, das im Hintergrund tickte. Sie dienten ihr lediglich als Wegmarken, während sie den Sumpf aus Melodie und Harmonie durchwatete. Als Graces Schicht vorbei war, hatte Jane den Refrain und die Strophe der Ballade fertig, die sie noch brauchten, um ihr Album zu vervollständigen.

»Du kannst wiederkommen, um den Song fertig zu machen«, sagte Jesse, als Jane sich beim Abschied bedankte. Jane lächelte. »Morgen«, schob er hinterher.

Jane hörte, wie Grace draußen den Motor anließ. »Morgen«, sagte sie.

Am nächsten Tag spielte sie Rich vor, woran sie gearbeitet hatte.

Wenn Rich einen Song mochte, neigte er immer ganz leicht den Kopf zur Seite. Das tat er auch diesmal, während Jane ihm den Refrain mit ihrem improvisierten Songtext vorsang, und sie verspürte einen gewissen Stolz.

»Der ist fantastisch, Janie«, sagte er am Ende. »*Lounging in denim, words of venom* … das ist Maggie, wie sie leibt und lebt.«

Jane runzelte die Stirn. »Eigentlich war das eher so wie bei ›Scrambled Eggs‹«, sagte sie und bezog sich auf den Text, den Paul McCartney bei der Komposition von »Yesterday« als Platzhalter verwendet hatte.

»Wieso?«, fragte Rich. »Ich finde den Text echt gut.«

Doch Jane blieb hart. »Ich aber nicht. Hier, mach dein Ding.« Sie gab ihm den Notizblock und schlug als zusätzliche Aufforderung den Anfangsakkord des Songs an. Sie führten diese Diskussion nicht zum ersten Mal, aber im Moment fehlten Jane die Nerven, um das Thema wieder aufzuwärmen.

Seufzend schlug Rich eine neue Seite im Notizblock auf und kritzelte ein einzelnes Wort in die oberste Zeile: »Run«.

Jane hatte gehofft, auch an diesem Tag früher zur »Hütte« fahren zu können, um weiter an der Bridge zu arbeiten, doch bei einem Blick auf die Uhr stellte sie fest, dass Graces Schicht schon in einer halben Stunde vorbei war. Als sie zur Tür hinausstürzte, rief Elsie ihr hinterher, dass Grace angerufen habe.

»Ich bin schon unterwegs, dann kann ich persönlich mit ihr sprechen«, gab Jane zurück. Sie wollte keine Minute mehr vergeuden.

Kaum dass sie Jesses Haus betreten hatte, spürte sie, dass etwas anders war. Big-Band-Musik schallte durchs Erdgeschoss und verwandelte die glatten Oberflächen in eine marmorne Echokammer. Eine innere Stimme riet ihr, lieber wieder umzukehren, aber sie wollte unbedingt ihren Song fertigstellen, also ging sie weiter.

Im Wohnzimmer traf sie auf Jesse, der in sich zusammengesunken dasaß, als versuche er sich unsichtbar zu machen. In der Mitte des Raums stand ein Mann, den Jane sofort als Jesses Vater erkannte. Er war genauso groß wie sein Sohn, allerdings fehlte ihm dessen Sanftheit. Eine furchteinflößende Gestalt mit Augen so kalt wie Eis.

»Wenn sie dich sehen könnte, wäre sie entsetzt«, sagte er, einen Arm auf den Flügel gestützt, als wäre dieser ein gewöhnliches Möbelstück. Von Grace fehlte jede Spur. Jane wollte den Rückzug antreten.

»Na, wen haben wir denn da?«, sagte Jesses Vater. In ihrer zerschlissenen Tunika kam Jane sich auf einmal schäbig vor.

»Das ist Jane«, sagte Jesse und richtete sich auf. Ihre Anwesenheit schien seine Stimmung etwas zu heben. »Sie ist auch eine Künstlerin bei Pegasus. Jane, das ist mein Vater Dr. Aldon Reid.«

»Freut mich, Dr. Reid«, sagte Jane. Dann fragte sie, an Jesse gewandt: »Wo ist Grace?«

»Ich habe sie losgeschickt, damit sie ein paar Erfrischungen nach unten zum Anleger bringt«, sagte Dr. Reid.

»Ich habe ihm gesagt, dass das nicht ihre Aufgabe ist.« Jesse war die Sache sichtlich peinlich.

»Sie schien aber kein Problem damit zu haben«, gab Dr. Reid zurück. »Sie ist eine kluge Frau, die weiß, dass ich ihr Gehalt bezahle. Manchen Leuten bedeutet das noch etwas, mein Junge.«

»In dem Fall sollte ich mal nachschauen, ob sie Hilfe braucht«, sagte Jane und wandte sich erneut zum Gehen.

»Nicht so schnell, junge Dame.« Dr. Reid schien es nicht gewohnt zu sein, dass Leute gingen, ehe er sie entlassen hatte. Der Plattenspieler machte eine kurze Pause, dann setzte »Lilac Waltz« ein. Janes Mund wurde trocken.

»Nehmen Sie doch Platz. Als Jesses Künstlerkollegin dürfen Sie erst gehen, wenn Sie diesen Song bis zum Ende gehört haben. Tommy Patton – das ist ein echter Künstler. Sei so gut, Jesse, und dreh die Lautstärke auf.«

Jesse tat wie geheißen, obwohl Dr. Reid näher am Plattenspieler stand. Die wunderschöne, traurige Melodie von »Lilac Waltz« erfüllte den Raum, auch wenn sämtliche Nuancen im Getöse von vierzig Trompeten untergingen und Tommy Patton den Text mit schmalziger Stimme ins Mikrofon schmachtete.

»Sometimes I think about
The nights we used to dance
Among the lilac trees.
Summer breeze
Filled the air
With sweet perfume
And promises.«

Jane saß da wie gelähmt. Sie wartete auf eine ganz bestimmte Zeile in der zweiten Strophe.

»The moon hangs low,
White as a pearl,
I'm the guy in your arms.«

Sie würde nie vergessen, wie ihre Mutter darüber geschimpft hatte. Völlig außer sich war sie gewesen. »Das reimt sich nicht mal!«, hatte sie gesagt. Dies war nicht die elegante Frau aus Janes Träumen, sondern ein verzweifelter Geist, dessen Herzenswerk ihm gewaltsam entrissen worden war. »Es ist doch völlig klar, dass es heißen muss: ›I'm the girl / in your arms‹. Auf ›pearl‹ reimt sich ›girl‹. Auf ›pearl‹ reimt sich ›girl‹!«

Damals hatte Jane ihre Mutter nicht wirklich verstanden. *Schreib doch einfach einen neuen Song!*, hätte sie am liebsten zu ihr gesagt. Erst jetzt, da sie selbst ihre große Chance bekommen hatte, konnte sie nachvollziehen, wie es gewesen sein musste, auf der Insel festzusitzen und vollkommen machtlos zu sein, während das eigene Stück wieder und wieder im Radio gespielt wurde.

»Nichts gegen Gitarrenmusik«, sagte Dr. Reid. »Die hat durchaus ihren Reiz. Ein bisschen altmodisch vielleicht. Aber wenn man als einer der Großen in die Geschichte eingehen will, sollte man sich von diesem Mann hier eine Scheibe abschneiden.«

»Hat er ja auch nicht anders gemacht.« Es dauerte einen Augenblick, ehe Jane bewusst wurde, dass die Bemerkung von Jesse gekommen war.

»Was sagtest du, mein Sohn?«, fragte Dr. Reid und trank einen Schluck aus seinem Whiskeyglas.

»Nur, dass ich jemandem wie Tommy Patton lieber nicht nacheifern möchte«, sagte Jesse. Jane hörte deutlich den Zorn in seinen Worten.

Genau wie bei Dr. Reid. »Das ist das Problem mit eurer Generation«, sagte er. »Keiner von euch denkt, dass er noch irgendwas dazulernen kann.« Dann wandte er sich an Jane. »Sie scheinen mir doch ein nettes junges Mädchen zu sein. Hören Sie auf Ihren Vater?«

»Ich kenne meinen Vater nicht«, sagte Jane. Dr. Reid musterte sie mit kaltem Blick. Jane saß da und ließ sich mustern.

»Du hast recht, Jesse«, meinte er nach einer Weile. »Durch deine Musik lernst du wirklich überaus interessante Leute kennen.«

Jesse durchquerte das Zimmer und legte Jane die Hand auf den Arm, während sein Vater das Glas leerte. »Komm«, sagte er. »Ich wette, wenn wir uns beeilen, holen wir Grace noch ein.«

»Geh aber nicht zu schnell, Junge.« Dr. Reid schenkte sich nach. »Ich will nicht noch für einen zweiten Monat Tagespflege bezahlen.«

Jesse führte Jane durch die Glastüren hinaus in den von Bäumen gesäumten Garten. In der Ferne sah Jane das Meer glitzern.

»Ich entschuldige mich dafür«, sagte Jesse. »Wir haben noch versucht, dich anzurufen. Er ist gestern unangemeldet aufgetaucht und … Na ja, es ist sein Haus.«

»Das ist meine Schuld«, sagte Jane. »Ich hätte nicht einfach so reinplatzen dürfen.«

Sie blieb stehen und sah zu ihm auf.

»Warum hast du das eben gesagt – das über Tommy Patton?«

Jesse fuhr sich mit der Hand durchs Haar. »Willy hat mir erzählt, was damals mit deiner Mutter passiert ist.«

Jane war überrascht. »Wie ist das Thema denn zur Sprache gekommen?«

Jesse wurde rot. »Sie hat also den Song geschrieben«, sagte er, ohne weiter auf ihre Frage einzugehen.

Jane nickte.

»Ich verstehe nicht, wie er damit durchkommen konnte. Haben die Leute deine Mutter den Song denn nicht singen hören? Gab es keine ... Ich weiß auch nicht ... Zeugen?«

»Sie ist nicht sehr oft aufgetreten«, sagte Jane. »Der einzige Ort, an dem sie das Lied je gesungen hat, war die Amateurbühne auf dem Folk Fest. Da muss Tommy Patton es gehört haben. Als es das erste Mal im Radio lief, hat sie versucht, sich an die lokalen Medien zu wenden, aber niemand wollte darüber berichten. Die Insel braucht die Unterstützung der großen Plattenfirmen zu sehr, als dass man riskieren würde, sie vor den Kopf zu stoßen. Irgendwann hat meine Großmutter dann beschlossen, die Sache auf sich beruhen zu lassen.«

Jesse schüttelte den Kopf. »Darf ich fragen, was passiert ist?«

Pass auf, was du ihm sagst.

Jane sah ihm tief in die Augen. Erstaunt stellte sie fest, dass sie ihm alles erzählen wollte. Aber sie durfte Graces Rat nicht ignorieren. Sie zögerte lange.

»Als ich noch klein war, war meine Mutter ... anders«, sagte sie schließlich. »Immer fröhlich. Sie liebte Geschichten, deshalb hat sie auch in der Bücherei gearbeitet. Oft haben wir stundenlang in alten Anthologien geblättert oder griechische Sagen gelesen, bis irgendwann die anderen Bibliothekarinnen gekommen sind und uns gesagt haben, dass wir leise sein sollen. Sie hat mir versprochen, mit mir nach Kreta zu fliegen, wenn ich alt genug bin. In die Heimat des Minotaurus.«

Jane blickte auf das helle Funkeln des Meeres hinter den Bäumen.

»Gott, sie war ganz besessen von dem Mythos. Sie fand es faszinierend, dass Theseus nur mithilfe eines Fadens aus dem Labyrinth entkommen konnte. So was Ähnliches war die Musik für sie: ein dünner Faden, der sie mit dem Licht verband.«

Auf ›pearl‹ reimt sich ›girl‹.

Jane hielt inne und rang um Fassung.

»Nachdem Tommy Patton ›Lilac Waltz‹ rausgebracht hatte, hat sich ihre Persönlichkeit verändert«, fuhr sie nach längerem Schweigen fort. »Es war, als wäre der Faden gerissen. Sie hat ihre Stelle in der Bibliothek gekündigt und den ganzen Tag nur noch vor dem Fernseher gesessen und alte Serien aus den Fünfzigern geschaut. Manchmal hat sie tagelang mit niemandem ein Wort gesprochen, und dann hat sie sich wieder stundenlang mit Grace gestritten.«

Jesse sah sie mit aufrichtigem Interesse an, was sie zum Fortfahren animierte.

Sie holte tief Luft. »Zum Ende hin wurde sie immer seltsamer. Sie hat einige Dinge gemacht, die streng genommen nicht … legal waren. Dann ist sie eines Abends weggegangen und nicht mehr wiedergekommen.«

»Wo ist sie denn hingegangen?«

»Ich weiß es nicht.« Ein kalter Schauer durchrieselte Jane. »Wir haben nie wieder von ihr gehört.«

Jesse war fassungslos. »Aber ihr müsst doch nach ihr gesucht haben.«

»Natürlich«, sagte Jane. Sie hatte schon mehr preisgegeben als beabsichtigt.

»Und?«, fragte Jesse. Seine Iris hatte keinen äußeren Ring, stellte Jane fest. Da war nichts als Blau bis dorthin, wo das Weiß begann.

»Und ... nichts«, sagte Jane. »Sie könnte überall sein. Vielleicht ist sie auch tot.«

Jesses Augen weiteten sich, und Jane wurde bewusst, dass sie unwillkürlich lauter geworden war.

»Das tut mir leid, Jane.«

»Ich tippe auf Kreta«, sagte sie leise und stellte sich eine Spur aus Fußabdrücken an einem mondbeschienenen Strand vor.

»Wie alt warst du damals?«

»Neun.«

Er atmete aus. »Das ist schlimm.« Er wirkte ehrlich betroffen.

»Es ist traurig«, sagte Jane. »Aber ich habe Glück gehabt. Grace ist praktisch wie eine Mutter für mich, und dann habe ich ja auch noch Elsie und Maggie. Du weißt schon.«

Jesses Blick hatte sich verschleiert, als wäre er in Gedanken ganz weit weg. »Ja, ich weiß wirklich, wie das ist«, sagte er. »Meine Mutter ist vor drei Jahren ganz unerwartet gestorben. Bauchspeicheldrüsenkrebs. Wir wussten nicht mal, dass sie krank ist. Es ging ihr gut, und keine drei Wochen später war sie tot.«

»Das tut mir leid, Jesse«, sagte Jane.

Jesse nickte. »Meinen Dad hat das ziemlich hart getroffen. Ich glaube, er gibt sich selbst die Schuld, weil er Arzt ist. Ich weiß, er wirkt ruppig und unfreundlich, aber er hatte es auch ... nicht leicht mit mir. Ich bin alles, was er noch hat, und nach dem, was diesen Sommer vorgefallen ist ... und vorher ... hat er einfach Angst, mich auch noch zu verlieren.«

»Was ist denn vorgefallen?«

Jesse sah sie prüfend an. »Ich war eine Zeit lang in einer Einrichtung«, sagte er.

Jane stand ganz still da. War es das, wovor Grace sie gewarnt hatte?

»Hier im Zentrum?«, fragte sie. Ihr wurde kalt, als sie sich Jesse in der weißen Patientenkluft vorstellte, während ein Pfleger ihn in die Isolation brachte.

Jesse schüttelte den Kopf. »Schön wär's. Ich war im McLean Hospital in der Nähe von Boston. Für den Sohn von Aldon Reid nur das Beste.«

»Wie war es dort?«

»Im Zoo?« Jesse legte den Kopf in den Nacken, und Jane sah, wie sein Kehlkopf sich auf- und abbewegte. »Sauber. Perfekt organisiert. Als würde man in einem Aktenschrank leben. Da läuft alles so geordnet ab, dass die Zeit einfach an einem vorbeifliegt. Man geht im Juni rein, und ehe man es sich versieht, ist schon Dezember. Aber das Essen war unschlagbar.«

Jane schnaubte. »Wieso nennst du es den Zoo?«

»Gitter vor sämtlichen Fenstern.«

Jane sah ihm in die Augen. »An so einem Ort könnte ich nicht arbeiten«, sagte sie. »Ich finde es schrecklich zu sehen, wie die Patienten leiden – tagein, tagaus dasselbe, ohne ein Gespür dafür, was draußen in der Welt vor sich geht.«

»Das muss nicht immer schlecht sein«, meinte Jesse leise. »Nach dem Tod meiner Mutter hatte ich schwere Depressionen. Ich war völlig am Boden, kam einfach nicht damit klar. Ich hatte Mühe, es überhaupt durch den Tag zu schaffen. Ich brauchte Hilfe, um zu akzeptieren, was …«

»Die Realität ist und was nicht.«

Jesse nickte. »Ich schäme mich, es zuzugeben, zumal ich doppelt so alt war wie du, als es passiert ist.«

»Wenn man neun ist, erwartet auch niemand, dass man mit so was klarkommt«, sagte Jane.

Jesse starrte auf seine Füße.

»Und wie geht es dir jetzt damit?«, fragte sie.

Jesse schwankte leicht hin und her. »Es ist drei Jahre her«, sagte er. Dann blickte er zu ihr auf. »Inzwischen ist alles … anders.«

Einen Moment lang standen sie schweigend nebeneinander. Dann schlug Jane den Weg in Richtung Anleger ein. Sie spürte ein kleines Ziehen im Brustkorb, als Jesse ganz nah neben ihr herging.

8

Jeden Mittwoch half Jane Elsie dabei, ihre Öle, Tinkturen, Seifen und Kerzen in den Kombi zu laden, und die beiden machten sich auf den Weg zum Flohmarkt nach Mauncheake. Dort verkaufte Elsie normalerweise ein paar Kerzen, doch in erster Linie ging es ihr darum, sich mit ihrem Bekannten Sid auszutauschen, der jedes Mal einen Kofferraum voller Antiquitäten und eine Menge Tratsch aus seinem Laden in Perry's Landing mitbrachte.

»Die Damen Quinn, strahlend schön wie immer«, sagte er zur Begrüßung und hob den Kopf, während er versuchte, auf seinem limettengrünen Transistorradio einen Sender einzustellen. Er bezeichnete es als »Sammlerstück«, obwohl es in Wahrheit erst sieben Jahre alt war. Das hielt ihn jedoch nicht davon ab, ein Preisschild daraufzukleben – nur für den Fall der Fälle.

»Lila Charlotte, du errätst nie, wer gerade zum dritten Mal die Scheidung eingereicht hat!«, sagte er voller Schadenfreude zu Elsie, ehe er eine Thermosflasche aus seinem Picknickkorb holte.

»Nein!«, sagte Elsie. »Heißt das, C.C. ist wieder bei dir?«

»Fang bloß nicht davon an«, sagte Sid und reichte Jane und Elsie je einen gläsernen Eiscremebecher mit einer rosafarbenen Flüssigkeit darin. Jane schnupperte an ihrem Glas und hob fragend die Augenbrauen.

»Es ist hauptsächlich Grapefruitsaft, Jane«, sagte Sid. »Übrigens, wie läuft es mit dir und dem grüblerischen Musiker?«

»Ich glaube, er schwärmt für unsere Jane.« Elsie nippte an ihrem Getränk.

»So ist es doch gar nicht«, widersprach Jane. In der Woche seit ihrer Begegnung mit Dr. Reid hatte sie Jesse kaum gesehen. Sie hatten immer nur im Vorübergehen ein paar Worte gewechselt. Die Distanz verschaffte ihr eine gewisse Erleichterung. Es war nicht ihre Absicht gewesen, ihm ihr Herz auszuschütten, und im Nachhinein konnte sie nicht begreifen, weshalb sie es getan hatte.

»Natürlich nicht«, sagte Sid mitleidsvoll. »Wo wir gerade von Tunichtguten sprechen – ihr ahnt nicht, wer neulich in meinen Laden kam, nur um mir einen Vortrag darüber zu halten, wie ich meinen Wagen geparkt habe.«

Elsies Augen wurden schmal. »Mayhew«, sagte sie.

Während Sid und Elsie sich genüsslich ihren Lästereien über Elsies alten Erzfeind Drexel Mayhew widmeten, hörte

Jane eine vertraute Melodie im Radio. Sie streckte die Hand aus und drehte es lauter, als der Refrain einsetzte.

»*Nothing's wrong when Sylvie smiles,*
Yeah, nothing can go wrong when Sylvie smiles.«

Es war Jesse. Seine Stimme glitt durch die Musik wie ein silberner Pfeil, so rein und klar, dass Jane davon ganz froh zumute wurde. Ihr Herz begann schneller zu schlagen, als ihr bewusst wurde, dass sie den Song noch nie zuvor gehört hatte. Sie hatte fälschlicherweise angenommen, ihn zu kennen, weil er ihr so gut gefiel. Verzaubert lehnte sie sich zurück und lauschte.

Später bei der Bandprobe musste sie immer noch an den Song denken. »Hast du schon mal ›Sylvie Smiles‹ gehört?«, wollte sie von Kyle wissen.

»*She's got a funny way of showing it*«, sang Kyle. »Janie, du lebst hinter dem Mond. Der Song ist seit einem Monat draußen.«

»Er ist richtig gut.«

Kyle nickte energisch. »Wenn dir der gefällt, musst du dir unbedingt mal ›My Lady‹ anhören.«

Nach der Probe gingen sie über die Straße zu Beach Tracks, dem einzigen Musikladen der Insel. Dana, eine der zwei Inhaberinnen, erlaubte ihnen, sich mit dem Album *Jesse Reid* im Hinterzimmer einzuschließen. Jane gefiel das Album nicht besonders, sie fand die Londoner Rock-Einflüsse aufgesetzt. Harpsichord-Intros waren an Songs geklebt worden, die später ausschließlich von der Gitarre begleitet wurden, andere Stücke hatte man mit Blechbläserquartetts entstellt. Jane kam das alles unnötig vor, denn Jesse war ein phänomenaler Gitarrist mit einer einzigartigen Stimme. Er traf die Töne mit einer Präzision, die selbst die überladene Instrumentierung nicht verbergen konnte. Nachdem sie eine Weile zugehört hatte, konnte sie es schließlich nicht mehr leugnen: Sie war ein Jesse-Reid-Fan.

Am selben Abend rief Willy an, um ihr mitzuteilen, dass er auf Bayleen Island angekommen sei.

»Ich würde morgen gerne vorbeikommen und mir die neuen Songs anhören. Vielleicht legen wir bei der Gelegenheit auch gleich die Reihenfolge der Tracks fest.«

»Klar«, sagte Jane.

»Super. Ich gebe Jesse Bescheid. Ich dachte mir, er könnte mitkommen und euch vielleicht ein bisschen handwerkliches Feedback geben.«

Bisher hatte Jane sich in Jesses Gegenwart nie befangen gefühlt, aber das war, bevor sie gewusst hatte, was für ein begnadeter Musiker er war. Sie zögerte einen Augenblick zu lange mit ihrer Antwort.

»Es muss auch nicht sein, wenn du nicht willst«, sagte Willy.

»Nein, schon gut. Wenn er kommen möchte, bring ihn ruhig mit.«

Am nächsten Tag kam Willy mit Jesse im Schlepptau in den Salon. Die Kundinnen auf ihren Frisierstühlen beobachteten den Weg der beiden im Spiegel wie Porträts in einer Galerie, deren Augen dem Besucher überallhin zu folgen schienen. Willy erwiderte ihre Blicke durch die runden Gläser seiner verspiegelten Brille, die ihm das Aussehen eines Käfers verlieh, während Jesse leicht gebeugt und mit eingezogenem Kopf wie ein Reiher hinter ihm herging.

»Willy!«, sagte Kyle und schloss ihn fest in die Arme. »Schön, dass du da bist. Und Jesse auch! Wie toll ist das denn?«

Er schnappte zwei leere Kisten und drehte sie um, damit die Gäste sich setzen konnten. Durch eine Reihe schmaler Fenster fiel Licht auf die Lagerregale hinter Willy und Jesse. Auf einmal wurde Jane bewusst, dass der Teppichboden die Farbe von Rotz hatte und wie seltsam Beas Wickeltisch in der Ecke aussehen musste. Vielleicht hatte Maggie doch recht gehabt, und es war kein guter Ort für ein Baby.

»Wie geht es Rebecca?«, fragte Kyle.

Willy hob erstaunt den Kopf. »Gut«, sagte er und berührte unwillkürlich seinen Ehering. »Macht gerade eine Saftkur.«

Natürlich war Kyle derjenige, der daran gedacht hatte, sich nach Willys Frau zu erkundigen. Jane konnte sich nicht einmal mehr daran erinnern, aus Willys Mund je ihren Namen gehört zu haben.

Jesse nickte ihr zu, während sie gerade zusammen mit Rich ihr Instrument stimmte. Sein Gesicht war leicht gerötet, und seine Augen schimmerten. Hätte sie es nicht besser gewusst, hätte sie meinen können, dass er aufgeregt war. Ihr Magen machte einen Satz. Es fühlte sich unwirklich an, ihn hier zu haben. Willy half ihm, es sich auf einer der Kisten bequem zu machen, ehe er ebenfalls Platz nahm.

»Okay, Janie Q«, sagte er. »Was ist der Plan?«

Jane räusperte sich. Sie wusste nicht, wann sie jemals so nervös gewesen war. Bestimmt nicht mehr seit den Anfangstagen ihrer Band auf der Mittelschule.

»Ich dachte, wir spielen einfach die Setlist fürs Album durch«, sagte sie. »Wir freuen uns über Feedback, was die Reihenfolge betrifft, aber falls du noch andere, konkretere Anmerkungen hast, ist das auch in Ordnung.«

»Interessant«, sagte Kyle. Er schaute zu Jesse und flüsterte laut: »Jane hasst Anmerkungen.«

»So wie ich Jane kenne, wird es auch keine geben«, sagte Willy.

Sie begannen mit »Dirty Bastard«, einer Ode an Kyles und Gregs Vater, der einmal im Jahr aufkreuzte und erwartete, wie der Herr im Haus behandelt zu werden. Es war ein Song, den man nur mit Vollgas singen konnte – ein Glück, denn danach geriet Willys und Jesses Anwesenheit zunehmend in den Hintergrund. Es gab nur noch die Band und ihre Musik. »No More Demands«, »Don't Fret« und »Sweet Maiden Mine« vergingen wie im Flug. Dann war es Zeit für »Spring Fling«. Jane verdrehte die Augen, als sie Willys Begeisterung während des Intros sah, doch sobald die Strophe begann, überließ sie sich der unbeschwerten Stimmung des Songs und setzte gekonnt die schnarrenden Untertöne in ihrer Stimme ein. Jesse nickte anerkennend, als beim Refrain die Tonart wechselte.

»Hey! We should be a movie,
We should be a show,
Yeah, hey!
You make me feel groovy,
Light it up and go, yeah,
Light me up and go.«

Nach der Nummer stand Willy auf und applaudierte.

»Okay, okay«, sagte Jane. Sie schielte in Jesses Richtung, der ihr zuzwinkerte.

Jane stellte fest, dass es ihr unmöglich war, ihn nicht anzusehen. Sie war in einem für ihre Auftritte typischen Zustand der Übererregung, hellwach und enthemmt.

Die B-Seite des Albums begann mit »Indigo«, dann folgten »Caught«, »Be Gone« und schließlich »Run«. Als die

Breakers das Set mit »Spark« beendeten, suchte Jane erneut Jesses Blick und hielt ihn fest.

»She goes down easy after it's done,
Gale force winds and blistering sun,
She starts at a hundred, ends back at one,
A lightning storm at the touch of a thumb.
Shock comes quick, a wave in the dark,
This will make it better, this little spark.«

Hinterher waren alle außer Atem.

»Ja«, sagte Willy. Kyle und Greg klatschten sich ab. Rich und Jane grinsten.

»›Spring Fling‹ ist perfekt«, sagte Willy. »Die Nummer werde ich den Rest der Woche nicht mehr aus dem Kopf kriegen. Und ›Run‹? Verdammt, wenn das kein Song über meine Ex vom College ist, dann weiß ich es auch nicht. Ihr habt das absolut klasse gemacht. Jesse, was meinst du?«

Jesses Augen leuchteten. »Das wird definitiv ein krasses Album«, sagte er mit tiefer, leicht belegter Stimme. Dann wandte er sich an Kyle. »Ich habe noch nie jemanden gesehen, der so Bass spielt wie du«, sagte er. »Ohne Bünde – das ist unglaublich. Du bist beweglich wie ein Akrobat.«

»Danke, Mann«, sagte Kyle und wurde feuerrot im Gesicht.

»Und Greg, du hast die ganze Zeit super mitgehalten – ernsthaft, Mann, rock weiter so.« Als Nächstes richtete er das Wort an Jane und Rich. »Manchmal klingt ihr beide wie eine einzelne Gitarre. Eure Ausdruckskraft ist das reinste Dynamit. Und Janie Q.« Er benutzte zum ersten Mal ihren Spitznamen, und Jane musste lächeln. Jesse schüttelte den Kopf, ohne etwas zu sagen. Jane spürte, dass Willy sie beide beobachtete, und wandte den Blick ab.

Danach gingen sie die Setlist Song für Song durch.

»Ich hatte mich schon gefragt, wie sich das Stück wohl ohne Klavier anhören würde«, sagte Jesse, als sie bei ›Run‹ angelangt waren. »Kyle, Bruder – du hast es einfach drauf.«

Jesses größter Änderungsvorschlag bestand darin, »Sweet Maiden Mine« und »Spring Fling« miteinander zu vertauschen.

»Ihr könnt die Pause als eigenes Kompositionsmittel benutzen«, sagte er. »Es ist besser, die A-Seite mit einem schweren Titel zu beenden, weil der Zuhörer sowieso innehalten muss, um die Platte umzudrehen.«

Die Jungs sahen Jane an in der Erwartung, dass sie widersprechen würde, doch sie nickte lediglich. »Der Gedanke war mir noch gar nicht gekommen.«

Jesse rieb seinen verbundenen Arm. »Das wird groß«, sagte er. »Wann sollen die Aufnahmen losgehen?«

»Anfang Oktober«, sagte Willy. »Wir haben drei Wochen in den Pegasus Studios in New York gebucht.«

»Wer ist der Produzent?«

»Vincent Ray.«

Jesse stieß einen leisen Pfiff aus.

»Wer ist das?«, fragte Rich.

»Ein visionärer Produzent«, sagte Jesse. »Shane's Rebellion, The Deals, Bulletin, Sunrise Eclipse …«

Willy machte ein zufriedenes Gesicht.

»Sollen wir ihn Vincent Ray nennen, oder ist Ray sein Nachname?«, fragte Kyle.

Ehe Willy ihm eine Antwort geben konnte, betrat Maggie den Raum.

»Mom parkt draußen in zweiter Reihe, sie hat das Mittagessen mitgebracht«, verkündete sie. »Geht ihr und helft ihr beim Ausladen?«

Greg sprang fast über sein Schlagzeug, so eilig hatte er

es. Rich, Kyle und Willy folgten ihm, bis nur noch Jesse und Jane im Lagerraum zurückblieben. Als Jesse Anstalten machte, von seiner Kiste aufzustehen, beugte Jane sich zu ihm, um ihm behilflich zu sein. Als seine Finger ihren Arm streiften, war es, als hätte in ihrem Körper der Blitz eingeschlagen.

Jesse räusperte sich. »Ich glaube, mein Bein ist eingeschlafen«, sagte er, ließ sie los und lehnte sich neben Beas Wiege gegen die Wand. »Jane, eure Musik ... Du hast wirklich eine ganz besondere Gabe.«

Jane blickte zu Boden, unsicher, was sie darauf erwidern sollte. Jesse gab einem der Blechmonde von Beas Mobile einen kleinen Schubs.

»›Spark‹«, sagte er in beiläufigem Ton. »Der Song klingt irgendwie anders als die anderen.«

Jane sah auf. »Den Text habe ich geschrieben.«

»Was hat dich dazu inspiriert?«

Jane schwieg. Die Idee zu »Spark« war ihr nach einem besonders anstrengenden Tag im Zentrum gekommen. Sie hatte in ihrem Zimmer gesessen, und auf einmal war da ein fertiger Song gewesen, ohne dass sie gewusst hätte, woher er gekommen war. Sie hatte so etwas noch nie erlebt, und der Kontrollverlust hatte ihr Angst gemacht. So war es früher immer bei ihrer Mutter gewesen. Jane hatte mit niemandem darüber gesprochen, sondern sich geschworen, dass ihr so etwas nie wieder passieren würde. Seitdem weigerte sie sich, auch nur ein Wort zu schreiben.

Jesse wartete auf Antwort. Seine Miene war ruhig wie die Oberfläche eines Sees.

Jane reagierte rein instinktiv. »Sex«, sagte sie.

Das saß. Seine blauen Augen weiteten sich vor Erstaunen, dann lachte er. »Und ich dachte schon, du sagst Elektroschocktherapie.«

»Sprichst du aus eigener Erfahrung?«

Er errötete. »Du?«, konterte er. Die Art, wie er sie ansah, machte die Distanz zwischen ihnen bedeutungslos. Er war ihr so nah, und er roch so gut. Nichts wäre einfacher, als ihn zu berühren.

Die Tür zum Hinterzimmer ging auf, und Willy trat ein.

»Kommt ihr?«, fragte er. Er hatte zwischenzeitlich wieder seine Sonnenbrille aufgesetzt. Als er sie so dicht beieinanderstehen sah, erschien ein Ausdruck diebischer Freude auf seinem Gesicht.

9

Nach der Session im Hinterzimmer des Widow's Peak übernahm Jane einen zusätzlichen Frühdienst im Zentrum und arbeitete Doppelschichten im Carousel. Sie begründete dies damit, dass sie bald drei Wochen lang weg sein würde und die Quinns das Geld gut brauchen könnten. In Wahrheit wollte sie sich von Jesse ablenken. Wenn sie mit ihm zusammen war, sagte und fühlte sie mehr, als sie wollte.

Nachdem sie sich drei Tage lang nicht gesehen hatten, rief er in Gray Gables an. Elsie reichte den Hörer mit einem wissenden Blick an Jane weiter.

»Kannst du vorbeikommen?«, fragte er. »Ich könnte deine Hilfe brauchen.«

»Ich weiß nicht. Im Moment habe ich ziemlich viel um die Ohren«, sagte sie mit klopfendem Herzen.

»Bitte, Jane.«

Jane starrte an die Zimmerdecke. »Also gut.«

Sie erreichte die »Hütte« gegen siebzehn Uhr. Jesse saß mit Grace im Wohnzimmer. Grace verschwand zwar sofort in der Küche, aber es war ein gutes Gefühl zu wissen, dass sie in der Nähe war. So würde Jane höchstwahrscheinlich nicht auf dumme Gedanken kommen.

Jesse sah gut aus. Er hatte sich rasiert, und er schien sich auf etwas zu freuen, als er ihr einen Sessel anbot.

»Ich soll im Dezember ins Studio«, sagte er. »Nur bin ich körperlich nicht in der Lage zu schreiben. Es dauert noch einen Monat, bis der Gips abkommt, aber ich muss sofort mit der Arbeit anfangen.«

»Hast du denn schon einen Teil der Musik komponiert?«

Jesse deutete auf seine Stirn. »Alles hier drin. Ich hatte gehofft, du könntest mir beim Transkribieren helfen und vielleicht ein paar Sachen ausprobieren, gewissermaßen meine Hände ersetzen.«

Jane wurde rot. »Jesse, ich sage dir lieber gleich, dass ich keine Noten lesen kann.«

Zu ihrer Verblüffung lächelte er. »Dann bringe ich es dir bei. Als Gegenleistung für deine Hilfe.«

Am ersten Tag erklärte Jesse ihr die Grundlagen der Notenschrift. Er zeigte ihr einige Notenblätter von seinem ersten Album, deren Ränder mit unleserlichen, teils wieder durchgestrichenen Notizen und kleinen Anmerkungen vollgekritzelt waren. Dazu erläuterte er ihr die einzelnen Fachbegriffe.

Als sie zur Partitur von »Sylvie Smiles« kamen, grinste Jesse. »Wer hätte gedacht, dass ein Song über Sylvia Plath sich mal so großer Beliebtheit erfreut.«

Jane stutzte. Dann schaute sie sich die Seiten noch einmal genauer an und las auch die Lyrics.

»She'll be Venus if you'll be Mars,
Catch her in a glass bell jar,
But nothing can go wrong when Sylvie smiles.«

»Ach herrje!«, rief sie.

Jesse musste lachen. »Eine alte Mitstreiterin aus dem McLean.«

Jane fand es faszinierend, seine Noten anzuschauen und herauszufinden, welche Rolle die einzelnen Symbole spielten. Selbst Noten zu schreiben war allerdings eine ganz andere Sache. Wenn sie einen Song komponierte, verließ sie sich in der Regel auf ihr Gedächtnis und schrieb nur die Gitarrengriffe auf, nicht aber Melodie und Rhythmus. Nun auf einmal die klassische Liniennotation verwenden zu müssen kam ihr einengend vor, genau wie die Taktstriche.

Aber Jesse blieb geduldig. »Das ist so wie beim normalen Schreiben und Lesen auch«, sagte er. »Es braucht Zeit, bis man es gelernt hat, aber irgendwann geht es wie von selbst.«

Er sollte recht behalten. Anfangs kamen sie nur mühsam voran, einen Takt nach dem anderen. Doch je mehr Routine sie entwickelte, desto schneller wurde sie. Mitte September konnte sie problemlos mithalten, wenn Jesse ihr Noten, Akkordfolgen und Takte diktierte. Je länger sie Gelegenheit hatte, ihn bei der Arbeit zu beobachten, desto mehr stellte sie fest, dass das Komponieren eines Albums eine ganz eigene Kunstform war. Wenn Jesse über musikalische Themen sprach, wurde Jane sich ihrer eigenen Unwissenheit erst richtig bewusst.

»Auf unserem Album sind die Songs einfach in der Reihenfolge, in der sie am besten klingen«, meinte sie irgendwann niedergeschlagen.

»Ihr seid in einer großartigen Position«, erwiderte Jesse.

»Das erste Album soll euch in erster Linie bekannt machen. Wenn einer eurer Songs es als Single ins Radio schafft, könnt ihr echt stolz auf euch sein. Mehr verlangt keiner.«

Jesses Debüt hatte zwei Single-Auskopplungen gehabt, entsprechend hoch waren die Erwartungen an sein zweites Album.

Der Eckpfeiler sollte ein trauriger Song über den Tod seiner Mutter werden. Er hieß »Strangest Thing«, und Jesse hatte nicht nur die Musik, sondern auch den Text geschrieben. Jane verfügte nicht über seine Virtuosität an der Gitarre, doch als sie die Akkorde spielte und er dazu sang, spürte sie sofort, dass dieser Song etwas ganz Besonderes war.

»Oh, I know shadow follows light,
I know clouds are just water in the sky,
I know everybody has to say goodbye,
I just didn't know this was your time.«

Während »Strangest Thing« immer noch ein gewisses Pop-Feeling versprühte, klang sein Zwilling »Chapel on a Hill« schwer und getragen wie eine Hymne. Es war ein ernster, geradezu gespenstisch anmutender Song, der überhaupt nicht zu Jesses Image als Folkstar passen wollte. Als Jane ihn zum ersten Mal hörte, glaubte sie, Jesse würde einfach einer Eingebung folgen. In dieser Hinsicht waren sie sehr unterschiedlich. Für Jane ging es beim Songschreiben immer um Kontrolle, um einen systematischen Prozess, bei dem sie Fragmente von Gefühlen und Melodien in die von ihr gewünschte Form brachte. Für Jesse hingegen war es ein Akt des Loslassens. Seine Musik schien aus einer anderen Sphäre zu ihm zu kommen, und die Melodien strömten vollkommen fertig aus ihm heraus. So etwas Ähnliches hatte Jane bei »Spark« erlebt, mit dem Unterschied, dass Jesse den Vorgang nach Belieben steuern zu können schien.

Leider entsprachen die Songs, die er auf diese Weise schuf, nicht immer den Vorgaben von Pegasus.

»Ihnen wäre es am liebsten, wenn ich noch zehn Songs schreibe, die genauso sind wie ›Sweet and Mellow‹«, meinte Jesse. Er hatte sich bereits damit abgefunden, »Chapel on a Hill« in der Schublade verschwinden zu lassen, aber davon wollte Jane nichts wissen.

»Wen interessiert es, was das Label möchte? Es ist dein Album. Wenn es gut ist, kaufen die Leute es so oder so.«

»Wart's nur ab, Jane«, sagte er. »Bei dir wird es genauso laufen, wenn ›Spring Fling‹ ein Hit wird.«

»Wie meinst du das?«

Er lächelte schief. »Wenn man einmal was gemacht hat, was funktioniert, wollen sie, dass man es immer wieder macht. So lange, bis es irgendwann aufhört zu funktionieren.«

»Das ist doch absurd«, sagte Jane.

Jesse lachte.

»Im Ernst. Mir wäre ›Indigo‹ als Single viel lieber. ›Spring Fling‹ singe ich nur, weil Willy unbedingt wollte, dass wir was Eingängiges schreiben.«

»Dir ist schon klar, dass die meisten Künstler ihr Leben dafür geben würden, einen eingängigen Song zu schreiben, oder?«, fragte Jesse belustigt.

»Er hat nicht das Geringste mit mir zu tun.«

»Das stimmt. Aber er klingt so, wie du auf andere wirkst. Das ist es, was Alben verkauft. Willy weiß, was er tut.«

Jane schnitt eine Grimasse. »Willst du behaupten, dass du damit zufrieden wärst, für den Rest deiner Karriere immer wieder Versionen desselben Songs zu singen? Nur um irgendeinem völlig willkürlichen Image gerecht zu werden?«

Jesses Blick wurde hart. »Alles ist willkürlich«, sagte er. »Scheitern. Erfolg. Wer lebt. Wer stirbt … Da steckt kein tieferer Sinn dahinter, Jane. Ja, ich spiele meine Rolle in diesem grotesken Spektakel, und hoffentlich mache ich es gut genug, um finanziell ausgesorgt zu haben, wenn sie mich irgendwann auf die Straße setzen.«

Jane sah ihn mit offenem Mund an. »Deine Songs bedeuten etwas«, sagte sie. »Sie berühren die Menschen. Als du nicht beim Festival auftreten konntest, waren die Zuschauer völlig verzweifelt. Genau das will ich auch: Musik machen, die etwas bedeutet. Es macht mir nichts aus, Müll wie ›Spring Fling‹ zu singen, um mir einen Namen zu machen, aber letztendlich entscheide ich selbst, was und wann ich singe.«

»Warten wir ab, was Pegasus dazu zu sagen hat.«

»Bei denen nehmen wir doch nur das Album auf. Warum sollten die irgendwas zu sagen haben?«

Jesse bedachte sie mit einem wissenden Blick, der sie wütend machte. »Ein Album aufzunehmen ist noch keine Garantie dafür, dass es auch ein Erfolg wird«, sagte er. »Für jede Platte, von der man hört, gibt es Dutzende, die keiner kennt. Das Label bestimmt, wer wie viel wovon abbekommt – Marketing, Auftritte, Tourneen. Glaub mir ruhig, wenn ich dir sage, dass es in deinem Interesse ist, dich mit ihnen gutzustellen.«

»Ich brauche das alles nicht«, beharrte Jane. »Die Menschen werden auch so auf unser Album aufmerksam werden.«

»Nicht, wenn sie noch nie davon gehört haben.«

»Sie werden davon hören.«

»Wie denn?«

»Du hast mich noch nie vor Publikum gesehen«, sagte Jane.

Jesses Miene wurde weicher. »›Spring Fling‹ ist wirklich kein schlechter Song«, sagte er nach einer Weile. »Falls es dich interessiert: Ich glaube, ›Indigo‹ könnte mit einem Violinsolo in der Bridge noch eine Spur besser werden. Das Studio kann euch da vielleicht jemanden vermitteln.«

Jane sah ihn an. »Ich spiele selber Violine«, sagte sie. »Woran hattest du gedacht?«

Als sich der September dem Ende zuneigte, konnte Jane vor lauter Aufregung nachts kaum noch schlafen. Sie lag wach und fantasierte davon, wie es wäre, in New York zu sein. Sie fügte sich selbst in verschiedene Szenen ein, die sie aus Fernsehserien und Filmen kannte: wie sie vor einem Kaufhaus stand und ein Croissant aß oder sich ein Taxi heranwinkte. In der letzten Septemberwoche bekam sie einen Anruf von Willys New Yorker Assistentin Linda.

»Sie sind im Plaza untergebracht, reichen drei Zimmer?«, fragte Linda und ließ in unmittelbarer Nähe zur Muschel ihre Kaugummiblase platzen. Geplant waren drei Wochen im Tonstudio, danach würde ihr Produzent die Songs abmischen, und sie hätten ein fertiges Album.

Unterdessen begannen Jesse und sie mit der Arbeit am sechsten Song für sein neues Album, einem Stück mit dem Titel »Morning Star«. Als Erstes nahmen sie sich die Musik vor. Jesse stand hinter Jane, während sie nacheinander die Akkorde auf seiner Gitarre spielte. Mittlerweile befand sie sich in permanentem Widerstreit mit sich selbst. Sie versuchte sich einzureden, dass sie nicht mehr als Freundschaft von ihm wollte, doch je näher der Tag ihrer Abreise rückte, desto weniger Hemmungen hatte sie, sich einzugestehen, dass es die reinste Folter war, ihm stundenlang so nahe zu sein.

Bei »Morning Star« zeigte sich Jesse kleinlicher als bei allen bisherigen Songs. Er blieb zwar stets höflich, bestand aber darauf, dass sie Fehler korrigierte, die er zuvor gar nicht weiter beachtet hatte. Erst als sie den Refrain zum dritten Mal neu schreiben musste, ging ihr auf, dass sie den eigentlichen Song noch nie gehört hatte.

»Vielleicht wäre es hilfreich, wenn du ihn für mich singen könntest?«, schlug sie vor. Jesse stieg die Röte in die Wangen. Sein Blick streifte ihr Gesicht, und auf einmal fiel ihr das Atmen schwer. Dann zuckte er mit den Achseln, und sie schlug die ersten Akkorde an.

»Morning Star, and your guitar
Wherever you are, near or far
I think of you.«

Während er sang, achtete Jane kaum auf die Melodie, die sich mit dem Rauschen des Bluts in ihrem Kopf vermischte. Sie schluckte. Der Song handelte von ihr.

»Morning Star, when clouds roll by,
Through my blue sky, I close my eyes,
I think of you.«

Irgendwie spielte sie weiter, auch wenn sie nicht länger spürte, was ihre Hände machten. Das Lied erfüllte den ganzen Raum wie Wasser, bis sie schwerelos darin trieben. Sie sahen einander an. Jane wusste, sobald es zu Ende war, würde die Schwerkraft wieder einsetzen. Doch die Töne hallten nach, und Jesse hielt ihren Blick unverwandt, selbst als er längst aufgehört hatte zu singen.

»Jesse«, flüsterte Jane. »Das war wunderschön.«

Er machte einen Schritt auf sie zu.

Das Schrillen des Telefons ließ Jane unsanft auf die Erde stürzen. Einen Moment später nahm Grace in der Küche den Hörer ab.

»Jesse, es ist Ihr Vater«, rief sie.

»Wer sonst?«, sagte Jesse.

Am letzten Abend vor ihrer Abreise kam Jesse zum Essen nach Gray Gables. Maggie und Greg waren ausgegangen und hatten Bea bei ihnen gelassen. Sie aßen zusammen mit Grace und Elsie zu Abend, obwohl weder Jesse noch Jane großen Appetit hatten. Nachdem der Tisch abgeräumt war, machte Elsie sich bereit, in ihre Kellerwerkstatt zu gehen.

»Ich muss noch jede Menge Bestellungen bearbeiten«, sagte sie. »Jane, würde es dir was ausmachen, das Baby zu nehmen?«

»Das kann ich doch machen«, sagte Grace.

»Nein, Grace, ich brauche Hilfe mit der Seife.«

Grace bedachte Elsie mit einem bohrenden Blick.

Jesse und Jane traten mit der kleinen Bea auf die Veranda hinaus, setzten sich nebeneinander und schauten den tanzenden Glühwürmchen zu.

»Bist du bereit?«, fragte Jesse.

»Ich glaube schon.« Jane freute sich darauf, New York zu sehen und ihr Album aufzunehmen. Gleichzeitig konnte sie nicht glauben, dass sie ihn ab morgen nicht mehr sehen würde.

»Hast du noch einen weisen Rat für mich?«, fragte sie.

Jesse lachte. »Du brauchst meinen Rat nicht. Du hast deinen eigenen Kopf.«

Jane lächelte.

»Es wird ruhig werden ohne dich.« Er streckte seinen

unverletzten Arm. »Wenn du zurückkommst, bin ich den Gips los«, fügte er beiläufig hinzu. Bea begann zu quengeln.

»Das Ende einer Ära«, sagte Jane. Sie stand auf und wiegte den Säugling behutsam in ihren Armen.

Jesse erhob sich ebenfalls. An einen Verandapfosten gelehnt, stand er neben ihr. »Weißt du«, sagte er leise. »Es gibt vieles, worauf ich mich freue, wenn der Gips ab ist.«

Jane blickte ihm forschend ins Gesicht. »Was denn?«

Er schluckte. »Na ja, Gitarre spielen, zum Beispiel.«

»Was, du spielst Gitarre?«, scherzte Jane und merkte, wie sie ihm unwillkürlich immer näher kam.

Er lächelte. »Tatsache. Ich würde auch gerne mal wieder schwimmen gehen.«

»Es müsste noch ein oder zwei warme Tage geben.« Jane spürte, wie Bea an ihrer Schulter langsam einschlief.

»Und ich würde gerne ...« Er machte einen Schritt auf sie zu, und sie sah seine Augen im Mondlicht glänzen. Sein Gesicht war so schön, dass sie sich gar nicht daran sattsehen konnte.

Seine Pupillen schrumpften zu Stecknadelköpfen, als plötzlich Frontscheinwerfer in der Einfahrt aufleuchteten. Blinzelnd wich er von ihr zurück, und Jane schluckte.

»Hallo, Kinder«, rief Greg, der auf der Fahrerseite ausstieg. »Ist das etwa meine kleine Löwin? GRRR!« Er sprang die Stufen zur Veranda hinauf und nahm Jane das Baby ab. Jane ließ die Arme sinken. Ohne Beas Wärme war ihr plötzlich kühl.

»Jesse«, sagte Maggie. »Gut, dass du hier warst, um ein Auge auf Jane zu haben.«

»War mir ein Vergnügen.«

Jane spürte, wie ihr die Hitze in die Wangen stieg, als Bea mit einem kleinen Schluchzer erwachte.

»Alles wird gut.« Maggie nahm die Kleine und verschwand im Haus.

Jesse räusperte sich. »Was meinst du, sollten wir langsam los?«, fragte er.

Normalerweise hätte Jane ihn nach Hause gefahren, doch auf einmal wusste sie mit großer Klarheit, dass sie sich dann zu etwas hinreißen lassen würde, das sich nicht mehr rückgängig machen ließe. Und das Risiko wollte sie nicht eingehen. Sie musste sich voll und ganz auf New York konzentrieren.

»Ich – ich glaube, ich habe ein bisschen zu viel getrunken«, sagte sie.

Jesse blickte zu Boden.

»Ich kann dich bringen«, bot Greg an. »Ich muss sowieso was im Reservat abgeben.« Er tätschelte Jesses Arm und ging zurück zu seinem Auto. Jane stand da wie gelähmt. Jesse verlagerte das Gewicht von einem Fuß auf den anderen.

»Tja, das war's dann wohl«, sagte er. Er sah Jane an, und ihr stockte der Atem. Als er sich mit der Hand durch die Haare fuhr, verursachte ihr das körperliche Schmerzen. »Ich bin sicher, du wirst sie umhauen.«

»Danke«, sagte sie und versank einen Moment lang im Blau seiner Augen. Er schenkte ihr noch ein scheues Lächeln, dann wandte er sich um und folgte Greg zum Wagen.

10

Simon trat aus dem Fahrstuhl in den von Glas und Marmor dominierten Eingangsbereich der Firma Pegasus Records. Er nickte den zwei Empfangsdamen zu und ging an zahlreichen Arbeitsnischen vorbei, ehe er in einen vom Boden bis zur Decke mit Teppichboden ausgekleideten Gang einbog. Mit seinem Generalschlüssel sperrte er die Tür zu Studio A auf und schaltete das Licht im Regieraum ein, um alles für die Aufnahmen vorzubereiten.

Er hatte sich die Demotapes der Breakers angehört und freute sich schon darauf, die Band kennenzulernen. Dass sie eine Frontfrau hatten, war ungewöhnlich. Er hatte zusammen mit Vincent Ray schon an die hundert Alben aufgenommen, darunter drei Grammy-Preisträger und sieben Nominierte, und keine einzige der Bands hatte eine weibliche Leadstimme gehabt. Simon hegte den Verdacht, dass Vincent Ray sich nur deshalb bereit erklärt hatte, die Breakers zu produzieren, weil Jack Lambert, Chef des erfolgreichen Musikkonzerns Golden Fleece Media, zu dem auch Pegasus gehörte, Druck auf ihn ausgeübt hatte. Der Manager der Band, Willy Lambert, war sein Sohn.

Um halb zehn kamen die anderen. Willy hob zunächst die Hand zum Gruß, dann winkte er die Band hinter sich herein. Simon rückte die runde Brille auf seiner Nase zurecht, während die Breakers neugierig die zahlreichen Regler, Stühle, Notenpulte und stoffbespannten Oberflächen beäugten. Er verließ seinen Arbeitsplatz am Mischpult und gesellte sich zu ihnen.

»Simon Spector, der Tontechniker«, stellte er sich vor, ehe er allen nacheinander die Hand schüttelte. Jane Quinn trug ein Kleid im Paisleymuster, und die langen blonden Haare hingen ihr offen den Rücken hinab. Sie war eindeutig eine Schönheit, wenngleich sie nicht Simons Beuteschema entsprach, der schüchterne junge Gitarrist war da schon eher sein Typ. Vielleicht fiel ihm deshalb vor allem ihre große Ernsthaftigkeit auf. Während ihre Bandkollegen mit dem Aufbau der Instrumente begannen, stand sie regungslos da und lauschte.

»Was ist denn?«, fragte Willy.

»Hörst du das?«, sagte sie und summte ein eingestrichenes h.

Simon wusste sofort, was sie meinte. »Das sind die Leuchtröhren.« Er war für sein ausgezeichnetes Gehör bekannt, konnte sich aber nicht daran erinnern, dass das Geräusch jemals einem anderen Künstler aufgefallen wäre.

»Hört man das später auf der Aufnahme?«, wollte Jane wissen.

Er schüttelte den Kopf. »Ich habe hinten auch noch ein paar andere Lampen. Wir können sie austauschen, ehe wir loslegen.«

Jane bedankte sich mit einem Lächeln.

Ziel des ersten Studiotermins war es, zunächst die Aufnahmepegel korrekt auszusteuern, damit beim nächsten Mal bereits einige Instrumentalspuren eingespielt werden konnten. Für Simon, Willy und Vincent Ray allerdings war dies zugleich auch die Gelegenheit, sich ein Bild vom musikalischen Können der Band zu machen. Weil Vincent Ray grundsätzlich nie vor elf Uhr zur Arbeit erschien, blieb den Breakers noch genügend Zeit, sich aufzuwärmen.

Simon zählte vom Regieraum aus den Takt vor, dann begannen sie zu spielen. Erst »Dirty Bastard«, dann »Don't Fret«, als Drittes »Spring Fling«.

Die beiden Brüder waren in Niveau und Spielweise sehr unterschiedlich. Kyle, der Bassist, versteckte sein unglaubliches Talent hinter ständigen Späßen. Wahrscheinlich hatte er Angst, seinen Bruder in den Schatten zu stellen, der am Schlagzeug nur zwei Einstellungen zu kennen schien: ein und aus. Die richtige Balance zwischen den beiden zu finden würde später ein kritischer Punkt beim

Abmischen werden. Rich, der Gitarrist, war nicht nur hübsch anzusehen, sondern auch ziemlich begabt.

Genau wie Jane Quinn: Sie besaß die Vielseitigkeit einer Linda Ronstadt, hatte jedoch ihren ganz eigenen Stil. Es war aufregend, ihr zuzuhören. Simon hatte selten mit einem Vokalisten zusammengearbeitet, der über eine derart nuancenreiche Stimme verfügte. Keine zwei Aufnahmen würden sich exakt gleich anhören.

Als sich die Band gerade für »Sweet Maiden Mine« bereit machte, ging die Tür auf, und Vincent Ray betrat das dunkle Studio. Er streckte die Hand aus und schaltete die Deckenleuchten wieder ein, sodass die Breakers erschrocken blinzelten. Vincent Ray trug einen schmal geschnittenen Anzug, hatte kurz geschorenes Haar und bleckte die Zähne wie ein Wolf. Er war kein Mann, der sich gerne etwas vorschreiben ließ, und es musste ihn viel Überwindung gekostet haben, überhaupt zu dem Termin zu erscheinen.

»Da ist er ja«, rief Willy. Simon fand, dass seine Begrüßung ein wenig zu vertraulich ausfiel. Vermutlich glaubte Lambert, mit der Entdeckung von Jesse Reid eine Glanztat vollbracht zu haben, und ahnte nicht, dass die anderen ihn nach wie vor als bloßes Anhängsel seines Vaters betrachteten.

»Breakers, es ist mir ein großes Vergnügen, euch euren Produzenten Vincent Ray vorstellen zu dürfen.«

Vincent Ray taxierte sie mit wässrigen Augen.

Jane trat als Erste vor. »Freut mich, Sie kennenzulernen. Ich bin Jane Quinn.« Vincent Ray betrachtete irritiert die Hand, die sie ihm hinstreckte, dann nahm er sie und schüttelte sie flüchtig, ohne sie dabei anzusehen.

Kyle folgte Janes Beispiel nach kurzem Zögern. »Hi, ich bin Kyle.«

Diesmal fiel der Händedruck wesentlich herzlicher aus. Vincent Ray schaute breit lächelnd von Kyle zu Rich und schließlich zu Greg. »Die Breakers«, sagte er mit leicht heiserer Fistelstimme. »Endlich. Ihr seid einfach großartig. Ich bin schon sehr gespannt, euch in Aktion zu erleben.«

In dem Moment begriff Simon, dass sich Vincent Ray die Demobänder der Band offenbar noch gar nicht angehört hatte. Er wusste nicht, dass Jane die Leadsängerin war. Wahrscheinlich hielt er sie für ein Groupie.

»Euch zuliebe hat er sich extra für ein paar Stunden von seiner Arbeit mit Bulletin losgeeist«, warf Willy ein.

Kyle und Greg gaben ein zustimmendes Murmeln von sich. Jane blickte Willy verständnislos an.

»Sind die nicht in London?«, fragte Rich.

»Ich pendle hin und her – die menschliche *Queen Elizabeth II,* sozusagen«, erklärte Vincent Ray. Kyle lachte höflich.

Zum ersten Mal seit seiner Ankunft richtete Vincent Ray das Wort an Willy. »Okay«, sagte er. »Tut einfach so, als wäre ich gar nicht da.« Mit diesen Worten zog er sich in den Regieraum zurück. »Simon. Wie geht es den besten Ohren der Branche?«

Simon nickte wortlos. Er und Vincent Ray kamen vor allem deshalb so gut miteinander aus, weil Vincent Ray praktisch nichts über ihn wusste.

»Simon macht seine Sache wie immer spitze«, sagte Willy.

Vincent Ray ignorierte den Einwurf. »Und? Taugen die Jungs was?«

»Definitiv«, antwortete Simon. »Ihr Spiel ist ziemlich auf den Punkt.« Er und Willy waren beide Anfang dreißig und stammten aus jüdischen Elternhäusern, allerdings war Willy in Bel Air aufgewachsen und Simon in Litauen. Einer von ihnen hatte seine Position durch Beziehungen erlangt, der andere dank seines Könnens. Im Gegensatz zu Willy würde Simon vermutlich nie mit Vincent Ray eine Karibik-Kreuzfahrt unternehmen, aber dafür besaß er etwas, wonach Willy sich vergeblich sehnte: Vincent Rays Anerkennung.

»Was kommt als Nächstes, ›Spring Fling‹?«, fragte Willy. Auch ihm schien klar geworden zu sein, dass Vincent Ray die Musik der Band nicht kannte, deshalb wollte er nun, dass sie noch einmal ihre zukünftige Single für ihn spielten.

Simon betätigte den Knopf am Mikrofon. »Macht euch für ›Spring Fling‹ bereit«, sagte er.

Janes Augenbrauen schnellten in die Höhe, doch sie und Rich begannen ohne weitere Einwände ihre Gitarren zu stimmen. Simon schaltete das Mikrofon wieder aus. Jane ging zur Tür und wollte das Licht löschen.

»Was macht sie da?«, fragte Vincent Ray.

»Neue Methode«, sagte Simon, während er ein Band einlegte. »Momentan ganz groß in L. A.«

Vincent Ray wandte sich an Willy. »Mir war nicht klar, dass es eine Mädchenband ist.«

»Es ist eine gemischte Band. Jane und Rich schreiben die Songs gemeinsam.«

Vincent Ray legte die Stirn in Falten. »Ich weiß nicht, ob mir das gefällt. Ist sie die Einzige, die singt?«

»Jane hat es drauf. Glaub mir, das wird genauso ein Knaller wie Jesse. Wie es der Zufall will, sind die beiden sogar miteinander befreundet. Jesse findet sie fantastisch.«

»Aha. Na dann«, lautete Vincent Rays einziger Kommentar.

Im Laufe der Jahre hatte Simon in Erfahrung gebracht, dass Vincent Ray auf verschiedenen Militärstützpunkten in Obhut eines Vaters aufgewachsen war, der nichts anderes kannte als Strenge und Disziplin. Irgendwann war er selbst zur Armee gegangen. Seine Anfänge in der Musikindustrie lagen im Dunkeln, das plausibelste Gerücht lautete, dass er sich nach dem Ausscheiden aus dem Militär zunächst als Preisboxer verdingt und das gewonnene Geld dafür genutzt hatte, um sich in der Musikbranche einzukaufen. Die Musiker mochten ihn, weil sie ihn für clever hielten, was er auch war. Dementsprechend schnell hatte er sich bei den Plattenfirmen hochgearbeitet. In seiner mittlerweile zwanzigjährigen Karriere hatte er sich einen Ruf als knallharter Hund erworben.

Simon schaltete das Mikrofon wieder ein und zählte den Takt vor. Da die Band bereits warmgespielt war, legte sie eine beachtliche Leistung hin. Während Jane die letzte Strophe sang, drückte Simon ihr insgeheim die Daumen.

Vincent Ray sagte nichts, doch der Song musste ihm gefallen haben, denn er blieb. Mit versteinerter Miene saß er da und lauschte dem Rest der Session. Die Breakers spielten sämtliche Stücke von ihrer Setlist, während Simon die Pegel einstellte. Willy tat so, als würde er ihm bei der Arbeit zuschauen, obwohl er eigentlich die ganze Zeit Vincent Ray beobachtete.

Nach dem letzten Song räusperte sich dieser. »War das alles?«

»Das sind die Songs fürs Album«, sagte Willy. »Und, was denkst du?«

»Ganz niedlich. Die Klamotten könnten ein bisschen freizügiger sein.«

»Ich meine die Musik«, sagte Willy.

Vincent Ray zuckte mit den Achseln. »Die Musik ist toll, aber die Texte klingen so, als wären sie von einem Mädchen geschrieben worden.« Er stand auf und verließ den Regieraum. Simon und Willy tauschten einen schnellen Blick, ehe Willy dem Produzenten nach draußen folgte.

»Also, wir nehmen uns als Erstes ›Indigo‹ vor«, sagte Vincent Ray. »Morgen.«

»Aber es ist doch erst drei Uhr«, wandte Jane ein.

Der Produzent beachtete sie gar nicht. »Bis dann«, sagte er und ging, ohne sie noch eines Blicks zu würdigen.

»Ein großartiger erster Tag«, verkündete Willy und klatschte laut in die Hände. »Wirklich.«

Jane schaute zu Rich. Der schüttelte stumm den Kopf.

Am nächsten Morgen kamen die Breakers gegen halb zehn ins Studio, um die einzelnen Instrumentalspuren für »Indigo« einzuspielen. Erst war Kyles Bass an der Reihe, dann kamen Jane und Rich an der Gitarre und schließlich Greg am Schlagzeug. Die Gruppe hatte eine einzigartige Chemie, und ihre Konzentration und ihr Arbeitseifer imponierten Simon.

Als sie beschlossen, in die Mittagspause zu gehen, war Vincent Ray immer noch nicht aufgetaucht, und so befand sich außer Simon niemand im Studio, als Luke Gaffney mit seinem Tenorsaxofon auftauchte.

»Hey, Simon«, rief er.

Simon blickte überrascht von seinem Mischpult auf. »Hey, Luke. Kann es sein, dass du dich im Raum geirrt hast? Die Adelaides sind den Gang runter in Studio F.«

»Ich wollte zu den Breakers.«

Im nächsten Moment betrat auch Vincent Ray das Studio. »Luke G«, sagte er. »Ich bin so froh, dass du es einrichten konntest.« Willy folgte mit aschfahlem Gesicht in seinem Kielwasser.

Luke hatte sein Instrument ausgepackt und spielte sich gerade ein, als die Band vom Mittagessen zurückkam. Jane

Quinn warf einen Blick auf den Saxofonisten und marschierte schnurstracks in den Regieraum.

»Was ist hier los? Wer ist der Typ?«

»Der Typ«, sagte Vincent Ray, »ist Luke Gaffney. Ich habe ihn mitgebracht, damit er die Bridge rettet.«

»Danke, aber bei ›Indigo‹ spiele ich in der Bridge ein Geigensolo.«

Vincent schaute gelangweilt. »Jetzt nicht mehr.«

Doch so schnell gab Jane sich nicht geschlagen. »Und wieso nicht?«

»Weil ich es sage.« In Vincent Rays Schläfe begann eine Vene zu pochen.

Jane war drauf und dran, etwas zu erwidern, doch Willy ging dazwischen. »Wir müssen das ja nicht an Ort und Stelle ausdiskutieren«, sagte er. »Wie wäre es, wenn Jane und Luke beide ihr Solo aufnehmen, dann können wir uns später alles anhören und in Ruhe eine Entscheidung treffen?«

»Meinetwegen«, sagte Jane. »Ich zuerst.« Sie verschwand im Aufnahmeraum.

»Spar dir die Mühe«, sagte Vincent Ray zu Simon, als dieser ein Band einlegen wollte.

»Ich weiß nicht«, sagte Simon. »Nur für alle Fälle.« Wäre er nicht ohnehin schon tief beeindruckt von Jane gewesen, hätte ihn die folgende Szene endgültig von ihrem Können und ihrer Beharrlichkeit überzeugt. Obwohl alle Blicke auf ihr ruhten, ließ sie sich Zeit beim Stimmen ihrer Geige. Sie trat zu Richs Gitarre und zupfte die A-Saite, dann hob sie die Violine an die Schulter, legte das Kinn in die Kinnstütze und spannte in Ruhe den Bogen. Erst als alles zu ihrer Zufriedenheit war, setzte sie die Kopfhörer auf und signalisierte Simon mit einem Nicken, dass sie bereit war.

Ihr Spiel war wunderschön, wie der Gesang einer Nachtigall. Als sie den Bogen sinken ließ, stieg eine feine Wolke Bogenharz von den Saiten ihrer Geige auf.

Simon drückte die Taste für das Mikro. »Wir haben alles.«

Als Nächstes war Gaffney mit seiner Version an der Reihe. Er spielte technisch sauber und mit großer Professionalität, aber das Saxofon passte nicht richtig zu dem Song. Es klang zu jazzig, zu legato. Luke spielte die Bridge insgesamt dreimal, dann verabschiedete er sich.

Vincent Ray erhob sich aus seinem Stuhl. »Mir reicht's für heute.« Er und Willy gingen nach nebenan in den Aufnahmeraum und schalteten dort das Licht ein.

»So weit ganz interessant«, meinte er. »Wenn ich aus London zurück bin, schaue ich mal, wie wir das mit der Mischung machen.«

»Sie fliegen nach London?«, fragte Greg.

»Bulletin braucht mich.«

»Aber was ist mit uns?«, wollte Jane wissen.

»Wie meinst du das?«

Jane schwieg.

»In zwei Wochen bin ich wieder da«, sagte Vincent Ray.

»Zwei Wochen«, sagte Rich. »Dann ist unsere Zeit ja schon fast um.«

Vincent Ray zuckte mit den Schultern. »Geht nicht anders.« Er wandte sich an Willy und schüttelte ihm die Hand. »Grüß Jack von mir.«

»Und du Freddy«, murmelte Willy fast unhörbar, ehe Vincent Ray aus dem Studio rauschte. Nachdem er weg war, standen alle zunächst einen Moment lang da und schwiegen.

Jane ergriff als Erste das Wort. »Das geht so nicht«, sagte sie zu Willy.

»Ich weiß.«

»Du hast uns künstlerische Freiheit versprochen, und jetzt lässt du zu, dass er uns einfach so überfährt. Das hier ist unsere große Chance, aber ihm ist das alles scheißegal.«

Willy schüttelte den Kopf. »Keine Ahnung, was er hat. Ich habe ihn noch nie so erlebt.«

»Ich kann dir sagen, was er hat«, meinte Rich mit vor Zorn bebender Stimme. »Jane ist ein Mädchen, deshalb nimmt er uns nicht ernst.«

Willy wurde blass, aber Jane nickte. »Ja«, sagte sie. »Genau so ist es.«

Simon erkannte, dass Willys Fassungslosigkeit nicht geheuchelt war. Wo immer er hinging, erwiesen ihm die Leute Respekt, anders kannte er es nicht. Dass einer der wichtigsten Produzenten der Branche ihn wie Luft behandelte, schien ihn zu überfordern, und er hatte Mühe, dies mit seinem Selbstbild in Einklang zu bringen.

»Lasst uns was trinken gehen«, schlug er schließlich vor. »Ich finde eine Lösung, versprochen.«

Simon blieb noch, um die Bänder mit den Aufnahmen zu kontrollieren und zu beschriften. Als er einige Stunden später im Aufzug nach unten in die Lobby fuhr, auf die 42nd Street hinaustrat und sich auf den Weg zur U-Bahn Richtung Astoria machte, durchzogen rosafarbene Streifen das Blau des Himmels zwischen den Gebäuden. Simon liebte Sonnenuntergänge. Vielleicht würde er nach L.A. ziehen.

Als er am nächsten Morgen ins Studio kam, warteten Jane und Willy bereits auf ihn.

»Simon«, sagte Jane. »Was hältst du davon, wenn wir versuchen, das Album fertigzustellen, bevor er wieder da ist?«

Simon zog die Augenbrauen hoch. »Fertig abgemischt und alles?«

Jane nickte.

Simon überlegte. Es würde zeitlich eng werden, aber die Breakers hatten den ganzen Sommer lang geprobt, und die Takes waren relativ sauber. Aus technischer Sicht sprach nichts dagegen.

»Okay«, sagte er.

Jane grinste. »Danke.« Sie ging in den Aufnahmeraum und begann ihre Gitarre auszupacken. Willy stand breitbeinig da und beobachtete die Band. Jetzt strotzte er wieder vor Selbstvertrauen.

»Bist du dir sicher?«, fragte Simon. »Vincent Ray wird nicht begeistert sein.«

Willy zuckte mit den Schultern. Die Möglichkeit, er könnte seine Kompetenzen überschreiten, existierte in seiner Vorstellungswelt anscheinend nicht. Er hatte Jesse Reid zum Star gemacht, obwohl die Folkmusik tot war, und nun schien ihm das Gefühl dafür abhandengekommen zu sein, dass er den Bogen auch überspannen könnte.

»Das ist Rock 'n' Roll«, meinte er lediglich und rückte seine Pilotenbrille zurecht.

Simon fragte sich, ob Willy auch nur die geringste Ahnung hatte, was ihm blühte, wenn Vincent Ray zurückkam und ihm unsanft vor Augen führte, dass Prometheus zwar ein Titan, aber deshalb noch lange nicht unbesiegbar war.

11

Alex Calder nahm solche Fließbandjobs nur an, um damit seine Kunst zu finanzieren. Jedes Mal vor Erscheinen eines neuen Programms rief Pegasus bei ihm an. Man wies ihm einen der Besprechungsräume zu, in dem Tische und Stühle zur Seite gerückt wurden, und er richtete sich darin ein provisorisches Fotostudio ein, um nacheinander Sänger und Bands für die Cover ihrer Alben abzulichten. Manchmal kam er sich vor wie ein Schulfotograf, der zu Jahresbeginn Horden von Kindern knipsen musste.

Bei bekannten Künstlern machte das Label genug Geld für Außenaufnahmen, aufwendige Studiofotos oder Auftragskunst locker. Seine Arbeit beschränkte sich ausschließlich auf Alben mit geringem Produktionsbudget, die sich nur ein paar Hundert mal verkaufen würden und für deren Cover folglich eine einfache Frontalaufnahme des Interpreten oder der Band genügte. Er schuf vielleicht keine große Kunst, verdiente aber bis zu zehntausend Dollar pro Tag – genug, um seine anstehende Ausstellung mit Schwarz-Weiß-Aufnahmen zu finanzieren.

Alex hatte bereits ein Singer-Songwriter-Duo und eine R&B-Gruppe abgefertigt, als die Breakers an die Reihe kamen. Er war neugierig auf die Band, denn es ging das Gerücht um, dass sie, nachdem ihr Produzent Vincent Ray sie zugunsten von Bulletin im Stich gelassen hatte, ihr komplettes Album ohne ihn aufgenommen und abgemischt hatten. Außerdem sollten sie richtig gut sein.

Unbeholfen wie Welpen betraten die vier jungen Leute den Konferenzraum. Sie wirkten kaum richtig ausgewachsen. Das Mädchen, Jane, stach sofort aus der Gruppe heraus. Sie schien das Licht anzuziehen, sodass ihre Umgebung automatisch dunkler wirkte.

Alex war es gewohnt, mit Models zu arbeiten, deshalb beeindruckten schöne Frauen ihn nicht besonders. Er selbst war nicht überdurchschnittlich attraktiv, besaß allerdings zwei entscheidende Vorteile: Er war annähernd eins fünfundneunzig groß und er hatte sehr blaue Augen. Mehr, so hatte er festgestellt, war oft nicht nötig, um eine Frau rumzukriegen. Janes Erscheinung jedoch nötigte selbst ihm Bewunderung ab.

»Hi«, sagte er ein wenig verdattert. Jane schaute zu ihm auf und lächelte ihn an, als würden sie sich kennen. Kurz nach der Band kam auch Willy Lambert herein und schloss die Tür hinter sich. Die großen Fenster malten Kreuze auf die verspiegelten Gläser seiner Brille.

»Alex. Gut, dich zu sehen.« Die beiden Männer begrüßten einander mit Handschlag. Alex mochte Willy. Sie hatten sich im Jahr zuvor beim Covershooting von Jesse Reids Debütalbum kennengelernt, und er hatte selten einen Manager erlebt, der sich so für seine Künstler einsetzte.

»Darf ich dir die Breakers vorstellen?«, sagte Willy. »Jane, Greg, Kyle und Rich.«

»Noch mal hi«, sagte Alex. Die Bandmitglieder trugen Flanellhemden und Cordhosen, mit Ausnahme von Jane, die ein blaues Bauernkleid angezogen und ihre blonden Haare zu zwei langen Zöpfen geflochten hatte. Wie bei einer Musterung standen die vier unruhig in einer Reihe. Alex erkannte sofort, dass sie noch nie professionell fotografiert worden waren. »Keine Sorge, das wird ein Klacks«, sagte er lächelnd.

Er legte *Beggars Banquet* von den Stones auf und drehte die Lautstärke hoch, bis das Drumsolo zu Beginn von »Sympathy for the Devil« die Fensterscheiben erzittern ließ. Während er das Licht einrichtete, hörte er Jane Quinn halblaut die Harmonie mitsingen. Ein kleiner Schauer durchrieselte ihn. Sie besaß definitiv das Zeug zum Star.

Als Nächstes begann er, die Band für das Foto aufzustellen. Die zwei Brüder Kyle und Greg mit ihrer dunklen Haut und den pechschwarzen Haaren mussten näher an der Lichtquelle stehen, damit ihre Züge gut zur Geltung kamen.

Er platzierte Jane zunächst in der Mitte, dann ließ er sie mit dem blonden Rich den Platz tauschen.

Mehr Kopfzerbrechen bereiteten ihm seine mitgebrachten Fotohintergründe. Keiner wollte richtig passen. Die Band wirkte so schlicht und authentisch, dass die zur Auswahl stehenden Motive – ein tropischer Sonnenuntergang, eine winterliche Tundra, die Straßenschlucht einer Großstadt – noch künstlicher wirkten als sonst. Nach einer Weile beschloss er, die vier stattdessen vor einem einfarbigen Hintergrund posieren zu lassen. Das stellte eine gewisse Verbesserung dar, doch wirklich zufrieden war er immer noch nicht.

»Was denkst du?«, sagte Willy, der neben Alex stand, während der sich über das Stativ beugte und die Brennweite seiner Kamera einstellte.

Jane trat einen Schritt vor. »Könnten wir da drüben mal was ausprobieren?«, fragte sie und deutete mit einer Kopfbewegung in eine Ecke des Raums, wo der zerlegte Konferenztisch und die aufeinandergestapelten Stühle standen. Das Licht dort war nahezu perfekt, Alex würde lediglich einen Reflektor aufstellen müssen, um unerwünschte Schatten zu vermeiden.

»Vielleicht ist ja vor uns schon jemand auf die Idee gekommen«, sagte sie. »Aber falls nicht, wäre es doch vielleicht ganz lustig – ein paar Hippies vor all den schicken Firmenmöbeln.« Sie gab ein kleines Lachen von sich, und Alex wäre fast gestorben. Er schielte zu Willy, der zustimmend nickte.

»Okay, warum nicht?«, sagte Alex. »So ein Foto habe ich bisher noch nicht gemacht.«

Kyle und Rich halfen ihm dabei, das Stativ und den Reflektor umzustellen, dann begann die Band, die Möbel zu einer Pyramide aufzuschichten. Als sie fertig waren, hatten sich Janes Haare statisch aufgeladen und standen ihr in alle Richtungen zu Berge.

»Jane, deine Haare sind völlig außer Rand und Band«, sagte Rich.

Kyle lachte. »Warte.« Er machte Anstalten, sie glatt zu streichen.

»Nein, nein, nein«, widersprach Rich, woraufhin sie sich zu zweit an Janes Haaren zu schaffen machten und versuchten, die losen Strähnen zurück in die Zöpfe zu stecken. Jane hatte die Arme vor der Brust verschränkt, und Greg verfolgte das Treiben mit hoch konzentrierter Miene.

»Jane«, sagte Alex. Sie hob den Kopf, gerade als der Auslöser klickte. »Mach sie auf.«

Jane öffnete ihre Zöpfe, und die Gruppe begann auf den Möbeln herumzuklettern wie Kinder auf einem Spielplatz. Gerade als sie eine Pose eingenommen hatten, die an das Gemälde *Washington überquert den Delaware* erinnerte, flog die Tür zum Konferenzraum auf, und Vincent Ray kam herein.

Schlagartig war es mit der ausgelassenen Stimmung vorbei. Kyle und Greg machten ein Gesicht, als wollten sie sich am liebsten unter dem Tisch verkriechen. Rich schielte zu Jane, deren Augen sich zu drohenden Schlitzen verengt hatten. Doch ihre Reaktion war nichts im Vergleich mit der von Vincent Ray. Als er die Breakers auf dem Möbelstapel thronen sah, begannen seine Schultern vor Zorn zu beben.

Willy trat zwischen ihn und die Band, ein Fuchs, der versuchte, ein größeres Raubtier zu überlisten. »Vincent Ray«, sagte er herzlich wie zu einem alten Freund.

Vincent ignorierte ihn und richtete das Wort direkt an Jane, die er mit seinen Blicken aufspießte. »Du glaubst wohl, ihr seid eine ganz heiße Nummer, was?«, sagte er.

»Ist ein normales Shooting etwa nicht gut genug für euch?« Er nickte in Richtung der Fotohintergründe, die schlaff und verlassen von der Decke hingen.

»Entspann dich«, sagte Willy. »Wir haben auch ganz normale Aufnahmen gemacht. Wir hatten einfach noch ein bisschen Zeit übrig.«

»Das Shooting ist zu Ende«, verkündete Vincent Ray. »Und das Album auch.«

»Was soll das heißen?«, fragte Jane.

»Alex, pack deine Sachen zusammen.«

Alex nickte und tat so, als würde er das Objektiv abschrauben, doch in Wahrheit ließ er alles so, wie es war. Das, was sich gerade vor seiner Linse abspielte, war zu interessant, um die Gelegenheit ungenutzt verstreichen zu lassen.

Die Jungs hatten sich um Jane geschart, die in der Mitte des Raums stand, als wäre sie nicht bereit, auch nur einen Zentimeter zurückzuweichen. Alex betätigte den Auslöser.

»Das heißt, es wird kein Album geben«, sagte Vincent Ray.

»Das können Sie gar nicht entscheiden«, entgegnete Jane. »Wir haben einen Vertrag mit Pegasus Records, genau wie Sie.«

»Was glaubst du, wie der Vorstand reagiert, wenn er erfährt, dass ihr sinnlos Studioressourcen verschleudert und euer Album ohne euren Produzenten abgemischt habt?« Vincent Ray machte einen Schritt auf sie zu. Noch anderthalb Meter, dann wäre seine Schulter im Bild.

»Und was glauben Sie, wie der Vorstand reagiert, wenn er erfährt, dass unser Produzent die ganze Zeit in London mit einer anderen Band beschäftigt war, obwohl er dafür bezahlt wurde, unser Album zu produzieren?«, konterte Jane.

»Euch muss dringend mal jemand eine kleine Lektion erteilen.« Ein weiterer Schritt. Alex justierte den Bildwinkel. »Ihr habt keine Ahnung, mit wem ihr euch hier anlegt. Eure Karriere ist vorbei, noch ehe sie überhaupt begonnen hat.«

»Moment mal«, schaltete Willy sich, noch immer um einen freundschaftlichen Ton bemüht, ein. »Jetzt mal nicht übertreiben. Unser Ziel sollte es sein, ein gutes Album rauszubringen. Und geht es in der Musik nicht genau darum, Grenzen zu sprengen, mit Erwartungen zu spielen …«

Vincent Ray fuhr mit gefletschten Zähnen zu ihm herum. »Dass man Titten hat, bedeutet noch lange nicht, dass man mit Erwartungen spielt, selbst wenn Jesse Reid scharf auf sie ist«, sagte er.

Jane versteifte sich.

»Das ist unsachlich«, sagte Willy. »Du solltest …«

»Ich hoffe für dich, dass Jesse Reid wirklich so groß wird, wie die Leute glauben«, schnitt Vincent Ray ihm das Wort ab. »Unsere Branche ist klein, und wenn er floppt, dann kann dich nicht mal mehr dein Vater retten. Glaub übrigens ja nicht, dass er nicht weiß, was hier gerade vor sich geht.«

Willy hob die Hand, um seine Brille abzunehmen. Er zitterte so stark, dass sie ihm aus den Fingern rutschte und auf den Teppich fiel. Als er sich bücken wollte, um sie aufzuheben, hob Vincent Ray den Fuß. Im nächsten Moment hörte man das Knirschen von zerbrechendem Glas.

Jane stemmte die Hände in die Hüften und öffnete den Mund.

»Jane«, warnte Willy.

»Raus hier«, sagte sie.

Vincent Ray baute sich drohend vor ihr auf. Jetzt war er seitlich im Bild und verdeckte die Sicht auf Willy. Jane stand ihm unbeugsam gegenüber, die Jungs halb schützend vor, halb furchtsam hinter ihr versammelt. Ihr Blick war fest. Sie zeigte keine Angst.

»Was hast du gesagt?« Vincent war so wütend, dass er das Klicken des Auslösers gar nicht hörte.

»Ich habe gesagt, raus hier.«

Der Produzent sah aus, als wolle er sich auf sie stürzen, und einen Moment lang fürchtete Alex, er würde dazwischengehen müssen.

Doch stattdessen lachte Vincent Ray kalt. »Ihr seid so was von am Arsch. Ihr alle.« Mit diesen Worten verließ er den Raum.

Willy richtete sich auf. »Das tut mir so leid, Jane ...« Sein Blick ruhte auf den im Teppich steckenden Glassplittern. Er machte ein Gesicht, als hätte man ihm die Luft abgedrückt, und driftete hinter Vincent Ray in Richtung Tür wie ein Autoreifen, der sich von der Felge gelöst hatte und nun herrenlos den Highway entlangrollte.

»Ich sollte jemanden holen, der das wegmacht«, murmelte er mit glasigem Blick. »Ich sollte ... Entschuldigt mich kurz.« Mit raschen Schritten eilte er hinaus.

Jane schaute ihm nach. Ihre Züge lagen im Schatten. Kyle, Rich und Greg stießen einen kollektiven Seufzer aus und schüttelten sich, um die Anspannung loszuwerden.

»Ich dachte schon, er bringt dich um«, sagte Greg und tätschelte Jane den Kopf.

»Ich dachte, Jane bringt ihn um«, sagte Kyle.

»Ich hoffe, das war Ihr letztes Shooting für heute«, sagte Rich an Alex gewandt.

Alex war in Gedanken bereits damit beschäftigt, wie er die Negative entwickeln und welche Filter er ausprobieren würde und ob es eine Möglichkeit gab, das Grau von Janes Augen zu betonen, um ihren klugen, stechenden Blick einzufangen. Dieses Foto war mehr als ein schnödes Albumcover. Es war ein echter Augenblick, auf Film gebannt. Es war Kunst.

12

Jane saß auf ihrem Bett. Um sie herum lagen unzählige kleine Zettel wie herabgefallene Blütenblätter, und auf jedem stand eine Variation derselben Nachricht: *Jesse hat angerufen.*

Die Breakers waren zurück aus New York, und Graces Stelle als Jesses häusliche Pflegekraft war ausgelaufen. Inzwischen fuhr sie nur noch alle zwei Wochen für die Physiotherapie zur »Hütte«. Als sie von einem dieser Termine zurückkam, hängte Jane gerade unter dem herbstlich gelben Ahorn im Vorgarten Wäsche auf. Grace half ihrer Nichte dabei, ein nasses Laken auseinanderzufalten, und suchte ihren Blick. »Jesse meinte, du rufst nicht zurück«, sagte sie, während sie zu zweit das Laken mit Wäscheklammern auf der Leine befestigten.

Jane stieg die Röte in die Wangen.

»Alles in Ordnung?«, fragte Grace.

»Ja, aber ich ... Du hattest recht. Es ist besser, Abstand zu wahren.«

Grace musterte sie einen Moment lang, dann nickte sie und begann von Millie, ihrer neuen Patientin in Perry's Landing, zu erzählen.

Jane war in der letzten Oktoberwoche ernüchtert heimgekehrt. Sie hatte geglaubt, es mit der Plattenindustrie aufnehmen zu können, und jetzt wusste sie, wie blauäugig das gewesen war. Sie konnte nicht behaupten, dass sie ihr Verhalten gegenüber Vincent Ray bereute. Sie wünschte bloß, sie hätte die Konsequenzen vorausgesehen.

Die Aufnahmen selbst hatten riesigen Spaß gemacht. Die Stunden im Tonstudio zählten zu den besten ihres Lebens, und die Tage und Nächte, die sie zusammen mit Simon im Regieraum gesessen und die Tracks abgemischt hatte, waren lehrreich und aufregend gewesen, auch wenn sie bezweifelte, dass sie das erworbene Wissen jemals wieder anwenden würde. Sie machte sich keine Illusionen: Die Wahrscheinlichkeit, dass sie ein zweites Album aufnehmen würden, war äußerst gering.

Ein paar Tage nach ihrer Rückkehr hatte Willy angerufen, um ihr mitzuteilen, dass Vincent Ray dem Vorstand des Labels gegenüber kein gutes Haar an *Spring Fling* gelassen hatte, mit dem Ergebnis, dass die erste Pressung auf dreihundert Exemplare begrenzt worden war.

»Die Auflage könnte sich noch steigern, wenn sich ein bekannter Radio-DJ in euch verliebt und eure Single spielt«, meinte Willy.

»Aber die Chancen stehen eher schlecht«, sagte Jane.

»Wir wussten von vorneherein, dass wir mit Konsequenzen rechnen müssen, aber so was habe ich noch nie erlebt. Vincent Ray hat dafür gesorgt, dass das Album weder von den größeren Printmedien besprochen noch in den Hitparaden-Programmen gespielt wird. Natürlich können wir nach wie vor die Werbetrommel für euch rühren, aber eher im kleinen Maßstab. Allzu viel dürft ihr euch nicht davon erhoffen. Es tut mir leid.«

Kyle, Greg und Rich nahmen die Neuigkeit relativ gelassen auf.

»Scheiß auf das Label«, sagte Kyle. »Wir haben ein verdammt gutes Album gemacht, selbst wenn es niemand hört.«

Nach diesem Telefonat wurden die Pausen zwischen Willys Anrufen immer länger. Erst vergingen Tage, schließlich Wochen. Jane fürchtete, dass der Ruf der Breakers so schlecht war, dass selbst ihr treuester Unterstützer es sich nicht mehr leisten konnte, mit ihnen in Verbindung gebracht zu werden. Vincent Ray war einfach zu mächtig. Und er hatte recht gehabt: Jane wusste wirklich nicht, worauf sie sich eingelassen hatte.

Deshalb konnte sie es auch nicht ertragen, Jesse unter die Augen zu treten. Die bloße Erinnerung daran, wie selbstgewiss sie gewesen war, ließ sie erschauern. Ihre Behauptung, sie würde das Label im Grunde gar nicht brauchen, kam ihr rückblickend wie die Totenglocke ihres Albums vor. Er hatte sie gewarnt, und sie hatte nicht auf ihn hören wollen. Sie hatte ihre Karriere aus purer Dreistigkeit gegen die Wand gefahren.

Jesse hatte Vincent Ray als visionären Produzenten bezeichnet, und Jane war nicht so naiv zu glauben, dass er sich in der Angelegenheit auf ihre Seite schlagen würde. Und selbst wenn ... Er war auf dem Weg, ein international gefeierter Star zu werden, während Jane bis in alle Ewigkeit auf der Insel festsitzen würde. Ein Kontaktabbruch erschien ihr der einzige Ausweg.

Leicht war es ihr nicht gefallen. In den ersten Wochen nach ihrer Rückkehr hatte Jesse alle paar Tage angerufen. In der dritten Novemberwoche hörten die Anrufe schließlich auf. Am ersten Abend, an dem das Telefon nicht klingelte, blieb Jane bis spätnachts wach und starrte die Zettel mit seinen Nachrichten an. Sie mochte es, seinen Namen zu lesen. Gegen Mitternacht klopfte Elsie an ihre Zimmertür. Als sie die Zettel auf dem Bett liegen sah, setzte sie sich neben Jane, nahm einen in die Hand und fuhr die Schrift darauf mit dem Finger nach.

Nach einem Moment eröffnete Jane das Gespräch. »Ich glaube einfach, dass es so leichter ist.«

Elsie maß sie mit einem strengen Blick. »Was in deinem noch jungen Leben hat dich zu der Annahme geführt, dass die Liebe leicht ist?«

Jane nahm ihr den Zettel aus der Hand und glättete ihn über ihrem Knie. »Das ist alles so verzwickt«, sagte sie. »Mit der Plattenfirma und Mom und Jesse ... Ich komme mir vor wie in einem Labyrinth.«

»Und du bist Theseus?«

Jane faltete den Zettel zwischen den Fingern. »Ich bin Dädalus.«

Elsie sah sie traurig an, sagte jedoch nichts.

Jane stürzte sich in die Arbeit. Sie übernahm regelmäßige Schichten im Carousel, an den Wochenenden war sie im Zentrum, und hin und wieder bediente sie Kundinnen im Salon. Jeden Tag sah sie dieselben Gesichter, und immer öfter kam es ihr so vor, als hätte es den Sommer nie gegeben.

Aber es hatte ihn gegeben, und sosehr Jane sich auch einzureden versuchte, dass es ihr gut ging, insgeheim wusste sie, dass das eine Lüge war. Aus dem Album hätte etwas werden können, genau wie aus ihr und Jesse. War ihre Angst davor, die Kontrolle abzugeben, so groß gewesen, dass sie unbewusst beides sabotiert hatte? Nachts lag sie wach und stellte sich vor, wie sie in vielen Jahren immer noch im Zentrum arbeiten würde. Was würde ihre Mutter dazu sagen, wenn sie noch da wäre?

Am Freitag nach Thanksgiving kam das Album der Breakers in die Läden. Gleich am Morgen gingen sie alle zusammen zu Beach Tracks. Bei ihrem Eintreten kamen die beiden Besitzerinnen Pat und Dana hinter dem Tresen hervorgestürzt und riefen: »Happy Breakers Day!«

»Ihr müsst unsere Exemplare signieren!«, sagte Pat. »Wir haben heute Morgen schon drei verkauft!«

»Wie viele davon an Elsie?«, wollte Jane wissen.

»Zwei!«, sagte Pat, ehe sie hinter den Kassentresen zurückkehrte und »Run« auf der Stereoanlage lauter drehte. Jane grinste. Es war ein aufregendes Gefühl, einen ihrer eigenen Songs im heimischen Musikladen zu hören.

Pat und Dana hatten das Album gut sichtbar vorn auf den Tresen gestellt. Jane nahm es in die Hand und betrachtete das Cover. Es war ein unglaubliches Foto: im Vordergrund Vincent Rays unscharfe Schulter, in der Bildmitte eine bedrohlich dreinblickende Jane und hinter ihr die Jungs. Der Titel des Albums, *Spring Fling*, erweckte den Eindruck, als wäre sie eine aufmüpfige Schülerin, die ihrem Direktor die Stirn bot, obwohl das blaue Kleid und ihre stolze Körperhaltung auf dem Cover eher an einen Bauernaufstand denken ließen. Jane drehte die Plattenhülle um. Auf der Rückseite war ein Foto von Rich und Kyle abgedruckt, wie sie sich unter Gregs wachsamen Augen an ihren Haaren zu schaffen machten. Es lockerte die Stimmung etwas auf und wirkte wie ein spöttischer Kommentar zu dem ernsten Motiv auf der Vorderseite.

»Ikonisch«, lautete Danas Urteil.

»Ich will es im Regal sehen.« Greg begann die Rock-Abteilung nach dem Album zu durchstöbern.

»Die Nachfrage ist jetzt schon ziemlich groß«, sagte Dana, als Greg den Reiter mit der Aufschrift *Breakers* fand und die Platte herauszog. »Aber keine Sorge, hinten sind noch mehr.«

Jane lächelte. Sie fragte sich, wie viele der dreihundert

Alben an diesen Laden geliefert werden würden. Wahrscheinlich fast alle.

An diesem Abend war das Carousel zum Bersten voll mit vertrauten Gesichtern, die alle gekommen waren, um die Breakers zu feiern. Jane war glücklich und gelöst. Das Album war draußen, sie würden eine große Party feiern, und danach würde ihr Leben so weitergehen wie bisher. Sie versuchte sich von dem Gedanken nicht entmutigen zu lassen.

»Applaus für unsere Janie Q und die Breakers!«, rief Al.

Als sie die Bühne betraten, brach lauter Jubel los. Jane trug Jeans und ein weißes Trägerhemd, sie hatte die Haare offen gelassen und ihre Handgelenke mit bunten Armbändern geschmückt. Als sie den Blick durch die Zuschauermenge schweifen ließ, sah sie Maggie und Elsie in der ersten Reihe stehen. Grace war mit Bea zu Hause geblieben.

Jane kickte sich die Schuhe von den Füßen. »So ist es besser«, sagte sie. »Schließlich sind wir ja hier zu Hause.«

Die meisten Gäste standen bereits, aber nach »Dirty Bastard« hielt es endgültig niemanden mehr auf den Sitzen. Jane konnte sogar Mark Edison sehen, der an der Bar lehnte und im Takt der Musik mit dem Kopf wippte.

Im Laufe des Abends erinnerte Jane sich wieder daran, warum sie es so sehr liebte, Musik zu machen: nicht, weil sie Platten verkaufen wollte, sondern um die Menschen zu berühren. Durch die Vorbereitungen für die Studioaufnahmen waren sie perfekt eingespielt, und Jane hatte beim Singen das Gefühl, gar nicht in ihrem Körper anwesend zu sein, sondern durch den Raum zu schweben. Sie fühlte sich schwerelos und frei, als hätte sie endlich den Ballast all ihrer angestauten Emotionen abgeworfen.

»Run« klang an diesem Abend anders als sonst. Sie hatten den Song ursprünglich über Maggie geschrieben, aber als Jane sah, wie ihre Cousine sich in der Menge wiegte und Greg dabei zuzwinkerte, wurde ihr bewusst, dass der Text mittlerweile viel eher auf sie selbst zutraf.

»Oh, living in your bubble,
You think that I am fine,
But darling I am trouble,
My code's hard to define,
And I am never going
To put it all on the line,
For you or anyone ... so
Run. Run.«

Jane dachte an Jesse, und ihre Stimme schraubte sich immer weiter in die Höhe. Sie fühlte sich zart und zerbrechlich wie lange nicht mehr. Seit ihrer Rückkehr aus New York hatte sie sich solche Gefühle strikt verboten.

Als das Lied zu Ende war, hatte sie Tränen in den Augen und nahm strahlend den Beifall des Publikums entgegen.

Rich räusperte sich und machte sich an seiner Gitarre zu schaffen. »Jesse ist hier«, sagte er leise.

»Was?«

Mit einer Kopfbewegung deutete er in den hinteren Bereich der Bar. Die Menge bewegte sich, und Jane erhaschte einen Blick auf etwas Blaues. Dort stand er, halb hinter einem Pfeiler verborgen. Ihr Körper reagierte auf seine Anwesenheit mit einem Ziehen in der Magengegend. Es war ein Gefühl, als hätte sie über jemanden gesprochen, um dann festzustellen, dass die betreffende Person direkt hinter ihr stand.

»Ihr seid ein tolles Publikum«, sagte sie ins Mikrofon. »Das hier ist unser letzter Song.« Über die Köpfe der Menschen hinweg fand sie Jesses Blick, und ihr Herz setzte einen Schlag aus. »Er handelt davon, wie es ist, verknallt zu sein.«

Sie zählte einen Takt zu »Spring Fling« vor, dann begann das Stück mit einem Intro von Kyle und Rich. Jane sah Maggie tanzen. Ihre hübsche Cousine, die so selten mit irgendetwas zufrieden war, sah in diesem Moment einfach nur glücklich aus. Sie und Elsie wiegten sich gemeinsam im Takt, während um sie herum die Menge johlte. Durch das Gewimmel hindurch blickte Jane geradewegs in Jesses Augen.

»*You make me feel groovy,*
Light it up and go,
Light me up and go.«

Sie warf ihren Jungs einen Blick zu, und die vier beendeten den Song gleichzeitig mit einem Akkord.

Der Jubel des Publikums war das schönste Geräusch, das Jane jemals gehört hatte. Schon wieder war sie den Tränen nahe.

»Lokalrunde!«, rief Al von seinem Platz hinter der Theke. Kyle, Rich und Greg sprangen von der Bühne. Greg schloss Maggie in die Arme, während Kyle und Rich sogleich Kurs auf die Zapfhähne nahmen.

Jane legte ihre Gitarre auf den Boden und hielt Ausschau nach Elsie, die ihr zuwinkte, ehe sie zwischen den ausgelassenen Gästen untertauchte. Jane stieg von der Bühne herunter. Hände streckten sich nach ihr aus, doch sie registrierte kaum, was sie zu wem sagte, sie wollte einfach nur so schnell wie möglich zu Jesse.

Doch als sie es bis ans andere Ende der Bar geschafft hatte, fehlte von ihm jede Spur. Sie drehte sich einmal im

Kreis, und ihr Mut sank. War er etwa schon gegangen? Sie warf einen Blick nach draußen auf die Stufen, die zur Straße führten. Ohne nachzudenken, schlüpfte sie in die Nacht hinaus.

Der Mond stand hoch am Himmel. Jane spürte, wie der Schweiß an ihrer Brust und auf ihren Armen in der Kälte prickelte. Sie ging bis nach oben auf die Main Street und sah sich um. Der Ort wirkte wie ausgestorben, doch dann sah sie neben dem Geländer des Hotels das rote Ende einer Zigarette aufglimmen. Dort stand Jesse, eine Flanelljacke über dem Hemd. Ohne Gips und Schlinge sah er kräftig und gesund aus.

»Tolle Show«, sagte er.

Jane machte einen Schritt auf ihn zu. Die Art, wie er dastand, wie er sie ansah – alles war noch genauso wie in ihrer Erinnerung.

»Du bist gekommen«, sagte sie.

Seine blauen Augen waren unergründlich. »Ja. Grace hat mich eingeladen.«

Jane stutzte. »Grace?«

Jesse nickte.

»Dein Arm sieht schon viel besser aus.«

Er ballte die Hand zur Faust, wie um es ihr zu demonstrieren. »So gut wie neu«, sagte er lächelnd.

Als ihre Blicke sich trafen, wurde sie nicht schlau aus seiner Miene. Da sie nicht wusste, was sie sagen sollte, deutete sie auf seine Zigarette. Er zögerte einen Moment, dann steckte er sich die Zigarette zwischen die Lippen und reichte ihr stattdessen seine Jacke. Jane versuchte, nicht darüber nachzudenken, wie gut sie roch.

In ihren Ohren klingelte es noch vom Auftritt. »Wie geht es mit deinem Album voran?«, fragte sie.

»Ganz gut. In einer Woche fliege ich nach L. A.« Er zog

an seiner Zigarette. »Sie sind schon dabei, eine Tournee durch fünfundzwanzig Städte zu planen. Im März soll es losgehen.«

Jane blickte zu Boden, damit er nicht sah, wie neidisch sie war. Sie hatte ihre Schuhe auf der Bühne stehen lassen, und neben seinen dicken Stiefeln schimmerte die Haut ihrer nackten Füße bläulich.

»Willy hat mir erzählt, was mit Vincent Ray passiert ist«, sagte er. Jane hielt den Blick gesenkt. Nach einer Weile fuhr er fort: »Klingt so, als hättest du ihnen tatsächlich gesagt, wo es langgeht, genau wie du es angekündigt hast.« War das Belustigung in seiner Stimme?

»Und jetzt ist meine Karriere im Eimer«, sagte sie.

»Das weißt du nicht.«

Sie lachte.

»Wirklich«, sagte er. »Ich liebe das, was du machst. Ich habe mir heute Morgen eure Platte gekauft und sie den ganzen Tag immer wieder gehört. Gott, ich würde dich glatt bezahlen, damit du auch mein Album abmischst.«

Jane verzog das Gesicht zur Andeutung eines Lächelns. »Es ... tut gut, das zu hören.«

Das schien Jesse zu ermutigen. »Ich finde, ihr solltet auf der Tour als unsere Vorgruppe auftreten. Unsere Musikstile sind ziemlich unterschiedlich, und live bist du einfach großartig. Wenn ich Willy frage, sagt er bestimmt Ja.«

Jane sah ihn mit offenem Mund an. Sie schwankte zwischen fassungslosem Staunen über sein Angebot und Eifersucht wegen seines unfassbaren Selbstvertrauens. »Jesse«, sagte sie, »das wäre nicht richtig. Wir haben uns das nicht verdient ...«

»Natürlich habt ihr das. Was ihr nicht verdient habt, ist diese miese Nummer von Vincent Ray ... Ich kann immer noch nicht glauben, dass er so was zu dir gesagt hat.« Jesse war sichtlich aufgebracht. »Lass es mich wiedergutmachen.«

»Dann stünden wir tief in deiner Schuld. Wie soll ich mich jemals dafür revanchieren?«

Jesse schluckte. »Ehrlich gesagt, habe ich es einfach nur satt, ohne dich zu sein.« Er nahm einen letzten Zug von seiner Zigarette, dann schnippte er die Kippe in den Rinnstein. Die rot glühende Spitze sprühte beim Auftreffen auf den Boden Funken, ehe sie erlosch.

Jesses Gesicht verdüsterte sich. »Du warst wie vom Erdboden verschluckt«, sagte er.

Janes Mund wurde trocken. »Es tut mir leid.« Sie gab sich einen Ruck. »Ich hätte dich zurückrufen sollen, aber am Ende kommt es auf dasselbe raus. Ich kann mich nicht voll und ganz auf dich einlassen. Nach dem, was mit meiner Mom passiert ist, bin ich ... vorsichtig geworden. Egal, wie sehr ich dich will, es gibt einfach gewisse Risiken, die ich nicht eingehen kann.«

Im Dunkeln nahm Jesse ihre Hand. Die Berührung sandte eine Schockwelle ihren Arm hinauf. Er machte einen Schritt auf sie zu. »Ich weiß, dass du Angst hast«, sagte er. »Ich habe auch Angst. Ich versuche nur, dir klarzumachen, dass ich es körperlich nicht aushalte, von dir getrennt zu sein.« Jane biss sich auf die Lippe. Jesse kam noch einen Schritt näher. Seine Stimme wurde leise und drängend. »Hast du eben gesagt, dass du mich willst?«

»Gott, und wie.« Die Worte waren ihr entschlüpft, ehe sie ihnen Einhalt gebieten konnte. Als unten in der Bar ein Sektkorken knallte und der Song in der Jukebox wechselte, zog Jesse sie an sich. Seine Hand fand ihre Hüfte, dann ihre Wange, und Jane spürte ein Kribbeln der Erregung, als sie in seine wunderschönen blauen Augen blickte. Ein Seufzer drang aus ihrer Kehle, als seine Nase ihre Wange streifte.

Jesse wisperte ihren Namen und küsste sie erst sanft, dann hungrig.

13

Pegasus Studios
Los Angeles
März 1970

»Seid ihr sicher, dass ich in dem Ding nicht zu spießig aussehe?«, fragte Greg. Weil sie in Kalifornien waren, hatte er sich gleich am ersten Tag ihrer Tour ein blau-weiß gestreiftes T-Shirt im Stil der Beach Boys gekauft. Ihm war nicht bewusst gewesen, dass sie noch einen Termin für ein Fotoshooting hatten.

»Jetzt ist es zu spät«, stellte Kyle fest.

»Du siehst gut aus«, sagte Jane. »Für einen Spießer.«

Greg verzog das Gesicht. »Rich?«

Richs Blick streifte ihn flüchtig. »Ja. Siehst gut aus«, murmelte er.

»Könnten wir bitte ein bisschen Ruhe haben? Danke«, sagte Archie Lennox, Chef der Marketingabteilung von Pegasus. Als wären sie von ihren Eltern zurechtgewiesen worden, zogen sich die Breakers in eine Ecke zurück. Als Jane den Kopf hob, stellte sie fest, dass Jesse sie ansah, und ihre Wangen begannen zu glühen.

»Jesse«, rief Archie. »Hier spielt die Musik.«

Jesse und seine Band posierten gerade vor dem Tourbus, auf dem dasselbe knallbunte psychedelische Motiv prangte wie auf der Rückseite von Jesses neuem Album *Painted*

Lady. Archie hatte den Vorschlag gemacht, vor der Abfahrt »auf dem Studioparkplatz noch schnell ein paar Fotos zu schießen«. Das war mittlerweile fast zwei Stunden her, und alle hatten schlechte Laune.

Jesses Drummer Huck Levi hatte sich verspätet, und so war Jesses Band gezwungen gewesen, herumzustehen und zuzusehen, während sich die Breakers unbeholfen vor dem Bus in Pose warfen. Sie hatten versucht, ihre Nervosität durch Albernheiten zu überspielen, was ihnen bei ihren neuen Reisegefährten keine Pluspunkte eingebracht hatte.

Je länger das Fotoshooting dauerte, desto befangener fühlte sich Jane in Gegenwart der vermutlich besten Studiomusiker der Welt.

Als Huck endlich aufkreuzte, scheuchte Archie die Breakers beiseite und begann, Jesse und seine Bandmitglieder für das Foto aufzustellen. Huck schüttelte Jesse die Hand, dann ließ er sich erschöpft gegen den Bus sinken. Es war drei Uhr nachmittags, und er war immer noch verkatert. Jesse hatte während der Studioaufnahmen für *Painted Lady* bei Huck in Laurel Canyon übernachtet, und seinen Erzählungen nach herrschte in Hucks Schlafzimmer ein Betrieb wie in einer Bahnhofshalle. Als Jane ihn zum ersten Mal sah, verstand sie auch, warum. Von Jesse wusste sie, dass Huck der Sohn eines Gemüsehändlers und einer ehemaligen thailändischen Schönheitskönigin war – offenbar die perfekte Kombination, denn sie hatte selten ein so schönes Gesicht gesehen wie seins.

»Alles klar bei dir?«, erkundigte sich Loretta Mays bei Jesse, der tief in Gedanken versunken zu sein schien. Jesse nickte, und Loretta zupfte den Ärmel ihres gestreiften Baumwollkleids zurecht, ehe sie sich die braunen Locken über die Schulter nach hinten warf. Jane bewunderte Loretta, die in Jesses Gruppe Klavier und Keyboard spielte, aber auch eigene Songs schrieb. Sie war nur wenige Jahre älter als Jesse, aber ihre Reibeisenstimme und die Tatsache, dass sie kürzlich zum zweiten Mal geheiratet hatte, ließen sie deutlich reifer erscheinen. Jane und Loretta waren die einzigen Frauen auf der Tour, und Jane hätte alles darum gegeben, Lorettas Freundin zu sein.

»Dem geht's gut«, sagte Benny Vogelsang und zog Jesse am Arm. »Schau dir nur mal an, wie er strahlt.«

Jesse stierte weiter vor sich hin.

Benny war gewissermaßen Jesses Rich, sein zweiter Gitarrist und treuester Verbündeter. Sie hatten sich auf einer Privatschule kennengelernt, und Benny war derjenige gewesen, der darauf bestanden hatte, dass Jesse sich nach seiner Entlassung aus dem McLean Hospital ganz der Musik widmete. Er begleitete Jesse oft bei der Melodie oder übernahm dessen Gitarrenpart, wenn er sang.

»Duke, tu wenigstens so, als wärst du lebendig«, sagte Archie, der dem Fotografen mit finsterer Miene über die Schulter spähte.

Duke Maguire schlurfte zurück ins Bild. Er war ein wenig älter als die anderen, ein Studiobassist und erfahrener Profi, der schon dreihundert Alben und mehrere nationale Tourneen auf dem Buckel hatte. Er hielt sich meistens abseits und schien kein Interesse daran zu haben, eine engere Beziehung zu einem der anderen Bandmitglieder aufzubauen. Für ihn war diese Tour bloß ein ganz normaler Job.

Diese fünf – Jesse, Loretta am Keyboard, Duke am Bass, Benny an der Gitarre und Huck am Schlagzeug – waren die Kernbesetzung bei den Aufnahmen zu Jesses zweitem Studioalbum *Painted Lady* gewesen, das zwei Wochen zuvor in den Handel gekommen war. Die erste Single, »Strangest Thing« mit »Morning Star« auf der B-Seite, war bereits in die Charts eingestiegen. In Vorbereitung auf die Tour hatte Pegasus hundertfünfzigtausend Exemplare pressen lassen. Die Verkaufszahlen von Jesses Single stiegen Woche für Woche, und alle hatten das Gefühl, dass der Song im Begriff war, ein Riesenhit zu werden.

Willy war es zu verdanken, dass außerdem auch noch mal fünftausend Exemplare der Single »Spring Fling« mit »Spark« auf der B-Seite produziert worden waren.

»Okay«, sagte Archie. »Sollen wir es wagen, ein Gruppenbild zu machen?«

Als die Breakers zögernd näher kamen, öffnete sich die Bustür mit einem Ächzen, und Willy trat ins Freie. Er trug eine brandneue Pilotenbrille mit gelben Gläsern und schien sein altes Selbstbewusstsein zurückgewonnen zu haben. Nichts beflügelte einen Talentmanager mehr als ein Künstler mit einer Single, die auf direktem Weg in die Top Ten war.

»Na, wenn das kein Anblick für die Götter ist«, sagte er, ehe er sich zu Archie gesellte.

Die zwei Bands stellten sich nebeneinander auf und lächelten, doch kaum war das Foto gemacht, verschwand Jesses Band ohne ein weiteres Wort im Bus. Der bekanntermaßen kontaktfreudige Kyle war zunächst der Einzige, der ihnen folgte.

Jane und Rich blieben noch draußen stehen, während Greg loszog, um einen Münzfernsprecher zu suchen. Seine anfängliche Begeisterung über die Tour hatte rasch einem schlechten Gewissen Platz gemacht, weil er Maggie und Bea so lange allein ließ. Nach Fertigstellung des Albums hatten sie alle ein kleines Honorar erhalten. Wie Jane hatte auch Greg das Geld den Quinns überlassen, trotzdem wäre es ihm lieber gewesen, wirklich für seine Familie da sein zu können. Er litt unter der Trennung, zumal die Situation unangenehme Erinnerungen an seinen eigenen Vater weckte.

In einer für sie gänzlich untypischen Geste der Verbindlichkeit hatte Maggie ihm versprochen, die Breakers auf dem letzten Teil ihrer Tournee an der Ostküste zu begleiten. Das war allerdings erst im Juni. Bis dahin mussten Ferngespräche genügen.

Archie Lennox trat zu Rich und Jane, während er Punkte auf einer Liste abhakte. »Nicht unser effizientestes Shooting, aber das wäre erledigt.«

»Wofür brauchen wir die Fotos überhaupt?«, erkundigte sich Jane.

Archie lächelte, doch seine Augen blieben kalt. »Dies und das. Du weißt schon.« Er wischte die Frage mit einer Bewegung seines Kugelschreibers beiseite. »Keine Bange, wir sorgen dafür, dass du gut aussiehst.«

Jane schielte zu Rich. »Das ist doch eine berechtigte Frage«, sagte der. »Ich habe mich auch gewundert.«

Archie blickte von seinem Klemmbrett auf. »Werbezwecke. Wir drucken Poster und Flyer, die dann an den Auftrittsorten aufgehängt und verteilt werden«, sagte er. »Für einige der größeren Stadien wird es auch Banner geben. Außerdem verkaufen wir T-Shirts, Buttons und Bilder zum Einrahmen.«

Archie richtete sich mit seiner Erklärung ausschließlich an Rich, obwohl Jane es war, die ihm die Frage zuerst gestellt hatte. Sie kehrte den beiden den Rücken zu. Früher hatte sie immer geglaubt, so etwas wie die Mutter der Band zu sein, die auf die anderen aufpasste, doch inzwischen ließ sie den Jungs, vor allem im Umgang mit Männern, oft den Vortritt. Anfangs hatte sie noch gehofft, die Erlebnisse bei den Studioaufnahmen wären eine Ausnahme gewesen, wie ein mysteriöses Experiment in einem unterirdischen Geheimlabor. Leider hatte sich herausgestellt, dass dieses Labor mehr oder weniger repräsentativ für die gesamte Musikbranche war. Sie hatte fast ausschließlich mit Männern zu tun – von den Künstleragenten, Tonmeistern und Roadies bis hin zu Plattenbossen, Musikjournalisten und Fotografen. Außerhalb der Schutzzone ihrer Familie auf Bayleen Island begegneten viele Männer ihr mit Herablassung, Skepsis oder sogar offener Verachtung. Sie erklomm die Stufen zum Bus, ohne dass Archie überhaupt bemerkt hätte, dass sie nicht länger am Gespräch teilnahm.

»Jane«, rief Jesse ihr nach. Sie drehte sich um. Er stand noch draußen und unterhielt sich gerade mit Willy. »Halt mir einen Platz frei.«

Jane schenkte ihm ein kleines Lächeln.

Beim Einsteigen grüßte sie Pete, ihren bärtigen Fahrer. Jesses Bandmitglieder hatten es sich in den vorderen Sitzreihen bequem gemacht. Sie nickten ihr zu, doch keiner von ihnen versuchte mit ihr ins Gespräch zu kommen. Sie ging weiter nach hinten zu Kyle, wobei sie unterwegs noch kurz bei Loretta stehen blieb.

»Hey«, sagte sie. »Ich mag dein Shirt.« Es war das Erstbeste, was ihr einfiel.

Loretta blinzelte sie an, als wisse sie nicht genau, ob Jane bloß unoriginell oder schlichtweg dumm war. »Okay«, sagte sie und fuhr fort, Jesse durchs Fenster zu beobachten.

Errötend setzte Jane ihren Weg fort.

Als sie bei Kyle ankam, tätschelte der ihr tröstend die Schulter. »Bei Greg hätte der Spruch bestimmt gezogen«, sagte er.

Jane rutschte in die Sitzreihe vor ihm und sah zu, wie Willy und Jesse sich mit Handschlag von Archie verabschiedeten. Keine Frage: Jesse war das Herzstück der Tour, alles drehte sich um ihn. Ausgerechnet ein zurückhaltender, sanftmütiger Mann wie er, der nie die Stimme erhob oder seinen Status ausspielte, stand im Mittelpunkt der allgemeinen Aufmerksamkeit.

Nach ihrer Auseinandersetzung mit Vincent Ray war klar, dass Jesses Gefühle für sie der einzige Grund waren, weshalb die Breakers überhaupt an der Tour teilnehmen durften. Das wussten auch die anderen, und deshalb hatte Jane darauf bestanden, dass sie sich in der Öffentlichkeit zurückhielten. Sie wollte nicht als Jesses Geliebte bekannt werden, ehe sie auf der großen Bühne auch nur einen Ton gesungen hatte. Sie fürchtete, dass sie sonst in den Augen der Welt nie etwas anderes sein würde.

Die Tour begann mit einem Soft Opening. In den ersten zwei Wochen würden sie an verschiedenen kleineren Orten im Pazifischen Nordwesten auftreten und Gelegenheit haben, ihrer Show den letzten Schliff zu geben. Ihr erstes »offizielles« Konzert sollte dann in San Francisco stattfinden.

Jane fiel auf, dass Rich, der immer noch draußen auf dem Parkplatz stand, gedankenverloren in Richtung Highway starrte. Auf einmal kam er ihr seltsam klein vor. Als Greg von seinem Telefonat zurückkehrte, trat Rich seine Zigarette aus, und die beiden stiegen in den Bus. Jesse, der ihnen gefolgt war, klatschte seine Bandkollegen ab und hielt einen Moment lang inne, um ein paar Worte mit Loretta zu wechseln, ehe er nach hinten kam und sich neben Jane setzte. Er schaute sie nicht an, aber Jane spürte, wie ein kleines Zucken durch ihren Körper ging, als ihre Knie sich berührten.

Willy stieg als Letzter zu. Er zählte schnell durch, ob sie auch vollzählig waren, dann gab er Pete das Signal zur Abfahrt. Die hydraulischen Bremsen zischten, die Frontscheinwerfer leuchteten auf, und der Bus bog vom Parkplatz auf den Sunset Strip ein. Jane schaute aus dem Fenster. Sie war noch nie an der Westküste gewesen und staunte immer noch, wie fremd hier alles wirkte – die Gebäude, die Vegetation, die schiere Größe von allem.

Jesses Hand glitt zwischen ihre Sitze, und sie spürte die Wärme seines Körpers, als er sich an ihr vorbeilehnte, um ebenfalls einen Blick nach draußen zu werfen. Als sie auf die 101 auffuhren, war es still im Bus. Jane begriff, dass es mit Jesse zusammenhing. Er schwieg, und alle anderen folgten unbewusst seinem Beispiel.

14

Das Set der Breakers für die Tour umfasste insgesamt vier Songs – »Dirty Bastard«, »Spring Fling«, »Indigo« und »Spark«, ihre kraftvollsten und beliebtesten Nummern. Die Band war in Topform. Die vier kannten ihre Songs vor- und rückwärts und vertrauten einander blind. Doch vor allem brannten sie darauf, sich zu beweisen. Dementsprechend aufgeregt waren sie vor ihrem ersten Auftritt im Carlson Theater des Bellevue College. Angespannt wie Sprinter, die auf den Startschuss warteten, standen sie hinter der Bühne.

»Lasst uns die Leute einfach umhauen«, sagte Jane zu den Jungs, als sie zu einer letzten Besprechung zusammenkamen.

Und genau das taten sie. Janes Stimme und Richs Gitarre erweckten das Stadion zum Leben. Jane und Jesse hatten sich vor dem Auftritt nicht mehr gesehen, und als sie hinterher atemlos und strahlend von der Bühne kam, wunderte sie sich, wie bedrückt er wirkte. Er machte ein Gesicht, als müsse er gleich vor ein Erschießungskommando treten. Normalerweise lächelte Jesse immer, wenn er sie sah, doch diesmal hob er lediglich die Brauen, ehe er sich wieder zu Loretta und Benny umdrehte.

»Tolle Show«, sagte Willy, der Jane eine Flasche Wasser reichte. »Ihr habt richtig abgerockt da draußen.«

»Ist mit Jesse alles in Ordnung?«, fragte sie, während sie seinen Nacken anstarrte.

»Aber sicher doch«, sagte Willy. Er schien noch etwas hinzufügen zu wollen. Jane wartete. Er räusperte sich und sprach mit gedämpfter Stimme weiter. »Ihr habt eure Sache einfach super gemacht, verstehst du?«

Jane nickte.

»Für euch als Vorgruppe ist das großartig. An euch stellt man keine allzu hohen Anforderungen. Es reicht, wenn ihr einen ganz passablen Auftritt hinlegt, und wenn nicht, ist das auch nicht so schlimm, dann gehen die Leute sich in der Zeit eben ein Bier holen. Wenn ihr gut seid, freuen sich alle, und wenn ihr fantastisch seid, so wie heute Abend, gewinnt ihr Tausende neuer Fans hinzu. Ihr könnt praktisch nicht verlieren. Für euch geht es immer nur bergauf.« Mit einer Handbewegung ahmte er ein startendes Flugzeug nach. »Aber bei Jesse«, fuhr er fort, wobei er die Stimme noch weiter senkte, »ist das was anderes. Die Erwartungen an ihn sind riesig. Sein Auftritt muss perfekt sein. Und er kann auch keine neuen Fans dazugewinnen – diejenigen, die hier sind, verehren ihn bereits, sonst hätten sie sich kein Ticket für sein Konzert gekauft.« Er warf einen Blick in Richtung Jesse, der mit seiner Band zusammenstand. »Wenn er nicht liefert, wollen die Leute ihr Geld zurück. Es ist eine große Verantwortung, die er da zu tragen hat. Er darf sich keinen Moment der Schwäche erlauben.«

Jane und Willy beobachteten, wie Benny Jesse auf die Schulter klopfte. Dieser drehte sich noch einmal um und schenkte Jane ein flüchtiges Lächeln, ehe er auf die Bühne ging. Sein Gesicht erstrahlte im Flutlicht, die Menge brach in ohrenbetäubenden Jubel aus, und Jane empfand tiefe Ehrfurcht. Sie schwor sich, dass eines Tages ihr Name auf den Konzertkarten stehen würde.

Als der Bus in dieser Nacht Richtung Seattle fuhr, döste Jesse an Janes Schulter.

Willy blieb neben ihrer Sitzreihe stehen. »Der Händler im Theater meinte, sie hätten alle Exemplare von *Spring Fling* verkauft«, sagte er und zwinkerte Jane zu. »Ich werde den Vertrieb bitten, die Zahlen noch mal durchzurechnen. Könnte sein, dass wir nachproduzieren müssen.«

Jane konnte sich ein Lächeln nicht verkneifen, als sie sich ausmalte, wie Vincent Ray auf diese Information reagieren würde.

Auch an der University of Washington und der Seattle University zeigten sich die Breakers in Hochform. Jesses Sets wurden stetig besser, und seine Fans – vor allem die Studentinnen, die scharenweise herbeiströmten, um seinen Namen zu kreischen – hatten keine Ahnung, dass die Band immer noch am Feinschliff ihres Auftritts arbeitete. Ihnen fiel nicht auf, wenn der Bass beim Tonartwechsel in »Chapel Hill« einen Schlag zu spät dran war oder Jesse in der zweiten Strophe von »Painted Lady« einen Texthänger hatte. Gewisse Startschwierigkeiten waren ganz normal, und Jesses Band hatte damit gerechnet. Genau deshalb spielten sie ja zunächst vierzehn Tage lang in kleineren Universitätsstädten.

Womit Jesses Band hingegen nicht gerechnet hatte, war, dass die Breakers von Anfang an in Bestform waren. Trotz all ihrer Routine konnten die Profimusiker nicht mit der Chemie zwischen den vier von der Insel mithalten, die schon ihr ganzes Leben lang zusammen Musik machten. Einige gönnten ihnen den Erfolg, Jesse beispielsweise freute sich mehr über Janes Auftritte als über seine eigenen, und Huck klatschte sämtliche Mitglieder der Breakers ab, wenn sie von der Bühne kamen. Andere hingegen konnten ihren Neid nicht verbergen.

»Als ob die noch nie eine Blondine gesehen hätten«, kommentierte Loretta spitz, nachdem die Breakers ihren dritten Auftritt in Folge fehlerfrei über die Bühne gebracht hatten.

An diesem Abend steuerte der Bus ein Motel an der Grenze zwischen Washington und Oregon an. Jane und Jesse nahmen stets getrennte Zimmer, allerdings sorgte Willy dafür, dass sie nach Möglichkeit nebeneinander lagen. Sie wünschten ihren Bandkollegen eine gute Nacht, dann zogen sie sich zurück.

Wenige Augenblicke später hörte Jane ein Klopfen an der Verbindungstür zwischen ihren Zimmern. Als sie öffnete, stand Jesse vor ihr. Er hatte seine Zahnbürste, ein T-Shirt und eine frische Unterhose dabei, als wolle er zu einer Übernachtungsparty. Als Jane die Arme nach ihm ausstreckte, warf er die Sachen aufs Bett, vergrub die Finger in ihren Haaren und küsste sie. Nachdem sie einander den ganzen Tag über verstohlene Blicke zugeworfen hatten, war Jane schwach vor Verlangen und sehnte sich danach, ihn endlich wieder zu berühren.

Jesse streifte sich das T-Shirt ab, und sie gingen in das spartanisch eingerichtete Bad. Dort zog Jane sich aus und drehte die Dusche auf, während Jesse ein Stück Seife aus seiner glänzenden weißen Papierverpackung wickelte.

»Für Pegasus nur das Beste.« Lachend zog Jane ihn unter die Dusche, wo er sie einzuseifen begann. Seine Hände sorgten für Aufruhr auf ihrer Haut. Irgendwann nahm sie ihm die Seife weg, um sich zu revanchieren. Sie wusch seine Schultern, seine Hüften, sein Gesäß, bis er sie an sich zog und sie das Seifenstück fallen ließ. Mit einem leisen Knurren saugte er an ihrer Zunge, und Jane spürte seine Härte an ihrem Bauch. Kurz darauf ließ er sanft einen Finger in sie hineingleiten.

Sie standen unter der Dusche und küssten sich, bis sie allen Seifenschaum abgewaschen hatten und ihre Haut glatt und sauber war. Dann drehte Jesse sie herum und drang von hinten in sie ein. Er schlang einen Arm um ihre Taille und hielt sie mit der anderen Hand an der Hüfte fest, während ihnen das Wasser über den Rücken lief und er sich in ihr bewegte.

Jane stöhnte und bog sich ihm entgegen, so intensiv war das Gefühl. Sie überließ sich ganz ihrer Lust, denn Jesses Arme waren stark und hielten sie fest, als sie kam.

»Baby«, flüsterte er ihr ins Ohr. Sie hielt einen Augenblick inne und genoss die Wärme, während er weiter in sie stieß. Als sie spürte, dass er kurz vor dem Höhepunkt war, entzog sie sich ihm und ging zurück ins Schlafzimmer. Sie legte sich aufs Bett, er drückte sie auf die Matratze, und als er abermals in sie hineinglitt, sah er ihr tief in die Augen. Jane genoss das Gewicht seines Körpers, seinen keuchenden Atem. Er nahm ihre Hände und hielt sie über ihrem Kopf fest, während eine Woge der Lust sie beide erbeben ließ.

»Fuck, Jane«, stieß er hervor und krallte die Finger in ihre Hüfte, als er kam. Jane presste die Nase gegen seine Wange. Einen Moment lang blieben sie regungslos liegen und lauschten auf den Atem des anderen. Dann wälzte

Jesse sich von ihr herunter und gab ihr einen Kuss auf die Stirn. Er ging ins Bad, um den Duschhahn abzudrehen, ehe er sich wieder splitternackt neben sie legte. Seine Finger strichen ihre Wirbelsäule hinauf und hielten in ihrem Nacken inne, um den Umriss der Tätowierung nachzuzeichnen, die sie dort hatte.

»Ihr habt alle die gleiche«, sagte er.

Jane nickte. »Das Familienwappen der Quinns. Sonne, Mond und Wasser.«

»Was braucht man mehr?«, sagte er. »Ich wünschte, es könnte für immer so sein. Wenn wir erst in die Großstädte kommen, wird sich einiges ändern.«

»Was meinst du damit?«

Jesse zuckte die Achseln. »Da ist jede einzelne Minute unseres Tages verplant. Es wird so sein, als wäre ich wieder im Zoo.« Sein Körper versteifte sich. Jane legte eine Hand an seine Wange. Jesse nahm ihre Finger und küsste sie mit einem Lächeln. Dann schaltete er das Licht aus, ehe er sie in seine Arme zog und beide für eine Weile schliefen.

Die Scheinwerfer vorbeifahrender Autos drangen durch die Lamellen der Jalousie und glitten über die Zimmerdecke wie Gespenster. Jane erwachte und drehte sich auf den Rücken. Ihr Herz hämmerte wie wild, während die Bilder ihres Albtraums allmählich verblassten: das fliederfarbene Kleid, der Spiegel, der Lippenstift. Sie atmete tief ein. Die Luft fühlte sich dünn an in ihren Lungen. Sie versuchte an den mondbeschienenen Strand zu denken, doch auch das brachte keine Erleichterung, denn die Fußspuren folgten dem rasenden Takt ihres Herzschlags.

Von allen Menschen, die sie kannte, war ihre Mutter als Einzige vor ihr diesen Weg gegangen. Jane wünschte, sie könnte mit ihr sprechen. Sie suchte nach einer Verbindung zu Charlotte und stellte sich vor, dass sie in einem Zimmer wie diesem saß und ihr Herz flatterte wie ein Kolibri. Hatte sie sich so gefühlt, wie Jane sich jetzt fühlte? Damals, bevor all das Schlimme passiert war?

Jane schlüpfte aus dem Bett und schnappte sich Feuerzeug und eine Schachtel Zigaretten, die sie vor ihrer Abreise aus Elsies Tasche stibitzt hatte. Sie zog sich Jesses T-Shirt über und klemmte einen Schuh in die Tür, ehe sie nach draußen trat und sich eine Zigarette anzündete. Rauchend blickte sie über den Highway hinweg in die Dunkelheit dahinter. Irgendwo da drüben lag Oregon, ein geheimnisvolles Reich, das zu besuchen sie sich niemals erträumt hatte. Es war Teil ihres Heimatlandes, und doch wusste sie nichts über die Menschen, die dort lebten. Obwohl Vollmond war, hatte sie Mühe, den Großen Wagen zu finden, der nicht an derselben Stelle am Himmel stand wie in Massachusetts. Nicht alle Amerikaner lebten unter den gleichen Sternen.

Die Tür ging auf, und Jesse trat ins Freie. Er trug nur seine Jeans, und sein bloßer Anblick weckte erneut ihre Lust. Er schob den Schuh wieder in den Türspalt, nahm ihr die Zigarette aus der Hand und zog daran. »Wieder derselbe Traum?«, fragte er.

Sie nickte.

Er hielt ihr die Zigarette hin, ließ sie jedoch nicht los, als Jane sie nehmen wollte. Lächelnd trat sie einen Schritt auf ihn zu.

»Hast du schon mal versucht, ihn aufzuschreiben?«, fragte er.

Jane schüttelte den Kopf. »Das klappt bei mir nicht.« Die Außenbeleuchtung tauchte alles um sie herum in ein hartes gelbes Licht, aber Jesses Augen waren so blau wie immer.

»Warum versuchst du es nicht wenigstens?«

»Ich schreibe einfach nicht gerne.«

Jesse verlagerte das Gewicht von einem Fuß auf den anderen. »Das finde ich irgendwie seltsam. Denn du kannst ja schreiben. ›Spark‹ ist ein guter Song, poetisch gesehen vielleicht sogar der beste auf dem ganzen Album.«

»›Spark‹ war eine einmalige Sache.«

Jesse sah sie mit hochgezogenen Augenbrauen an. »Warum? Deine Mom hat doch auch Songs geschrieben, es liegt dir im Blut.«

»Ich bin nicht meine Mom«, sagte Jane, als sie daran dachte, wie haltlos und verstört sie sich gefühlt hatte, nachdem sie den Text zu »Spark« geschrieben hatte.

»Mag sein«, sagte Jesse. »Ich würde trotzdem gerne sehen, wozu du fähig bist.«

Sie nahm den letzten Zug von der Zigarette und drückte sie am Geländer aus. Schweigend standen sie nebeneinander, während ein Stück entfernt die Autos vorbeirauschten.

»Wir sind ganz schön weit weg von der Insel«, sagte Jesse irgendwann. Jane blickte zu ihm auf. Er nahm ihre Hand und zog sie in seine Arme. »Komm wieder rein.«

Jane ließ sich von ihm zurück ins Zimmer führen. Er schlug auf ihrer Seite des Betts die Decke zurück, damit sie darunterschlüpfen konnte. Dann löschte er das Licht, legte sich zu ihr und begann ihr den Rücken zu kraulen. Dazu sang er mit leiser, sanfter Stimme:

»*Let the light go,*
Let it fade into the sea.
The sun belongs to the horizon,
And you belong to me.«

Jane wagte nicht, sich zu rühren. »Das ist schön«, sagte sie.

»Es gehört dir.«

»Mir?«

»Ich meine, ich habe es für dich geschrieben.« Er räusperte sich. »Hör zu, Jane. Vieles kann … schiefgehen. Aber was auch immer geschieht, zwischen uns oder sonst … ganz egal, was kommt … dieser Song wird immer dir gehören.«

Einen Augenblick schwieg sie. Dann fragte sie: »Geht er noch weiter?« Sie lächelte in der Dunkelheit.

15

Seit seinem zweiundzwanzigsten Lebensjahr war Willy jedes Jahr auf Tour gewesen, und wenn er dabei eins gelernt hatte, dann, dass der Erfolg die Menschen entzweite und der Misserfolg sie zusammenschweißte. Die Breakers wollten Jesses Band um jeden Preis beeindrucken und erreichten damit das genaue Gegenteil: Sie brachten sie gegen sich auf. Aber Willy machte sich deswegen keine Sorgen. Früher oder später würde irgendetwas dermaßen in die Hose gehen, dass den zwei Gruppen gar nichts anderes übrig blieb, als zusammenzuhalten.

Es passierte in der Lincoln Hall der Portland State University. Die Breakers hatten gerade die Hälfte ihres Sets hinter sich gebracht, als zwei der Verstärker durchbrannten. Während der ersten Strophe von »Indigo« hörte man aus Janes Mikro plötzlich ein Echo, und gleich darauf hielten sich Hunderte Menschen vor Schreck die Ohren zu, als ein durchdringendes Kreischen wie von einem Feueralarm das Auditorium erfüllte.

Willy sah, wie Jane sich hilfesuchend zu Rich umdrehte.

»Was machen wir jetzt?«, fragte sie. Er und Kyle waren nicht betroffen und spielten weiter, damit die Panne nicht zu sehr auffiel. Janes Mikro und Gregs Schlagzeug hingegen waren kaum noch zu hören.

»›Don't Fret‹«, entschied Rich. »Kyle, du bist gefragt.«

Sie hatten den Song wochenlang nicht mehr geprobt, aber Kyle war ein echtes Showtalent. Er trat in die Bühnenmitte und begann zusammen mit Rich zu improvisieren. Die beiden konnten hervorragend aus dem Stegreif spielen, aber eigentlich lebte der Song von der Percussion. Also schnappte Greg sich kurzerhand ein Tambourin und stellte sich neben Rich an dessen Mikro, während Jane zu Lorettas Klavier ging und den Deckel aufklappte. Von seinem Platz hinter der Bühne aus beobachtete Willy, dass sie sich wie zum Gebet über die Tasten beugte.

»Können wir den Sound vom Klavier hochdrehen?«, rief er einem der Tontechniker zu. Jane begann zu spielen, während Kyle die Melodie an Rich übergab. Einer nach dem anderen kamen Jesses Bandkollegen auf die Seitenbühne geschlichen, um zuzuhören, erst Jesse selbst, dann Huck, dann Benny, Loretta und schließlich Duke. Die Breakers spielten noch knapp zehn Minuten und krönten ihren Auftritt mit einem atemberaubenden Solo von Kyle. Danach tobte das Publikum.

»Was war das gerade?«, rief Greg, als sie von der Bühne eilten.

»Heilige Scheiße!« Rich griff sich ans Herz.

»Diese Triolen – einfach der Hammer«, sagte Jane und klatschte Kyle ab.

»Und du erst, Pianozähmerin«, entgegnete er, packte ihre Arme und schüttelte sie vor lauter Begeisterung. Als sie merkten, dass sie von Jesses Band beobachtet wurden, hielten sie jäh inne.

Duke war der Erste, der das Wort ergriff, Er wandte sich an seinen Bassistenkollegen Kyle. »Bruder«, sagte er und umarmte ihn. »Das war Musik.«

Kyle strahlte. Es war, als wäre den beiden Gruppen erst jetzt bewusst geworden, dass sie dieselbe Sprache sprachen, und sie begannen ausgelassen zu reden wie Verwandte, die sich seit Ewigkeiten nicht gesehen hatten.

Als Loretta zu ihr kam, wurde Jane ganz nervös.

»Wenn du das nächste Mal mein Klavier benutzt, übertreib es nicht so mit dem Pedal«, sagte sie. »Da habe ich ja schon Kirchenorgeln mit weniger Hall gehört.«

Als Jane den Mund öffnete, um etwas zu entgegnen, wurde Lorettas Blick weicher. »Trotzdem«, sagte sie. »Das war gar nicht so schlecht, vor allem für ein Mädchen.« Sie zwinkerte Jane zu, dann gesellte sie sich wieder zu Benny.

Loretta war den traditionellen Weg gegangen und hatte immer alles nach Vorschrift gemacht, erst als Songschreiberin, dann als Musikerin. Ihr Ziel war ein eigenes Album, und sie hatte die letzten Jahre konsequent darauf hingearbeitet, dem Label zu beweisen, dass sie gut genug dafür war. Es musste ein harter Schlag für sie sein, mitanzusehen, wie eine wunderschöne, blutjunge Jane Quinn sämtliche Regeln brach und dafür am Ende mit einem Album und einem Platz als Vorgruppe auf einer nationalen Tournee belohnt wurde.

Willy beobachtete Jesse und Jane. Jesse unterhielt sich mit Kyle, berührte Jane dabei jedoch immer wieder, als müsse er sich ihrer Gegenwart vergewissern. Willy hatte noch nie einen Menschen gesehen, der so rettungslos verliebt war. Jane mochte Jesse, keine Frage, aber ihr ging es in erster Linie um die Musik. Wahrscheinlich machte gerade das ihren Reiz für ihn aus. Die meisten Mädchen hätten alles darum gegeben, der Welt verkünden zu können, dass sie Jesse Reids Auserwählte waren. Jane hingegen bestand hartnäckig darauf, ihre Beziehung geheim zu halten.

»Hey«, sagte Jesse, der die anderen um sich versammelt hatte. »Wie wär's, wenn wir die Show nachher mit einer gemeinsamen Nummer beenden?«

»Eine ganz ausgezeichnete Idee«, sagte Willy wie aus der Pistole geschossen.

»Aber welchen Song sollen wir nehmen?«, fragte Benny. »Wir spielen doch schon das ganze Album.«

»Wie wäre es mit ›My Lady‹?«, schlug Kyle vor.

»Wir könnten auch einen Breakers-Song spielen«, sagte Jesse.

»Was ist mit ›Let the Light Go‹?«, fragte Jane. Jesse machte ein Gesicht, als hätte sie sich gerade vor allen Anwesenden nackt ausgezogen.

»Den kenne ich nicht«, sagte Huck.

»Der ist neu«, sagte Jane. »Jesse hat ihn geschrieben. Er ist richtig gut.«

»Wenn du das möchtest.« Jesse lächelte, doch als er sich abwandte, um seine Gitarre zu holen, sah Willy einen Anflug von Enttäuschung über seine Züge huschen. Gleich darauf steckten die Bands die Köpfe zusammen und begannen den gemeinsamen Auftritt zu planen. Sie benutzten Formulierungen wie »Beim Halbschluss müsst ihr genau hinhören« oder »An der Stelle würde ich auf Moll gehen«, sodass Willy sich wie das fünfte Rad am Wagen vorkam.

Willys Großvater Seb war 1875 aus Ägypten in die USA ausgewandert, zusammen mit einem Araberhengst, den er in Preakness zum Sieg geführt hatte, ehe es ihn weiter nach Westen zog. In L. A. angekommen, ließ er seinen Nachnamen von Laghmani in Lambert ändern und nutzte das Deckgeld seines Pferdes, um in die Graphophon-Technologie der Volta Laboratories zu investieren. Er gab seinem Sohn Jack nicht nur einen amerikanischen Namen, sondern auch zwei Leidenschaften mit auf den Weg, in denen Jack sich als extrem erfolgreich erweisen würde: Pferderennen und Musik. Willy selbst machte sich nicht viel aus Reitsport, verwendete ihn aber gerne als Metapher für das Musikbusiness.

Jesse war ein Vollblut und eine absolut sichere Bank. Er lieferte jedes Mal. Jane hingegen war ein wilder Jährling. Anfangs hatte Willy noch geglaubt, sie zähmen zu können, doch das hatte sich recht schnell als Irrtum erwiesen. Bei ihr konnte man nie sicher sein, ob sie über die Ziellinie oder mitten in die Zuschauertribünen galoppieren würde. Aber manchmal brauchte selbst das beste Rennpferd einen Trainingspartner, um es bei Laune zu halten. Mit diesem Vergleich hatte Willy seinem Vater und dem Vorstand bei Pegasus seinen Vorschlag schmackhaft gemacht, die Breakers auf der Tour als Jesses Vorgruppe zu engagieren. »Mit ihr läuft er noch weiter und noch schneller«, hatte er gesagt. Den Protesten von Vincent Ray zum Trotz hatten die anderen ihm grünes Licht gegeben.

Willy hatte gelernt, dass Labels keine Künstler verkauften, sondern Platten. Die meisten Leute wussten gar nicht, was für Musik sie mochten, bis die Plattenfirmen es ihnen sagten. Willys Loyalität gegenüber Jane lief diesem Grundsatz zuwider, und nicht einmal er wusste, wie weit er für sie zu gehen bereit war. In dieser entscheidenden Hinsicht war er anders als sein Vater. Jack Lambert mochte Pferderennen, weil er das Siegen liebte. Willy liebte das Siegen ebenfalls, aber er fand es genauso schön, den Pferden einfach nur beim Rennen zuzuschauen. Und rennen konnte Jane.

Was er für sie empfand, hatte nichts mit sexueller Anziehung zu tun. Sicher, er hatte darüber nachgedacht, aber nur kurz. Er bevorzugte reifere Frauen. Seine Ehefrau Rebecca war sieben Jahre älter als er. Nein, seine Faszination in Bezug auf Jane ging viel tiefer. Sie war existenzieller Natur. Willy und Jane trugen beide an einer Hypothek der Musikindustrie: Willy würde ein Imperium erben, und Jane war auf einem privaten Rachefeldzug. Früher hatte er geglaubt, er würde dieses Imperium einmal völlig neu gestalten, doch im Laufe der Auseinandersetzung mit Vincent Ray im vergangenen Sommer war ihm bewusst geworden, dass er lieber sterben würde, als sein Geburtsrecht aufs Spiel zu setzen.

Jane Quinn war keinen solchen Zwängen unterworfen und deshalb Willys Stellvertreterin für alles, was zu sagen oder zu tun er sich niemals getraut hätte. Wenn jemand wie sie es auch ohne Unterstützung eines Labels ganz nach oben schaffen konnte, bedrohte sie damit die Macht und den Einfluss des Establishments, dem er angehörte. Und trotzdem ertappte er sich mitunter bei dem Wunsch, sie möge alles in Schutt und Asche legen, bis kein Stein mehr auf dem anderen lag.

Die Tontechniker brauchten zwanzig Minuten, um die Verstärker zu reparieren, doch sobald Jesse die Bühne betrat, war die Menge besänftigt. Seine Band spielte wie entfesselt und schien von einer ganz neuen Energie beseelt, als hätte die Spontaneität der Breakers ihnen die Erlaubnis gegeben, es so richtig krachen zu lassen. Als sie fertig waren, verbeugten sie sich, und die Breakers kamen unter den Jubelrufen des Publikums noch einmal auf die Bühne. Die Begeisterung wurde umso größer, je näher Jane und Jesse beieinander standen.

»Danke schön«, sagte Jesse. »Vielen Dank. Wir haben noch eine kleine Zugabe für euch.«

Willy stand hinter der Bühne und lauschte, wie Jane die erste Strophe von »Let the Light Go« sang. Jesse stand neben ihr und spielte Gitarre. Es war eine seltsame, aber wunderschöne Melodie irgendwo zwischen Liebeslied und Blues.

»I'll watch over you,
As long as I am here,
As long as I am near,
You can dream, dream away.«

Während die Musiker eine Begleitung zu dem Song improvisierten, erspähte Willy eine Gruppe Studentinnen, die mit verklärten Mienen zu Jesse und Jane hinaufblickten. Bei dem Anblick fühlte er sich in den Sommer 62 zurückversetzt, als er infolge einer geplatzten Tournee gezwungen gewesen war, eine Saison lang als Laufbursche bei *American Bandstand* anzuheuern. Genau so hatte das Publikum damals die Beatles angestarrt: euphorisiert, besessen. Die Rädchen in seinem Kopf begannen sich zu drehen. Er sah den Gesichtern der jungen Zuschauerinnen an, was sie dachten: »Sind sie ein Paar oder sind sie keins?« Die Ungewissheit verlieh dem Starkult um Jesse eine völlig neue Dynamik. Es schien, als hätte Jane mit ihrem Bedürfnis nach Geheimhaltung ihrer Beziehung unbeabsichtigt Öl in das Feuer gegossen, das in den Herzen vieler Mädchen für Jesse brannte. Die Sache besaß genug Feuerkraft, um ihn bis in die Stratosphäre zu katapultieren. Als Jane und Jesse sich gemeinsam verbeugten, erreichten die Schreie ihren Höhepunkt.

Als hätte Willy es vorausgeahnt, wartete nach dem Konzert eine sommersprossige Studentin mit roten Haaren und Brille auf dem Parkplatz. Sie hatte einen Fotoapparat um den Hals hängen und einen Notizblock in der Hand und sah aus, als käme sie von der Unizeitung.

»Tut mir leid«, sagte Willy. »Tut mir leid, aber Jesse gibt keine Interviews.«

»Ist schon gut«, sagte Jesse, noch immer ganz berauscht von seinem Auftritt.

»Ich weiß nicht ...«

»Wirklich, kein Problem. Hi, ich bin Jesse.«

»Ich bin Marybeth Kent«, sagte die Studentin und gab ihm die Hand, als befände sie sich in einem Bewerbungsgespräch. Willy verdrehte die Augen, hob die Hand und formte lautlos die Worte »Aber nur fünf Minuten« mit den Lippen.

»Was die Fans brennend interessiert«, begann Marybeth mit hochroten Wangen. »Sind Sie und Jane Quinn ein Liebespaar?«

Jesse lachte und hob den Kopf, gerade als Jane an ihm vorbei zum Bus ging.

»Was meinst du, Janie Q? Sind wir ein Liebespaar?«

»Ist das deine Art, ein Mädchen um eine Verabredung zu bitten?«, entgegnete Jane, ohne stehen zu bleiben. Marybeth kritzelte eifrig auf ihren Block.

»Der Song ›Morning Star‹ – handelt er von Jane Quinn?«, lautete ihre nächste Frage.

»Es geht darin um eine Mischung aus ganz verschiedenen Menschen, denen ich im Laufe meines Lebens begegnet bin«, sagte Jesse.

»Aber einer dieser Menschen ist Jane Quinn«, sagte Marybeth. »›*Morning star and your guitar*‹ ... ›*I'd follow that golden hair anywhere*‹. Das klingt doch ziemlich eindeutig.«

Jesse zuckte unbestimmt mit den Schultern.

»Was finden Sie an ihr so anziehend?«, wollte Marybeth wissen.

In dem Moment schritt Willy ein. »Okay, das reicht jetzt. Danke, dass Sie heute Abend gekommen sind.« Mit diesen Worten lotste er Marybeth zurück in Richtung Campus. Sie schaute mehrmals zurück, um noch einen letzten Blick auf Jesse zu erhaschen.

In dieser Nacht ging es im Bus zu wie in einer Taverne. Zum ersten Mal mischten sich die Gruppen, alle lachten und unterhielten sich miteinander. Jesse war entspannt und zufrieden, Jane aufgekratzt.

Am darauffolgenden Sonntag fuhr der *Painted Lady*-Bus die Westküste wieder hinunter in Richtung San Francisco. Im Radio lief Casey Kasems neue Sendung *American Top 40*, und die erste Überraschung kam um halb neun. Als die ersten Noten von »Spring Fling« erklangen, machte Jane große Augen. Dann brach der ganze Bus in ohrenbetäubenden Jubel aus.

»Hört euch das an«, sagte Jesse strahlend.

»›*Strong, yeah, you bring me along*‹«, sangen alle aus voller Kehle mit. Als der Song zu Ende war, wuchs die Spannung. Wenn »Spring Fling«, der eine Woche zuvor nicht einmal in der Nähe einer Chartplatzierung gewesen war, es auf Platz achtunddreißig geschafft hatte, wo war dann »Strangest Thing«? Je weiter der Countdown fortschritt, desto stiller wurde es im Bus.

Jesse saß neben Jane und blickte auf seine Schuhe. Willy machte bereits eine Liste mit Telefonaten, die er führen musste, falls der Song es in die Top Ten geschafft hatte. Sie waren noch zwanzig Meilen von ihrem Ziel entfernt, als der Countdown der letzten zehn Plätze begann. Als die Golden Gate Bridge in Sicht kam, war gerade »Huguenot« von Bulletin, die gegenwärtige Nummer fünf, zu Ende gegangen.

»Und jetzt zu Platz vier … ›Strangest Thing‹ von Jesse Reid.«

Erstaunte Rufe schallten durch den Bus. Jane sah Jesse überglücklich an, und Pete, der Busfahrer, drehte die Lautstärke auf.

Doch während die anderen sich ausgelassen freuten, wurde Willy nachdenklich.

»Was ist?«, wollte Kyle von ihm wissen.

Willy rieb sich das Kinn. »Ich bin seit zehn Jahren in diesem Geschäft. Es spielt keine Rolle, wie gut ein Song ist, man springt nicht neun Plätze innerhalb von einer Woche, nur weil man an ein paar Unis gespielt hat. Da muss was anderes dahinterstecken.«

Des Rätsels Lösung offenbarte sich eine Stunde später, als der Bus zufällig vor einem Zeitungsautomaten mit dem *Snitch Magazine* hielt.

Auf der Titelseite prangte ein großes Schwarz-Weiß-Foto von Jesse, der Jane auf ihrem Weg zum Bus hinterherschaut, während sie einen Blick über die Schulter wirft. Die Schlagzeile dazu lautete: *Das Mädchen in den Songs: Ist Jane Quinn Jesse Reids Morning Star?*

Offenbar war Marybeth Kent doch keine gewöhnliche Studentin gewesen.

16

In San Francisco spielten sie ein Open-Air-Konzert im Stern Grove. Die Zuschauer auf dem Rasen hatten sich wegen eines unerwarteten Kälteeinbruchs mit Pullovern und Jacken eingedeckt.

»So habe ich mir Kalifornien nicht vorgestellt«, maulte Kyle und hauchte in seine Finger, um sie zu wärmen. Das Publikum war entspannt bis an die Grenze zur Schläfrigkeit. Als Jane sie aufforderte, ein bisschen Lärm zu machen, applaudierten sie lediglich verhalten wie bei einem Golfturnier.

»Schwieriges Publikum«, meinte sie zwischen »Indigo« und »Spark« zu Rich.

»Die sind alle bekifft.« Rich stieg das beißende Aroma in die Nase, eine Mischung aus Haschisch, Smog und dem Nebel, für den die Stadt berühmt war.

Jesse hatte recht gehabt, in den großen Städten war wirklich alles anders.

Als sie L. A. erreichten, hatten weitere Musik- und Klatschmagazine das Thema von Jesses und Janes angeblicher Liebesbeziehung aufgegriffen, und im Memorial Coliseum summte es wie in einem Bienenstock. Würde sich die spontane Zugabe, von der im *Snitch* die Rede gewesen war, wiederholen? Würden die Konzertbesucher Gelegenheit haben, das Knistern zwischen Jesse und Jane mit eigenen Augen zu erleben?

Noch nie zuvor war Jane mit derart lautem Jubel begrüßt worden. Das Publikum war modisch und urban, aber erst während »Dirty Bastard« ging ihr auf, was wirklich anders war: Beim Refrain sangen die Zuschauer mit. Sie kannten die Songs der Breakers auswendig. Als sie hörte, wie ihre Texte durchs Stadion schallten, machte ihr Herz einen Satz, auch wenn sie wusste, dass die meisten sie vermutlich nur deshalb kannten, weil sie angeblich Jesses Freundin war.

»Das kommt mir irgendwie vor wie Mogeln«, sagte sie nach ihrem Auftritt zu Greg, während sie zusahen, wie

Jesse von seinem Hocker auf der Bühne scheu in die Menge lächelte.

Greg tat ihren Einwand mit einem Achselzucken ab. »Ist es auch Mogeln, dass du so schön bist? Oder dass er so viel Kohle hat?«

Jane liebte es, Jesse auf der Bühne zuzuschauen. Die Anspannung, die sie oft bei ihm wahrnahm, verflog, sobald er mit seiner Gitarre ins Scheinwerferlicht trat. Jane war wie eine Supernova, funkelnd und voller Energie, aber Jesse war ein Schwarzes Loch, dessen Schwerkraft so gewaltig war, dass sie alles um sich herum einsaugte. Oft sang er mit gesenktem Kopf oder geschlossenen Augen, was eine geradezu hypnotische Wirkung auf sein Publikum hatte. Gebannt und still hörten sie ihm zu, als wäre er ein Schlafwandler, den man um keinen Preis stören wollte.

Erst als Jesse nach einem überragenden Set aufstand, um noch einmal die Breakers auf die Bühne zu holen, brach der Bann. Er blickte Jane erwartungsvoll entgegen, und dem Publikum musste es erscheinen, als sei sie diejenige, die ihn aufgeweckt hatte, ein Eindruck, der durch seine veränderte Körperhaltung noch verstärkt wurde.

Willy hatte ihnen empfohlen, den Fans zuliebe auch diesmal eine Zugabe zu spielen, und sie hatten sich erneut für »Let the Light Go« entschieden. Jane merkte kaum, wie viele Blicke auf ihr ruhten. Wenn sie mit Jesse sang, vergaß sie alles um sich herum.

Hinterher verbeugten sie sich und verließen gemeinsam die Bühne, wobei sie achtgaben, einander nicht zu berühren. Kaum dass Jesse den Scheinwerfern den Rücken gekehrt hatte, erschlafften seine Gesichtszüge, und er sah auf einmal sehr müde aus. Willy reichte ihm ein Wasser und lobte ihn für seinen guten Auftritt. Jane hingegen ließ zunächst einige Minuten verstreichen, ehe sie das Wort an ihn richtete. Sie hatte festgestellt, dass er in den ersten Augenblicken nach Verlassen der Bühne kaum ansprechbar war.

»Ich beneide dich«, sagte er in dieser Nacht zu ihr, als sie nebeneinander im Bett lagen. »Du liebst das alles so.«

Am nächsten Morgen kam Willy zu ihnen ins Hotelrestaurant. Er brachte Neuigkeiten mit. »*Rolling Stone* schickt Curtis Wilks vorbei, um ein Feature über dich zu schreiben«, teilte er Jesse mit. »Er wird uns während des gesamten restlichen Aufenthalts in L. A. begleiten. Wir sollten dafür sorgen, dass er sich gut amüsiert.«

Jesse, der gerade ein Stück von seinem Omelette abgeschnitten hatte, ließ die Gabel sinken.

»Alles, was während seines Besuchs passiert, kann Teil des Artikels werden«, fuhr Willy fort. »Wenn er also nicht über euch Bescheid wissen soll, würde ich vorschlagen, dass ihr euch bedeckt haltet, bis wir in Vegas sind.«

»Nur fürs Protokoll«, sagte Jesse. »Mir ist egal, wer das mit uns erfährt.«

»Nur fürs Protokoll«, entgegnete Jane, nahm seine Gabel und machte sich über sein Omelette her. »Mir nicht.«

Als sie an diesem Abend ihren Veranstaltungsort erreichten, wartete Curtis bereits im Backstagebereich auf sie. Er war etwa fünfunddreißig Jahre alt, mit dichten, dunkelbraunen Haaren und einem Hufeisenschnurrbart. Er sah aus wie ein Teddybär mit Presseausweis, aber wenn Jane von Mark Edison eins gelernt hatte, dann dass mit der Presse nicht gut Kuscheln war.

»Jane.« Willy winkte sie zu sich. »Komm und sag Curtis Hallo.«

Jane bot ihm lächelnd die Hand. »Ich bin die Sängerin der Breakers«, sagte sie. »Wir sind die Vorgruppe.«

»Ich weiß, wer Sie sind.« Curtis grinste, während er Jane kräftig die Hand schüttelte. »Ich war letzten Sommer auf dem Folk Fest. *Spring Fling* ist ein fantastisches Debüt. Und Sie sind eine fantastische Sängerin.«

Kurze Zeit später kehrte Willy zurück, um Curtis mit Jesse bekannt zu machen, und Jane versammelte ihre Band um sich. Die Breakers stimmten ihre Instrumente und verschwanden dann in ihrem Wohnwagen, um dort auf den Auftritt zu warten. Greg und Rich schauten sich im Fernsehen ein Baseballspiel an, und Kyle hatte Jane gerade gefragt, ob sie Lust hätte, mit ihm Karten zu spielen, als Jesse an die Tür klopfte.

»Curtis ist noch hinten bei Willy«, sagte er. »Kann ich dich kurz entführen?«

Er zog sich mit ihr hinter den Wohnwagen zurück. Jenseits des Stadions, in dem bereits das laute Stimmengewirr der Konzertbesucher zu hören war, schimmerte der Horizont violett und rosa.

»Was gibt's denn?«, fragte sie.

Zunächst sah Jesse so aus, als wolle er etwas sagen, doch dann trat er zu ihr und schlang ihr wortlos die Arme um den Körper. Überrumpelt von der Geste, fasste Jane ihn bei den Schultern und hielt ihn einen Moment lang fest, ehe sie sich von ihm losmachte. Der *Rolling Stone* war ein auflagenstarkes Magazin, und wenn der Artikel erschien, würde vieles anders werden. Noch ließ sich nicht voraussagen, was, aber sie spürten es bereits. Andererseits gehörte Veränderung zum Leben dazu. Jedes Ende war zugleich auch ein Anfang und umgekehrt. Jesse straffte die Schultern, dann zog er sie ein weiters Mal an sich und vergrub das Gesicht in ihren Haaren.

An diesem Abend spielte er, als wäre er Orpheus an Bord der Argo, und verzauberte alle mit der Intensität seines Auftritts. Nach dem Konzert nahmen sie Curtis Wilks mit zum Tourbus, und Pete fuhr sie nach Beverly Hills zu einer Party, die Danny Lambert, Willys Bruder und Gründer von Counting Sheep Records, in seiner Villa ausrichtete.

»Schauderhaft«, brummte Willy halblaut, als sie auf einem prächtigen Vorplatz hielten, der an eine venezianische Piazza erinnerte.

Das Innere des Hauses mutete an wie eine Mischung aus Strandhaus und Vampirschloss: überall Palmen, roter Samt, funkelnde Kronleuchter und Böden aus Koralle. Danny selbst war eine ältere, aufgeblasenere Version von Willy. Die Haare mit Pomade zurückgekämmt, ein breites Lächeln im Gesicht, wartete er in der achteckigen Eingangshalle auf seine Gäste.

»Da seid ihr ja«, sagte er und nahm sofort Kurs auf Jesse und Wilks. Willy folgte den dreien augenrollend. Wie es schien, war der *Rolling Stone*-Artikel eine Art Familienangelegenheit, obwohl Jane nicht sagen konnte, wer von den beiden Brüdern die Idee dazu gehabt hatte.

Loretta hakte sich bei ihr unter. »Komm«, sagte sie. Jesses Bandkollegen gingen den anderen voran in einen großen Ballsaal, wo sie sich auf der Suche nach bekannten Gesichtern in alle Richtungen zerstreuten.

Jane hatte das Gefühl, sich in einer Filmkulisse zu befinden. Eine Kellnerin mit Netzstrümpfen und Fliege reichte ihnen Drinks auf einem silbernen Tablett. Die Breakers standen unbeholfen herum, nippten an ihren Cocktails und schauten aus dem zwei Stockwerke hohen Fenster auf die weitläufige Pool-Landschaft im Garten. Jane hielt in der glitzernden Gästeschar Ausschau nach Jesse. Sie hatte keine Ahnung, wohin er verschwunden war.

»Bitte, sag mir, dass die Gerüchte nicht wahr sind«, ertönte hinter ihnen plötzlich eine Stimme mit britischem Akzent.

»Ach du Sch …« Als sie sich umdrehten, verschlug es Kyle die Sprache. Vor ihnen stand kein Geringerer als Hannibal Fang, legendärer Bassist der britischen Band Fair Play. Hannibal schenkte ihnen ein schurkisches Lächeln, das so etwas wie sein Markenzeichen war, und nahm Janes Hand zwischen seine mit Ringen beladenen Finger.

»Jane Quinn, Licht meines Lebens, Feuer meiner Lenden«, sagte er. »Ich werde eines noch früheren Todes sterben als ohnehin schon, falls du wirklich mit Jesse Reid zusammen sein solltest. Liebste, sag mir, dass es nicht stimmt, und dann lass uns zusammen durchbrennen.«

»Okay, Janie Q«, sagte Kyle. »Du hast den Mann gehört.«

»Janie Q«, wiederholte Hannibal. »Ich liebe es.«

»Das hier sind Kyle, Greg und Rich«, stellte Jane die Jungs vor. Hannibals exzentrische Art nahm ihr die Befangenheit. Es war, als würde sie einen flirtenden Gast im Carousel bedienen, nur dass sie nicht durch einen Bartresen getrennt waren, sondern durch einen Bruch in der Realität.

»Ich bin entzückt, Jungs«, sagte Hannibal Fang. »Ich verehre eure Platte – absolute Spitze. Also, was sagst du, Jane, sollen wir von hier verschwinden und einander erkennen, so wie es in der Bibel geschrieben steht?«

»Wir können noch nicht gehen. Die Party hat gerade erst angefangen.«

»Was meinst du? Es geht doch schon richtig rund.«

»Ich weiß nicht«, meinte Jane. »Bis jetzt ist noch niemand mit Klamotten in den Pool gesprungen.«

Hannibal schnalzte mit der Zunge. »Man springt doch nicht ›mit Klamotten‹ in den Pool, meine Teuerste. Solche

Dinge wollen gut vorbereitet sein und mit Stil und Finesse zelebriert werden. Kommt mit, ich zeige euch, wie das geht.«

Er führte die vier in den ersten Stock, wo sie sich eine Line aus seinem Privatvorrat gönnten, den er in einem ausgehöhlten Tigerzahn an einer Kette um den Hals trug.

Sie alle hatten bereits auf Bayleen Island mit Drogen experimentiert, aber Drogen waren teuer und daher meistens auf die Woche des Folk Festivals beschränkt. In L. A. war das anders. Hier gehörten Pillen, Pülverchen und Joints zum Alltag und waren so leicht zu bekommen wie Pfefferminzbonbons.

»Sagt Bescheid, falls eure Kehle anfängt zu brennen. Ich habe noch mehr«, sagte Hannibal.

Sie zogen noch eine Line, dann stürzten sie sich wieder ins Getümmel. Sie schwebten an der Top-40-Band vorbei, die im Wintergarten spielte, und hakten sich bei den spärlich bekleideten Tänzerinnen unter, die so angemalt waren, dass sie wie Blumen aussahen. Sie kicherten, als Hannibal sie einer Reihe von Größen aus dem Musikgeschäft vorstellte, die allesamt genauso albern und fröhlich waren wie die Breakers selbst.

Irgendwann gingen sie nach draußen, um den Pool in Augenschein zu nehmen, ein luxuriöses Badeparadies, das der Lagune von Bora Bora nachempfunden war. Gerade als Kyle und Greg anfingen, sich darüber zu streiten, wer von ihnen beiden länger aus dem Wodka speienden Eisdelfin trinken konnte, sah Jane, wie Willy auf die Terrasse trat. Er wirkte gestresst. »Einfach geschmacklos«, sagte er und scheuchte eine Frau zur Seite, deren nackte Brüste mit Gänseblümchen bemalt waren.

Wenig später kamen auch Jesse und Curtis nach draußen. Sie lachten über eine Bemerkung von Danny Lambert.

Jesse suchte Janes Blick und sah sie ein wenig länger an, als gut gewesen wäre.

»In Ordnung«, verkündete Hannibal. »Die Zeit ist reif.« Kurzerhand packte er Janes Hand und zog sie mit sich in den Pool.

Jane tauchte im warmen Wasser unter und spürte die Einschläge neben sich, als Kyle, Rich und Greg ihrem Beispiel folgten.

Und sie blieben nicht die Einzigen. Innerhalb kürzester Zeit vergnügte sich die Hälfte der Gäste im Pool, einschließlich einiger Tänzerinnen. Farben schwammen auf der Wasseroberfläche und sahen aus wie ein zerlaufenes Ölgemälde.

»Aber jetzt mal im Ernst«, raunte Hannibal Fang ihr ins Ohr. »Liegt es daran, dass er singen kann?«

»Wer sagt, dass es an irgendwas liegt?«, fragte Jane zurück.

»Oh Jane, du göttliche Füchsin.« Die beiden trieben auf dem Rücken dahin und schauten den Flugzeugen zu, die hoch über der Stadt den Himmel durchschnitten.

Es war drei Uhr morgens, als Jane aus dem Wasser stieg. Sie sah sich nach Jesse um und entdeckte Curtis Wilks, der, umrahmt von brennenden Fackeln, auf einem der Liegestühle eingeschlafen war. Hannibal Fang räkelte sich unter dem Eisdelfin, während eine als Rose bemalte Tänzerin rittlings auf ihm saß und ihn mit Trauben aus einem goldenen Horn fütterte.

Jane spürte, wie sich Finger um ihr Handgelenk schlossen. Es war Jesse. Ohne ein Wort zog er sie in Danny Lamberts Poolhaus, wo er sie auf einem Stapel Luftmatratzen nahm. Jane schloss die Augen. Sie spürte nichts mehr als seine Finger, die sich in ihre Schenkel gruben, den Geruch von Chlor und Plastik und Alkohol und seine harten Stöße.

Sie gaben sich Mühe, möglichst leise zu sein, und hinterher verließen sie das Poolhaus mit einigen Sekunden Abstand zueinander. Auf unterschiedlichen Wegen kehrten sie zur Party zurück, ehe Curtis Wilks das Bewusstsein wiedererlangt hatte.

17

Am nächsten Tag fühlten sich alle hundeelend.

»Früher dachte ich immer, Rockstars koksen so viel, weil es glamourös ist«, sagte Rich. »Inzwischen habe ich den Eindruck, dass es gar nicht anders geht. Keine Ahnung, wie ich ohne chemische Hilfe die letzte Nacht durchgestanden hätte.«

An diesem Abend lieferten sowohl Jesse als auch die Breakers eine großartige Show ab. Danach fuhren sie zu Willy, um »ein bisschen die Seele baumeln zu lassen«, was im Wesentlichen auf ein ähnliches Programm wie am Abend zuvor hinauslief. Willys Haus mit Blick auf den Pazifik war zwar nicht ganz so groß wie das seines Bruders, verdeutlichte aber seinen Anspruch.

Zunächst führte Willy sie in das holzgetäfelte Foyer, wo sich zu laut wummernden Discobeats bereits allerlei Gäste aus der Musikszene tummelten. Jesse wirkte halbwegs gut gelaunt. Er nickte Curtis Wilks zu, woraufhin sich die beiden Männer ein Bier holten und sich auf die weitläufige Veranda zurückzogen.

Eine Frau in einem seegrünen Minikleid trat zu ihnen, und Willy stellte sie als seine Frau Rebecca vor. Ihre dunkel umrahmten Katzenaugen, die sonnengebräunte Haut und ihr selbstbewusstes Auftreten ließen Jane unwillkürlich an Kleopatra denken.

»Du bist also Jane«, sagte sie und umarmte sie zur Begrüßung. Sie duftete nach kandierten Mondstrahlen. »Hier«, raunte sie und reichte Jane eine Tablette mit einem Glas Wasser. »Vitamin C. Du musst gut auf dein Immunsystem achten. Mir ist wirklich schleierhaft, wie ihr das durchhaltet.«

Falls es mit Jesse nichts wurde, beschloss Jane in diesem Moment, würde sie ihr Leben an Rebeccas Seite verbringen.

Die Breakers holten sich Drinks und eroberten die Tanzfläche in Willys Wohnzimmer, während immer weitere Gäste hereinströmten. Jedes Mal, wenn die Tür aufging, schnellte Kyles Kopf herum.

»Hannibal Fang kommt heute nicht«, sagte Rich.

»Ich vermisse ihn irgendwie«, sagte Kyle.

»Ich vermisse den Eisdelfin«, sagte Greg.

»Na, amüsiert ihr euch gut?«, fragte Willy, der sich zu ihnen gesellt hatte. Es war, als hätte er gespürt, dass sie seine Party mit der seines Bruders verglichen.

»Aber klar doch.« Jane tätschelte seine Schulter und nahm ihm dann den Drink aus der Hand. »Was meinst du, wie läuft es?« Sie zeigte zur Veranda, wo Jesse mit Curtis ins Gespräch vertieft war.

»Na ja.« Willy senkte die Stimme. »Curtis meint, wir haben gute Chancen auf das Cover der nächsten Ausgabe.«

»Ist das nicht schon in einer Woche? Wie soll das so schnell gehen?«

Willy hob die Schultern. »Angeblich hat er bereits letzten Sommer einen Artikel über Jesse geschrieben. Er will ihn mit Eindrücken von der Tour und aktuellen Fotos bloß noch ein bisschen aufmöbeln. Ich glaube, sie halten ihm die Seiten frei.«

Jane stieß einen leisen Pfiff aus.

Als die Uhr Mitternacht schlug, öffnete sich die Haustür, und eine strahlend schöne schwarze Frau mit zitronengelbem, kunstvoll toupiertem Haar trat ein. Sie war vom Kopf bis zu ihren silbernen Sandaletten in schimmerndes Pink gehüllt. Es war völlig unmöglich, sie nicht anzustarren. Die Wärme, die sie ausstrahlte, erfüllte den ganzen Raum.

Jane durchzuckte es wie ein Blitz. Sie kannte diese Frau. Sie hatte ihr Gesicht auf Plattencovern gesehen und hörte seit Jahren Geschichten über ihre Freundschaft mit ihrer Mutter.

»Ist das …«, begann Rich.

Jane nickte. »Lacey Dormon.«

Alles andere verblasste, als sich die Menge teilte, um Lacey durchzulassen. Sie umarmte Loretta, diese machte einen Scherz, und Lacey lachte aus voller Kehle. Der allgemeine Geräuschpegel schwoll an. Nun, da Lacey gekommen war, ging die Party erst richtig los.

»Lacey!«, rief Willy und winkte sie zu sich. Jane spürte, wie sie rot wurde. Wochenlang hatte sie sich gewünscht, mit ihrer Mutter über Musik reden zu können, und jetzt würde sie einen der wenigen Menschen treffen, die Charlotte als Songschreiberin gekannt hatten. Erinnerte sich Lacey überhaupt noch an sie? Falls ja, wie sahen ihre Erinnerungen aus? Jane rief sich die letzten Stunden mit ihrer Mutter ins Gedächtnis und erschauerte.

Lacey erschien neben ihnen wie eine Vision in Rosa. Als sie Jane sah, wurden ihre Augen erst kugelrund vor Staunen, ehe ein zärtlicher, fast wehmütiger Blick in ihr Gesicht trat.

»Du bist Jane Quinn«, sagte sie mit ihrem unverwechselbaren Timbre. »Du bist Charlie … Charlotte wie aus dem Gesicht geschnitten. Ich habe das Gefühl, eine Doppelgängerin vor mir zu sehen.«

Jane brachte keinen Ton heraus.

Kyle erlöste sie. »Das hört sie oft«, sagte er. »Ich bin Kyle.«

Willy stellte auch die anderen Mitglieder der Breakers vor, dann nahm er die Jungs mit, damit sie sich noch eine Runde Cocktails holen konnten. Jane blieb allein mit Lacey zurück.

»Herzlichen Glückwunsch zu deinem Album, meine Süße«, sagte Lacey und berührte sanft Janes Schulter, als wäre sie eine über alles geliebte Nichte. »Es ist wundervoll geworden. Du hast wirklich Charlottes Gespür für Melodien geerbt.«

Jane starrte Lacey mit ehrfürchtigem Staunen an. Mitunter vergingen Monate, ohne dass sie jemanden den Namen ihrer Mutter sagen hörte, und es war Jahre her, dass jemand zuletzt über Charlottes musikalisches Talent gesprochen hatte. Lacey Dormon hatte für beides nicht einmal zwei Minuten gebraucht.

»Ich freue mich so, dich kennenzulernen«, war alles, was sie hervorbrachte.

»Und ich mich erst, Liebes«, erwiderte Lacey. »Ach, wenn deine Mutter hier wäre! Wie geht es ihr?«

Jane spürte, wie ihr alles Blut aus dem Gesicht wich.

Lacey blickte ihr forschend in die Augen. »Es geht ihr doch gut, oder nicht?«, fragte sie leise.

Jane senkte den Kopf. »Ich weiß es nicht. Sie ist vor über zehn Jahren verschwunden.«

Laceys Hand flog an ihre Brust. »Verschwunden«, wiederholte sie, als blicke sie in das Licht eines vor langer Zeit erloschenen Sterns. Ihre Augen schimmerten feucht. Jane fühlte sich taub.

»Du armes Ding«, murmelte Lacey betroffen. »Das kann ich gar nicht glauben. Charlie – Charlotte ... Ihre Songs waren der Anfang meiner Karriere. Ich habe ihr alles zu verdanken.«

Schweigend standen sie da. Jane fiel nichts ein, was sie hätte sagen können. Irgendwann trat Loretta zu ihnen. Sie hatte einen Drink für Lacey mitgebracht.

»Wie ich sehe, hast du unsere Jane kennengelernt«, sagte sie.

Lacey nahm den Drink entgegen, doch als Loretta sich umdrehte und davonschlenderte, machte sie keine Anstalten, ihr zu folgen.

»Wir haben uns viel zu erzählen«, sagte sie. »Ein andermal, nur wir zwei.« Sie öffnete ihr pinkfarbenes Schultertäschchen und holte eine Visitenkarte heraus. »Hier.« Sie drückte Jane die Karte in die Hand. »Versprich mir, dass du mich anrufst, wenn du das nächste Mal in der Stadt bist. Dann reden wir über Charlotte und alles andere.«

»Versprochen«, sagte Jane.

Lacey strahlte. »Du bist ihr wirklich so ähnlich, es ist fast ein bisschen unheimlich. Ich hätte dich überall erkannt.« Mit diesen Worten verschwand sie im Getümmel, gerade als Jesse und Curtis von der Terrasse hereinkamen.

»Also, das war ... unerwartet«, sagte Greg, der an Janes Seite aufgetaucht war. Jane wusste, dass er sie die ganze Zeit im Auge behalten hatte, und auf einmal fühlte sie sich klein und zittrig. Sie hatte Heimweh. Und sie war es leid, von Jesse getrennt zu sein.

Aber das immerhin konnte sie ändern.

»Komm«, sagte sie, ohne nachzudenken, und nahm Kurs auf Curtis und Jesse, der ein überraschtes Gesicht machte.

»Na, habt ihr Spaß?«, fragte Curtis.

»Immer«, sagte Jane.

Inzwischen hatten sich auch Benny, Huck, Rich und Kyle zu ihnen gesellt. »Hier geht also die richtige Party ab«, sagte Benny und stieß mit Jesse an.

»Ich habe nachgedacht«, verkündete Huck. »Vielleicht ist heute ein guter Abend für eine Reise zu den Sternen.« Mit einem diebischen Grinsen holte er einen bunt bedruckten Blotter-Bogen aus seinem Hemd.

Sie stiegen aufs Dach von Willys Haus, und jeder, sogar Curtis Wilks, nahm eine der kleinen Pappen. Dann legten sie sich auf den Rücken und beobachteten die Sterne, die im mondlosen Himmel langsam ihre Bahn zogen wie Tiere auf Wanderschaft. Sie sprachen über den Vietnamkrieg und den Preis von Tomaten. Jesse tastete in der Dunkelheit nach Janes Hand, Kyle hatte seinen Kopf auf ihren Bauch gebettet, und Greg und Rich hielten einander im Arm. So lagen sie da, bis sie irgendwann einschliefen.

Am frühen Nachmittag des darauffolgenden Tags verabschiedeten sie sich von Curtis Wilks und bestiegen den *Painted Lady*-Bus, um weiter nach Las Vegas zu fahren. Als sie im Caesar's Palace eincheckten, gaben Jane und Jesse die Scharade auf, in unterschiedliche Zimmer zu gehen. Die nächsten fünfzehn Stunden verbrachten sie gemeinsam in Janes Bett.

Am nächsten Tag kam die neue Ausgabe des *Rolling Stone* in die Läden. Auf dem Cover prangte ein psychedelisch anmutendes Porträt von Jesse mit der Schlagzeile: *Der neue Rock: blaue Augen und viel Seele.*

18

Der Krieg in Vietnam geht weiter, doch der Rock 'n' Roll hat sich heiser gebrüllt, und der neuen Generation junger Songschreiber bleibt keine andere Wahl, als sich an sanfteren Klängen zu versuchen. Was man derzeit aus Laurel Canyon vernimmt, ist eher Blues als Rock, ein Phönix der leisen, nuancenreichen Töne, der aus der Asche verbrannter Gitarren und zerfetzter Stimmbänder auferstanden ist. Wenn es jemanden gibt, der diese Wiedergeburt beispielhaft verkörpert, dann ist es der einundzwanzigjährige Jesse Reid, der hinter seiner Maske des Grüblers so viel Talent verbirgt, dass er womöglich eine ganze Generation von Gitarristen dazu inspirieren wird, seine Spieltechnik zu erlernen.

So begann der achtseitige Artikel im *Rolling Stone* mit dem Titel »Ein Tag im Leben des Jesse Reid«. Der Text war fesselnd geschrieben und informativ, doch letztendlich würde den Lesern wohl vor allem das ikonische Foto von Jesse im Gedächtnis bleiben, das die gesamte siebte Seite einnahm. Es zeigte Jesse in einem Klappstuhl sitzend, perfekt eingefangen. Die Bildunterschrift lautete: »Hinter der Bühne. Reid beobachtet Jane Quinn beim Stimmen ihrer Gitarre.«

Im Text selbst wurde nicht auf Jesses Liebesleben eingegangen, doch das spielte keine Rolle. Wie ein Rudel ausgehungerter Wölfe hatten die Fans längst Witterung aufgenommen. Die ganze Nation fragte sich, wer Jane Quinn war und ob sie und Jesse ein Paar waren, und das machte sich auch in den Charts bemerkbar. In der siebzehnten

Woche nach Erscheinen stieg die Single »Spring Fling« in die amerikanischen Top Ten auf.

Und das war noch nichts im Vergleich zum Erfolg von *Painted Lady*. Nach Erscheinen des Artikels gab es für das Album endgültig kein Halten mehr. »Strangest Thing« hielt sich konstant auf Nummer eins, »Morning Star« auf Nummer vier, und »Sylvie Smiles« kletterte bis auf Platz zwölf. *Painted Lady* blieb zwanzig Wochen lang das meistverkaufte Album der USA, und die Tour versank in einem Strudel aus Massenhysterie und Presseberichten.

Auch Jane hatte schon einige Interviewanfragen bekommen. Zu Willys Verzweiflung hatte sie alle abgelehnt.

»Jane, das sind große Magazine«, sagte er, als sie ihre Gitarre im Gepäckfach des Busses verstaute.

»*Tiger Beat*? *Teen*? Danke, ich verzichte.«

Er sah sie an.

»Die Platte verkauft sich doch gut, oder nicht?«, sagte sie.

»Ja. Wegen der Spekulationen um dich und Jesse«, entgegnete Willy genervt. »Du solltest die Gelegenheit nutzen, dich in Stellung zu bringen.«

»Hast du schon mal in eine dieser Zeitschriften reingeschaut? Die würden mich doch ohnehin nur nach Jesse fragen.«

»Du musst es einfach nur auf ein oder zwei Cover schaffen. Sprich darüber, wie du dir die Haare machst oder dass Natural Wonder dein Lieblingsnagellack ist.«

»Ich bin in einer Rockband, ich will nicht über Nagellack reden.«

Willy schüttelte den Kopf.

Ihre Abfahrt in Las Vegas verzögerte sich um zwei Stunden, weil Paparazzi und Fans den Bus belagerten und mit Inbrunst Jesses Lieder grölten. Die meisten von ihnen waren seinetwegen gekommen, aber nicht alle: Auf einigen der mitgebrachten Plakate standen auch Sprüche wie »Breakers for Life« oder »Was würde Jane tun?«, was eine Anspielung auf die Zeile »*What would I do if you were violet and not blue?*« aus »Indigo« war.

Pete drückte ungeduldig auf die Hupe, als eine Gruppe Mädchen sich vor dem Bus unterhakte und die Straße blockierte.

»Verdammt noch mal«, schimpfte Willy, in dessen Brillengläsern sich ein »Jane + Jesse«-Schild spiegelte.

Danach wechselten sie zu einem unauffälligen schwarzen Bus, der nicht so leicht wiederzuerkennen war. Doch so richtig begriff Jane erst, wie berühmt sie waren, als sie irgendwo im ländlichen Utah anhielten, weil sie Benzin brauchten, und der mürrische Tankwart unbedingt ein Autogramm von Jesse haben wollte. Es dauerte geschlagene zehn Minuten, bis sie es ins Tankstellenhäuschen geschafft hatten, um Zigaretten zu kaufen.

»Sie müssen Jane sein«, sagte der Mann hinter der Kasse. »Wenn es mit Jesse nicht klappt, kommen Sie einfach wieder hierher, zum guten alten Rex.«

Jesses Miene verdüsterte sich. »Die Dame hat gesagt, sie möchte gerne eine Schachtel Pall Mall«, sagte er, woraufhin sich die Stimmung merklich abkühlte.

Manchmal kam Jesse ihr vor wie ein Eisbär, der auf einer stetig kleiner werdenden Scholle saß. Seine Privatsphäre schmolz Stück für Stück dahin. Doch wenn man zur Legende werden wollte, musste man sich auch wie eine Legende verhalten, und in jeder Stadt warteten neue Reporter, deren Fragen beantwortet, neue Honoratioren, die begrüßt, und neue Lokale, die mit einem kurzen Auftritt beehrt oder mit Fotos der Bands beschenkt werden mussten. Um aus einem Hit-Album wie *Painted Lady* Kapital zu schlagen, mussten Fans das Gefühl haben, dass die Band jederzeit spontan auftauchen konnte. Das bedeutete, dass sie alle von morgens bis abends im Dienst waren.

Nach einem Konzert zogen sie sich um – oder auch nicht –, stiegen in den Bus und warfen ein, was immer gerade an Drogen verfügbar war, bis sie bei voll aufgedrehtem Radio im Mittelgang tanzten. Sie steuerten irgendeinen Club oder eine Bar an, sorgten eine Weile für Stimmung, fütterten die Jukebox mit Vierteldollarstücken und schenkten ihren Fans eine Nacht, die diese für den Rest ihres Lebens nicht mehr vergessen würden. Dann fuhren sie zurück ins Hotel und fielen zu Tode erschöpft in ihre Betten.

Zweisamkeit gab es für Jane und Jesse nur noch im Schlaf. Sie hatten keine Zeit mehr für Sex oder auch nur zum Träumen. Oft schafften sie es nicht einmal mehr, ihre nach Schweiß und Alkohol stinkenden Sachen auszuziehen, ehe Jesse seine Nase an Janes Hals vergrub und sie einschliefen. Am nächsten Morgen wachten sie dann mit widerwärtigem Mundgeruch und voller blauer Flecke auf, von denen sie keine Ahnung hatten, woher sie gekommen waren. Die ständige Übermüdung zehrte an ihnen. Jeder Tag begann ein wenig später und unausgeschlafener.

Als sie in Aragonite gastierten, spürte Jane beim Aufwachen ein unangenehmes Jucken am ganzen Körper. Sie schleppte sich unter die Dusche und summte vor sich hin, während sie sich den Schmutz von der Haut rubbelte. Als sie zurück ins Zimmer kam, war Jesse wach.

»Morgen«, sagte sie lächelnd.

Er stierte sie mit leeren Augen an. »Kannst du vielleicht ein bisschen leiser sein, wenn ich noch schlafe?« Seine Stimme klang eiskalt, und Janes Wangen brannten vor Scham.

Danach hatte sie immer häufiger das Gefühl, dass er von ihr genervt war.

»Ich wette, hier gibt es richtig gute Salzgurken«, sagte sie in einem Restaurant in Salt Lake City scherzhaft zum Kellner. Jesse presste die Lippen zu einem dünnen Strich zusammen und tat so, als wäre sie gar nicht da.

Als sie den Bus bestiegen, um nach Denver zu fahren, blieb sie kurz im Gang stehen, um zu überlegen, wo sie sich hinsetzen sollte.

»Schwerwiegende Entscheidung«, sagte Jesse hinter ihr. »Da will ich dich natürlich nicht hetzen.«

Verwundert drehte Jane sich zu ihm um. Seine Augen waren zwei ausdruckslose blaue Scheiben. Sie schlüpfte in die nächstbeste Sitzreihe und rutschte bis ans Fenster, damit er neben ihr Platz hatte. Doch er ging weiter und streckte sich in der hintersten Reihe aus.

»Er ist bloß müde«, sagte Rich, als Jane ihn fragte, ob ihm auch eine Veränderung an Jesse aufgefallen sei. Doch Jane nahm Jesses abfälliges Verhalten persönlich. Er langweilte sich mit ihr.

Am Abend ihres ersten Open-Air-Konzerts in Denver ballten sich dunkle Wolken über dem Fillmore Auditorium zusammen. Jane stand mit Jesse und Willy hinter der Bühne. »Ich hoffe, der Regen stört die Zuschauer nicht«, sagte sie.

Jesse blinzelte verständnislos, dann wandte er sich ab, um ein Gespräch mit Benny anzufangen. Willy versicherte ihr, dass das Wetter bestimmt halten werde. Zur selben Zeit durchzuckte sie der Gedanke, dass sie und Jesse sich wohl bald trennen würden.

Während er auf der Bühne war, ließ sie den Blick über das Meer aus hübschen Gesichtern im Publikum schweifen. Warum sollte er sich nicht kopfüber hineinstürzen?

Die After-Show-Party begann in einer Kellerbar. Jane hielt sich an ihrem Drink fest, während die anderen Gäste nur Augen für Jesse hatten. Nach ihrer Rückkehr ins Hotel lag sie noch lange wach und machte im Geiste eine Liste aller Gründe, weshalb das Ende ihrer Beziehung von vorneherein absehbar gewesen war. Vielleicht war es ja das Beste so.

Als Jesse am nächsten Morgen aus der Dusche kam, war sie gerade dabei, ihr Bett abzuziehen.

»Das musst du nicht«, sagte er. »Wir sind in einem Hotel.«

Jane blickte auf ihre Hände, als erwache sie soeben aus einer Trance. »Ich habe keine Ahnung, was ich hier mache«, sagte sie.

Sie beäugten einander. Jesse machte mit hängendem Kopf einen Schritt auf sie zu. Das war der Moment. Gleich würde er ihr sagen, dass es vorbei war. Jane wappnete sich.

Doch dann packte er sie und riss sie an sich. Als ihre Körper aufeinanderprallten, wich Janes Panik nacktem Verlangen. Jesses Handtuch fiel zu Boden, und Jane zog ihn aufs Bett. Statt ihr den Slip auszuziehen, schob er ihn nur beiseite, sodass er in sie eindringen konnte. Sie war noch nie in ihrem Leben so feucht gewesen. Sie setzte sich rittlings auf ihn und fickte ihn, bis sie kam. Er wartete ihren Höhepunkt ab, dann drehte er sie auf den Bauch und nahm sie von hinten. Er stieß einen leisen Fluch aus, und seine Finger krallten sich so fest in ihre Schultern, dass sie weiße Stellen auf ihrer Haut hinterließen.

Hinterher lagen sie nebeneinander und starrten an die Decke. Jesse räusperte sich. Als er ihre Hand nehmen wollte, ließ sie es zu.

In Denver stellte Huck den Kontakt zu einem Marihuana-Dealer her und besorgte ein halbes Pfund Haschisch für alle. Fortan begann Jesse seinen Morgen immer mit einem Joint. Auch am Tag rauchte er hin und wieder, und vor jedem Konzert verschwand er eine Stunde lang in seiner Garderobe, um »runterzukommen«. Er sagte zwar nie ausdrücklich, dass er während dieser Zeit nicht gestört werden wollte, aber Jane ließ ihn trotzdem in Ruhe. Nach dem Auftritt nahmen sie alle aufputschende Mittel, um den Rest der Nacht durchzuhalten. Jesse war gefügig wie eine Hauskatze, die faul herumlag und zufrieden war, solange niemand etwas von ihr wollte.

Jane versuchte sich einzureden, dass das alles nicht so schlimm war, trotzdem hatte sie ein ungutes Gefühl. Als der Bus eines Abends in der Nähe von Goodland zum Tanken halten musste, rief sie von einem Münzfernsprecher aus zu Hause an. Sie wollte mit Grace sprechen. Nachdem sie ein wenig geplaudert hatten, berichtete sie ihrer Tante in stockenden Sätzen von der Veränderung, die sie bei Jesse beobachtete. »Wahrscheinlich ist es halb so wild«, sagte sie.

»Klingt so, als würde er eine Menge verschiedener Drogen nehmen«, sagte Grace nach einem kurzen Schweigen. »Weißt du, was für welche es sind?«

»Gras, Koks und so weiter. Alkohol. Hin und wieder auch Acid.«

»Sonst nichts?«

Jane verstand das als Scherz. »Eigentlich macht er es auch nicht anders als wir«, sagte sie in der Hoffnung, Grace würde ihr bestätigen, dass die Situation eigentlich harmlos war und sie sich zu Unrecht Sorgen machte.

»Jane, hör mir zu. Du musst gut auf dich aufpassen«, sagte Grace. »Ich weiß, das Zeug macht Spaß, aber auf

Dauer hält man so was nicht durch. Früher oder später macht dein Körper schlapp.«

»Ich weiß.« Jane wünschte, sie könnte Grace gegenübersitzen. »Wie ist es auf der Arbeit? Wie geht es Millie?«

»Gut«, antwortete Grace. »Sie hat mich eingeladen, im Herbst mit ihr nach London zu kommen, als ihre Pflegerin und Begleitung.«

»Erlaubt das Zentrum denn so was?« Jane konnte sich nicht vorstellen, dass ihre Tante nach Europa reisen würde.

»Mal sehen. Aber ich würde sehr gerne mitfahren. Dass du auf Tour gegangen bist, hat mich … inspiriert.«

Die Dame von der Vermittlung bat Jane, noch zehn Cent einzuwerfen.

»Mein Kleingeld ist alle.«

»Gib mir gut auf die Jungs acht«, sagte Grace zum Abschied. »Und vor allem auf dich.«

Als sie in den Mittleren Westen kamen, wurden ihre gemeinsamen Auftritte von »Let the Light Go« zu einem Band, das sie zusammenhielt. Allabendlich sang Jane die Worte, die Jesse für sie geschrieben hatte, und versuchte ihn damit in die Wirklichkeit zurückzuholen. Manchmal hörte er sie, manchmal nicht. Nach dem ersten Konzert in Kansas verbeugten sie sich, und er verschwand in seiner Garderobe, ohne sie noch eines Blickes zu würdigen. Am nächsten Abend packte er sie, kaum dass sie die Bühne verlassen hatten, und küsste sie so heftig, dass seine Zähne auf der Innenseite ihrer Lippe einen Abdruck hinterließen. Stunden später, als sie in eine Countrybar weitergezogen waren und sie ihm dabei zusah, wie er ausgelassen tanzte, fuhr Jane mit der Zunge über die Bissspuren, als müsse sie sich vergewissern, dass der Kuss wirklich stattgefunden hatte.

19

In der Nacht vor ihrer Ankunft in Chicago träumte Jane erneut von ihrer Mutter. Sie weinte, bis Jesse sie weckte und ihr sanft die schweißfeuchten Haare aus den Augen strich. Sie versuchte statt an das fliederfarbene Kleid, den Flurspiegel und den Lippenstift an Fußspuren im Sand, Meer und Mondschein zu denken. Schließlich fiel sie in einen unruhigen Schlaf.

Am nächsten Morgen war sie immer noch aufgewühlt. Sie wollte mit Jesse darüber reden, doch sobald sie den Bus bestiegen hatten, streckte er sich in der hintersten Sitzreihe aus und schlief ein. Im Grunde genommen spielte es auch keine Rolle. Sie wusste sowieso, was er zu ihr gesagt hätte.

Hast du schon mal versucht, es aufzuschreiben?

Je länger ihre Angst anhielt, desto größer wurde ihre Verzweiflung.

Scheiß drauf. Sie kramte ein Notizbuch aus ihrer Tasche und fing einfach an. Zuerst schrieb sie auf, was sie gesehen hatte, dann, wie ihr dabei zumute gewesen war. Während sie schrieb, löste sich aus dem tonlosen Summen der Räder ein Melodiefetzen. Jane prägte ihn sich ein, ganz vorsichtig, als hielte sie etwas Lebendiges in der Hand. Auf einmal waren ihre ängstlichen Gedanken verflogen, und als sie in ihr Notizbuch schaute, standen dort drei Textzeilen.

Flowers painted on the wall,
Tattered paper bouquets fall,
Your laugh echoes down the hall.

Weil sie spürte, dass sich jemand näherte, klappte sie das Buch zu. Im nächsten Moment ließ sich Loretta neben ihr auf den Sitz plumpsen.

»Es gibt Neuigkeiten«, verkündete sie strahlend. »Ich habe grünes Licht für mein Album bekommen. Sobald wir von der Tour zurück sind, geht es ins Studio.«

Jane konnte kaum glauben, dass Loretta damit zu ihr gekommen war. Vielleicht diente sie als eine Art Ersatz für Jesse.

»Herzlichen Glückwunsch!«, sagte sie. »Du musst dir heute Abend von mir unbedingt einen Drink ausgeben lassen.«

Loretta lächelte. »Ich könnte ein paar Tipps gebrauchen.«

Darüber musste Jane lachen. »Du brauchst keine Tipps von mir, es sei denn, du willst auf der schwarzen Liste landen – in dem Fall bin ich genau die Richtige für dich.«

Loretta lachte ebenfalls. Jenseits der Fenster zogen gelbgrüne Felder und ein endloser blauer Himmel vorbei.

»Ich habe viel Gutes über Chicago gehört«, meinte Jane.

»Auf der letzten Tour haben sie Jesse zu Füßen gelegen. Wie findest du das eigentlich alles?«

»Du meinst seine Fans?«

Loretta zuckte mit den Achseln. »Unter anderem.«

Ihre Blicke trafen sich. Jane hatte das Gefühl, auf dem Prüfstand zu stehen. »Ich kann mich nicht beklagen. Sie kaufen unsere Platte, auch wenn sie es nur wegen Jesse tun.«

Loretta bedachte sie daraufhin mit einem scharfen Blick, der Jane so sehr an Elsie erinnerte, dass sie sich ein Grinsen nicht verkneifen konnte. »Mag sein, dass sie nur durch ihn von dir erfahren. Aber die Leute geben kein Geld für etwas aus, was sie nicht wirklich gut finden.«

Diese Bemerkung überraschte Jane. Sie wusste, dass Loretta wegen der freudigen Nachricht positiv gestimmt war und sich einen gewissen Großmut leisten konnte, trotzdem war sie ihr sehr dankbar. »Das weiß ich wirklich zu schätzen«, sagte sie.

Loretta lächelte. »Wir Mädels müssen zusammenhalten.« Sie stand auf, und ihr Blick driftete nach hinten zum schlafenden Jesse. »Apropos ... Wenn du mal reden willst, steht meine Tür immer offen.«

Diese Worte und der beinahe mitfühlende Blick irritierten Jane. Loretta legte ihr noch kurz die Hand auf die Schulter, dann kehrte sie an ihren Platz zurück.

Kyle, der eine Reihe weiter vorn saß, drehte sich um und flüsterte: »Ich glaube, so langsam hasst sie dich nicht mehr!«

Jane streckte ihm die Zunge raus.

Ihr erster Gig in Chicago war ein kleines Benefizkonzert in der City Winery. Die Erlöse der Veranstaltung sollten der Bauchspeicheldrüsenkrebsforschung zugutekommen, und die billigsten Tickets kosteten tausend Dollar. Im Gedenken an seine Mutter hatte Jesse sich zu dem Auftritt bereit erklärt, doch das Ganze hatte dunkle Erinnerungen in ihm geweckt. Er verschlief die gesamte Fahrt, und bei ihrer Ankunft zog er sich sofort auf sein Hotelzimmer zurück. Als sie den Veranstaltungsort erreichten, schloss er sich in seiner Garderobe ein. Jane stand draußen vor der Tür und wusste nicht recht, ob sie anklopfen sollte. Sie hatte die Hand schon erhoben, als Rich vorbeikam.

»Los, wir stimmen die Instrumente«, sagte er. Jane nahm einen Anflug von Besorgnis in seinen Zügen wahr.

»Ja, okay.« Sie ließ sich widerstandslos von ihm zu den anderen ziehen.

Erst kurz bevor die Breakers auf die Bühne mussten,

tauchte Jesse aus seiner Garderobe auf. Er lächelte einmal in die Runde, ohne dabei Jane direkt anzusehen, dann ging er zu Huck und Benny, und die drei steckten sich eine Zigarette an.

Nach den vielen Stadionkonzerten war es ungewohnt, dem Publikum so nahe zu sein. Jane konnte jedes einzelne Gesicht erkennen, selbst von Gästen, die ganz hinten saßen. Sie hatte das Gefühl, dass sich ihre Energie in dem engen Saal voller reicher Menschen kaum entfalten konnte.

»Hey, Chicago. Es ist toll, hier zu sein«, sagte sie zur Begrüßung und schlug probehalber einen Akkord an. Auf ihr Zeichen hin zählte Greg den Takt vor, und sobald sie anfingen zu spielen, wurde alles andere unwichtig. Es gab nur noch Jane und die Lichter und ihre Band und die Musik. Als der erste Song zu Ende war, brandete Applaus auf.

Jane lachte. »Das habe ich gebraucht«, sagte sie ins Mikrofon. Die Menge lachte ebenfalls.

Während des nächsten Songs fiel Jane eine Frau in der dritten Reihe auf, die sie unverwandt anzustarren schien. Als sie sich für ein Duett während der Bridge zu Rich umdrehte, spürte sie ein Kribbeln im Nacken, und am Ende der Nummer saß die Frau immer noch genauso da wie zuvor, das Gesicht zu einer hasserfüllten Maske verzerrt. Als sie mit »Indigo« begannen, suchte Jane unwillkürlich Richs Nähe.

»What would I do if you were violet and not blue?
If I let my colors show, could we both be indigo?«

Für den Rest des Auftritts vermied Jane es, die Frau anzusehen, doch als sie und die Jungs sich für die Verbeugung an den Händen fassten und an den Bühnenrand traten, stellte sie fest, dass sie sich die ganze Zeit nicht gerührt zu haben schien. Janes Unbehagen wuchs.

»Toll gemacht«, lobte Willy, als sie nach hinten kamen. Jesse betrat die Bühne und nickte der Menge, die ihm stehend applaudierte, verhalten zu.

»Mir nach«, sagte Willy. Er brachte die Breakers zu einem reservierten Tisch ganz in der Nähe der Bühne. Ein Kellner kam mit einer Flasche Bordeaux, und sie stießen an, als Jesse gerade die letzten Zeilen von »Painted Lady« sang.

»Der nächste Song ist für eine Person, die ich sehr bewundere«, sagte er. Sein Blick wanderte zu Jane, und sie spürte ein Flattern in der Brust, als er »Morning Star« anstimmte. Die Musik kam ihr vor wie ein Zeichen. Dass er noch da war und alles gut werden würde.

Gerade als ihre Nerven sich ein wenig beruhigt hatten, beugte Greg sich zu ihr und flüsterte: »Ich glaube, du hast Konkurrenz auf drei Uhr.«

Jane wusste sofort, wen er meinte. Die Frau in der dritten Reihe saß kerzengerade auf ihrem Stuhl. Inzwischen war ihr giftiger Blick einem euphorischen Lächeln gewichen. Sie war ungefähr vierzig Jahr alt, trug ein violettes Kleid und schien ohne Begleitung gekommen zu sein. Sie merkte nicht, dass sie Janes Blicke auf sich gezogen hatte. Sie hatte nur Augen für Jesse.

Janes Herz galoppierte in ihrer Brust. Sie trank ihren Wein aus und goss sich den Rest aus der Flasche ins Glas. Irgendetwas an der Frau war zutiefst unheimlich, und es hatte nicht nur mit ihrem seltsamen Verhalten zu tun. Sie wirkte so vertraut.

»Klar, warum nimmst du nicht den Rest?«, neckte Kyle sie, als sie die leere Weinflasche zurück auf den Tisch stellte. Jane lächelte, obwohl sie seinen Witz gar nicht registriert hatte. Sie versuchte sich auf Jesse zu konzentrieren, der die ersten Akkorde von »Strangest Thing« anschlug. Ihr ungutes Gefühl blieb.

»Für den letzten Song«, sagte Jesse schließlich, »möchte ich die Breakers zurück auf die Bühne bitten. Ihr wart ein fantastisches Publikum.«

Die Zuschauer, die während des Konzerts reichlich getrunken hatten, waren mittlerweile nicht mehr so steif wie am Anfang. Sie jubelten und pfiffen, als Jane und die drei Jungs erneut die Bühne betraten. Jane nahm ihren Platz neben Jesse ein, der sie zärtlich ansah.

»Wollen wir?«, sagte er.

Sie nickte. Als das Intro zu »Let the Light Go« erklang, spürte sie, wie es ihren Körper ganz automatisch zu ihm hinzog. Seine Augen strahlten. Jane lächelte zu ihm auf, und als er sich nach vorn zum Mikro beugte, um gemeinsam mit ihr den Refrain zu singen, hatte auch er ein Lächeln im Gesicht.

Im nächsten Moment kam etwas auf sie zugeflogen. Jane konnte gerade noch rechtzeitig ausweichen. Ein lautes Klirren ertönte, und sie hörte verwirrt auf zu singen. Die Instrumente verstummten eins nach dem anderen, bis nur noch das gellende Kreischen der Frau aus der dritten Reihe zu hören war.

»Wie konntest du nur?«, schrie sie. »Du liebst doch mich. Du liebst mich! Was willst du mit der Schlampe? Mit dieser dreckigen Hure? Jesse, wir sind verlobt, Jesse! Wir wollen doch heiraten, Jesse! Jesse! Jesse!«

Jane schaute zu Boden. Dort lagen Glasscherben in einer roten Pfütze. Die Frau hatte ihr Weinglas nach ihnen geworfen. Der Wein war auch auf Jesses Hosenbeine und seine Gitarre gespritzt.

Das Publikum war in Aufruhr. Die Saallichter gingen

an, und vom Eingang her näherten sich mehrere Sicherheitsleute. Sie packten die Frau und hoben sie aus ihrem Sitz, während sie wie von Sinnen immer weiter »Jesse! Jesse!« schrie.

Willy wollte die Bands hinter die Bühne bringen, während die Menge bereits in Richtung Notausgang drängte.

Jane wurde schwarz vor Augen. Ihr Herz schlug so rasend schnell, dass sie das Gefühl hatte, es würde ihren Brustkorb sprengen. Die Menschen um sie herum waren nur noch Leiber, die einander schubsten und stießen wie Vieh in einem zu engen Transporter. Sie fühlte sich, als würde sie unter Wasser gedrückt, rang keuchend nach Atem und ließ sich vom Strom der Flüchtenden hinaus in die Gasse treiben.

Um dem Gedränge zu entkommen, tastete sie nach der Wand des Gebäudes. Ziegelstein zerbröselte wie Sand unter ihren Fingern. Jemand musste ihr Drogen verabreicht haben, in ihrem Kopf drehte sich alles, und ihr war unerträglich heiß. Jeden Moment würde sie sich übergeben. Als sie die Augen schloss, sah sie die groteske Fratze der Frau vor sich.

»Jane«, hörte sie jemanden rufen. Gleich darauf spürte sie eine Hand im Rücken. »Jane, geht es dir gut?«

»Jesse.« Sie öffnete die Augen. Das Erste, worauf ihr Blick fiel, waren die Weinspritzer auf seiner Hose. Sie wandte sich ab und erbrach sich.

Auf ihrer Stirn stand kalter Schweiß. Als sie sich den Mund abwischte, merkte sie, dass er sich neben sie gehockt hatte.

»Ach, Jane«, sagte er und strich ihr die Haare aus dem Gesicht. So blieben sie eine ganze Zeit lang sitzen. Irgendwann legte sie ihm die Hand aufs Knie und stemmte sich in die Höhe. Auch Jesse erhob sich und betrachtete sie voller Sorge.

»Ich weiß …«, sagte sie. »Ich weiß auch nicht, was mit mir los ist.«

Jesse legte eine Hand an ihre Wange. »Es ist ziemlich verstörend zu sehen, wie jemand durchdreht. Glaub mir, ich verstehe das gut.« Er zögerte.

»Was?«, fragte Jane.

Er räusperte sich. »Trägt deine Mom in deinen Träumen nicht auch immer ein violettes Kleid?«

Jane starrte ihn an. Dann holte sie tief Luft. »Jesse, ich muss dir was …« Erneut stieg eine Woge der Übelkeit in ihr hoch, und sie musste sich an der Wand abstützen.

»Langsam«, sagte Jesse.

Jane wartete, bis das Gefühl vorüber war, erst dann sprach sie weiter. »Ich habe heute Morgen etwas über sie geschrieben«, sagte sie. »Ich habe das gemacht, was du gesagt hast. Was, wenn …«

»Was, wenn du sie damit heraufbeschworen hast?«, fragte er sanft.

Es klang verrückt, aber völlig unmöglich kam es ihr nicht vor. Jesse fasste sie sanft bei den Schultern. »Das ist nur die Panik. Sobald dein Körper die verarbeitet hat, geht es dir besser.«

»Und wann wird das sein?«

Jesse zuckte mit den Schultern. »Bald«, sagte er. »Komm. Gehen wir irgendwohin, wo wir Ruhe haben.«

Jane rührte sich nicht von der Stelle. Also nahm er ihre Hand. »Komm mit«, sagte er noch einmal. »Ich passe auf dich auf.«

Langsam verließen die beiden die Gasse.

20

Auf dem Highway 60B vor Louisville gab es plötzlich Probleme mit dem Bus. Jane hörte Pete auf dem Fahrersitz fluchen, und Willy ging nach vorn, um sich mit ihm zu besprechen.

»Wir müssen anhalten, damit sich jemand den Motor ansehen kann«, verkündete er wenig später, als Pete auf den Hof einer Tankstelle einbog. Die Bands standen zwischen den Zapfsäulen herum, während Pete für den Mechaniker die Motorhaube öffnete.

»Gut, dass Sie angehalten haben«, sagte der Mann in breitem Slang. »Der Keilriemen macht's nicht mehr lange. Noch ein paar Meilen, und der Motor wäre im Eimer gewesen.«

»Wie lange brauchen Sie, um das zu reparieren?«, fragte Willy.

Der Mechaniker zuckte mit den Achseln. »Ich muss erst mal das Ersatzteil besorgen«, sagte er. »Die Bestellung geht heute Abend noch raus. Morgen Mittag können Sie bestimmt weiterfahren.«

»Gibt es keine Möglichkeit, die Sache etwas zu beschleunigen?«, hakte Willy nach. »Wir müssen morgen Abend in Memphis sein.«

Der Mechaniker sah Willy wortlos an. Willy schluckte.

»Etwa eine Meile weiter gibt es ein Motel. Lassen Sie Ihr Gepäck ruhig im Bus, die Werkstatt wird nachts immer abgesperrt.«

Es war gegen siebzehn Uhr, als sie sich zu Fuß auf den Weg zum Motel machten. Im Gänsemarsch liefen sie am Straßenrand entlang. Jesse trug seine Gitarre bei sich, die anderen hatten ihre Instrumente im Bus gelassen.

»Wir sind hier echt am Arsch der Welt«, sagte Huck. Die Luft war schwül und drückend, doch das goldene Licht, das durchs Unterholz fiel, erinnerte Jane an zu Hause.

Es dauerte zwanzig Minuten, bis sie die Ortschaft erreicht hatten, die aus insgesamt drei Gebäuden bestand: einem Motel, einem Diner und einer fensterlosen Lagerhalle, an deren Front in großen Buchstaben »Peggy Ridge Opry House« geschrieben stand.

Im Diner pfiffen uniformierte Kellnerinnen die Melodien eines Country-Radiosenders mit, während sie Teller voller Steaks und Grits von der Küche in den Gastraum trugen. Als sie ihr Essen bekamen, hatte sich das Diner mit Einheimischen gefüllt. Die Frauen hatten viel Lidschatten und aufwendig mit Haarspray fixierte Frisuren, und die Männer sahen alle aus wie Buddy Holly.

»Als wären wir in der Zeit zurückgereist«, raunte Kyle.

Jane schielte über den Tisch hinweg zu Jesse. Niemand hier schien ihn zu erkennen. Zwar schauten die Leute immer wieder neugierig in ihre Richtung, jedoch nicht auf die verstohlene Art, mit der man normalerweise Prominente beäugte. Ihre Blicke waren offen und direkt, so als wollten sie sagen: *Dies ist unsere Stadt, und ihr seid Fremde hier*.

Gegen sieben ging die Tür auf, und ein Mann um die fünfzig kam herein. Er trug ein kariertes Hemd, schwarze Hosenträger und einen schwarzen Cowboyhut mit einer Feder an der Krempe. Man merkte sofort, dass die anderen Gäste auf ihn gewartet hatten. Er begrüßte die Männer per Handschlag und küsste fast alle Frauen, die ihn herzlich mit »Raymond« ansprachen, auf die Wange. Irgendwann wurde er auf Jane, Jesse und die anderen Bandmitglieder aufmerksam.

»Na, wen haben wir denn da?«, sagte er im Näherkommen. »Seid ihr ein Kirchenchor?«

»Eine Musikgruppe«, antwortete Jesse mit einem leichten Südstaatenakzent in der Stimme.

»Das ist aber schön. Bluegrass?«

»Blues«, sagte Jesse. »Folk.«

»Rock«, sagte Rich.

»Gefällt mir. Wenn ihr aufgegessen habt, solltet ihr rüber ins Opry kommen. Mal sehen, was ihr so draufhabt.« Mit diesen Worten kehrte er in den Kreis seiner Bewunderer zurück.

Um Viertel vor acht erhoben sich alle bis auf die Auswärtigen von ihren Plätzen und brachen geschlossen auf. Als die Tür aufging, hörte man draußen den Chor der Grillen. Eine Kellnerin kam und präsentierte Willy die Rechnung. »Wenn das dann alles wäre«, sagte sie, »machen wir jetzt zu.«

Es war Anfang Juni, doch durch die schwüle Hitze klebten Jane die Haare im Nacken. Sie standen an der Straße, rauchten und lauschten auf die Stimmen, die aus dem Opry House auf der anderen Straßenseite zu ihnen drangen.

»Ich weiß ja nicht, was ihr vorhabt«, sagte Kyle. »Aber ich geh da jetzt rein.«

Jane, Greg und Rich nickten.

»Ich glaube, ich gehe lieber ins Bett«, sagte Jesse. »Ich muss mich mal ausschlafen. Viel Spaß.«

Jane verspürte einen Stich der Enttäuschung.

»Ich komme noch mit«, verkündete Huck.

Auch Benny schloss sich ihnen an, während Jesse, Loretta, Duke und Willy sich auf den Weg zum Motel machten.

Das Peggy Ridge Opry House schien eine Art Gemeindesaal zu sein. Man hatte die Bingotische an die Wände geschoben, um in der Mitte Platz für den Squaredance zu schaffen. Jane wunderte sich nicht, als sie Raymond auf der Bühne entdeckte, wo er eine traditionelle Bluegrass-Melodie auf dem Banjo spielte. Begleitet wurde er von zwei Männern an der Akustikgitarre und am Kontrabass, die sie ebenfalls aus dem Diner wiedererkannte.

»Na, komm schon«, sagte Kyle, nahm Jane bei der Hand und zog sie auf die Tanzfläche. In der Nähe des Eingangs standen mehrere Mädchen herum und kicherten. Eine forderte Rich zum Squaredance auf, ihre Freundinnen schnappten sich Greg, Benny und Huck.

Sobald sie angefangen hatten zu tanzen, sich immer wieder bei neuen Partnern unterhakten und eine Formation nach der anderen bildeten, fühlte Jane sich in dem Saal voller Unbekannter gar nicht mehr so fremd. Im Grunde hatten diese Menschen mehr mit den Einwohnern von Bayleen Island gemeinsam als alle, denen sie bisher auf der Tour begegnet war. Sie lebten von der Außenwelt abgeschnitten und waren eine eingeschworene Gemeinschaft.

Kyle liebte nichts so sehr, wie neue Leute kennenzulernen. Als die Band gegen halb zehn eine Pause einlegte, marschierte er schnurstracks zu Raymond und stellte sich ihm vor. Jane wunderte sich nicht, als sie Raymonds Bassisten auf der Tanzfläche und Kyle auf der Bühne entdeckte. Raymond freute sich sichtlich, einen Kollegen gefunden zu haben, der mit seinem Tempo Schritt halten konnte.

»Habt ihr schon mal einen Yankee so spielen hören?«, rief er, und das Publikum lachte.

Gegen halb elf kamen Willy und Jesse herein. Jesse sah deutlich besser aus als in den letzten Wochen. Sein Blick war klar, seine Miene freundlich, fast verträumt. Jane fasste neuen Mut.

Benny klopfte seinem langjährigen Freund auf die

Schulter. Rich öffnete eine Bierflasche und drückte sie Jesse in die Hand. Der trank einen Schluck, doch sobald die Musik zu Ende war, kam er zu ihr.

»Du hast es dir anders überlegt«, sagte sie.

Seine blauen Augen leuchteten, als er sie anlächelte. »Darf ich um diesen Tanz bitten?«

Sobald die anderen Männer sie mit Jesse sahen, wagte es keiner mehr, sie aufzufordern. So tanzten sie auch den nächsten Tanz zusammen und dann den übernächsten. Die genau festgelegten, sich wiederholenden Bewegungsabläufe gaben ihr ein Gefühl von Freiheit. Sie musste nicht nachdenken, sondern wusste immer, was zu tun war. Je länger sie in Jesses Gesicht blickte, desto mehr strahlte sie.

Gegen elf war die Veranstaltung zu Ende, und alle applaudierten den Musikern. Die Tänzer wischten sich den Schweiß von der Stirn, und die Menge begann sich langsam aufzulösen und in Zweier- oder Dreiergrüppchen nach Hause zu gehen. Raymond stieg von der Bühne, klopfte Kyle anerkennend auf die Schulter und wollte nun unbedingt auch den Rest der Gruppe kennenlernen. Jane, Rich und Greg schüttelten ihm die Hand.

»Und Sie sind ihr Manager?«, fragte Raymond an Jesse gewandt.

»Nein, bloß ihr Freund«, sagte er, und die anderen spielten mit. Es war, als hätten sie für diesen einen Abend ein Paralleluniversum betreten, in dem nicht Jesse der Superstar war, sondern Jane. Sie stellten ein paar Klappstühle zu einem Kreis auf, und Raymonds Gitarrist holte aus der kleinen Küche zwei Kästen Bier.

»Mein Vater war ein Chickasaw, und meine Mutter die Tochter eines Baptistenpredigers, der ihn zum Christentum bekehren wollte«, begann Raymond seine Geschichte. Er war mit seinem Banjo um die ganze Welt gereist, doch am

Ende hatte es ihn wieder nach Peggy Ridge verschlagen. Jetzt spielte er jedes Wochenende im Opry. »Hier bin ich zu Hause«, sagte er.

Als der erste Kasten Bier leer war und sie den zweiten anbrachen, wollte Raymond mehr über sie erfahren. Die Breakers erzählten von Bayleen Island, wo sie aufgewachsen waren, seit frühester Kindheit zusammen gespielt und schließlich eine Band gegründet hatten.

»Sie sind also die Sängerin der Gruppe«, sagte Raymond zu Jane, die neben ihm saß. Jesse hatte es sich auf dem Boden bequem gemacht und den Kopf gegen ihr Bein gelehnt. Jane nickte.

»Würden Sie vielleicht was für uns singen?«

Bei diesen Worten setzte Jesse sich auf. »Würdest du?« Die Ernsthaftigkeit, mit der er dies sagte, berührte sie tief. Die dunklen Wolken, die sich in jeder Stadt aufs Neue über ihm zusammenbrauten, hatten sich für den Moment verzogen, und er war wieder der Mensch, den sie im vergangenen Sommer kennengelernt hatte. Er war die ganze Zeit über dagewesen, hatte sich nur versteckt.

»Sicher.« Sie nahm die Gitarre, die jemand ihr reichte, und stimmte sie.

»Das ist ein Song, an dem ich zurzeit arbeite«, erklärte sie. Jesse sah sie an, und Jane spürte, wie ihre Wangen anfingen zu glühen. »Es fehlt noch eine Strophe, aber ich spiele vor, was ich habe. Vielleicht könnt ihr mir helfen, es zu vollenden.« Sie lachte ein unsicheres kleines Lachen und begann zu spielen.

Eigentlich hatte sie sich für den Song eine Klavierbegleitung vorgestellt, aber unterwegs stand ihr nur die Gitarre zur Verfügung. Sie schlug eine Folge disharmonischer Akkorde an, die sehnsüchtig klangen.

»Flowers painted on the wall,
Tattered paper bouquets fall,
Your laugh echoes down the hall.«

Während sie sang und spielte, spürte sie, wie ihr Geist zur Ruhe kam und Trost fand, hier an diesem Ort weit weg vom grellen Licht und den Verstrickungen der Welt.

Der Refrain war ein Zwiegespräch zwischen ihr und der Gitarre.

»I've never known a girl like you,
Dress so faded, eyes so blue,
Lord in heaven, see me through.«

Sie beendete den Song, und die letzten Akkorde hingen noch eine Zeit lang wie Nebel in der Luft.

»By and by, how time flies.«

Als sie in die Runde blickte, hatte sie einen Moment lang das Gefühl, allein zu sein, weil jeder mit seinen eigenen Gedanken beschäftigt schien.

Raymond war der Erste, der die Sprache wiederfand. »Mädchen, Sie haben ja eine ganze Kathedrale in sich.«

Jane neigte zum Dank den Kopf.

Greg stand auf, räusperte sich und klopfte sich einige Male gegen die Brust. »Ich gehe dann mal lieber zurück zum Motel und rufe Maggie an«, verkündete er. Erst als er weg war, bemerkte Jane, wie traurig Rich auf einmal wirkte. Lag es daran, dass sie den Song ohne ihn geschrieben hatte?

»Ich mag diesen Teil besonders«, sagte Kyle, nahm Jane die Gitarre weg und spielte noch einmal die Bridge. Man sah ihm an, dass er bereits darüber nachdachte, wie die Bassbegleitung dazu klingen könnte.

Als Nächstes schaute sie zu Jesse, der immer noch mit untergeschlagenen Beinen auf dem Fußboden saß und sie still betrachtete. Seine Augen leuchteten vor Stolz, und Jane wurde ganz demütig.

Um kurz nach ein Uhr morgens löste sich die Versammlung auf.

»Lasst euch bei Gelegenheit mal wieder blicken«, sagte Raymond zum Abschied, tippte sich an den Hut und verschwand mit seinem Banjokoffer die Straße hinunter. Die anderen gingen im schwachen Licht des Mondes zum Motel zurück.

»Warte kurz«, sagte Jesse und verschwand in seinem Zimmer. Jane hörte das Rascheln von Papier, dann, wie Jesses Finger die Saiten seiner Gitarre streiften, als er sie zurück in den Koffer legte. Als er wieder im Türrahmen auftauchte, trennte seine Silhouette das blaue Licht des Parkplatzes vom gelben Licht in seinem Zimmer.

»Hast du an einem neuen Song gearbeitet?«, fragte Jane.

Jesse zögerte kurz, dann nickte er. »Du offenbar auch.«

Jane nahm seine Hand und küsste ihn. Es war ein scheuer Kuss voller Zuneigung. Er stand da und sah sie an, dann nahm er sie mit in sein Zimmer, wo sie sich auszogen und aufs Bett legten.

»Dieser Ort hier«, sagte Jesse, »gibt mir das Gefühl, wieder auf der Insel zu sein.«

Jane nickte und malte mit der Fingerspitze eine Acht auf seinen Brustkorb.

»Ich habe ein Grundstück gekauft, weißt du?«, sagte er. »In Caverswall.«

»Wirklich?«

»Ungefähr hundert Morgen.«

Jane hob erstaunt den Kopf.

»Was denn? Irgendwas muss ich ja mit meinem vielen Geld anfangen. Und nichts ist sicherer als Immobilien.«

»Wozu brauchst du hundert Morgen?«

Jesse streichelte ihr Haar. »Ich will eine Hütte bauen, wo mich niemand findet«, antwortete er mit einem Achselzucken. »Außer dir.« Den Kopf in die Hand gestützt, sah er sie an. »Weißt du? Du bist nicht nur der liebste Mensch in meinem Leben, sondern auch meine liebste Sängerin.«

Jane lachte.

»Ich meine es ernst. Der Song eben, der war ... Versteh mich nicht falsch, ich liebe es, wenn du richtig abrockst. Ich liebe es, dich ausgelassen zu sehen. Aber nicht viele bringen das fertig, was du vorhin geschafft hast.«

»Was meinst du?«, fragte Jane.

Jesse strich ihr eine Haarsträhne aus dem Gesicht.

»Katharsis«, sagte er. Jane sah ihn eine Weile schweigend an, dann küsste sie ihn. Als er sie an sich zog, spürte sie, wie etwas in ihr zerbrach. Es war etwas Kleines, Zartes, dünn wie Papier, ein Faden oder ein winziges Zweiglein, aber sie wusste, dass es nie wieder heil sein würde.

21

Am nächsten Tag um die Mittagszeit waren sie bereits wieder unterwegs. Jesse saß neben Jane im Bus und sah zu, wie draußen verschiedene Schattierungen von Grün vorbeizogen. Mit jeder Meile, die sie zurücklegten, sickerte seine Ruhe aus ihm heraus wie Wasser aus einem löchrigen Gefäß. Als sie Memphis erreichten, hatte er sich wieder ganz in sein Schneckenhaus zurückgezogen. Jane verbrachte den Abend mit Kyle und Rich, die sich auf dem Hotelzimmer Wiederholungen im Fernsehen anschauten, und sah Jesse erst am darauffolgenden Morgen wieder, als sie alle zusammen einen Termin im Büro von Pegasus Records im Finanzbezirk der Stadt hatten.

Der Hauptsitz der Plattenfirma war in L. A., aber drei ihrer erfolgreichsten Labels – Lovelorn (Soul), Night Rider (Disco) und Tru Twang (Country) – hatten ihre Niederlassungen in Memphis. Lenny Davis, der Chef von Pegasus, war zufällig für eine Woche in der Stadt und wollte die Gelegenheit nutzen, Jesse persönlich zu seinem Erfolg zu beglückwünschen. Sie standen in seinem Büro herum, und Jane starrte auf ihr Spiegelbild in der blank polierten Oberfläche des Eichenholzcouchtischs. An den Wänden hingen Goldene Schallplatten in einer Reihe wie Bullaugen in einem Schiff.

Kurz darauf betrat Lenny Davis, flankiert von zwei großen, muskulösen Männern, den Raum. Alle drei trugen karierte Hemden, Schlaghosen und Sonnenbrillen ähnlich wie die von Willy. Lenny trug alle Insignien seines Erfolgs: eine dicke goldene Uhr und einen dicken Bauch. Sein Kopf war nahezu kahl, dafür schaute oben aus seinem Hemdkragen ein Büschel krauses Brusthaar heraus, und seine Halsketten blinkten, sodass er aussah wie ein mit Lametta behängter Tannenbaum.

»Willkommen«, sagte er. Als er lächelte, sah man, dass er zwischen seinen oberen Schneidezähnen eine große Lücke hatte.

Jesse war von Kopf bis Fuß in Jeans gekleidet und sah aus wie ein Fabrikarbeiter, der für eine Belobigung ins Büro des Schichtleiters zitiert worden war. Er hielt den Kopf gesenkt und hatte die Schultern bis zu den Ohren hochgezogen. Willy musste ihn am Arm nehmen und zu Lenny führen, damit er ihm die Hand schüttelte, so als wäre er ein schüchternes Kind, das einem uralten Verwandten vorgestellt wurde.

Lenny Davis schien Jesses Unwillen nicht zu bemerken, er strahlte von einem Ohr zum anderen. »Jesse«, sagte er. »Jesse. Komm, setz dich doch.«

Sie nahmen in weißen Plastiksesseln auf einem roten Flokatiteppich Platz.

»Was für ein Jahr«, sagte Lenny. »Unsere Prognosen zeigen, dass *Painted Lady* bis zum Ende des Jahres über eine Million Exemplare verkauft haben wird. Was sagst du dazu?«

Jesse lächelte vage. Er sah aus, als fiele es ihm schwer, die Augen offen zu halten. Jane wusste, dass sie sich trotz Lennys zur Schau gestellter Herzlichkeit auf dem Prüfstand befanden.

»Was für ein Jahr«, wiederholte Jesse.

Lenny Davis lächelte weiterhin und nickte. Dann wandte er sich ohne Überleitung an Jane. »Und das ist also Jane Quinn.« Er sah sie zwar an, doch seine Worte schienen nicht wirklich an sie gerichtet zu sein.

»Und die Breakers.« Jane deutete auf Greg, Kyle und Rich, die neben ihr saßen. »Wir freuen uns sehr, Sie kennenzulernen.«

»Für euch war es auch ein gutes Jahr«, stellte er fest. Sein Blick ruhte noch einen Moment lang auf ihr und driftete dann zu Jesse, ehe er wieder bei ihr landete. Jane fragte sich, ob er wusste, was mit Vincent Ray passiert war, und ob das überhaupt noch eine Rolle spielte.

»Gut«, sagte er nach einer Weile. »Gut.« Er erhob sich aus seinem Sessel. Die Muskelmänner folgten seinem Beispiel und machten sich bereit, ihm die Tür aufzuhalten.

»Ich glaube, ich komme heute Abend mal vorbei«, sagte er zu Willy, offenbar an eine vorangegangene Unterhaltung anknüpfend. »Schön, euch alle getroffen zu haben.« Er warf noch ein Lächeln in die Runde, dann war er fort.

»Ich denke, wir haben ihn echt überzeugt«, sagte Kyle. Alle lachten bis auf Jesse, der ihn gar nicht gehört zu haben schien.

»Hast du nicht gut geschlafen?«, fragte Jane, als sie im verspiegelten Fahrstuhl nach unten fuhren. Im Spiegel sah sie ihn eine Grimasse schneiden, die sie erwiderte. Sie traten hinaus in die Lobby, ohne sich auch nur einmal direkt angesehen zu haben.

Wie versprochen, kamen Maggie und Bea nach Memphis. Da sie mit dem Zug anreisten, fuhren die Breakers am Nachmittag zum Bahnhof, um sie abzuholen.

»Ich bin so froh, dass ihr hier seid«, sagte Greg, als die beiden sich in den Armen lagen. Jane hörte ihm an, dass er mit den Tränen kämpfte.

»Gut siehst du aus«, sagte Maggie und streichelte seine Schulter. Jane hatte Bea auf den Arm genommen. Ein Pfiff ertönte, und der goldene Lockenkopf der Kleinen drehte sich hierhin und dorthin, während sie neugierig nach der Ursache des Geräuschs Ausschau hielt.

»Tschu-tschu«, machte Jane. »Tschu-tschu.«

Am Nachmittag bestand Greg darauf, mit Bea ins Aquarium zu fahren.

»Sie wird sich später überhaupt nicht daran erinnern können«, meinte Maggie zu Jane, während die beiden im Hotelrestaurant einen Kaffee tranken. »Aber ich finde die Idee trotzdem süß.«

»Er hat sie so vermisst«, sagte Jane. »Euch beide. Wann immer wir ausgegangen sind, hat er die ganze Zeit auf die

Uhr gestarrt und gewartet, dass er dich endlich anrufen kann.«

»Wir haben ihn auch vermisst«, sagte Maggie. »Das hier ist ein großes Abenteuer für uns.«

Nach den Erfahrungen der letzten Wochen kam Maggie ihr auf einmal längst nicht mehr so beeindruckend vor wie früher. Zum ersten Mal in ihrem Leben wurde Jane bewusst, dass sie mehr erreicht hatte als ihre Cousine. Das war zugleich ermutigend und verwirrend. Sie hatte ihr ganzes Leben lang um Maggies Anerkennung gekämpft, und jetzt stellte sie fest, dass deren Meinung für sie gar nicht mehr maßgeblich war. Etwas in ihr löste sich.

»Natürlich«, sagte Maggie, »ist das nichts im Vergleich zu dem, was Mom vorhat.«

»Will sie wirklich nach London?«, fragte Jane.

Maggie nickte ungläubig. »Anscheinend ist sie eine echt gute Krankenschwester. Millie fährt jedes Jahr im Herbst nach Europa, um ihre Enkelkinder zu besuchen. Sie will unbedingt, dass Mom als ihre Pflegerin und Gesellschafterin mitkommt. Im September soll es losgehen.«

Janes Gedanken überschlugen sich. »Und was wird dann aus ...«

»Ich denke mal, sie hat mit dem Zentrum eine Vereinbarung getroffen. Millie ist ja auch Patientin dort. Wahrscheinlich sehen sie es als eine Art Austauschprogramm an.«

»Ich kann es nicht fassen«, murmelte Jane. Dass Grace die Insel verlassen würde, war für sie unvorstellbar.

»Ich weiß«, pflichtete Maggie ihr bei. »Ich hätte auch nicht gedacht, dass sie jemals weggeht. Aber es gibt viele Dinge, von denen ich nicht gedacht hätte, dass sie jemals passieren würden.« Sie schüttelte den Kopf. Schweigend nippten sie an ihrem Kaffee.

Die Breakers mussten am Abend um achtzehn Uhr in der Minglewood Hall auf der Bühne stehen. Jane war schnell mit dem Stimmen ihrer Gitarre fertig und ging nach draußen, um noch eine Zigarette zu rauchen. Dort traf sie auf Rich, der trübsinnig in die Dämmerung starrte.

»Hast du Feuer?«, fragte sie.

Er gab ihr sein Feuerzeug, und sie bot ihm im Gegenzug eine Zigarette an. Er nahm die Schachtel und klopfte damit gegen seine Handfläche, ohne sie jedoch zu öffnen.

»Was bedrückt dich?«

Er zuckte mit den Schultern.

Jane steckte sich eine Zigarette an.

»Janie«, sagte Rich. »Hast du jemals …« Er brach ab und drehte die Zigarettenschachtel in den Händen.

»Habe ich jemals was?«

Rich schluckte. »Hast du jemals jemanden gewollt, den du besser nicht gewollt hättest?«

Jane stand regungslos da.

»Ich habe die ganze Zeit gehofft, irgendwann würde er das Interesse an ihr verlieren, aber das hat er nicht, und jetzt ist sie hier. Und selbst wenn – er würde mich gar nicht beachten. Jedenfalls nicht so.« Traurig lachend schüttelte er den Kopf.

If I let my colors show.

Jane nahm seine Hand.

»Rich«, sagte sie. »Wie lange geht das denn schon?«

Rich blinzelte mehrmals. »Ach, schon Jahre. Seit der Highschool. Erst dachte ich, irgendwann legt sich das wieder. Dann habe ich versucht, mir einzureden, dass ich vielleicht doch Chancen bei ihm habe. Ich habe mich an kleine Momente geklammert wie an den Abend in L. A., als wir Arm in Arm eingeschlafen sind, erinnerst du dich? Daran habe ich noch Wochen später gedacht, wenn wir nachts im

Hotel in unseren Betten gelegen haben. Einfach nur erbärmlich.«

»Nein.«

»Doch«, sagte er. »Und wenn ich ihn jetzt mit Maggie sehe, wird mir das auch wieder bewusst. Ich glaube, nach der Tour wollen sie zusammenziehen.«

Jane hatte noch keinen Gedanken daran verschwendet, was nach der Tour passieren würde. Die Vorstellung, dass sie irgendwann vorbei sein könnte, war ein Schock für sie.

»Wenn sie das machen, gehe ich nach Kalifornien«, sagte er und hielt ihr die Zigarettenschachtel hin. Als sie ihre Finger darum schloss, ließ er sie nicht sofort los. »Sag aber niemandem was«, bat er.

Jane nickte. Er gab die Schachtel frei und kehrte ins Gebäude zurück.

Jane war noch ganz benommen, als sie hinter die Bühne kam. Nachdem ihr Erstaunen über Richs Geständnis sich ein wenig gelegt hatte, fing sie an, sich all die kleinen Blicke und Gesten in Erinnerung zu rufen, deren Bedeutung sie schon viel früher hätte erkennen müssen. *Dann gehe ich nach Kalifornien.* Bestimmt meinte er das nicht ernst. Was würde dann aus den Breakers werden? Jane merkte kaum, wo sie hinging, als sie ein Stück entfernt Willys leise Stimme hörte. Sie verlangsamte ihre Schritte.

»Das ist bedauerlich«, sagte Willy. »Aber nicht zu ändern. Ich habe versucht, mit ihm darüber zu reden, aber er macht jedes Mal dicht.«

Darauf folgte zunächst eine lange Pause, ehe Lenny Davis eine Erwiderung schnarrte. »Ich hoffe nur, du weißt, was du da tust. Ich muss dir ja wohl nicht erklären, dass von dem Jungen – von seinem Image – eine ganze Menge abhängt.«

»Heute hatte er einfach keinen guten Tag«, sagte Willy. »Normalerweise ist er ein sehr umgänglicher Typ. Er mag die Musikbranche nicht besonders, deshalb ist er vielleicht ein bisschen übers Ziel hinausgeschossen.«

»Er muss die Musikbranche auch gar nicht mögen. Wenn er es täte, würde er wahrscheinlich nie wieder eine Platte verkaufen. Aber die Leute dürfen ihn nicht so abgewrackt sehen. Seine Fans schon gar nicht.«

»Tun sie auch nicht«, sagte Willy. »Vertrau mir, du wirst schon sehen. Deshalb wollte ich ja, dass du heute Abend kommst. Ich dachte, das würde dich beruhigen. Wenn er auf der Bühne steht, macht er, was er soll, und noch mehr. Wenn er mit Jane zusammen singt, fragt sich keiner, ob er vielleicht zugedröhnt ist.«

»Ein hübsches kleines Ding«, sagte Lenny. »Es war schlau, die beiden gemeinsam auf Tour zu schicken. Jemand, der sie bumst, kann nur als Inbegriff von Gesundheit wahrgenommen werden.«

»Wir haben Jane alle sehr gern«, entgegnete Willy, und Jane war froh, als sie den Zorn in seiner Stimme hörte.

»Ja, natürlich, natürlich. Ich habe ganz vergessen, dass sie auch aus deinem Stall kommt. Sag mal, denkst du, die beiden werden heiraten? Nichts vermittelt so viel Stabilität wie ein Ehering. Das würde uns auch ein bisschen Luft verschaffen, damit wir uns um das Heroinproblem kümmern können.«

»Das weiß ich beim besten Willen nicht.«

»Arbeite daran. Dann dürfte es keine Probleme geben.«

»In Ordnung«, sagte Willy.

Jane duckte sich hinter einen Vorhang, als Lenny an ihr vorbeikam. Hatte er gerade »Heroin« gesagt?

Willy folgte einen Augenblick später. Er hatte seine Pilotenbrille abgenommen, und Jane musste daran denken, dass er wahrscheinlich jünger war als Grace. Keinen Meter von ihrem Versteck entfernt blieb er stehen und wischte sich mit der Hand über das Gesicht, ehe er in die entgegengesetzte Richtung davonging. Jane ließ einige Sekunden verstreichen, bevor sie hinter dem Vorhang hervortrat.

Sie verspürte den überwältigenden Drang, in Jesses Garderobe zu gehen. Ihr Herz schlug schneller, als sie die Hand nach dem Türknauf ausstreckte. Sie wollte nicht anklopfen. Sie wollte nicht darüber nachdenken, was sie tat. Jane umfasste den Metallknauf fester und drehte ihn herum.

Im Raum war es dunkel. Ein muffiger Geruch hing in der Luft, bis auf eine einzelne Kerze brannte kein Licht. Die Fenster waren geschlossen.

Sie dachte daran, wie sie einmal auf dem Weg zu Widow's Peak ein unförmiges Objekt mitten auf der Straße gesehen hatte. Es hatte einen Moment gedauert, bis sie den Anblick richtig einordnen konnte, weil sie solche Bilder nur vom Hörensagen kannte. Aber als sie immer mehr Details registrierte – das gelbe Absperrband, einen Krankenwagen, die vielen Schaulustigen – war ihr langsam gedämmert, dass es einen Verkehrsunfall gegeben hatte und sie auf ein auf dem Dach liegendes Auto blickte.

Diese Gedanken gingen ihr durch den Kopf, damit sie nicht begreifen musste, was sie vor sich sah. Jesse lag, mit dem Rücken gegen einen Heizkörper gelehnt, am Boden und rührte sich nicht. Ein schwarzes Gummiband ringelte sich um seinen Oberarm wie eine Natter. Seine Venen traten hervor, als wäre er gebissen worden.

Jane stürzte zu ihm, um seinen Puls zu fühlen. Sein Gesichtsausdruck war ihr vertraut, genauso weggetreten wirkte er oft im Bus oder auf der Bühne. Neben ihm lag ein schmutziger Löffel, und seine Finger ruhten noch auf der Spritze, als wäre sie ein Füllfederhalter, mit dem er eine Unterschrift geleistet hatte. Unter großer Anstrengung hob er die Lider.

»Jane«, murmelte er. Seine Stimme klang gequält. Er war zu benommen, um auch nur den Versuch zu machen, aus eigener Kraft auf die Beine zu kommen. Er konnte kaum die Augen offen halten. Eine Woge des Ekels stieg in Jane hoch, gefolgt von dem Drang, ihn zu treten.

»Jane.« Willy war im Türrahmen aufgetaucht. Er hatte ein Handtuch und eine Flasche Wasser in der Hand.

Augenblicklich richtete sich ihr Zorn gegen ihn. »Was ist das für eine Scheiße?!«, schrie sie. Sie sah an seiner Miene, dass er überlegte, wie er am besten mit ihr umgehen sollte, und fuhr fort, ehe er etwas erwidern konnte: »Das ist so krank!« Ihre Stimme zitterte vor Wut. »Er setzt sich in seiner Garderobe einen Schuss, und du servierst ihm seelenruhig Getränke!«

»Jane«, sagte Willy. »Ich verstehe, dass du verärgert bist …«

»Nein, ich verstehe endlich. Du hast uns miteinander verkuppelt – super für die Publicity. Ich bin genau das, was sein Image braucht, stimmt's?« Sie hatte das Gefühl, als würden die Wände des Raums immer näher zusammenrücken.

»Jane, jetzt beruhig dich doch. Das ist nicht fair. Ihr beide seid euch von ganz allein begegnet, ich habe nie …«

»Du hast mich angelogen!« Wenn sie nicht sofort aus diesem düsteren, giftigen Raum floh, würde sie wahnsinnig werden.

»Lass uns irgendwo hingehen, wo wir in Ruhe über alles reden können.« Willy legte ihr eine Hand auf die Schulter, doch Jane schlug sie beiseite.

»Mit dir gehe ich nirgendwohin.«

»Fünf Minuten, mehr verlange ich gar nicht.«

»Sonst verpetzt du mich bei deinem Daddy oder was?«

»Jane …«

»Nein«, schnitt sie ihm das Wort ab. »Du ziehst hier ein ganz mieses Ding ab, während alle anderen um dich herum so tun, als wüssten sie von nichts. Ich bin fertig mit dir.«

Sie machte einen Schritt in Richtung Tür, doch Willy versperrte ihr den Weg.

»Lass mich hier raus!«, schrie sie.

»Jane, ich kann dich so nicht gehen lassen.«

Jane versetzte ihm einen Schlag gegen die Brust. Willy war ungefähr so groß wie sie, aber deutlich kräftiger. Er zuckte nicht einmal zusammen, also schlug sie ihn wieder und wieder und wieder, bis ein tiefes Schluchzen aus ihrer Kehle drang und sie sich in seine Arme fallen ließ wie ein kaputter Drachen, der vom Himmel stürzt.

22

Island Folk Fest
Samstag, 25. Juli 1970

Von ihrem Platz im Backstagebereich aus konnte Jane die Menge auf der Wiese hören. Als sie im Jahr zuvor »Sweet and Mellow« gesungen hatte, hatte sie nicht ahnen können, dass es erst der Anfang war. Jetzt stand sie vor dem Ende.

Es hat Spaß gemacht.

Drei Wochen lang hatte sie sich hartnäckig geweigert, über die Gründe für ihre Trennung von Jesse nachzudenken. All die Dinge, die sie gesagt hatte, und auch die, die sie nicht gesagt hatte, waren tief in ihrem Bewusstsein vergraben. Hin und wieder drängten sie an die Oberfläche, aber wann immer einer von ihnen entkam, schob sie ihn energisch zurück.

Du kannst doch nicht ernsthaft glauben, dass es dabei nur um Spaß ging.

Weg damit.

Bald würde sie das alles in Ruhe verarbeiten können. Sie musste nur noch ein paar Stunden lang wütend bleiben. Das sollte kein Problem sein. Munition hatte sie mehr als genug.

Sie beobachtete Morgan Vidal auf der Bühne, und das Herz wurde ihr schwer. Sie sah so modisch und glamourös aus, und ihre rotbraunen Haare umrahmten ihr Gesicht in perfekten Stufen. Jane in ihrer dunklen Ecke fühlte sich genauso klein und unsichtbar wie an dem Abend, als sie Jesse kennengelernt hatte und Morgan zum ersten Mal begegnet war.

»Bist du so weit?«, fragte Rich. Jane drehte sich um und nickte. Greg und Kyle blieben sicherheitshalber auf Abstand. Rich war der Einzige, der sich in ihrer Nähe nicht unwohl zu fühlen schien.

Er war der Einzige, mit dem sie noch redete.

Es war in Baltimore passiert, eine Woche nach ihrer Trennung von Jesse. Willy hatte die Breakers in sein Hotelzimmer bestellt, um mit ihnen den jüngst genehmigten europäischen Teil der *Painted Lady*-Tour zu besprechen. Jane war wie selbstverständlich davon ausgegangen, dass sie auch eingeladen war.

Sie funkelte Willy böse an, als die Breakers Platz nahmen. Seit Memphis hatte sie kein Wort mehr mit ihm gesprochen. Sie wusste, dass das Treffen unangenehm werden würde, aber die Chance auf eine Europatournee würde sie sich auf gar keinen Fall nehmen lassen.

Zu ihrer Überraschung war Greg derjenige, der als Erster das Wort ergriff.

»Ich bin raus«, verkündete er. Er wurde rot, wirkte jedoch fest entschlossen. »Es war eine tolle Erfahrung, und ich möchte keine Sekunde davon missen. Aber mein Platz ist auf der Insel. Maggie hat gesagt, dass sie mit mir zusammenziehen will. Ich habe ohnehin schon das Gefühl, zu viel verpasst zu haben. Jetzt will ich endlich wieder für sie da sein.«

Ein Summen erfüllte Janes Kopf. »Okay«, sagte sie mit trockenem Mund. »Dann ... brauchen wir einen neuen Drummer. Irgendjemand müsste sich doch finden lassen. Vielleicht kann das Label da was machen.«

Willy räusperte sich. »So einfach ist das nicht«, sagte er und erwiderte ruhig Janes Blick. »Ersatz für ein Mitglied der Band zu finden wäre vielleicht noch möglich. Aber du müsstest gleich zwei ersetzen, und dann wärt ihr nicht mehr die Breakers.«

»Zwei?«, wiederholte Jane. Erst jetzt dämmerte ihr, dass die vier sich bereits ohne sie darüber unterhalten hatten. »Wovon redet er?« Sie wandte sich erst an Rich, dann an Kyle. Kyles Miene war noch schuldbewussterer als die von Greg.

»Kyle?«

Er schluckte und schielte hilfesuchend zu Willy.

»Dukes Vertrag läuft Ende des Monats aus«, sagte dieser. »Er ist auf dem Weg zurück nach L. A., wo in zwei Wochen sein neuer Gig beginnt.«

»Na und?« Jane durchbohrte Kyle mit ihren Blicken. Sie wusste genau, was das bedeutete, aber sie wollte es aus seinem Mund hören.

»Jesse hat mir einen Platz in seiner Band angeboten.« Ihm versagte die Stimme. »Ich habe zugesagt. Janie, ich ...«

Janes Blick sprang zu Rich. Plötzlich war er der Einzige im Raum, bei dessen Anblick sie nicht laut schreien wollte. Dies war eine einmalige Chance für Kyle, und unter anderen Umständen hätte sie sich riesig für ihn gefreut, aber im Moment hätte sie ihn, ohne mit der Wimper zu zucken, aus dem Fenster gestoßen, wenn denn eins in der Nähe gewesen wäre.

»Als ich das Angebot angenommen habe, wusste ich nicht, dass Greg auch aussteigen will«, sagte er. »Es sind auch nur sechs Wochen …«

Panik stieg in ihr hoch. Sie durfte ihre Band nicht verlieren. Das war absolut undenkbar. Sie wandte sich wieder an Greg. »Ganz genau. Kannst du nicht noch sechs Wochen durchhalten?«

Er verzog das Gesicht.

»Was ist? Verschweigst du mir noch was?«

»Lenny Davis hat mir angeboten, mich aus meinem Vertrag freizukaufen«, sagte er. »So eine Gelegenheit darf ich nicht sausen lassen. Ich … Wir alle wissen doch, dass es ein Riesenglück war, überhaupt dabei sein zu dürfen. Ich bin einfach nicht so … ich … ich muss das Angebot annehmen. Ich möchte Maggie ein Haus schenken.«

Ein Gefühl dumpfer Leere machte sich in Jane breit, als sie endlich begriff: Sie war gar nicht zur Europatournee eingeladen. Sie hatte in ihrer Rolle als Jesses Freundin versagt, deshalb wollte Pegasus sie aus dem Spiel nehmen. Und sie benutzten ihre eigene Band dafür.

»Ich kriege keine Luft mehr«, stieß sie hervor.

»Jane«, sagte Willy. »Ich weiß, das ist ein schwerer Schlag für dich, aber glaub mir, es ist zu deinem Besten. Du willst diese Tour gar nicht mitmachen.«

»Doch, will ich.« Zum ersten Mal seit einer Woche richtete sie das Wort an ihn.

»Nein, das willst du nicht«, beharrte er. »Vertrau mir doch. Du willst nicht in der Schusslinie sein, wenn der Presse klar wird, dass du und Jesse kein Paar mehr seid.«

»Sie wussten doch nicht mal, dass wir überhaupt ein Paar waren.«

Willy sah sie ungläubig an.

»Ich habe ein Recht auf diese Tour.«

»Menschlich gesehen schon. Aber alles steht und fällt mit Jesse. Er ist der Mittelpunkt. Die Entscheidung richtet sich nicht gegen dich persönlich. Aber wenn du dich mit dem Label anlegst, wirst du sehen, wozu sie fähig sind, um ihn zu schützen, und das möchtest du nicht.«

»Ich würde nie etwas tun, was Jesse schadet.« Inzwischen liefen ihr Tränen über die Wangen.

»Aber du könntest es«, entgegnete Willy leise. »Wenn die Leute anfangen, Fragen über eure Trennung zu stellen.«

Seit der Szene in Jesses Garderobe hatte Willy eine unerschütterliche Ruhe an den Tag gelegt, so wie man es von einem Manager erwartete. Doch jetzt schwang Verzweiflung in seiner Stimme mit. Der Mensch hinter der Fassade kam gerade lange genug zum Vorschein, um ihr eine wichtige Botschaft zu übermitteln. »Jane, sie werden niemals zulassen, dass sein Name in den Schmutz gezogen wird. Sie werden dich den Wölfen zum Fraß vorwerfen. Das möchte ich dir unbedingt ersparen.« Er räusperte sich. »Warum nimmst du dir vor deinem nächsten Album nicht eine kleine Auszeit, um das alles zu verarbeiten?«

Sie stand auf und verließ wortlos den Raum.

In den zwei Wochen, die seitdem vergangen waren, hatte sie sich geweigert, auch nur ein Wort mit Willy, Kyle oder Greg zu sprechen. Die Breakers waren routiniert genug, dass ihre Auftritte nicht darunter litten. Es war erstaunlich, was Menschen, die nicht miteinander redeten, auf der Bühne leisten konnten.

Nach dem Gespräch im Hotelzimmer ging alles seinen Gang. So wütend Jane auch auf Willy war, sie vermutete, dass er tatsächlich in ihrem besten Interesse gehandelt hatte. Die Geschwindigkeit, mit der man Morgan Vidal als ihre Nachfolgerin installierte, war geradezu atemberaubend. Es ging um viel Geld, und das Label hatte sämtliche Hebel in Bewegung gesetzt. Ablenkung lautete die Devise. Damit niemand auf die Idee kam, die Frage zu stellen, was aus Jane geworden war, musste sie so schnell wie möglich durch eine neue, mindestens ebenso aufregende Person ersetzt werden. Der Auftritt auf dem Folk Fest war eine Art Machtübergabe.

Es hat Spaß gemacht.

Jane wusste nicht, wie Jesse zu alldem stand, auch mit ihm hatte sie seit der Trennung nicht mehr gesprochen. Auf dem Festival kursierten allerdings bereits Gerüchte über eine Affäre zwischen ihm und Morgan.

Als Jane ihre Nachfolgerin auf der Bühne beobachtete, musste sie anerkennen, dass Morgan für diese Rolle ungleich besser geeignet war als sie selbst. Morgan stammte aus einer reichen Unternehmerfamilie. Einem ihrer Großväter hatte die größte Bank der Dominikanischen Republik gehört, der andere war Vorstandsvorsitzender des Fernsehsenders CBS gewesen, ehe er sich auf seinen Altersruhesitz, ein Anwesen von der Größe eines Palasts, in Perry's Landing zurückgezogen hatte. Jane vermutete, dass es mehrere Gründe gab, weshalb Lenny Davis Morgan nur zu gern unter Vertrag genommen hatte. *Sie ist ein Naturtalent*, dachte sie, während sie ihr dabei zuhörte, wie sie einen Judy-Collins-Song interpretierte.

Plötzlich hörte sie Schritte hinter sich. Als sie sich umdrehte, stand Willy vor ihr.

Er bot ihr seine Zigarette an, die sie jedoch nicht annahm. Die Gläser seiner Sonnenbrille waren wie zwei gelbstichige Bildschirme, auf denen sie Morgans Auftritt verfolgen konnte.

»Jane«, sagte er. »Bevor wir auseinandergehen, wollte ich dir unbedingt noch …«

»Fahr zur Hölle«, sagte sie.

Willy seufzte. Er schüttelte den Kopf und ging, während die Zuschauer auf der Wiese applaudierten. Als Jane den Kopf hob, sah sie, dass Mark Edison sie durch das Absperrgitter an der Hinterbühne beobachtete.

»Was sagst du zu den Gerüchten, Janie Q?«

Jane starrte ihn fragend an.

»Ich meine, dass das Folk Fest vor dem Aus steht?«

Das Festival steckte in ernsthaften Schwierigkeiten. Die Zuschauerzahlen waren so niedrig wie noch nie, und es gab Spekulationen, dass es im nächsten Jahr nicht mehr stattfinden sollte. Die Folkmusik war für tot erklärt worden, und nicht einmal Jesse hatte dieses Jahr noch genügend Besucher vom Festland auf die Insel locken können. Ohne die entsprechenden Einnahmen würden die Sponsoren höchstwahrscheinlich abspringen.

Als Jane Mark Edison den Rücken zukehrte, fiel ihr Blick auf Rich. Es stand fest, dass er bald nach Kalifornien gehen würde. Er wollte möglichst weit weg sein, wenn Greg mit Maggie zusammenzog. Jane schaute in sein vertrautes Gesicht, das ihr während so vieler Proben und Auftritte immer ein Quell der Ruhe und Stabilität gewesen war. Der Gedanke, ihn als guten Freund zu verlieren, war kaum zu ertragen. Richs Texte hatten ihr die Sicherheit gegeben, die sie brauchte, um sich musikalisch auszudrücken. Wer sollte jetzt diese Rolle übernehmen?

Jane verbannte den Gedanken aus ihrem Kopf, als

Morgan Vidal unter dem Beifall des Publikums die Bühne verließ. Sie war erhitzt und atemlos. Jane erinnerte sich daran, wie sie sich nach ihrem ersten großen Auftritt gefühlt hatte, und spürte einen Anflug von Neid.

»Gut gemacht«, sagte Kyle zu Morgan.

»Danke«, erwiderte diese. Jane wunderte sich nicht, dass die beiden sich bereits kannten. Kyle war ein sehr herzlicher und harmoniebedürftiger Mensch. Bestimmt gab er sich große Mühe, zu allen, mit denen er in den kommenden Wochen auf Tour gehen würde, nett zu sein.

»Du bist Jane Quinn«, sagte Morgan, als sie an Kyle vorbeiging. Zu Janes Überraschung druckste sie zunächst eine Weile verlegen herum, ehe sie sagte: »›Spark‹ hat mir letztes Frühjahr echt Kraft gegeben.«

Von dem Kompliment überrumpelt, lächelte Jane. Es tat gut zu hören, dass ein Song, den sie nur für sich selbst geschrieben hatte, auch einem anderen Menschen etwas bedeutete – selbst wenn dieser Mensch gekommen war, um ihren Platz einzunehmen.

»Es ist so toll, dich kennenzulernen«, fuhr Morgan fort.

»Ich freue mich auch«, sagte Jane und verkniff sich, sie darauf hinzuweisen, dass sie sich schon einmal begegnet waren. »Toller Auftritt.«

»Danke.« Morgans Schüchternheit machte Betroffenheit Platz. »Und das mit deinem Großvater tut mir so leid. Ich wünschte, wir könnten gemeinsam auf Tour gehen. Das ist eine Riesenchance für mich.«

»Mein Großvater …?«

Morgan sah sich um. »Sag mal, hast du zufällig … Ach, da ist er ja. Hey!«

Sie lächelte und zeigte dabei ihre perfekten Zähne, als Loretta und Benny den Backstagebereich betraten. Jesse folgte dicht hinter ihnen. Er sah erschöpft aus, doch das tat seiner Attraktivität keinen Abbruch. Was kümmerte es sie? Nach seinem Auftritt würde er in den Flieger steigen, Jane bliebe zurück, und sie mussten nie wieder ein Wort miteinander wechseln.

Janes Blick blieb an Loretta hängen, die ihr zuzwinkerte, ehe sie Morgan skeptisch musterte. Insgeheim freute sich Jane. Sich auszumalen, wie Morgan versuchte, sich bei Loretta einzuschmeicheln, war immerhin ein kleiner Trost.

Jesse schaute mit finsterer Miene von Morgan zu Jane und dann wieder zu Morgan, die ihm mit hektischem Winken signalisierte, er solle zu ihr kommen.

»Hi«, sagte er, als er bei ihr war. Jane spürte, wie Greg und Rich hinter ihr unruhig wurden.

»Ich hoffe, ich habe dich gestern Abend nicht zu lange wach gehalten«, sagte Morgen. Jesse schien die Situation dermaßen unangenehm zu sein, dass Jane nicht recht wusste, ob sie lachen oder weinen sollte.

»Wenn ich öfter im Club zu Abend esse, werde ich noch in die feine Gesellschaft aufgenommen«, sagte er mit hörbarer Verachtung bei dem Wort »Club«.

Morgan blieb krampfhaft um Heiterkeit bemüht. »Also, meine Eltern haben sich jedenfalls sehr gefreut, dich zu sehen.«

Jesse nickte. »Ich gehe mich dann mal aufwärmen.«

Jane wusste, dass er bloß nach einer Ausrede suchte, um dem Gespräch zu entkommen, doch sein Gesicht veränderte sich schlagartig, als ihm klar wurde, dass man seine Bemerkung auch als Anspielung auf seinen Drogenkonsum hätte verstehen können. »Einsingen, meine ich«, stellte er klar und sah Jane dabei an.

»Ich glaube, Jane Quinn weiß schon, was ›aufwärmen‹ bedeutet«, sagte Morgan.

Jane lächelte höflich.

Jesse strich sich durch die Haare, und Jane fragte sich, weshalb er nicht endlich verschwand. Dann wurde ihr bewusst, dass er hoffte, Morgan würde als Erste gehen, damit er sie unter vier Augen sprechen konnte. Aber Morgan dachte nicht daran.

»Ihr müsst in fünf Minuten raus«, sagte der Stage-Manager und zeigte Jane und den Jungs die fünf Finger seiner ausgestreckten Hand. Sie spürte Jesses wachsende Verzweiflung, als sie ihre Gitarre nahm, und gestattete sich, ihm in die Augen zu schauen. Das hatte sie seit Wochen nicht mehr getan, aus Angst, was sie dabei vielleicht sehen und empfinden könnte.

Es hat Spaß gemacht.

»Ich wollte dir nur noch sagen …«, begann er.

Du kannst doch nicht ernsthaft glauben, dass es dabei nur um Spaß ging.

Seine Stimme brach, und einen Moment lang verspürte Jane das Bedürfnis, ihn in den Arm zu nehmen. Das körperliche Verlangen war so stark, dass es ihr den Atem raubte. Dann wurde ihr Blickkontakt unterbrochen, weil Jesse sich wieder Morgan zuwandte, die ihn mit unverhohlener Bewunderung ansah. Er räusperte sich. »Viel Glück«, murmelte er fast unhörbar.

Jane hängte sich die Gitarre um, sodass der Gurt quer vor ihrem Herzen lag. Sie warf noch einen letzten Blick auf Jesse, dann ging sie auf die Bühne.

23

An diesem Abend ließ Jane sich auf ihr Bett fallen und brach in Tränen aus. Nach einer Weile kam Grace ins Zimmer, setzte sich neben sie und streichelte ihr den Rücken, während sie weinte.

»Was, wenn ich nicht in seine Garderobe gegangen wäre?«

»Das hätte auch nichts geändert«, sagte Grace. »Jedenfalls nicht auf lange Sicht.«

»Dann wäre ich aber bei der Europatournee dabei. Ich hätte meine Band noch. Ich hätte …«

Durchs Fenster schwebten die hohlen Klänge des Windspiels von der Veranda herein.

»Ich bin stolz auf dich«, sagte Grace. »Nicht viele Menschen besitzen deine Aufrichtigkeit.«

Erst in der Geborgenheit von Gray Gables war sie in der Lage, die Trennung von Jesse wirklich zu begreifen. An ihren Auftritt in Memphis hatte sie nur undeutliche Erinnerungen. Die Menge hinter dem Vorhang aus gleißenden Scheinwerfern hatte getost wie ein unsichtbarer Ozean. Während Jane sang, hatte sie das Gefühl, von den Wellen umgerissen und fortgespült zu werden, und genau so wollte sie es. Nichts mehr fühlen.

Sie und Jesse sangen ein letztes Mal »Let the Light Go«, ohne einander anzusehen oder gar zu berühren. Nach der Verbeugung legte Jane ihre Gitarre weg und floh, so schnell sie konnte, durch den Bühnenausgang ins Freie.

Jesse folgte ihr in die Nacht hinaus. Die Energie des Auftritts pulsierte noch in ihren Adern, und sie war unfähig, still zu stehen. Als er sie eingeholt hatte, fasste er sie an den Schultern. Sie ließ keine Umarmung zu, blieb jedoch stehen. Jesse nahm die Hände herunter.

»Du hast mir ja ganz am Anfang gesagt, dass du keine Angst vor Spritzen hast«, meinte sie.

Jesse zuckte zurück. »Das ... Ich bin nicht stolz darauf. Ich wollte nicht, dass du es rausfindest.«

»Wer weiß sonst noch davon?«

»Die Band – meine wenigstens. Willy. Meine Eltern.«

Jane dachte an Dr. Reids Strenge gegenüber seinem Sohn. An Lorettas Besorgnis im Bus. Zorn stieg in ihr hoch. »Seit wann? Seit L. A.? Seit dem *Rolling Stone*-Cover?«

Jesse seufzte. »In Wahrheit nehme ich das Zeug seit gut fünf Jahren. Mal mehr, mal weniger. Deshalb hatte ich auch letzten Sommer den Motorradunfall. Ich habe vor dem Festival was von dem Zeug genommen und dachte, ich kann noch fahren ...«

Jane schluckte. Jesses Unfall war der Beginn ihrer Karriere gewesen. Dieses »Zeug«, wie er es nannte, war der Grund, weshalb sie hier war. Der Gedanke war kaum auszuhalten.

»Das heißt, du hast den ganzen letzten Sommer an der Nadel gehangen?«

Er schüttelte energisch den Kopf. »Nein. Nein. Letzten Sommer, nachdem wir uns kennengelernt hatten ... Das war das erste Mal seit Langem, dass ich das Gefühl hatte, den Stoff nicht zu brauchen.«

»Und was ist dann passiert?« Auf einmal war Jane unendlich müde.

»Dasselbe wie immer«, sagte er dumpf. »Das Zeug war verfügbar, also habe ich es genommen. Mehr ist bei mir nicht nötig.«

Jane ließ den Kopf in ihre Hand sinken. Dann schaute sie in den Himmel und suchte nach einem Mond, der nicht da war. »Aber wo hattest du es denn? Ich habe nie was ...«

Jesses Augen verschleierten sich. »In meinem Gitarrenkoffer.«

Jane wurde ganz heiß. »Peggy Ridge«, sagte sie. »Du hast mir gesagt, du hättest gerade an einem Song gearbeitet. Du hast mich angelogen.« Sie war fassungslos. Ihr war nie der Gedanken gekommen, dass er nicht ehrlich zu ihr sein könnte.

»Ich weiß, und es tut mir leid. Ich ... ich wollte das nicht.«

Diese Worte legten in ihrem Kopf einen Schalter um. Sie hörte, wie ihre Mutter zu Grace genau dasselbe gesagt hatte, und spürte, dass in ihr etwas durchbrannte.

»Ich muss wissen, was die Realität ist und was nicht«, sagte sie.

Jesse wurde blass. »Ich höre damit auf.«

»Du hörst damit auf«, wiederholte Jane. Ihr Zorn war weißglühend, und auf einmal wurde ihr etwas klar. Sie hatte schon einmal an diesem Scheideweg gestanden. Wenn sie jetzt keinen Schlussstrich zog, würde sie noch meilenweit in die falsche Richtung laufen.

»Ja«, sagte Jesse. »Ich ... ich breche die Tour ab und lasse mich wieder in den Zoo einweisen. Ich schwöre dir, Jane, ich tue es. Ich tue alles.«

Jane stellte sich vor, wie sie beide den sterilen Gang in der geschlossenen Abteilung des Zentrums entlanggingen, Jesse in Weiß, Jane in Blau. Sie hatte sich geschworen, ihr Leben nicht von diesem Ort bestimmen zu lassen. Hatte man ihr auf der Tournee etwa die Rolle seiner Pflegerin zugewiesen, ohne dass sie etwas davon gewusst hatte?

Ihr war, als befände sie sich außerhalb ihres Körpers. »Das solltest du wirklich tun«, hörte sie sich sagen. »Aber nicht meinetwegen.«

»Wie meinst du das?«, fragte Jesse verzweifelt.

Jane zuckte die Achseln. »Das mit uns hat Spaß gemacht, aber wenn es nicht die Drogen wären, dann irgendwann etwas anderes.«

»Du kannst doch nicht ernsthaft glauben, dass es dabei nur um Spaß ging. Wir haben so viel miteinander geteilt. Jane, ich liebe dich.«

Jane sah zu, wie eine Motte gegen die Lampe über dem Bühnenausgang flatterte.

»Tut mir leid«, sagte sie. »Aber so empfinde ich nun mal.«

Jetzt wurde auch Jesse wütend. »Das glaube ich dir nicht.«

Er machte einen Schritt auf sie zu, doch ihr Blick ließ ihn innehalten. »Ich habe dir von Anfang an gesagt, dass ich dir nicht alles geben kann.« Nach einem Moment fügte sie noch hinzu: »Ich hoffe wirklich, dass du jemanden findest, der dir hilft.«

»Jane, bitte tu das nicht …« Sein wunderschönes Gesicht zitterte.

Jane spürte eine leise Hoffnung in sich aufkeimen, aber … »Es ist vorbei«, sagte sie, ehe die Gefahr bestand, dass ihr Entschluss ins Wanken geriet. Danach weigerte sie sich strikt, ihn anzusehen oder mit ihm zu sprechen.

Jeden Morgen, wenn sie in Gray Gables erwachte, brauchte sie einige Sekunden, bis sie begriff, wo sie war. Dann wurde ihr aufs Neue schmerzhaft bewusst, dass die anderen sie im Stich gelassen hatten, und sie dachte an all die Konzerte, die sie spielen, Menschen, die sie kennenlernen, und Orte, die sie besuchen könnte, wenn sie hätte mitkommen dürfen. Nachts träumte sie von ihrer Mutter, von klackernden Absätzen und zufallenden Türen, und von blauen Augen, die sie nie wieder so anschauen würden wie früher.

Nach einer Woche ging sie in Bademantel und Sandalen zu Beach Tracks.

»Gib mir das Gegenteil von Pop«, sagte sie zu Dana, ohne ihre Sonnenbrille abzunehmen. Dana zeigte ihr die Klassikabteilung.

Jane begann, Tag und Nacht in ihrem Zimmer Klavierkonzerte zu hören. Sie versuchte, die Verzweiflung in ihrem Innern durch Musik auszutreiben. Ihre Trauer hatte sie unberechenbar gemacht, und die anderen Quinns gingen ihr so weit wie möglich aus dem Weg. Als es August wurde und Jane nicht wieder zur Arbeit ging, gab keine von ihnen einen Kommentar ab. Sie ignorierten die Tatsache, dass sie nur noch unregelmäßig duschte, und stellten ihr keine Fragen darüber, was vorgefallen war.

Jane hatte sich in ihrer neuen Routine eingerichtet. Sie schlief jeden Tag bis mittags, verließ dann das Haus, um sich zwei Schachteln Pall Mall zu kaufen, mit denen sie sich wieder auf ihr Zimmer zurückzog. Sie lag auf dem Bett, rauchte Kette und hörte Schallplatten, bis sie abends irgendwann einschlief.

»Mach das leiser, die Kleine muss Mittagsschlaf halten!«, brüllte Maggie und schlug mit der Faust gegen ihre Tür.

»Tut mir leid. Ich hatte ganz vergessen, dass du noch hier wohnst«, erwiderte Jane und starrte auf den Plattenspieler auf der anderen Seite des Zimmers.

Wie versprochen, hatte Greg seine Abfindung dafür genutzt, eine Anzahlung auf ein kleines Haus mit Satteldach in Lightship Bay zu leisten. Wann immer Maggie davon redete, verließ Jane den Raum. Greg war einer der Gründe, weshalb sie auf der Insel festsaß und nicht mehr auf Tour gehen durfte. Jane hasste ihn, und infolgedessen hasste sie auch Maggie. Sie hatte keine Lust, sich Geschichten aus ihrem Leben anzuhören, und konnte es gar nicht erwarten, dass ihre Cousine endlich auszog.

»Gib uns nicht die Schuld an deinen Problemen«, keifte Maggie durch die verschlossene Tür. »Greg hat dich nicht gezwungen, mit Jesse Schluss zu machen.«

Jane drehte die Lautstärke des Plattenspielers auf.

An dem Tag, als Greg und Maggie den Zuschlag für ihr neues Haus bekamen, kaufte Rich sich ein Flugticket von Boston nach Los Angeles. Er würde bei Duke übernachten, bis er etwas Eigenes gefunden hatte.

»Musst du wirklich gehen?«, fragte Jane, als sie ihn zur Fähre brachte. Rich war ihre letzte Verbindung zur Musik, und ihn auf der anderen Seite des Landes zu wissen, löste ein Gefühl von Panik in ihr aus.

»Das weißt du doch. Hier hält mich nichts mehr.«

»Ich bin doch hier«, sagte sie. »Und was ist mit unserem nächsten Album? Rich, wie soll ich denn ohne dich Songs schreiben?«

Er blieb stehen, stellte seine Reisetasche auf die Kaimauer und nahm ihre Hände.

»Janie«, sagte er. »Du brauchst mich nicht, um Songs zu schreiben. Du hast mich nie gebraucht.«

»Doch«, sagte Jane, der die Kehle eng wurde.

Rich schüttelte den Kopf. »Wir wissen beide, dass das nicht wahr ist. Wie viele Songs hast du komponiert, bei denen du von Anfang an den Text kanntest? Wie oft hast du deine eigenen Texte verworfen, um Platz für meine zu machen?«

Jane antwortete nicht. In ihren Augen schimmerten Tränen. Sicher, sie hatte »Spark« geschrieben, aber das war nur ein einziger Song.

Rich drückte ihre Hände. »Du schaffst das auch alleine.«

»Aber ich will es nicht alleine schaffen.« Ihr liefen die Tränen runter.

»Dann komm mit«, sagte Rich, aber das wollte Jane auch nicht. Kyle hatte vor, zu Rich zu ziehen, wenn er von der Tour zurückkam, und die Vorstellung, mit ihm unter einem Dach wohnen zu müssen, schreckte sie ab.

»Ich rufe dich an, sobald ich da bin«, versprach er. Er gab ihr einen Abschiedskuss auf die Stirn, dann schwang er sich seine Reisetasche über die Schulter und ging die Landungsbrücke hinauf. Mit jedem Schritt wirkte es, als fiele eine Last von ihm ab. Jane stand am Kai, bis die Fähre nur noch ein kleiner Punkt am Horizont war. So lange war sie seit ihrer Rückkehr von der Tour nicht mehr draußen gewesen.

Noch in derselben Woche zogen Maggie und Greg in ihr Haus.

Jane hatte Graces anstehende Londonreise völlig vergessen, bis Grace sich mit ihr und Elsie hinsetzte, um zu besprechen, wer ihre Schichten im Zentrum übernehmen würde, während sie mit ihrer Patientin Millie in Europa war.

»Es ist alles arrangiert«, sagte sie. »Wenn eine von euch einmal die Woche sonntags hinfahren kann, bis ich wieder da bin, reicht das aus.«

Elsie nickte.

»Jane?«, sagte Grace.

Jane war mit ihren Gedanken in Memphis. »Entschuldige. Ja«, murmelte sie. »Einmal die Woche.«

Ende August brachen Grace und Millie mit dem Schiff auf. Elsie und Jane brachten Grace zum Anleger. Als Jane sah, dass Maggie und Greg ebenfalls gekommen waren, weigerte sie sich auszusteigen und verkroch sich tief im Beifahrersitz des Kombis. Strähnen ihres ungewaschenen Haars klebten an der Innenseite ihrer Sonnenbrille.

»Jane«, sagte Grace. »Ich weiß, es kommt dir jetzt nicht so vor, aber du wirst das durchstehen. Wenn ich zu Weihnachten wieder da bin, wird es dir schon viel besser gehen.«

»Sicher«, sagte Jane. Sie vergaß sogar, ihrer Tante alles Gute zu wünschen. Während sie aus dem Auto heraus beobachtete, wie Grace zum Pier ging, fiel ihr auf, dass sie ohne die Schwesternuniform fast zwanzig Jahre jünger wirkte. Millie kam mit dem Taxi vorgefahren, und Grace umarmte erst Elsie, dann Maggie zum Abschied, während Jane im Kopf ausrechnete, wie spät es gerade in Europa war. Die Tourmitglieder saßen sie jetzt wahrscheinlich beim Abendessen.

Grace half Millie den Steg hinauf. Greg legte den Arm um Maggie und Bea, und gemeinsam gingen sie zurück zu seinem VW Käfer. Maggie blickte über die Schulter in Janes Richtung, die jedoch an ihr vorbei auf das Schiff starrte, das gerade den Hafen verließ.

»Hey«, sagte Elsie und klopfte von außen an die Scheibe. Jane entriegelte die Tür, damit ihre Großmutter einsteigen konnte.

Als sie nach Gray Gables zurückkehrten, war die Sonne bereits untergegangen. Jane fühlte sich leer. Wenn sie morgens nach unten kam, würden ihre Tante, ihre Cousine und ihre Großmutter nicht mehr zusammen am Küchentisch sitzen. Die Tage, in denen sich Kyle, Greg und Rich abwechselnd die Blümchenschürze umgebunden und Lasagne à la Kyle serviert hatten, waren vorbei. Von der Einfahrt aus sah das Haus abgelebt und kalt aus.

»Tja«, sagte Elsie. »Dann sind wir zwei wohl auf uns allein gestellt.«

24

In der ersten Septemberwoche machte sich Janes erhöhter Nikotinkonsum in Form eines hellgelben Flecks zwischen Zeige- und Mittelfinger der rechten Hand bemerkbar. Beim samstäglichen Großeinkauf stellte sie fest, dass über Nacht neue Zeitschriften in die Auslage gekommen waren. Bilder einer strahlenden Morgan Vidal beherrschten die Titel von *Tiger Beat*, *Teen* und *Elle*. Den Schlagzeilen zufolge waren sie und Jesse jetzt offiziell ein Paar. Jane dachte an Brandstiftung.

An diesem Abend zog sie ein Kleid an und ging ins Carousel. Es war das erste Mal seit ihrer Rückkehr. Die Freude ihres Chefs über das Wiedersehen wich einer leichten Besorgnis, als sie sich an den Tresen setzte und mehrere Tequilas bestellte. So würde sie sich wenigstens nicht unterhalten müssen.

»Erwartest du noch jemanden?«, fragte Al.

»Nein«, sagte Jane. »Ehe ich's vergesse: Wenn ich mit einem fertig bin, kannst mir dann gleich einen neuen ans Ende der Reihe stellen?«

Al zog die Brauen zusammen, ehe er wortlos im Keller verschwand.

Jane trank und beobachtete ihre wabernde Silhouette in den bunten Flaschen hinter der Theke. Sie hatte schon vier Tequilas geschafft, als sie Mark Edison bemerkte, der einige Plätze entfernt saß.

Er prostete ihr zu. »Salut.« Jane hob eins ihrer Tequilagläser, sagte aber nichts. Sie tranken. Dann rutschte er von seinem Hocker und setzte sich neben sie.

»Möchtest du was zu Morgan Vidal und Jesse Reid sagen?«, fragte er.

»Das würde dich freuen, oder?«

»Weißt du, Janie, deine Fans fragen sich, wo du abgeblieben bist. Vielleicht hast du ja Lust, ihnen ein bisschen von deiner Lieblingskneipe zu erzählen?«

»Fick dich ins Knie, Mark.«

Daraufhin zog er sich wieder in seine Ecke zurück, und Jane kippte noch zwei Tequilas hinunter. Als Mark gegen Mitternacht aufbrach, ging Jane zur Toilette. Wie betrunken sie war, merkte sie erst, als sie aufstand. Auf dem Weg zurück an ihren Platz spielte die Jukebox »Jive City« von Fair Play, und es überkam sie der unbändige Drang zu tanzen. Die Lichter an der Decke verschwammen zu leuchtenden Streifen, und sie fühlte sich gut – so gut wie seit Wochen nicht mehr. Als zwei fremde Hände sie um die Hüften fassten, ließ sie die Berührung zu und schlängelte sich durch die Masse gesichtsloser Körper.

Als nächster Song kam »Sylvie Smiles«. Auf einmal wurde Jane ganz heiß, aber es lag nicht an der Wärme in der Bar. Sie selbst stand in Flammen. Taumelnd ging sie zur Jukebox. Das Lied musste aufhören, sofort. Sie trommelte mit den Fäusten gegen die Scheibe, und als das nichts half, nahm sie ein Bierglas vom Tisch und schlug damit auf das Gerät ein. Das Bierglas zerbrach, doch die Jukebox lief weiter. Jane schrie vor Wut und griff nach einem Serviettenhalter aus Metall.

Ein Paar starke Arme schlangen sich um ihre Mitte und zogen sie von der Jukebox weg.

»Das reicht jetzt«, hörte sie Gregs Stimme in ihrem Ohr. Das machte sie nur noch zorniger. Sie trat um sich und kreischte, während er sie nach draußen an die kühle Luft schleppte.

»Wie kannst du es wagen?«, lallte sie. Sie standen nur wenige Zentimeter von der Stelle entfernt, wo Jesse sie gebeten hatte, ihn auf seiner Tour zu begleiten.

»Was genau meinst du?«, sagte Greg. »Wie kann ich dich davon abhalten, die Jukebox zu zertrümmern? Oder dich bis auf die Knochen zu blamieren?«

»Verräter!«, spie Jane. Sie wollte sich auf ihn stürzen, doch im selben Moment gab ihr Magen seinen Inhalt von sich, und sie erbrach sich auf den Gehsteig.

Vom restlichen Abend blieben Jane nur einzelne Fetzen im Gedächtnis. Gregs VW Käfer. Sie wusste noch, dass sie die Scheibe heruntergekurbelt hatte, weil sie sich ein zweites Mal übergeben musste. Elsie und Greg unterhielten sich auf der Veranda. Sie konnte nicht sagen, wie sie nach oben, geschweige denn in ihr Bett gekommen war.

Am nächsten Morgen wurde sie sehr unsanft von Elsie geweckt, die mit einem energischen Ruck die Vorhänge aufriss.

»Heute ist ein großer Tag«, sagte sie.

Jane stöhnte. Das Sonnenlicht tat ihren Augen weh, ihr Mund schmeckte nach Kadaver, und in ihren Haaren klebte ein grünliches Zeug, bei dem es sich vermutlich um Erbrochenes handelte.

»Steh auf«, befahl Elsie. Sie stieg über ein Gebirge aus schmutziger Wäsche und Zigarettenkippen hinweg und zwängte die Tür von Janes Kleiderschrank auf, um ihre blaue Uniform herauszuholen. »Heute fährst du ins Zentrum. Ich war bis jetzt jede Woche dort und du noch nicht ein einziges Mal.«

»Vielleicht nächsten Sonntag«, murmelte Jane und wälzte sich im Mief ihrer Bettdecke auf die andere Seite. Beim Gedanken an die stillen, kalten Gänge krampften sich ihre Eingeweide zusammen.

»Jetzt sofort«, sagte Elsie. »Ich schwöre, sonst werfe ich dich aus dem Haus, dann kannst du an Gregs und Maggies Tür kratzen.«

»Meinetwegen«, brummte Jane und begann im Chaos ihres Zimmers nach einem Handtuch zu suchen.

Als sie am Abend aus dem Zentrum nach Hause kam, fühlte sie sich leicht und frisch wie nach einer kühlen Dusche. Sie stieg aus dem Kombi, spürte die sanfte Brise auf der Haut und atmete erleichtert auf. Sie hatte den ganzen Nachmittag lang Bettpfannen geschrubbt und Wunden versorgt, und das alte, verwohnte Haus erschien ihr auf einmal wunderschön.

Sie winkte ihrer Großmutter durchs Fenster zu, dann streckte sie sich auf dem Rasen im Vorgarten aus. Sobald ihre Augen sich an die Dunkelheit gewöhnt hatten, sah sie um die Mondsichel herum die ersten Sterne funkeln.

Einige Zeit später quietschte die Tür, und Elsie trat nach draußen. Sie ging zu Jane und legte sich neben sie, Schulter an Schulter, die Beine in entgegengesetzte Richtungen ausgestreckt.

Jane blickte in den nächtlichen Himmel. »Erzähl mir, wie Mom früher war«, bat sie.

Sie spürte, wie Elsie sich neben ihr bewegte. »Sie war eine echte Nachteule. Manchmal bin ich spätnachts nach unten gekommen, und sie saß im Wohnzimmer und hat bei Mondschein gearbeitet. Tagsüber fand sie oft keine Ruhe, weil dann zu viele fremde Gedanken durch die Gegend schwirrten. Nachts war die mentale Unordnung nicht so groß.«

»Wenn wir gewusst hätten«, sagte Jane.

Elsie schnaubte leise. »Wie war es heute im Zentrum?«

Jane dachte an das weiße Treppenhaus, eine Doppelhelix, in der sich blaue Uniformen zwischen den Stockwerken auf und ab bewegten.

»Wie immer«, sagte sie. »Entschuldige, dass ich dich so lange damit alleingelassen habe.«

Elsie drückte ihre Hand. »Ich weiß, dass es keine leichte Zeit für dich war. Als ich dich zuletzt so aufgelöst erlebt habe, warst du noch ein Kind. Mit dem Unterschied, dass du damals nicht den ganzen Tag in deinem Zimmer geblieben bist.«

Im ersten Jahr ohne Charlotte war Jane regelmäßig von zu Hause ausgerissen. Sie atmete tief durch. »Ich habe keine Ahnung, was ich mit mir anfangen soll«, sagte sie. »Ich weiß nicht mehr, wer ich bin. Früher war ich Sängerin in einer Rockband, aber jetzt bin ich nur noch … wütend.«

»Worauf bist du denn wütend?«

»Auf Kyle, weil er weg ist. Auf Greg, weil er ausgestiegen ist. Auf Pegasus, weil sie mich aus der Tour geschmissen haben. Auf Willy, weil er nichts dagegen unternommen hat.«

»Nicht auf Jesse?«

»Es war meine Entscheidung, die Sache zwischen uns zu beenden.«

»Das eine schließt das andere ja nicht aus«, meinte Elsie.

»Es war nur eine Affäre.« Jane ignorierte den schmerzhaften Stich, als sie an das Blau seiner Augen, an seinen Geruch und seinen Geschmack dachte. »Nicht der Rede wert.«

»Trotzdem kannst du wütend auf ihn sein, weil er dich angelogen hat.«

»Nein, kann ich nicht. Ich habe ihn auch oft genug angelogen.«

Elsie runzelte die Stirn. »Bei solchen Angelegenheiten gibt es kein Schwarz oder Weiß.«

»Für mich schon«, sagte Jane. »Für Grace auch.«

Elsie seufzte. »Grace und ich haben unterschiedliche Meinungen zu dem Thema, aber eins weiß ich genau: Sie wollte mit Sicherheit nicht, dass unsere Entscheidungen dich daran hindern, dein Leben zu leben.«

Jane sah zu, wie hoch oben die blinkenden Lichter eines Flugzeugs über den Himmel wanderten. »Das tun sie auch nicht. Und überhaupt, über all das kann ich später noch nachdenken. Im Moment habe ich ganz andere Probleme.«

»Welche denn?«, fragte Elsie.

»Willy.«

»Ach?«

Jane wand sich. »Könnte sein, dass ich ihm bei unserer letzten Begegnung gesagt habe, er soll zur Hölle fahren.«

Elsie lachte. »Falsche Höflichkeit kann man dir jedenfalls nicht nachsagen«, meinte sie trocken. Das Mondlicht glänzte in ihren Augen.

»Er war derjenige, der mir gesagt hat, dass ich bei der Europatour nicht dabei sein darf.« *Und derjenige, auf den ich wütend war, als ich Jesse zugedröhnt in der Garderobe gefunden habe.*

»Mit anderen Worten: Du hast den Überbringer der Nachricht getötet«, sagte Elsie, als hätte sie Janes Gedanken erraten.

Jane schluckte. »Je mehr Zeit vergeht, desto mehr glaube ich, dass er mich wirklich nur beschützen wollte«, sagte sie, und ihre Augen füllten sich mit Tränen. »Es gibt so viel, was ich noch erreichen will, und jetzt sitze ich wieder hier und habe noch weniger als vorher. Ich habe das Gefühl, die ganze Welt zieht an mir vorbei, und das macht mich wahnsinnig.«

»Du klingst wie deine Mutter«, sagte Elsie.

»Genau davor habe ich Angst.« Jane erschauerte. »Ich sehe mich an und denke, die Geschichte wiederholt sich. Weil ich in einer Band war, dachte ich immer, dass wir gar nicht so viele Gemeinsamkeiten haben, aber jetzt …«

Jane legte sich eine Hand auf den Bauch und sprach absichtlich langsam, damit ihre Stimme nicht so sehr zitterte. »Was, wenn ich es auch habe? Manchmal werde ich so wütend, dass ich einfach …«

Sie verstummte und warf einen Blick auf ihre Großmutter. Elsie hatte Tränen in den Augen.

»Was siehst du?«, fragte Jane.

Elsie räusperte sich. »Ich sehe eine junge Frau mit unendlich viel Potenzial, das sie verwirklichen könnte, wenn sie nur ihren Instinkten vertrauen würde.«

Janes Schädel pochte. »Gerade das will ich eben nicht«, sagte sie. »Ich habe ihren Zusammenbruch hautnah miterlebt, ich weiß, wie ähnlich wir uns sind. Meine Instinkte sind auch ihre Instinkte. Sie sind gefährlich.«

»Jane«, sagte Elsie. »Wir können uns nicht aussuchen, wer wir sind. Bestenfalls können wir einen Schritt zurücktreten, das große Ganze betrachten und versuchen, einen Sinn darin zu finden. Wenn du dich von den schlechten Eigenschaften deiner Mutter lossagst, beraubst du dich auch der guten. Wo Licht ist, ist immer auch Schatten.«

Während Elsie sprach, dachte Jane nicht an ihre Mutter, sondern an Jesse und seine Drogenabhängigkeit. »Vielleicht ist es dann besser, weder das eine noch das andere zu haben«, sagte sie.

»Das wäre jammerschade. In Wahrheit gehören alle diese Eigenschaften zu dir. Du bist dein eigener Mensch, Jane. Und du brauchst die Band nicht, um zu zeigen, was du kannst. Ich denke, du wirst feststellen, dass die Dinge, von denen wir glauben, dass sie uns Sicherheit geben, uns in Wahrheit oft im Weg stehen.«

»Wie meinst du das?«

Elsie sah sie mit grauen Augen an, die ihren eigenen so ähnlich waren. »Ich weiß, was die Band dir bedeutet, aber denk auch einmal darüber nach, wie viel Kraft es dich gekostet hat, immer die Antreiberin zu sein.«

Jane kam der glänzende Flügel aus Jesses Wohnzimmer in den Sinn.

»Lauf nicht weg vor deinem Schmerz. Lass ihn für dich arbeiten«, fuhr Elsie fort. »Dieser Kampf – dass du überhaupt in der Lage bist zu kämpfen –, das ist etwas, was deine Mutter nie hatte. Die Frage ist, was du daraus machst.«

Gemeinsam schauten sie zu den Sternen empor und atmeten die Nachtluft ein. Jane sah Wolken über die funkelnde Leinwand des Himmels wandern und hielt die Hand ihrer Großmutter fest, bis sie nicht mehr wusste, welche Finger ihr gehörten und welche Elsie.

25

Am nächsten Morgen vermeldete die Titelseite der *Island Gazette*, dass das Festivalkomitee nach reiflicher Überlegung dafür gestimmt hatte, das Folk Fest aufzulösen. Zum ersten Mal seit seiner Gründung hatte es keinen Gewinn eingespielt, und in Anbetracht der steigenden Produktionskosten machte eine Fortführung keinen Sinn. Als Jane die Zeitung zurück auf den Küchentisch legte, hatte sie das Gefühl, dass nun auch das letzte Stück ihres alten Lebens weggebrochen war.

An diesem Tag ging sie schwimmen. Sie fuhr mit dem Fahrrad zum Strand, watete bis zu den Knien ins Wasser und sah zu, wie der Seetang Spitzenmuster auf die Wasseroberfläche malte. Dann tauchte sie unter. Sie spürte, wie sich das Salz auf ihre Haut legte, und ließ sich von der Kraft der Wellen hin- und herwiegen.

Unter Wasser hörte sie nichts außer dem gedämpften Tosen der Wellen, nicht das Kreischen der Möwen und auch nicht die Schreie in ihrem Innern. Als sie zurück an die Oberfläche schwamm, pochte das Blut in ihren Ohren. Die Luft in ihren Lungen fühlte sich scharf und klar an. Sie konnte sehen, wie sie die Möwen durch den Himmel trug und die Segel der Boote blähte.

Zurück im Ort, kaufte sie zusammen mit ihrer täglichen Ration Zigaretten auch ein Notizbuch. Sie räumte zwischen Bett und Kleiderschrank eine Stelle auf ihrem Fußboden frei, ließ sich nieder und begann zu schreiben.

Anfangs kamen die Wörter nur schleppend, doch nach einiger Zeit strömten sie nur so aus ihr heraus. Es war wie eine archäologische Grabung. Sie musste bis in die tiefsten Schichten vordringen, um die wilden Kräfte in ihrem Innern aufzuspüren, die sie früher immer unterdrückt hatte, doch von denen sie jetzt wissen wollte, was sie ihr zu sagen hatten.

Im Laufe der nächsten Tage konnte sie beobachten, wie ihr Schriftbild eine Wandlung von gewöhnlicher Schreibschrift zu gezackten Elektrokardiogrammen zu Druckbuchstaben zu winzigen, kaum leserlichen Kritzeleien und schließlich zur unbeholfenen Krakelschrift einer Erstklässlerin durchmachte. Sie hatte fünf Hefte vollgeschrieben, als sie spürte, wie ein Song Gestalt annahm. Es war nicht dieselbe fieberhafte Energie wie bei »Spark«, sondern als ob ein Topf mit Wasser ganz langsam den Siedepunkt erreichte.

There's a devil in Kentucky,
Plays the banjo fast as sin,

Says there's a church inside me,
But he don't know how bad I've been.
Well, if that cathedral's in me
He's gotta know the truth.
My organ plays a love song,
And my altar's built for you.

Jane blätterte um und schrieb weiter, während sich die Textzeilen wie Wellen in ihrem Innern brachen. Dann griff sie nach ihrer Gitarre und stimmte sie. Die passenden Akkorde fanden sich wie von selbst, zwanzig Minuten später war der Song fertig.

Als sie sich auf ihrem Bett zurücklehnte und ihr Werk betrachtete, hatte sie zum ersten Mal seit Wochen wieder das Gefühl, ein Ziel vor Augen zu haben. Sie misstraute vielleicht ihrer eigenen Psyche, doch an ihrem musikalischen Geschmack hatte sie nie gezweifelt. Sie wusste, dass der Song gut war. Mehr noch: Er kam ihr vor wie eine Verbindung zum vergangenen Jahr, eine Möglichkeit, dorthin zurückzukehren, so als hätte ihr jemand die Koordinaten gefunkt.

Bevor sie ihren Schwung verlor, schnappte sie sich Gitarre und Notizbuch und machte sich auf den Weg zu Beach Tracks. Als sie den Laden betrat, hatte die Kundin, die Dana gerade bediente, ein Exemplar von *Painted Lady* unter dem Arm und beäugte Jane neugierig.

Jane wandte sich an Pat hinter der Kasse. »Könnte ich euer Tonstudio benutzen?«

»Natürlich«, sagte Pat. »Aber die Ausstattung ist nicht gerade auf dem neuesten Stand.«

»Bitte«, sagte Jane. »Ich will nur schnell ein Demoband aufnehmen. Ich bezahle auch für die Zeit.«

Pat winkte ab.

Das Tonstudio war wenig mehr als eine Besenkammer mit Teppich an den Wänden, einer nackten Glühbirne, einem Stuhl, einem Mikrofonständer und einem Paar Kopfhörer. »Perfekt«, sagte Jane.

Sie brauchte eine Stunde, um den Song aufzunehmen, dann machte sie eine Kopie des Bandes und marschierte, die Gitarre auf dem Rücken, gleich weiter zum Postamt. Während der Postangestellte das Päckchen wog und das Porto berechnete, schrieb Jane eine schnelle Nachricht an Willy.

Willy –
Es tut mir leid, dass ich Dich angeschrien habe.
Du konntest nichts dafür.
Ich muss wohl noch ein bisschen an mir arbeiten …
Apropos: Sag mir Bescheid, ob Dir das hier gefällt.
Jane

Sie adressierte das Päckchen an seine Sekretärin Linda und sah zu, wie es in eine große Kiste geworfen wurde.

»Sonst noch was?«, fragte der Postangestellte. Jane drückte die Kopie des Demobandes an ihre Brust und schüttelte den Kopf.

Am nächsten Tag zog sie sich die petrol- und pinkfarbene Uniform von Widow's Peak an, die sie im vergangenen Sommer in den Schrank gehängt und seitdem nicht mehr angeschaut hatte. In der rechten Tasche fand sie eine alte Zigarette und Willys Visitenkarte, was ihr als ein gutes Omen erschien. So machte sie sich auf den Weg in den Ort.

Maggie war gerade dabei, einer Kundin die Haare zu scheiteln, als Jane den Salon betrat.

»Sie plappert in einem fort, aber es sind noch keine

richtigen Wörter«, erzählte Maggie der Frau, einer emeritierten Psychologin aus Harvard.

»Und sie krabbelt schon, sagten Sie?«

»Sie ist kaum zu bremsen.« Als Jane hereinkam, blickte Maggie auf.

»Klingt für mich vollkommen normal«, meinte die Kundin. »Natürlich entwickelt sich jedes Baby in seinem eigenen Tempo. So wie Menschen auch.« Sie schmunzelte über ihren kleinen Scherz. Jane konnte sich gut vorstellen, wie sie ihn in einem Vorlesungssaal machte, in dem lauter Studentinnen saßen so wie die, die sie auf ihrer Tour gesehen hatte.

»Habe ich mir auch sagen lassen.« Maggie beäugte ihre Cousine argwöhnisch.

Jane hatte den ganzen Weg darüber nachgegrübelt, was sie Maggie sagen würde – oder noch schlimmer: was Maggie vielleicht zu ihr sagen würde. Aber als sie nun vor ihr stand, musste sie an das Jahr denken, in dem sie ihre Mutter verloren hatte. Sie dachte an all die Male, die Maggie ihr geholfen hatte, von zu Hause wegzulaufen, und an die zahllosen Nächte, in denen sie Jane in ihrem Bett hatte schlafen lassen, nachdem Grace sie gefunden und zurück nach Hause gebracht hatte. In der Zeit hatten sie ihr Geheimzeichen entwickelt.

Banditen stellen keine Fragen.

Hinter dem Stuhl formte Maggie den Schweigefuchs. Jane erwiderte die Geste.

»Nimm dir einen Besen«, sagte Maggie, und als sie begann, ihrer Kundin die kaputten Spitzen abzuschneiden, fegte Jane sie weg.

An diesem Abend begleitete Jane ihre Cousine nach Lightship Bay. Sie parkten Gregs VW Käfer vor einem kleinen blau-grünen Haus mit Blick aufs Wasser.

»Hübsch«, sagte Jane.

»Ja«, sagte Maggie. Greg kam nach draußen, blieb jedoch stehen, als er sie sah.

»Ich glaube, ich schaue mal nach der Kleinen.« Maggie ließ Jane und Greg auf der Veranda allein, wo sie einander unschlüssig beäugten.

»Danke, dass du mich neulich nach Hause gefahren hast«, sagte Jane. »Es tut mir leid, dass ich ... Es tut mir einfach leid.«

Greg trat von einem Fuß auf den anderen und raufte die Haare in seinem Nacken. Im ersten Moment fürchtete Jane, er würde ihr sagen, sie solle sich zum Teufel scheren. Aber dann lächelte er, zog sie in die Arme und drückte sie.

»Janie Q«, sagte er. »Wir werden immer eine Familie sein.« Er lud sie zum Abendessen ein.

Er und Maggie hatten noch keinen Tisch, deshalb breitete Maggie ein Tuch über eine umgedrehte Umzugskiste, und die drei setzten sich im Schneidersitz auf den Boden, während Bea über ihre Beine krabbelte.

»Du wirst merken, dass die Spaghetti à la Greg eine Verbesserung gegenüber der Lasagne à la Kyle darstellen«, sagte Maggie, während sie Rotwein in Kaffeetassen goss.

»Wie geht es Kyle eigentlich?«, fragte Jane und streute Parmesan auf ihre Nudeln.

Greg durchsuchte einen Stapel Post und warf Jane eine Ansichtskarte zu. Vorne war ein venezianischer Gondoliere mit Maske abgebildet. Hinten stand eine kurze Nachricht in Kyles unleserlicher Klaue.

Hey Bruder,
das mit dem Haus ist toll. Venedig ist unglaublich – die Straßen bestehen aus Wasser!
Gib den Mädels einen Kuss von mir.

Jane spürte den Neid, als sie die Karte zurück auf den Stapel legte.

»Inzwischen sind sie in Madrid«, sagte Greg. Jane rang sich ein Lächeln ab.

Sobald sie anfing, sich mit ihren Wurzeln auf der Insel auseinanderzusetzen, spürte sie, wie sich um sie herum ein neues Album materialisierte. Geborgen in der Vertrautheit ihrer Heimat begann sie zu ahnen, dass ihr Unterbewusstsein vielleicht nicht zwangsläufig etwas Bedrohliches sein musste. Vielleicht würde sie mit der Zeit lernen, das zu tun, was Elsie ihr geraten hatte: die guten Aspekte ihrer Mutter für sich zu nutzen und sich mit den schlechten anzufreunden. Sie würde es ruhig angehen lassen. Es gab keinen Grund zur Eile, keinen Grund, sich von diesen Kreativitätsschüben aus der Bahn werfen zu lassen.

Nach dem Versöhnungsabendessen bei Maggie und Greg schrieb sie einen Song für Bea mit dem Titel »Little Lion«. Als Greg den Refrain hörte, musste er weinen.

»No matter where you roam,
You'll still find your way home.
No matter where you'll be,
Little lion, you've got me.«

In der darauffolgenden Woche verarbeitete sie ihre Erlebnisse der Tour zu einem weiteren Lied, das sie »New Country« taufte.

»Golden city,
Hive above the bay,
Lips are buzzing,
But they've got nothing to say.

Where's a body
Supposed to go to get away,
To find a little peace in this new country?«

Je produktiver sie war, desto mehr wuchs auch ihre Zuversicht. Sie konnte es nicht erwarten, von Willy zu hören. Sicher, im Sommer hatte sie sich ihm gegenüber nicht korrekt verhalten, und das Demotape war alles andere als perfekt, aber hatte er ihr bei ihrer ersten Begegnung nicht gesagt, dass sie anders war als alles, was er bisher gehört hatte? Hatten sie nicht die höchsten Erwartungen des Labels übertroffen? Das war es, was zählte, oder nicht? Ihr neuer Song war gut. Willy würde das erkennen.

Die *Painted Lady*-Tour sollte in der dritten Septemberwoche zu Ende gehen. Jane lag jeden Abend wach und fragte sich, ob morgen wohl der Anruf kommen würde. Dass er ausbleiben könnte, kam ihr gar nicht in den Sinn.

Doch die Tage häuften sich wie abgelaufene Lottoscheine. Jane sagte sich, dass die Tourgruppe erst einmal etwas Zeit brauchen würde, um sich vom Jetlag zu erholen, vor allem Willy, der in L. A. wohnte und den weitesten Weg hatte. Vielleicht waren sie auch noch gar nicht zurück. Wäre Jane in Europa gewesen, hätte sie ihren Aufenthalt auch verlängert, um noch einige Sehenswürdigkeiten zu erkunden.

Doch dann, Ende September, als sie Mrs Robson im Salon unter die Trockenhaube half, erspähte Jane auf dem Titel der *Island Gazette* ein vertrautes Gesicht.

»Darf ich?«, fragte sie und zeigte auf die Zeitung.

»Oh, natürlich, Liebes. Stellen Sie sich vor, die beiden waren bei uns auf dem Flohmarkt. Ein Segen für die hiesige Wirtschaft – jetzt, wo es das Festival nicht mehr gibt.«

Auf dem Bild hielt Morgan eine Lampe aus Tiffanyglas

in die Höhe und zeigte ihre strahlend weißen Zähne. Hinter ihr war die Grange Hall zu sehen, und am Rand des Bildausschnitts erkannte Jane einen Teil des Stands von Elsies Freund Sid. Elsie war gestern nicht zum Flohmarkt gefahren, weil im Salon zu viel los gewesen war, ansonsten wäre sie vermutlich hautnah dabei gewesen, als dieses Foto aufgenommen wurde. Sie hätte gesehen, wie Jesse neben Morgan stand, ihre Tasche hielt und sie mit seinen unvergleichlichen Augen anschaute.

»Ist Ihnen nicht gut, Liebes?«, fragte Mrs Robson.

»Doch, alles in Ordnung.« Jane gab ihr die Zeitung zurück. Als sie sich aufrichtete, sah sie ihre Mutter, die ihr aus dem Spiegel entgegenblickte. Sie musste blinzeln, um sich zu vergewissern, dass es in Wahrheit ihr eigenes Gesicht war.

Sie waren längst wieder da.

Niemand hatte sie angerufen.

Niemand wollte etwas von ihr wissen.

Sie spürte, wie sich in ihrem Innern ein Abgrund auftat. Dann kam die Wut wie ein brennendes Streichholz, das man an ein Stück Schwefel hielt.

26

Jane schwirrte der Kopf, als sie den Salon verließ. Sie fühlte sich nackt und verletzlich, als hätte sie ihre alte Haut abgeworfen, und die neue wäre noch zu empfindsam. Von einem auf den anderen Augenblick war das Gleichgewicht, das sie in ihrer Kreativität gefunden hatte, dahin. Ein Kribbeln ging durch ihren Körper. Sie hatte sich den ganzen Sommer lang an eine Fantasie geklammert, und jetzt, da die Blase geplatzt war, sah sie die Fakten mit brutaler Klarheit.

Willy hatte ihre Aufnahme bekommen und nichts von sich hören lassen. Wahrscheinlich wollte er nie wieder etwas mit ihr zu tun haben. Warum auch? Sie hatte sich ihm bei jeder Gelegenheit widersetzt und sich trotz all seiner Bemühungen geweigert, etwas für ihre Imagepflege zu tun. Ihren Erfolg hatte sie ausschließlich Jesses Berühmtheit zu verdanken. Jetzt war Morgan an ihre Stelle getreten und tat alles, wofür Jane sich zu schade gewesen war.

Aber ich bin immer noch besser als sie.

Als Elsie eine halbe Stunde später nach Hause kam, briet Jane gerade Rinderhackfleisch an und presste das Fleisch mit dem Spatel in die Pfanne, dass es nur so zischte.

»Dir auch einen wunderschönen guten Abend«, sagte Elsie. »Das hat nicht zufällig mit dem Artikel über Jesse in der *Gazette* zu tun?« Sie holte eine Flasche Löwenzahnwein aus dem Schrank unter dem Küchentresen. Jane schüttelte wortlos den Kopf und drehte die Gasflamme höher.

Nach dem Abendessen ging sie ins Carousel. Mark Edison saß wieder an seinem Stammplatz.

»*American Teen*«, sagte sie.

»Was?«, fragte Mark.

»*American Teen.* Sie haben mich schon mehrmals gefragt, ob ich einen Artikel mit ihnen machen will. *Fünf Dinge, die ihr noch nicht über Jane Quinn wusstet.* Wenn du mich interviewst und es ihnen anbietest, werden sie es garantiert kaufen.«

»Warum sollte ich das tun? Das ist nicht gerade eine renommierte Zeitschrift.« *American Teen* war ein wöchentlich erscheinendes Klatschblatt für junge Leute, das auf Mode spezialisiert war.

»Betrachte es als kleine Gefälligkeit«, sagte Jane.

Mark Edison beäugte sie. »Ist das etwa der Versuch eines Publicity-Stunts?«

»Eher ein Friedensangebot an mein Label.« Sie sah keinen Grund, ihre Motive zu verschleiern.

Er dachte kurz nach. »Okay. Aber wenn dein nächstes Album erscheint, kriege ich ein Exklusiv-Interview mit dir.«

Jane lachte. »Ich fühle mich geschmeichelt.«

»Musst du nicht. Ich denke da ausschließlich an mich selbst.«

Jane spendierte ihm einen Drink, er holte seinen Notizblock heraus, und sie führten das Interview an Ort und Stelle. Er verabschiedete sich gegen Mitternacht, aber Jane trank weiter, bis die Bar schloss. Auf dem Heimweg dachte sie an ihr neues Album. Auf ihm ruhte jetzt ihre ganze Hoffnung. Sie trieb auf einem Floß mitten im offenen Ozean, und die Songs, die sich allmählich zu formen begannen, waren die Sternbilder, die sie auf ihrem Weg leiteten.

Als sie an diesem Abend einschlief, hatte sie drei Songs fertiggestellt. Die anderen schwebten noch außer Reichweite, amorph wie Gaswolken in einer jungen Galaxie. Doch während sie schlief, kristallisierten sich die Erkenntnisse des Tages in ihrem Bewusstsein zu einzelnen Elementen heraus und fügten sich zusammen, und als sie aufwachte, hatten sich mehrere neue Sterne gebildet, wo zuvor nur Phosphor und Dunst gewesen waren.

Es waren insgesamt sieben Songs, und noch waren sie zusammengeballt in einer dichten, unförmigen Masse aus Klang und Licht. Ihr Gefühl, von aller Welt verlassen worden zu sein, hatte den entscheidenden Energieimpuls geliefert, und auf einmal hatte die Musik, die sie zuvor behutsam und vorsichtig ins Dasein gelockt hatte, von ganz allein Gestalt angenommen. Sie hatte keine Zeit für Selbstmitleid oder Zweifel. Die brausende Kakofonie in ihrem Innern stellte eine Gefahr dar. Sie musste sie ins Freie holen, sonst würde sie daran zugrunde gehen.

Die Angst trieb sie an. Während sie versuchte, die einzelnen Melodien voneinander zu trennen, merkte sie, dass ihr die Gitarre nicht mehr ausreichte.

»Ich brauche ein Klavier«, sagte sie am Abend zu Elsie.

Die Augen ihrer Großmutter funkelten. »Ich habe da eine Idee.«

Sids Laden lag am Ende der Main Street in Perry's Landing zwischen dem Victoria Inn und einem beliebten Fischrestaurant namens The Hook. Sid hatte beide Läden zum Freundschaftspreis mit Antiquitäten ausgestattet, weshalb die zahlungskräftigen Kunden von dort auch des Öfteren den Weg in seinen Laden fanden. Doch inzwischen war es Anfang Oktober, und die Saison neigte sich dem Ende zu.

»Jane, was für eine Freude«, sagte er und legte sein Buch auf einen Plüschsessel, auf dessen Armlehne sich sein Kater Tomas zusammengerollt hatte. Er küsste Jane und Elsie zur Begrüßung auf beide Wangen.

»Ist C. C. gerade bei dir?«, fragte Elsie.

»Wie es der Zufall will, ja«, antwortete Sid. Er führte sie quer durch den Laden in einen Anbau, der gleichzeitig als Wintergarten und Lagerraum diente. Gemälde lehnten an griechischen Statuen, und auf dem Boden lag ein Kronleuchter, dessen Kristallschnüre aussahen wie die Tentakel funkelnder Quallen. Im Zentrum des Durcheinanders stand ein Steinway-Flügel, von dessen Hocker aus man durch ein Erkerfenster auf den Hafen schauen konnte. Das war C. C.

Er – beziehungsweise sie – gehörte dem Paar, das nebenan das Victoria Inn betrieb, und wann immer einer der beiden dem anderen mit Scheidung drohte, was etwa alle zwei Jahre der Fall war, gab der andere das kostbare Instrument aus Rache bei Sid in Kommission.

»Sie ist wie ein Kind, das zur Tante aufs Land abgeschoben wird«, sagte Sid, ehe er liebevoll den Deckel anhob.

C.C. war älter als Jesses Flügel. Ihre Tasten waren bereits leicht vergilbt und die Stimmung war auch nicht mehr astrein. Dafür besaß sie einen Klangreichtum, den Jesses Instrument vermissen ließ. Jane beugte sich tief über die Tasten, dann begann sie zu spielen. Sie sah, wie die einzelnen Töne in den Kristallen des Kronleuchters vibrierten, und winzige Regenbogen tanzten an den Wänden.

Wann immer sie nicht arbeiten musste, fuhr sie nach Perry's Landing zum Üben. Nachdem die gerafften Vorhänge zugezogen waren, hatte sie das Gefühl, vollkommen allein zu sein, selbst wenn man ihre Musik im ganzen Laden hören konnte.

»Es verleiht den Möbeln einen Hauch künstlerischer Noblesse«, sagte Sid, als Jane von ihm wissen wollte, ob sie mit ihrem Spiel die Kunden störe.

Er sagte das aus reiner Herzensgüte, das wusste sie. Wenn sie mit den kreativen Kräften in ihrem Innern kämpfte, grenzte ihr Spiel mitunter an Gewalt.

Manchmal spielte sie stundenlang ohne Pause, einfach nur, um einen Moment des inneren Friedens zu finden. Dann wieder saß sie untätig auf dem Hocker und beobachtete den Koch vom Restaurant nebenan bei seiner Zigarettenpause am Pier. Die Antiquitäten um sie herum wurden mit der Zeit zu Freunden, deren Anwesenheit ihr Trost spendete, und es irritierte sie, wenn Sid sie umräumte. Jane sah in ihnen verwandte Seelen: Vielleicht waren sie nicht mehr ganz neu, aber jede war auf ihre eigene Art wertvoll.

Es fiel ihr schwer, Familie und Freunden gegenüber ihre künstlerische Vision in Worte zu fassen. Eines Abends, als sie mit Rich telefonierte, der sie angerufen hatte, um ihr von dem Cottage zu erzählen, das er in Laurel Canyon gemietet hatte, versuchte sie es.

»Ich will, dass es anders wird als alles, was es bisher gab«, sagte sie, während sie durch die geöffnete Tür zusah, wie der Mond am Himmel langsam seine Bahn zog.

»Wie meinst du das?«

»Wenn man ein Ei nur mit Schwarz und Weiß malt, dann sieht es aus wie eine Zeichnung. Man muss alle Farben benutzen, die ein echtes Ei hat, damit es am Ende auch wirklich wie ein Ei aussieht.«

»Gelb?«, fragte Rich verwirrt. »Janie, ich weiß nicht, was du mir sagen willst.«

In solchen Momenten vermisste sie Jesse besonders. Die Art, wie dieses neue Album Gestalt annahm, war ihr vollkommen rätselhaft, aber sie erkannte Ähnlichkeiten zu Jesses Arbeitsweise. Er hätte bestimmt verstanden, wie es ihr ging – wie stark, wie besessen, wie verängstigt sie sich fühlte. Sie stellte sich vor, wie sie in seinem Wohnzimmer nebeneinander am Flügel saßen. Dann fiel ihr ein, dass er wahrscheinlich gerade wirklich dort saß, und zwar mit Morgan. Sie schob den Gedanken beiseite.

Elsie hatte recht behalten: Indem sie die verborgenen Seiten in ihrem Innern befreite, hatte sie Zugang zu einer tieferen Form von Musik gefunden, zu elementaren Klängen und Themen, die nun wie eine Quelle aus dem Grundgestein ihres Seins hervorsprudelten. Sie spielte und schrieb und schrieb und spielte, und es war, als würde sie ein gesunkenes Schiff vom Boden des Ozeans heben.

Sie erinnerte sich daran, wie es gewesen war, zum ersten Mal Jesses Konzertflügel zu sehen, an das Gefühl, mitten im Nachthimmel zu schweben. Damals hatte sich diese Art von Musik zum ersten Mal in ihr bemerkbar gemacht, doch sie hatte sie unterdrückt, weil ihre Größe und Formlosigkeit zu beängstigend gewesen waren.

Jetzt wagte sie sich Note für Note, Takt für Takt ins Ungewisse vor. Einen Song nach dem anderen barg sie auf diese Weise, bis es nichts mehr zu bergen gab und das, was zuvor schemenhaft und unerklärlich gewesen war, einen Anfang, eine Mitte und ein Ende hatte. Sie wob Segel aus Melodie und füllte sie mit Wind aus Versen.

Anfang November hatte sie zehn albumfertige Tracks, und das Interview in *American Teen* war erschienen. Es befand sich relativ versteckt in der Mitte des Hefts und wurde auf dem Cover nicht erwähnt. Es war ohnehin ein Schuss ins Blaue gewesen.

Zwei Tage nach Erscheinen bekam sie einen Anruf.

»Rebecca hat mir gerade einen sehr interessanten Artikel gezeigt«, sagte Willy. »*Fünf Dinge, die ihr noch nicht über Jane Quinn wusstet*. Nummer eins: Janes Lieblingsnagellack ist Natural Wonder.«

Jane lächelte. »Hast du meine Aufnahme bekommen?«

Willy seufzte. »Ja, habe ich. Ein absoluter Knaller. Offenbar kannst du doch Texte schreiben.« Er klang nicht sonderlich begeistert.

»Offenbar«, sagte Jane mit trockenem Mund. »Und?«

»Und ... Ich muss hier ein paar Gespräche führen. So, wie die Dinge beim letzten Mal gelaufen sind, kann ich nichts versprechen.«

Janes Mut sank. »Stehe ich nicht immer noch bei Pegasus unter Vertrag?«

»Nur als Mitglied der Breakers. Als die Band sich aufgelöst hat, wurde der Vertrag null und nichtig.«

»Okay, und wie sieht es mit einem neuen Vertrag aus?

Für mich als Solokünstlerin? Wolltest du das nicht von Anfang an?«

Willy zögerte. »Falls ich den Vorstand dazu bringen kann, sein Okay zu geben – und das ist keineswegs sicher –, muss es diesmal anders laufen. Ich kann dir auch kein großes Honorar anbieten. Vermutlich wird es gerade mal reichen, um deine Reisekosten zu decken.«

»Reisekosten?«

»Das Unternehmen wurde konsolidiert. Jetzt ist alles in L. A.«

»Okay«, sagte Jane. »Ja, klar.« So sah ihr Leben nach Jesse Reid aus. Besser, sie gewöhnte sich daran.

Willy räusperte sich. »Falls es dich tröstet: Ich glaube nach wie vor, dass es keine gibt, die so ist wie du.«

27

Willy sah braun gebrannt und erholt aus, als er vor der Ankunftshalle in seinem blauen Mustang-Cabrio auf Jane wartete. Sobald er sie sah, musste er grinsen. Ihre Hotpants und transparente Seidenbluse standen im krassen Gegensatz zu den Uniformen der Stewardessen, die kurz nach ihr ins Freie traten. Der Pilot, der sie begleitete, stolperte fast über seine eigenen Füße, weil er versuchte, einen Blick auf Janes Brüste zu erhaschen.

»Hat man dir nicht gesagt, dass man für einen Flug anständig gekleidet sein muss?«, fragte Willy und lehnte sich über den Beifahrersitz, um ihr die Tür zu öffnen.

»Bin ich doch«, entgegnete Jane.

Willy lachte, während sie ihr Gepäck, eine von Elsies

extravaganten Reisetaschen, auf die Rückbank warf und sich dann neben ihn auf den Sitz schwang.

Jane hatte den Herbst auf Bayleen Island gelassen. Hier in L. A. wiegten sich die Palmen entlang des Freeways im warmen Wind und erweckten den Eindruck eines endlosen Sommers. Die Fahrt nach Malibu dauerte knapp eine Stunde. Willys Haus sah noch genauso aus, wie sie es in Erinnerung hatte, und beim Eintreten hatte sie das Gefühl, an einen Ort zurückzukehren, an dem sie schon einmal aufgetreten war.

Nach einem kurzen Besuch bei Rebecca zog sich Willy mit ihr in sein Büro zurück, um die letzten Details ihres Vertrags zu besprechen. Sein Schreibtisch stand mit Blick aufs Wasser wie der Bug eines Schiffs. Jane wunderte sich, dass er sich bei so einer Aussicht überhaupt auf die Arbeit konzentrieren konnte.

»Das war nicht ganz einfach«, sagte er einleitend und reichte ihr ein Kuvert mit Unterlagen. »Es tut mir leid, der Vorschuss ist nicht sehr hoch. Die Tantiemen sind dieselben wie beim ersten Vertrag. Optionsrecht auf fünf Alben.«

Jane las alle Dokumente durch. Willy hatte recht, das Honorar würde gerade ausreichen, um ihren Aufenthalt in L. A. zu finanzieren. Hatte sie Richs Angebot, bei ihm und Kyle zu übernachten, womöglich vorschnell abgelehnt? Sie wusste nicht genau, wie sie und Kyle zueinander standen. Als Musikerin ging sie selbstverständlich davon aus, dass er auch auf ihrem neuen Album ihr Bassist sein würde, doch als Freundin war sie immer noch gekränkt. Insofern war es wohl besser, wenn sie ihre eigene Bleibe hatte.

»Ich bin dir wirklich sehr dankbar«, sagte sie. Sie blätterte bis zur letzten Seite des Vertrags und unterzeichnete ihn.

»Ich lasse dann alles ausfertigen. Kein Produzent diesmal – nur du und Simon.«

»Super«, sagte Jane.

Willy nickte, doch er hatte die Stirn in Falten gelegt. »Ich tue, was ich kann, um feste Studiotermine für dich zu reservieren. Aber Jane, es ist von allergrößter Wichtigkeit, dass du dich an die Vereinbarungen hältst. Diesmal gibt es kein Sicherheitsnetz, keinen …«

Er verstummte, aber Jane wusste, dass er »Jesse« hatte sagen wollen.

Er seufzte. »Ich habe dem Vorstand gegenüber meine Hand dafür ins Feuer gelegt, dass du diesmal nicht aus der Reihe tanzt. Mein Ruf steht auf dem Spiel, hast du das verstanden?«

Jane nickte. *Fürs Erste*, dachte sie im Stillen.

Willy hatte Kontakt zu einem Makler aufgenommen, der ihnen am nächsten Tag einige Wohnungen in Laurel Canyon zeigte. Als sie seinem bordeauxfarbenen Chevy die Polk Street hinauf folgten, sah Jane überall braun gebrannte Körper, die sich auf Verandas räkelten, eingetopfte Kakteen in den Fenstern und Menschen, die barfüßig herumliefen. Vielleicht war das Folk Fest in den Hollywood Hills wiedergeboren worden.

Am Ende entschied sie sich für ein kleines möbliertes Haus, das nur zehn Minuten von den Pegasus Studios entfernt lag. Es gehörte einem Musiklehrer-Ehepaar, das ein Sabbatjahr genommen hatte, und war liebevoll mit Pflanzen, antiken Möbeln und jeder Menge Bücher eingerichtet. Breite Fenster mit Ausblick aufs Tal vermittelten den Eindruck, als befände man sich in einem Baumhaus. Im Durchgang zwischen Küche und Wohnzimmer stand ein großes, mit Tigerstreifen bemaltes Klavier, darauf thronte wie ein Madenhacker auf dem Rücken eines Büffels eine Vase mit getrockneten Wildblumen. Jane zog noch am selben Tag ein.

Um das zu feiern, lud Willy sie zum Abendessen ins Chateau Marmont, das legendäre Hotel am Sunset Boulevard, ein. Eine Kellnerin brachte sie in einen separaten Gastraum mit roten Sitzbänken und silbernen Schlangen an den Wänden, die sich im flackernden Kerzenschein zu winden schienen. Nachdem sie ihr Essen bestellt hatten, wandte sich das Gespräch Janes Plänen für das neue Album zu.

»Es soll eine sehr persönliche Platte werden«, sagte sie, als ihnen der Vorspeisensalat serviert wurde. »Deshalb ist es wichtig, dass ich absolute Ruhe habe. Ich will auf keinen Fall gestört werden.«

»Ich habe dir Studio C reserviert«, sagte Willy und langte mit seiner Gabel über den Tisch, um sich eine Tomate von ihrem Teller zu angeln.

»Und wir haben es ganz für uns?«

»Nein, beziehungsweise nur von zehn bis vierzehn Uhr. Zu den übrigen Zeiten können andere Musiker es benutzen.«

Jane runzelte die Stirn. »Aber ich möchte ins Studio gehen können, wann immer ich will.«

»Wenn es frei ist, kannst du das natürlich tun, ansonsten wirst du mit einem anderen Studio vorliebnehmen müssen«, sagte Willy. »Ich dachte, du freust dich. Das Klavier in Studio C ist legendär. Loretta spielt darauf ihr Album ein.«

»Ist sie auch gerade im Studio?« Bei der Produktion des Breakers-Albums war alles so neu und aufregend gewesen, dass sie von anderen Künstlern gar keine Notiz genommen hatte. Bei dieser Platte würde vieles anders werden.

»Ja«, sagte Willy. »Sie müsste ungefähr zur Hälfte fertig sein.«

Jane nickte. »Und weißt du zufällig, ob eine ... gewisse andere Person auch gerade im Studio ist?«

Willy machte ein unbehagliches Gesicht. »Momentan nicht, nein.«

Der Kellner räumte ihre Salatteller ab. Janes Blick wurde bohrend.

Willy seufzte. »Ich rechne damit, dass Jesse irgendwann nächsten Monat mit der Arbeit an seinem neuen Album beginnen wird.«

Jane lehnte sich auf ihrem Stuhl zurück und sah zu, wie die Bläschen in ihrem Glas an die Oberfläche schwebten und platzten. »Ich dachte, ich kriege Kyle und Huck«, sagte sie. »Wie soll das funktionieren?«

»Hör zu, ihr seid beide meine Künstler, und ich will nur das Beste für euch. Wenn bei ihm die Aufnahmen losgehen, bist du längst am Mischen. Und ich sorge dafür, dass er nicht zu denselben Zeiten im Studio ist wie du, damit ihr euch nicht begegnet.« Willy machte ein betretenes Gesicht. Offenbar war das noch nicht alles.

»Was ist?«, fragte Jane. »Falls du Angst hast, mir zu sagen, dass er mit Morgan zusammen ist, mach dir keinen Kopf. Das weiß ich schon.«

Willy entspannte sich ein wenig, beäugte sie jedoch weiterhin aufmerksam. »Habt ihr miteinander gesprochen?«

Jane schüttelte den Kopf. »Die *Island Gazette* ist ganz besessen von dem Thema.« Willy lachte. »Er hat keine Zeit verschwendet«, schob Jane hinterher, um zu sehen, wie er darauf reagieren würde.

Er wiegte den Kopf. »Trennungen sind nie leicht«, meinte er.

»Sehr weise. Danke schön.«

»Ich bin nicht euer Vermittler, Jane. Bring mich bitte nicht in diese Position.«

»Ich bin bloß neugierig.«

Willy verdrehte die Augen. »Ging die Trennung nicht von dir aus?«

Jane funkelte ihn böse an. Sie wollte nicht über die Trennung von Jesse sprechen. Sie war damit im Reinen – nur noch nicht ganz darüber hinweg.

»Warum kann er nicht noch ein paar Wochen warten?«, fragte sie stattdessen. Sie konnte das Thema einfach nicht ruhen lassen.

»Sein Album muss so schnell wie möglich auf den Markt, damit wir den Rummel um seine Person nutzen können.«

»Dann warte ich eben. Ich fliege zurück nach Hause und komme später wieder.«

»Jane, lass es gut sein. Du hast einen Vertrag, man gibt dir eine zweite Chance. Verbock das nicht.«

Jane schwieg, als die Hauptspeise aufgetragen wurde.

»Freu dich doch«, fuhr Willy fort. »Du hast hier die besten Musiker und praktisch die besten Bedingungen auf dem gesamten Planeten. Es tut mir leid, dass ich deinetwegen nicht sechs Wochen lang das komplette Studio dichtmachen kann, aber das geht nun mal nicht. Also – genieß die Sonne und nimm deine Platte auf. Wie willst du sie eigentlich nennen?«

Jane sah ihn an. Albumtitel waren immer eine heikle Angelegenheit, aber ihre Entscheidung stand fest.

»*Songs in Ursa Major.*«

Ein Leuchten trat in Willys Augen. »Ja«, sagte er.

In dieser Nacht schien der Vollmond so hell, dass Jane nicht schlafen konnte. Barfuß tappte sie ins Wohnzimmer.

Die Blätter der Sträucher draußen warfen gezackte Schatten auf die Bodendielen, die aussahen wie Schneeflocken aus Papier. Sie setzte sich ans Klavier, beugte sich über die Tasten und spielte, bis sie müde wurde.

Am nächsten Tag kam Willy vorbei und brachte Huck mit, der mit einer Conga im Arm aus dem Cabrio kletterte. Jane war nicht ganz wohl dabei gewesen, ein altes Bandmitglied von Jesse für ihr Album anzuwerben, aber sie wollte nicht mit Fremden im Studio stehen, und außer Greg war Huck der einzige Drummer, den sie kannte.

Als er sie sah, lächelte er, und Jane atmete erleichtert auf. »Janie Q.« Er umarmte sie zur Begrüßung. »Du bist in Kalifornien!«

»Ja, das bin ich.« Jane führte ihn und Willy ins Haus zum Klavier. »Wie geht es dir?«

»Ganz gut. Habe mich von der Tour erholt. Ich muss ehrlich sagen, der Bus war mir lieber als diese kleinen Flugzeuge. Du hast uns allen gefehlt.«

Jane errötete. »Wahrscheinlich ist es am besten, wenn ich dir erst mal zeige, was ich habe.«

Huck nickte.

Sie hatte einige Songs für Klavier, andere für Gitarre komponiert, sodass sie zwischen den beiden Instrumenten hin und her wechselte. Während sie spielte, schlug Huck auf seiner Conga den Rhythmus dazu. Er hatte die Spannung der Trommelhaut so weit reduziert, dass sie ganz dumpf klang, als schlüge er sich gegen die Brust. Jane merkte schnell, dass er mit einer Sensibilität auf sie reagierte, die sie von Greg nicht kannte. Anfangs hatte sie deswegen Gewissensbisse, die jedoch schon bald purer Begeisterung wichen. Huck war genau der Musiker, den das Album brauchte.

Als sie alle zehn Songs durchgespielt hatte, war sie so

erschöpft, als hätte sie sich gerade eine halbe Stunde lang die Seele aus dem Leib geweint. Hucks Hände ruhten auf seiner Trommel. Willy sah Jane an und strahlte.

Irgendwann räusperte sich Huck. »Wow, Jane, das ist … Solche Songs habe ich noch nie gehört.«

Jane sah ihn an. »Und, was meinst du? Was für eine Percussion würde dazu passen?«

Huck zog zweimal die Nase hoch und rieb sich die Augen. »Ehrlich gesagt, hat deine Musik schon einen ziemlich prägnanten Rhythmus. Wenn ich dir zuhöre, muss ich nicht erst nach dem Herzschlag des Songs suchen. Ich denke, meine Aufgabe wird es sein, das zu unterstützen – zu akzentuieren, was schon da ist.«

Jane lächelte.

Doch nachdem die beiden gegangen waren, kehrte ihre Nervosität zurück. Rich und Kyle wollten zum Abendessen vorbeikommen, und Jane wusste nicht, was sie erwartete. Sie ging in den Supermarkt, um einen Braten zu besorgen, und schlenderte eine Stunde lang ziellos durch die Gänge. Zu Hause hatte sie das Fleisch gerade in den Ofen geschoben, als die beiden ankamen. An der Art, wie Kyle von einem Bein auf das andere hüpfte, merkte sie, dass er noch aufgeregter war als sie. Sie öffnete die Tür. Sie beäugten einander, und er legte den Kopf schief.

»Bist du noch sauer wegen der Tour?«, fragte er.

»Ein bisschen.«

»Kann ich verstehen.« Kyle machte einen Schritt auf sie zu. »Falls es dir hilft: Es tut mir leid, wie das alles gelaufen ist. Es war nie meine Absicht, dich hängenzulassen.«

»Ich weiß«, sagte Jane. »Und falls es dir hilft: Wahrscheinlich hätte ich an deiner Stelle genauso gehandelt.«

»Na super«, sagte Rich. »Mit anderen Worten, ihr seid beide Arschlöcher.«

Kyle sprang die Stufen zur Veranda hinauf und nahm Jane in die Arme. »Ich freue mich so auf unsere Zusammenarbeit.«

Jane wies ihnen dieselben Plätze zu wie zuvor Willy und Huck und spielte auch ihnen ihre Songs vor. In der Gegenwart der Jungs war sie so unbefangen, dass sie fast das Gefühl hatte, allein zu sein. Als sie fertig war, blickte sie neugierig auf.

»Das wird der Wahnsinn, Janie«, verkündete Kyle. Er nahm ihre Gitarre in die Hand und begann sofort, eins der Riffs nachzuspielen.

Rich blieb stumm.

Beim Abendessen erzählte Kyle von der Tour. Er hatte eine geheimnisvolle Schönheit namens Elena kennengelernt, die die Bands von Paris nach Venedig begleitet hatte, nur um dann in Prag plötzlich spurlos zu verschwinden. »Sie hat mein ganzes Geld und meine letzten Luckys mitgenommen.«

Er fragte Jane auch nach Neuigkeiten von der Insel, und sie berichtete ihm von Maggies und Gregs neuem Haus.

»Ich hoffe, dass ich zu Thanksgiving kommen kann«, sagte Kyle, während Rich wortlos die Teller abräumte.

Zum Abschied schloss Kyle sie erneut fest in die Arme. »Das nächste Mal laden wir dich zu uns ein. Wir sehen uns dann im Studio.«

Rich nickte Jane lediglich zu und machte Anstalten, Kyle nach draußen zu folgen, doch sie hielt ihn am Arm fest. »Was ist los?«

Rich wich ihren Blicken aus.

»Hast du keine Meinung zu dem Album?«

Er lehnte sich gegen den Türrahmen und sah sie mit ernster Miene an.

»Bist du etwa eifersüchtig?«, fragte Jane erstaunt. »Du

warst doch derjenige, der mir gesagt hat, ich soll Texte schreiben.«

»Nein.« Er schüttelte den Kopf. »Versteh mich nicht falsch, Jane, es gibt Teile deines Albums, die sind wirklich großartig, aber … Manchmal klingst du so leidend. Das ist mir einfach zu extrem. Einige Dinge sollte man lieber für sich behalten.«

Jane war sprachlos. Rich schien noch mehr sagen zu wollen, doch stattdessen schüttelte er abermals den Kopf, klopfte zum Abschied gegen den Türrahmen und trat in die Nacht hinaus.

Jane sah ihm nach. Sie fühlte sich, als hätte sie einen Schlag in die Magengrube bekommen.

28

Als Jane Quinn das Studio C betrat, erinnerte sie Simon an einen Schwalbenschwanz-Schmetterling, der aus seiner Puppe geschlüpft war. Die große Ernsthaftigkeit, die er im Jahr zuvor bei ihr wahrgenommen hatte, war zu einer visionären Kraft mit einem klaren Fokus gereift. Auch das Mädchenhafte war verschwunden, nur ein kleiner Rest schimmerte gelegentlich noch durch wie Sonnenlicht auf einem transparenten Flügel.

Anders als beim Breakers-Album hatte sie ihm im Voraus kein Material geschickt. »Ich möchte, dass du deinen ersten Eindruck von mir persönlich bekommst«, sagte sie, ehe sie sich an das viel gelobte rote Klavier setzte und ihre Finger auf die Tasten legte.

Simon freute sich darauf, wieder mit Jane zusammenzuarbeiten, und zweifelte keine Sekunde daran, dass sie auch bei ihrem zweiten Album großartige Arbeit abliefern würde. Doch erst nachdem er ihre neuen Stücke gehört hatte, wurde ihm bewusst, was wirklich in ihr steckte. *Songs in Ursa Major* würde noch besser werden, als er oder sonst jemand es sich erträumt hatte.

Am Abend auf dem Heimweg ging er mit einer Zigarette zwischen den Lippen den Sunset Boulevard entlang. Er dachte an die Familie seiner Mutter, die im Konzentrationslager ermordet worden war. Er würde nie wieder ihre Stimmen hören. Er dachte an den ersten Jungen, den er in einem eiskalten Bach geküsst hatte. Er dachte daran, wie er zum ersten Mal ein Saxofon in die Hand genommen und festgestellt hatte, dass er das Instrument intuitiv verstand. Ein Stück Asche fiel auf seinen Schuh. Ihm war gar nicht aufgefallen, dass er irgendwann aufgehört hatte zu ziehen und die Zigarette noch im Mund hatte.

Starless, heartless night above a sea of stone,
A distant dial tone.

Als er die Tür zu seiner Wohnung aufschloss, kehrten seine Gedanken zu Jane Quinn zurück. Jede Note, jeder Akkord, den er im vergangenen Jahr aufgenommen hatte, war lediglich das Vorspiel zu ihrer Ankunft in Laurel Canyon gewesen. Er äußerte diesen Gedanken nicht laut, doch von diesem Moment an betrachtete er es als seine heilige Pflicht, die Aufnahmen zu *Ursa Major* zu beschützen.

Am nächsten Tag stattete Willy Lambert ihnen im Studio einen Besuch ab.

»Simon«, sagte er und nickte zum Gruß, als er den Regieraum betrat. »Schön, dich wieder mit im Boot zu haben.«

»Danke, dass ich dabei sein darf«, gab Simon zurück.

»Jane hat darauf bestanden«, sagte Willy. Das letzte Jahr schien ihn milder gemacht zu haben. Simon fragte sich, welche Strippen er hatte ziehen müssen, um Jane einen zweiten Vertrag zu besorgen. Es war weder ein Geheimnis noch ein Wunder, dass Vincent Ray sie aus tiefster Seele hasste. Obwohl er sie auf die schwarze Liste gesetzt hatte, waren vom Breakers-Album mehr als fünfzigtausend Exemplare verkauft worden – noch dazu mit einem Foto mit ihm auf dem Cover.

Als Nächstes trudelten Kyle und Rich ein. Obwohl Jane die beiden mit der Vertrautheit einer Schwester begrüßte, nahm Simon eine gewisse Distanz zwischen ihnen wahr. Rich war immer noch so attraktiv wie eh und je. Simon hatte ihn auf einigen Partys gesehen, ihn außerhalb der Aufnahmesessions jedoch nie angesprochen. Er bezweifelte, dass er es jemals tun würde. Aber anschauen kostete ja bekanntlich nichts.

Huck Levi kam als Letzter. Es war vernünftig gewesen, sich von ihrem alten Drummer zu trennen, trotzdem staunte Simon, dass sie ausgerechnet einen von Jesses Musikern engagiert hatte. Er kannte die Gerüchte über die Liaison der beiden und wusste auch, dass Jesse bald für die Aufnahmen zu seinem nächsten Album nach L. A. kommen würde.

»Gut, dich zu sehen, Kumpel«, sagte Huck und knuffte Kyle freundschaftlich in die Seite, ehe er Rich per Handschlag begrüßte.

»Habt ihr eure Instrumente schon gestimmt?«, wollte Jane von ihnen wissen.

Daran, wie die drei den Anweisungen Folge leisteten, erkannte Simon, dass es sich um Eingeweihte handelte. Sie wirkten nicht wie Musiker, die sich auf eine Aufnahme vorbereiteten, sondern eher wie Wächter, die sich für eine Belagerung rüsteten.

Jane hatte ihr Bedürfnis nach absoluter Ruhe kundgetan, und so hatte während der Aufnahmen niemand außer den Beteiligten Zutritt zum Studio. Simon begriff schnell, warum: Sie war wie eine Künstlerin, die ein Aktporträt von sich schuf. Jeden Tag, wenn sie ins Studio kam, entblößte sie ihre Seele. Aus der ungeschliffenen, überbordenden Energie, die *Spring Fling* zu einem so erfolgreichen Pop-Album gemacht hatte, war etwas Tieferes, Reiferes geworden, ein Zeugnis bedingungsloser Hingabe.

Simon hatte schon mit Rich, Kyle und Huck zusammengearbeitet, allerdings nie in dieser Kombination. Als die Aufnahmen zu *Ursa Major* voranschritten, gerieten sie immer häufiger an ihre Grenzen. Die Musik war technisch anspruchsvoll, und mit weniger als Perfektion gab Jane sich nicht zufrieden. Sie wusste genau, was sie wollte, konnte es den anderen jedoch nicht immer begreiflich machen, und wenn jemand eine gute Idee äußerte, riss sie diese sofort an sich und tat so, als wäre sie von ihr gekommen. Sie musste die absolute Kontrolle über jeden Schritt des Schaffensprozesses haben.

Huck hatte bereits Erfahrungen mit einigen ziemlich schwierigen Produzenten gesammelt, doch Simon bezweifelte, dass einer von ihnen sich so schlimm aufgeführt hatte wie Jane bei der Bridge von »A Shanty«.

»Hier«, sagte sie und drückte Huck ein Notenblatt in die Hand. Er überflog es mit hochgezogenen Augenbrauen.

»Gibt es ein Problem?«, fragte sie.

»Nein.«

Später zeigte er Simon die unleserlichen Anmerkungen, die Jane über die Noten der Bridge gekritzelt hatte.

»Was soll das sein?«, fragte Simon.

»Das ist Jesses Kurzschrift.« Huck schüttelte den Kopf. »Er muss sie ihr beigebracht haben.«

Anscheinend bedeuteten die Kritzeleien, dass an einer Stelle ein ganz bestimmter Klang entstehen sollte. Jane wollte, dass er den Rhythmus unterstrich »wie ein Augenzwinkern von der anderen Seite des Raums«, war allerdings nicht in der Lage, ihn konkret zu beschreiben.

»Es ist kein *klick* und auch kein *pop*. Eher etwas dazwischen«, sagte sie immer wieder.

Huck brachte eine Auswahl verschiedenster Schlaginstrumente mit, von Maracas bis hin zu Suppenlöffeln, und setzte sich damit auf eine Decke in die Mitte des Aufnahmeraums. Zwei Tage lang experimentierte er erfolglos herum.

»Was ist mit der Kuhglocke?«, fragte Jane irgendwann. Huck nahm die Glocke hoch und begann darauf zu spielen.

»Nicht die Glocke«, sagte Jane. »Der Griff.«

Es dauerte noch sechs Stunden und insgesamt zweiundvierzig Takes, bis sie sich schließlich für ein Güiro entschieden, das allerdings nicht gestrichen, sondern geklopft wurde.

Von allen Songs auf dem Album klang »Brand New Cassette« am ehesten wie traditioneller Rock. Kyle und Rich mochten das Arrangement, weil ihm eine Akkordfolge zugrunde lag, die die beiden im Duett spielen konnten. Für den letzten Teil der dritten Strophe wünschte sich Jane einen ganz besonderen Sound, so als hätte man ein Sample aus einem anderen Song eingefügt oder als liefe im Hintergrund das Radio.

»Vielleicht elektrisch?«, schlug Kyle vor.

»Ich will nichts Elektrisches auf dem Album«, fuhr Jane ihn an, nur um am nächsten Tag zu verkünden: »Jetzt habe ich's. Der Radioteil muss elektrisch sein.«

Kyle starrte sie fassungslos an.

Simon gelang es, sie für eine Stunde ins Studio D zu

schmuggeln, während eine andere Band gerade Pause machte, und sie nahmen das Sample in nur zwei Takes auf. Dabei zuzuschauen, wie Rich und Kyle abrockten, während Huck es am Schlagzeug krachen ließ, war, als würde man Pferde sehen, die lange auf einer winzigen Koppel eingepfercht gewesen waren und nun endlich wieder frei galoppieren durften.

Doch je länger die Arbeit andauerte, desto reizbarer wurde Rich. Er mochte das Album einfach nicht. Erst als sie mit den Aufnahmen zu »Wallflower« begannen, erlaubte sich Simon, über die Gründe zu spekulieren.

I stand aside, I watch you go,
I start to cry, nobody's home,
I love you so, but you'll never know.

In dem Song ging es um eine namenlose Frau. Der Beschreibung nach – *hair of yellow, lips of red, eyes so blue* – vermutete Simon, dass es sich um Jane selbst handelte, aber wenn er hörte, wie sie sich vor Sehnsucht nach einem Mann verzehrte, musste er jedes Mal an Hank Lipson denken, in den er in der elften Klasse verliebt gewesen war. Richs angespannter Miene zufolge löste der Song in ihm ähnlich quälende Gefühle aus.

Da der alte Drummer der Breakers fehlte, war Rich der am wenigsten routinierte Musiker der Gruppe, ein Handwerker, der zwar wusste, wie er mit seinen Werkzeugen umzugehen hatte, aber nicht daran interessiert war, etwas Neues auszuprobieren. Nachdem Jane sich wochenlang bemüht hatte, auf ihn Rücksicht zu nehmen, war es beim Refrain von »A Thousand Lines« endgültig mit ihrer Kompromissfähigkeit vorbei.

Oh, you run through me like fountain dye.
Parchment dries, but pigment stains.

»Es muss zart klingen«, beharrte sie. Rich errötete. Sie hatten fast eine Stunde lang immer und immer wieder dasselbe Riff gespielt. Kyle und Huck saßen ein wenig abseits und taten so, als wären sie unsichtbar.

»Wie ist es hiermit?«, fragte Rich und spielte die Stelle genauso wie all die Male zuvor. Kyle und Huck sackten in sich zusammen.

»Nein«, sagte Jane. »Ich will, dass es wie ein Windspiel klingt, das man im Hintergrund durch den Bass hört.«

»Ich weiß nicht, ob ich das hinkriege.«

»Vielleicht willst du auch einfach nicht«, sagte Jane.

»Du hast recht«, sagte Rich. »Ich will nicht.« Mit diesen Worten legte er seine Gitarre weg und verließ den Raum. Jane starrte auf die Stelle am Boden, wo er gestanden hatte. Sie war so sehr auf ihre musikalische Vision fixiert, dass sie, so vermutete Simon, erst nach Richs Abgang gemerkt hatte, wie unglücklich er war.

Willy verließ den Regieraum und kam zu ihnen ins Aufnahmestudio. »Soll ich mit ihm reden?«, fragte er.

Jane schüttelte den Kopf und ging selbst. Vom Fenster des Regieraums aus konnte Simon beobachten, wie sie Rich draußen auf dem Gang einholte.

»Tja«, meinte sie. »Offenbar sagt es sich leicht, dass jemand Songs schreiben soll. Aber wenn er es dann tatsächlich tut, sieht die Sache schon ganz anders aus.«

Rich drehte sich zu ihr herum. »Ich habe dir gesagt, dass es darum nicht geht.«

»Worum denn dann? Du hast die Platte von Anfang an gehasst.«

»Ich hasse die Platte nicht«, widersprach er. »Ich hasse

es, was sie aus dir gemacht hat. Du benimmst dich wie ein Diktator.«

»Ich will doch einfach nur, dass sie gut wird. Du solltest mich unterstützen. Ich will, dass du an das glaubst, was ich tue. Du musst es wenigstens versuchen. Ich brauche …«

»Ich glaube, wir wissen beide, wen du brauchst«, schnitt Rich ihr das Wort ab. »Mich jedenfalls nicht. Es tut mir leid, ich kann nun mal nicht so spielen wie er. Das hast du von Anfang an gewusst, Jane.«

Jane ließ sich gegen die Wand sinken. Rich kam zu ihr und lehnte sich neben sie.

»Ich hasse die Platte nicht«, beteuerte er noch einmal. »Manchmal … schäme ich mich bloß.«

»Für mich?«

Er schüttelte den Kopf. »Für mich selbst. Für alles, was ich nie sagen konnte.«

Janes Miene wurde weicher.

»Und wenn ich ehrlich bin, ist es ein ziemlich beschissenes Gefühl zu sehen, wie gut du bist.« Er seufzte. »Aber ich stehe auf jeden Fall hinter dir. Immer.«

Jane schüttelte den Kopf.

Danach gab sie sich Mühe, nicht mehr ganz so fordernd ihm gegenüber zu sein. Insgeheim glaubte Simon ohnehin nicht, dass Rich hingeschmissen hätte, ganz egal, wie sehr Jane ihrer aller Geduld strapazierte. Selbst wenn sie nicht gebraucht wurden, saßen Huck, Rich und Kyle bei Simon im Regieraum, als müssten sie Wache halten, während Jane in andere Sphären entschwebte, von dort Melodien holte und sie zurück auf die Erde brachte. In solchen Augenblicken schien es, als hätte ihr Geist die Grenzen ihres Bewusstseins gesprengt und den ganzen Raum ausgefüllt, aber wenn man zwischen den einzelnen Takes mit ihr sprach, war sie vollkommen klar und präsent. Die Künstlerin und die Produzentin in ihr existierten wie zwei Seiten einer Münze, miteinander verbunden und doch für immer getrennt.

29

Als Jane während der Aufnahmen zu »A Thousand Lines« eine kurze Zigarettenpause einlegte, traf sie im Flur zufällig Loretta und ihre Band, die gerade auf dem Weg zu Studio C waren. Als sie Jane sahen, einen Geist mit silbrigem Haar, eingehüllt in Rauch, verlangsamten sie ihre Schritte.

»Ich komme gleich nach«, rief Loretta, als ihr Toningenieur, Produzent und Bassist weitergingen. »Hätte ich mir ja denken können, dass du die Braut bist, die mein Klavier in Beschlag genommen hat.« Ihr Tonfall war spitz, doch sie lächelte.

»Du bist doch sicher schon fast fertig«, sagte Jane.

»Stimmt. Wir brauchen nur noch ein paar zusätzliche Takes für die Mischung. Wie läuft es bei dir?«

»Ganz gut.« Sie bot Loretta eine Zigarette an.

»Wen hast du in deiner Crew?«

»Simon Spector, Huck, Kyle und Rich.«

Als sie Richs Namen hörte, hob Loretta erstaunt die Augenbrauen. »Damit hätte ich jetzt nicht gerechnet.«

Jane schnippte Asche auf den Teppich. »Wir kriegen das schon hin«, sagte sie, auch wenn sie nicht wusste, ob das der Wahrheit entsprach.

Loretta musterte sie prüfend, dann atmete sie langsam aus. »Du schienst mir nie ein Mensch zu sein, der sich mit Mittelmaß zufriedengibt.« Jetzt ging es eindeutig nicht mehr um Rich. »Meine Hochachtung dafür, wie du mit der Sache in Memphis umgegangen bist«, fügte sie hinzu. »Aber es war ein herber Verlust, dich nicht auch beim Rest der Tour dabeizuhaben.«

Jane musste wider Willen lächeln. »Morgan scheint doch ... ganz talentiert zu sein.«

Loretta verdrehte die Augen. »Kommt drauf an, wen man fragt.«

Jane lachte.

»Anscheinend hast du die Sache ja ganz gut verarbeitet«, stellte Loretta fest.

»Wie meinst du das?«

»Sie sind schließlich auch hier.«

»Hier in L. A.?«

Loretta deutete mit einer Kopfbewegung in Richtung von Studio A. »Hier im Gebäude. Jesse hat gestern mit seinen Aufnahmen begonnen.«

Adrenalin flutete Janes Adern. Auf einmal hörte sie noch deutlicher als sonst das Summen der Leuchtröhren, schmeckte die schale Luft, fühlte die raue Wand.

»Ich kann mich mal nach einem anderen Gitarristen für dich umhören«, sagte Loretta. »Ganz diskret, versteht sich.«

»Ist schon gut.« Jane winkte ab. »Aber trotzdem danke. Auch für das, was du gesagt hast.«

Loretta nickte. »Okay. Ich mache mich dann mal besser an die Arbeit – solange ich noch kann. Nicht, dass ihr auf die Idee kommt, Studio C auch noch zu okkupieren ...« Mit einem Lächeln verabschiedete sie sich.

Jane starrte den Flur hinunter zu Studio A. Auf einmal erschien es ihr wie der verbotene Flügel eines Märchenschlosses, den man um keinen Preis betreten durfte. Es konnte doch nicht sein, dass Jesse jetzt in diesem Augenblick ganz in der Nähe war. Willy hatte ihr versprochen, ihm keine Termine zu geben, die sich mit ihren überschnitten. Sie steckte sich eine neue Zigarette an und nahm einen tiefen Zug.

Es wäre so leicht, die zwanzig Schritte zu gehen und die Tür zu öffnen. Sie versuchte es zu leugnen, aber irgendwie fand sie den Gedanken einer Begegnung mit Jesse aufregend. Doch weil sie wusste, dass ihr Auftauchen vermutlich für eine sehr unangenehme Szene sorgen würde, schloss sie einen Pakt mit sich selbst: Sie würde im Flur stehen bleiben und in Ruhe zu Ende rauchen. Wenn Jesse sich bis dahin blicken ließ, dann war es Schicksal.

Eine Zigarette später ging sie, ohne dass sich etwas getan hatte.

An diesem Abend wollte sie nicht allein sein. Sie rief bei Kyle und Rich an und ließ es zwanzigmal klingeln, ehe sie auflegte. Als Nächstes versuchte sie es bei Willy, der ebenfalls nicht da war, sodass sie ihm eine Nachricht auf dem Anrufbeantworter hinterließ. »Hey, Willy, ich bin's, Janie. Ich wollte dich nur fragen, ob du und Rebecca heute Abend vielleicht Zeit habt. Ich weiß, es ist ziemlich kurzfristig, aber – ach, vergiss es, du hast bestimmt viel zu tun. Sorry, ich bin ... einfach müde. Wir sehen uns dann morgen.«

Sie fand eine Flasche Whiskey, und mit dem Glas in der Hand schlenderte sie ins Wohnzimmer. Die Besitzer des Hauses hatten nicht nur eine Bibliothek mit Bücherregalen, die bis unter die Decke reichten, sondern auch eine nach Alphabet sortierte Schallplattensammlung. Janes Blick blieb an Doris Days Album *I'll See You in My Dreams* hängen. Gleich daneben standen Lacey Dormons *Greatest Hits*. Sie trank einen Schluck Whiskey. Sie hatte immer noch Laceys Visitenkarte.

»Jane, meine Süße, ich habe so oft an dich gedacht«,

kam Laceys unnachahmliche Stimme aus dem Hörer. »Warum kommst du nicht vorbei? Wir haben gerade ein paar Freunde zu Gast.«

Lacey und ihr Mann Darryl lebten nur zehn Gehminuten von Jane entfernt ein Stück weiter oben am Hang in einem großen, über und über mit Bougainvillea bewachsenen Haus. Farbenfroh gekleidete Gestalten tummelten sich auf der Terrasse, und Gitarrenklänge schwebten durch die Luft. »Ein paar Freunde« war offenbar Laceys Umschreibung für eine kleine Party.

Als hätte sie Janes Anwesenheit gespürt, trat Lacey in diesem Moment aus dem Haus. Sie trug eine gerüschte pinkfarbene Robe.

»Jane. Ich freue mich so, dass du angerufen hast«, sagte sie. »Tee oder etwas Stärkeres? Meine Mom hat an Abenden wie diesen immer Hot Toddies gemacht.«

»Hört sich sehr gut an«, sagte Jane. Sie hatte das Gefühl, in einer seltsamen Traumwelt gelandet zu sein, in der Gray Gables als eine Art Varieté wiederauferstanden war. Laceys Haus strahlte einen ganz ähnlichen, leicht abgewohnten Charme aus, nur dass es nicht von Quinns, sondern von lauter jungen, begabten Künstlern bevölkert wurde.

»Ich sag dir«, meinte ein sonnengebräunter junger Mann zu einer Elfe im purpurfarbenen Kleid, »Matala, da muss man unbedingt mal gewesen sein. Nur du und das Meer, die Höhlen und die Sterne.«

Lacey geleitete Jane an den beiden vorbei in die Küche. Niemand hatte ihr mehr einen Tee gemacht, seit sie Bayleen Island verlassen hatte, und plötzlich bekam sie Heimweh.

»Ich lebe schon seit fünfzehn Jahren in Kalifornien und finde es immer noch drollig, dass so ein Wetter hier als Herbst durchgeht«, sagte Lacey und ließ sich auf einen

Stuhl sinken, während auf dem Herd das Wasser heiß wurde. »In Alabama wäre das Maiwetter.«

»Und auf der Insel Juniwetter«, sagte Jane.

»Wie stehen die Dinge dort?« Jane sah einen Anflug von Wehmut über Laceys Züge huschen. »Lebt Elsie noch in Gray Gables? Was ist mit Jeanie? Zelly? Louise?«

Jane lächelte. Lacey kannte ihre Familie gut. Als Jane noch klein gewesen war, waren Elsies Schwestern Zelly und Louise häufig zu Gast gewesen, und auch Elsies Mutter Jeanie hatte damals noch in Gray Gables gewohnt.

»Jeanie ist nach New Orleans gezogen, und Zelly hat sich in Peru mit einem Peyote-Bauern eingelassen. Als wir das letzte Mal was von Louise gehört haben, war sie gerade in Neufundland.«

Lacey lachte. »Das kann ich mir gut vorstellen. Gibt es diese alte Kneipe noch, das Carousel?«

»Na klar. Das Carousel wird uns alle überleben.«

»Deine Mom und ich hatten so viel Spaß dort«, sagte Lacey. Dann wurde sie traurig. »Seit unserem letzten Gespräch habe ich oft an sie denken müssen. Ich kann immer noch nicht glauben, dass ich nichts wusste.«

Einen Moment lang saßen die beiden Frauen da und hingen schweigend ihren Erinnerungen nach.

»Wie war sie denn früher?«, fragte Jane irgendwann.

»Unglaublich klug. Sie wusste innerhalb von einer Minute, wie ein Mensch tickt. Und witzig – was für ein Mundwerk! Ich weiß noch, wie ich ihr auf dem Festival zum ersten Mal begegnet bin. Ich konnte nicht glauben, dass sie eine kleine Tochter hat, und sie schaut mich an und sagt: ›Tja, diese Schwangerschaftsstreifen kommen nicht von ungefähr. Die habe ich mir hart erarbeitet.‹ In der Sekunde wusste ich, dass ich sie zur Freundin haben wollte.«

Der Kessel pfiff, und Lacey erhob sich, um die Getränke zuzubereiten.

»Weißt du? Deine Mutter war der erste Mensch, der mich je ernst genommen hat.«

Jane sah zu, wie Lacey eine Zitrone halbierte und den Saft aus den beiden Hälften in zwei Blechtassen presste.

»Ein schwarzes Mädchen mit einer Akustikgitarre war in den Fünfzigern in der Folkszene eine echte Rarität. Auf dem Festival habe ich Showsongs gesungen. Die Leute haben mich einfach nur verständnislos angestarrt und wussten nicht, was sie von mir halten sollten. Eines Abends dann – das muss im zweiten oder dritten Jahr gewesen sein – nimmt deine Mutter mich beiseite und sagt: ›Mir reicht's.‹ Und ich sage: ›Glaubst du, mir nicht?‹ Und dann sagt sie: ›Aber trotzdem suchst du dir immer Songs aus, bei denen deine Stimme nicht richtig zur Geltung kommt.‹«

Lacey stellte einen Becher vor Jane auf den Tisch. Der Duft von Whiskey, Honig und Zitrone erfüllte die Küche. Jane berührte vorsichtig den Becher – er war noch zu heiß, um ihn in die Hand zu nehmen.

»Ich war so wütend«, sagte Lacey. »Was bildete sich diese kleine Blondine ein, mich über meine Stimme zu belehren? Sie hatte ja keine Ahnung, wie es für mich war, da oben auf der Bühne zu stehen. Aber tief im Herzen wusste ich, dass sie recht hatte. Am nächsten Tag bin ich bei ihr zu Hause vorbeigegangen und habe gesagt: ›Wenn du so schlau bist, dann zeig mir doch einen Song, der zu meiner Stimme passt.‹ Und dann hat sie ›You Don't Know‹ für mich geschrieben.«

»Ich liebe den Song«, sagte Jane. »*Yeah, you don't know, and it's a crying shame / Because life's a riddle and love's a game.*«

»Ich auch«, sagte Lacey. »Er war der Durchbruch für

mich. Nachdem er rauskam, bin ich nach L. A. gegangen, und der Rest ist Geschichte. Ich habe mir immer wieder vorgenommen, für das Festival an die Ostküste zurückzukehren. Sie und ich haben uns so oft darüber unterhalten, aber es hat sich nie ergeben, und dann …« Lacey sprach wie in Trance. »Damals in seiner Anfangszeit war das Folk Fest noch viel kleiner. In den ersten Jahren kamen bloß ein paar Hundert Besucher, größtenteils Jugendliche, die im Familienurlaub Ruhe vor ihren Eltern haben wollten. Nachdem die Plattenfirmen eingestiegen waren, wurde es richtig groß, aber in den ersten Jahren traten eigentlich nur Folksänger aus der näheren Umgebung auf. Ich sehe Charlotte noch oben auf der Bühne, wie sie ›Lilac Waltz‹ auf der Ukulele spielt. Sie hatte so eine helle Stimme – einfach wunderschön.«

»Früher hat sie den Song ganz oft gesungen«, sagte Jane.

»Sie hat ihn geliebt. Bis zu der Sache mit Tommy Patton.« Lacey schüttelte angewidert den Kopf. »Das habe ich mir nie verziehen.«

»Was meinst du?«

Lacey schaute traurig. »Als der Song im Radio lief, hat sie mich um Hilfe gebeten«, sagte sie leise. »Ich … ich habe Nein gesagt. Man hatte mir gerade grünes Licht für meine eigene Show gegeben, und sie wollte nach L. A. kommen und ihn vor laufender Kamera mit dem Diebstahl konfrontieren.« Lacey schüttelte den Kopf. »Ich stand noch ganz am Anfang, und in der Show drehte sich alles darum, dass schöne Menschen Lieder singen und gute Laune verbreiten. Ich wollte ihr helfen, aber ich wusste, dass meine Produzenten es niemals erlaubt hätten. Sie hat mich eine Verräterin genannt und aufgelegt. Das war das letzte Mal, dass wir voneinander gehört haben.« Laceys Augen wurden glasig. »Das Problem war, dass sie keine Beweise dafür hatte, dass der Song von ihr stammte. Es hätte Aussage gegen Aussage gestanden, und ich muss dir ja nicht sagen, wie bekannt Tommy Patton damals war. Aber eins weiß ich genau: Wäre sie an meiner Stelle gewesen, hätte sie den Produzenten gesagt, sie sollten sich zum Teufel scheren, und mich auftreten lassen. Ich frage mich, wenn ich Ja gesagt hätte, wäre dann vielleicht alles anders gekommen?«

»Es wäre nur anders gekommen, wenn Tommy Patton ihren Song nicht gestohlen hätte«, sagte Jane.

Lacey blickte in die Ferne. »Sie hatte immer so viel Feuer. Sie strotzte nur so vor Energie und ist nie einem Streit aus dem Weg gegangen. Sie war nicht der Typ, der einfach ihre Familie im Stich lässt.« Wieder schüttelte sie den Kopf.

Jane saß da wie gelähmt. Würde Charlotte wollen, dass sie mehr sagte? Sie trank einen Schluck aus ihrem Becher und behielt die Flüssigkeit eine Zeit lang im Mund, bis der Whiskey seinen Geschmack verloren hatte.

Jane blieb auf der Party, bis der Mond so hoch am Himmel stand, dass sie ihren eigenen Schatten sehen konnte. Es lag eine Kühle in der Luft, als sie zurück zu ihrem Häuschen ging. Es war der Ostwind, ein Bote aus der Heimat.

In dieser Nacht träumte sie, dass sie die blaue Uniform des Zentrums trug und in einem langen Gang stand. Weit hinten am anderen Ende konnte sie Jesse sehen. Mit klopfendem Herzen begann sie auf ihn zuzulaufen, doch er schien sie gar nicht zu bemerken, denn er wandte sich ab und ging davon. Jane wollte ihm folgen, prallte jedoch gegen eine gläserne Wand und stürzte zu Boden. Als sie sich wieder aufgerappelt hatte, sah sie Jesse zusammen mit Lacey, Elsie, Maggie und Grace auf der anderen Seite stehen. Sie alle trugen blaue Uniformen, und sie selbst hatte auf einmal ein fliederfarbenes Kleid an. Sie versuchte den anderen etwas zuzurufen, doch sie beachteten sie gar nicht, sondern zeigten mit Fingern auf sie, als wäre sie ein Tier im Zoo.

Als sie aufwachte, wartete eine Nachricht von Willy auf dem Anrufbeantworter. »Jane, tut mir leid, dass wir uns verpasst haben und dass es dir gerade nicht so gut geht. Es waren anstrengende Wochen, und ich weiß, dass du für dein Album alles gibst. Ich habe nachgedacht – hättest du nicht Lust, hier in L.A. einen kleinen Gig zu spielen? Irgendwas Ungezwungenes, nur damit du mal wieder vor Publikum auftrittst. Im Studio ist man oft so isoliert, und ich finde, es wäre eine schöne Idee. Ruf mich zurück.«

30

Das Musiklokal Troubadour, ein flaches, trutzig aussehendes Gebäude, lag im hintersten Winkel von West Hollywood. Im Innern warfen altmodische Laternen einen rubinroten Schein auf hölzerne Sitzreihen, und die Luft roch nach Zucker und Pinien. Jane hätte sich keinen schöneren Ort für ihren Auftritt vorstellen können. Die Atmosphäre war magisch.

»Hi, alle zusammen«, sagte sie, ehe sie sich ans Klavier setzte. Sie trug ein langes grünes Bauernkleid, die Haare fielen ihr offen über die Schultern.

Die Zuschauer drängten sich dicht am Bühnenrand. Janes Blick fiel auf Bärte und Halsketten aus bunten Perlen. Oben auf der Galerie bewegten sich, im Licht der Bühnenscheinwerfer nur als Silhouetten erkennbar, die Gäste wie schemenhafte Gottheiten. An diesem Abend würde sie ihr altes Breakers-Repertoire singen. Es war ihr erster Auftritt ohne Band. Sie erhaschte einen Blick auf Rich und Kyle, die weiter hinten an der Bar standen, und fasste Mut.

»Ich bin sehr froh, heute bei euch sein zu dürfen. L.A. ist ein ganz besonderer Ort.« Das Piano im Troubadour war ein riesiger schwarzer Steinway-Konzertflügel. Als sie sich über die Tasten beugte, um die ersten Akkorde zu spielen, kam sie sich vor wie eine kleine Meerjungfrau, die auf einen Wal zuschwamm.

Sie begann mit »Indigo«, wobei sie mit der linken Hand Kyles Bassbegleitung und mit der rechten Richs Gitarre spielte. Sie wollte gleich zu Beginn für gute Stimmung sorgen, und »Indigo« war immer ein Publikumsliebling gewesen. Danach kam »Spark«. Sie spürte, wie der Zuschauerraum vor Energie vibrierte, während sie sang.

»Shock come quick, a wave in the dark,
This will make it better, this little spark.«

Willy hatte recht gehabt: Ein Live-Auftritt war genau das, was sie gebraucht hatte. Sie kam sich vor wie ein Krokus, der sich den Weg durch die frostharte Erde bahnte. Je tiefer sie die Verbindung zum Publikum spürte, desto mehr gewann sie an Kraft. Ihr war gar nicht bewusst gewesen, wie lange sie ohne Sonnenlicht gelebt hatte.

Sie wechselte zwischen schnellen und langsamen Songs, zwischen Gitarre und Klavier. Die Zuschauer fraßen ihr aus der Hand. Als sie »Sweet Maiden Mine« beendet hatte, verspürte sie eine Woge der Zuneigung für all die Menschen im Saal und beschloss, ihnen ein ganz besonderes Geschenk zu machen: einen Song von ihrem neuen Album.

Sie probte ihn seit Wochen und wusste, dass sie ihn fehlerlos singen konnte.

Jane legte die Gitarre auf den Boden und setzte sich wieder ans Klavier.

»Mal sehen, was ihr davon haltet«, sagte sie und senkte die Finger auf die Tasten. Als sie das Intro zu »Ursa Major« anstimmte, hätte man eine Stecknadel fallen hören können.

»Starless night, I am a stranger,
I sail the black and white,
By the keys of Ursa Major,
Sending songs to points of light.«

Der Song bestand aus vier Teilen, die sich in immer komplexer werdenden geometrischen Figuren entfalteten. Die ersten Akkorde waren noch schwerfällig und linear, so wie die Tasten des Klaviers selbst, und Janes Stimme strich über sie hinweg wie Vogelschwingen über das Wasser.

»This one pours, and this one sighs.
This one needs a lullaby,
This one just got too damn high.«

Während sie sang, erzählte sie die Geschichten der Menschen um sie herum: die des naiven Mädchens an der Bar, des Hippies vorne am Bühnenrand, des Plattenbosses oben auf der Galerie. So wurden sie von lebenden Klischees zu Mitreisenden, die genau wie Jane selbst in diesem Land gefallener Engel haltlos umhertrieben.

Mit einem offenen Flageoletton stürzte sie mitten ins Herz des Songs. Klassische Grundakkorde erhoben sich zu einer Kuppel aus Klang und trugen die schimmernden Arpeggios, die ihre rechte Hand aus den hohen Tönen spann.

»Now's the time to be alive, they say,
Their tones as sharp as knives,
When, hidden in your crescent,
You're just trying to survive.«

Dies war das Zentrum der Sehnsucht: nicht Traurigkeit, sondern ein Staunen angesichts der Zerbrechlichkeit des Daseins. Als mehrere Bassakkorde in den Refrain überleiteten, spürte Jane keine Trennung mehr zwischen sich und der Menge. Ihre Angst schwebte wie eine blaue Flamme über ihrem Kopf, und überall um sich herum sah sie identische blaue Flammen, die wie Herzschläge pulsierten und sich nach Freiheit und Erlösung sehnten.

»Starless, heartless night above a sea of stone,
A distant dial tone.«

Noch einmal sammelte sie all ihre Energie und ließ ihre Finger über die Tasten fliegen, ehe eine letzte Woge sie an die Küste spülte.

»Please don't leave me alone.«

Die Schlussnoten vibrierten in der Luft. Noch nie hatte die Stille nach einem Song so lange gedauert. Bis Jane den Bann mit einem Lächeln brach. Der Applaus, der aufbrandete, war ohrenbetäubend.

Als der Jubel des Publikums langsam abebbte, erspähte sie Willy. Mehrere Männer gesellten sich zu ihm. Jane wusste, dass er seinen Bruder Danny zu ihrem Konzert eingeladen hatte, und fragte sich, ob sein zweiter Bruder, Freddy aus London, zufällig auch gerade in der Stadt war.

Sie beendete ihr Set mit drei weiteren Breakers-Songs. Als sie sich verbeugte, sah sie Rich und Kyle ganz hinten im Saal klatschen und pfeifen.

Sie stieg die Stufen zu ihrer Garderobe hinauf, die im Wesentlichen eine Dachkammer war, die man durch einen Vorhang abgetrennt hatte. Als sie sich im Schminkspiegel betrachtete, stellte sie erstaunt fest, dass sie viel mehr wie sie selbst aussah als vor dem Konzert. Jemand klopfte an den Türrahmen, und gleich darauf schob Willy den Vorhang beiseite, ohne auf ihr »Herein« zu warten.

»Hey«, sagte Jane, während sie ihren Gitarrenkoffer öffnete. »Ich bin gleich unten.«

»Ich denke, wir sollten dann auch mal los«, sagte er.

Sein Tonfall ließ Jane aufblicken. »Moment mal, willst du etwa schon weg? Aber Rich und Kyle warten auf mich, und ich dachte, dein Bruder …«

»Vertrau mir einfach«, unterbrach Willy sie und bückte sich, um ihr beim Verstauen der Gitarre zu helfen. »Mein Wagen steht hinten.« Er warf einen Blick über die Schulter.

Im selben Moment kam Danny Lambert in die Garderobe gerauscht, gefolgt von Vincent Ray und einem Mann mit silbergrauem Haar, den Jane sofort als Tommy Patton wiedererkannte. Sie fühlte sich noch ganz benommen und schwerelos von ihrem Auftritt, und die Bilder, die ihre Augen wahrnahmen, glitten an ihrem Verstand ab wie Götterspeise aus einer Plastikform. *Maggie hatte recht*, durchfuhr es sie. *Es macht einen wirklich älter, wenn man sich an einen Look klammert, dem man längst entwachsen ist.*

Willys Hand schloss sich um ihren Arm und zog sie in die Höhe.

»Janie, was für eine tolle Show«, sagte Danny Lambert und küsste sie auf beide Wangen. Er merkte gar nicht, dass sie kreidebleich geworden war. Ganz im Gegensatz zu Vincent Ray, dessen wässrige Augen vor Schadenfreude blitzten und der Janes Unbehagen sichtlich genoss.

»Vincent und ich wollten heute eigentlich zusammen zu Abend essen«, erklärte Danny, der Janes Blick gefolgt war. »Aber als ich ihm gesagt habe, dass du einen Auftritt hast, hat er darauf bestanden herzukommen.«

»Ja, wir kennen uns schon lange«, sagte Vincent Ray und machte einen Schritt auf Jane zu. Sie wusste nicht, ob sie ihm die Hand schütteln oder sich wegducken sollte. Schließlich landete seine schwere Pranke auf ihrer Schulter und hielt sie wie eine lebendige Schraubzwinge gefangen. »Ich hoffe, es macht dir nichts aus, dass ich meinen alten Freund Tommy mitgebracht habe. Er hatte immer schon ein exzellentes Gespür für frisches Talent.«

Er wusste Bescheid. Aber wie konnte das sein? Janes Gehirn versagte ihr den Dienst. Um Vincents Hand abzuschütteln, drehte sie sich zu Tommy Patton um.

»Ein schönes Konzert«, sagte dieser. Sein Händedruck war kraftlos und feucht.

»Tommy Patton«, sagte sie.

»Ganz genau«, sagte Danny.

»Normalerweise gehe ich nicht auf Konzerte«, meinte Patton. »Aber Vincent Ray hat mich überredet, eine Ausnahme zu machen. Sie haben das wirklich sehr gut gemacht, Kindchen.«

Seine Augen funkelten, und eine Woge des Ekels stieg in Jane hoch. Sie hatte sich diesen Moment schon oft vorgestellt, doch in keiner ihrer Fantasien hatte sie sich wie ein in die Ecke gedrängtes Reh gefühlt. Sie durchforstete ihr Gedächtnis nach den Drehbüchern, die sie für den Fall geschrieben hatte, dass sie jemals dem Mann begegnete, der das Leben ihrer Mutter zerstört hatte, doch zu ihrem Entsetzen fand sie nichts als leere Seiten.

Ihr Blick fiel auf eine großflächige dunkelrote Narbe, die sich von Tommys Hemdkragen bis zu seinem Kiefer erstreckte und aussah wie ein Handabdruck.

»Beachten Sie die gar nicht weiter«, sagte er. »Ein kleines Souvenir aus meinen Tagen als fahrender Sänger. Sind Sie länger in der Stadt?«

Ihr ganzes Leben lang hatten die Leute Bemerkungen darüber gemacht, dass sie ihrer Mutter wie aus dem Gesicht geschnitten sei. Falls die Ähnlichkeit auch Tommy Patton aufgefallen war, musste er ein hervorragender Schauspieler sein, denn er ließ sich nicht das Geringste anmerken.

»Nur noch zwei Wochen«, antwortete Willy an ihrer Stelle. »Eigentlich wollten wir auch gerade aufbrechen. Morgen steht Jane den ganzen Tag im Studio, deshalb muss sie früh ins Bett.«

»Netter Versuch«, sagte Vincent Ray. »Aber wir gehen natürlich alle zusammen noch was trinken. Ich weiß, Jane ist ein glühender Fan von Tommy und brennt darauf, mehr über seine Anfänge als Star zu hören.«

»Ach, das ist ja reizend, Kindchen«, sagte Tommy Patton und sah Jane erwartungsvoll an, obwohl diese keinen Ton von sich gegeben hatte. In dem Moment geriet für sie eine uralte Gewissheit ins Wanken. Es gab unzählige offene Fragen im Zusammenhang mit ihrer Mutter, doch an Charlottes Version der Ereignisse um »Lilac Waltz« hatte sie nicht ein einziges Mal gezweifelt. Tommy Pattons Arglosigkeit verunsicherte sie. Charlottes Geisteszustand hatte sich zum Ende hin immer weiter verschlechtert. War es möglich, dass sie sich die ganze Geschichte bloß ausgedacht hatte?

Danny Lambert war das Gespräch bereits langweilig geworden. Er schielte immer wieder zur Treppe, als hoffte er, dort jemand Interessanteren zu sehen. Jane überlegte, wie schwierig es wäre, sich an ihm vorbeizumogeln. Im nächsten Moment hellte sich seine Miene auf. Offenbar hatte er jemanden in der Menge entdeckt. »Jesse Reid ist hier«, sagte er. »Ich sehe ihn da drüben an der Bar. Hey, Jesse!«

Jane hatte das Gefühl, als wäre sie aus ihrem Körper in eine andere Dimension katapultiert worden. Das musste ein Albtraum sein. Eine Begegnung mit Jesse würde sie jetzt nicht verkraften – nicht im Beisein von Vincent Ray und dem gottverdammten Tommy Patton.

Willy hatte die Situation sofort erfasst. Als Vincent Ray und Tommy Patton sich in Richtung Treppe wandten, drückte er Jane seinen Autoschlüssel in die Hand und deutete mit einem Nicken auf die Hintertür.

»Geh«, raunte er. »Ich komme nach, sobald ich kann.«

Geschützt durch die Männer, die nebeneinander mit dem Rücken zu ihr auf dem oberen Treppenabsatz standen, schlüpfte Jane zum Notausgang und stieg die rostigen Stufen der Feuerleiter hinunter, die zu einem kleinen Parkplatz hinter dem Theater führten. Sie schaute sich erst um, als sie auf dem Beifahrersitz von Willys blauem Mustang saß. Hastig steckte sie den Schlüssel ins Zündschloss und kauerte sich zusammen, bis das Dach des Cabrios sich über ihr schloss und sie in Sicherheit war.

31

Jane und Willy sprachen kein Wort, bis Willy in westlicher Richtung auf die Route 1 abbog. »Warte«, sagte sie. »Fahr mich nach Hause.«

Willy warf ihr einen Blick zu. »Bist du sicher?«

»Ja.«

Willy setzte den Blinker, und sie änderten den Kurs. Jane versank wieder in Schweigen, bis Willy vor ihrem Haus anhielt.

»Woher wusste er es?«, fragte sie.

Willy schaltete den Motor aus. Einen Moment lang hörte man nur das Klimpern des Schlüsselanhängers. »Nach dem Fotoshooting letztes Jahr«, sagte er, »habe ich das Gespräch mit Vincent Ray gesucht. Ich wollte ihn beschwichtigen. Bis zu dem Zeitpunkt hatte ich ihn immer für einen vernünftigen Menschen gehalten, und ich dachte, ich könnte die Situation entschärfen, wenn ich ihm erkläre, weshalb du solche Schwierigkeiten mit seiner Einstellung zu deinem Album hast. Ich habe ihm erzählt, was damals mit deiner Mutter passiert ist. Ehrlich gesagt, ich bin geschockt, dass er sich überhaupt noch daran erinnert. Er war so außer sich vor Wut, dass ich dachte, er hört kein Wort von dem, was ich sage.« Willy verschränkte die Arme vor der Brust. »Ich habe die Situation falsch eingeschätzt. Das Foto mit seiner Schulter fürs Cover zu verwenden war ein Fehler.«

»Ich liebe das Cover«, sagte Jane. »Und die Fans lieben es auch.«

Willy schüttelte den Kopf. »Eben. Vincent Ray ist stolz darauf, ein Macher zu sein – jemand, der sich das Heft niemals aus der Hand nehmen lässt. Für ihn ist jedes Exemplar von *Spring Fling*, das irgendwo über die Ladentheke wandert, ein persönlicher Affront. Dadurch ist das Ganze außer Kontrolle geraten. Es tut mir so leid, Jane. Ich hätte nie gedacht, dass er zu so etwas fähig ist.«

»Er scheint sich ziemlich viel Mühe zu machen, nur um einen Niemand wie mich in seine Schranken zu verweisen.«

»Du bist kein Niemand«, sagte Willy. »Deshalb tut er es ja. Egal, was er sagt oder auf welche Weise er versucht, dich in die Scheiße zu reiten, du hast etwas, das er nicht kontrollieren kann. Und das macht ihn wahnsinnig.«

»Was denn?«

»Deine Musik. Sobald du ein Instrument in die Hand nimmst, sorgst du für Ärger.«

Jane ließ sich gegen die Rückenlehne ihres Sitzes sinken. Die Straßenlaterne beleuchtete die Ecken des Hauses. Schon bald würde Kalifornien nur noch eine Erinnerung sein.

»Jesse war da«, sagte sie.

Willy drehte an seinem Ehering. »Ich hatte ihn gebeten, nicht zu kommen, aber die Neugier muss wohl zu groß gewesen sein.«

»Neugier«, wiederholte Jane.

»Jane, ich weiß, der Abend hat dich aufgewühlt, aber wenn du eine Erkenntnis daraus mitnehmen solltest, dann die, dass *Ursa Major* ein großartiges Album werden wird. Du warst überwältigend.«

Jane stand in der Einfahrt, den Gitarrenkoffer in der Hand, als die Rücklichter seines Wagens den Hügel hinunter verschwanden. Auf einmal fühlte sie sich wund, als hätte man ihr ein Messer in die Brust gestoßen und danach wieder herausgezogen.

Sie wusste, dass Willy ihr niemals wissentlich schaden würde. Trotzdem hatte er es getan.

Willy schien sich dessen ebenfalls bewusst zu sein. Nach dem Ende der Aufnahmen am darauffolgenden Dienstag ließ er sich nur noch selten im Studio blicken.

Jane war das recht. Sie hatte die letzten Trümmer der Barriere zwischen ihrer Seele und der Außenwelt im Backstagebereich des Troubadour gelassen, und es war eine

Wohltat, mit Simon allein zu sein. Er besaß jede Menge Sachverstand, war geduldig und stellte keine Bedrohung für sie dar. Er hatte keinerlei Ansprüche an Jane als Person, dafür umso mehr an sie als Musikerin.

»Der Gesang an dieser Stelle ist zu hart«, sagte er. »Er überlagert die Gitarre.«

»Sollen wir eine zweite Spur darüberlegen?«

Simon schüttelte den Kopf. »Jagen wir es erst mal durch den Equalizer. Wenn wir die S-Laute etwas runterpegeln, hilft das vielleicht gegen das Zischen.«

Jeden Tag kamen sie im Regieraum zusammen wie zwei Chirurgen, die eine komplizierte OP vor sich hatten. Jane war die Spezialistin, die hinzugerufen worden war, während Simon einen Eingriff bei ihrem engsten Verwandten durchführte.

Das Album begann mit »New Country«, einem schnellen, energiegeladenen Song, in dem Jane die allerersten Tage ihrer Tournee verarbeitet hatte. Der Track hatte einen kraftvollen Rhythmus, der von Hucks Conga, Kyles kreativer Bassline und Richs Gitarrenspiel lebte. Danach kam »Little Lion«, oberflächlich betrachtet ein simples Schlaflied, dessen Arrangement genauso schlicht und schmucklos war wie Beas Wiege. In der ersten Strophe begleitete Jane sich nur auf der Gitarre, bei der nächsten setzte Huck mit den Maracas ein, und in der Bridge kam schließlich Kyle am Bass hinzu. Der dritte Song war »Wallflower«, den Jane zum ersten Mal im Peggy Ridge Opry House gesungen und dessen hymnenartige a-Moll-Akkorde sie für das Piano transponiert hatte.

»Car pulls up, a screen door slams,
Clicking heels, a beige sedan,
Inside is another man.«

Die Melodie war beschwingt, aber zugleich scharfkantig wie ein gebrochenes Herz.

»Last Call« war ein Up-Tempo-Song im Stil eines Trinklieds mit lauter, ungestümer Instrumentierung, einer Melodie, die an irische Tänze erinnerte, und einem Refrain, der wie geschaffen war fürs Radio.

»We'll have a ball until last call,
And then we're splitting town.«

Es war das Stück auf dem Album, das mit Huck an den Bongos die meisten Percussion-Elemente hatte.

»Ursa Major« war der letzte Song auf der A-Seite. Jane hatte darauf bestanden, ihn in einem einzigen Take aufzunehmen, und sie hatten Ewigkeiten gebraucht, um die Verstärkerstufen zwischen den einzelnen Aufnahmen zu modulieren. Beim siebenundzwanzigsten Versuch waren sie endlich mit dem Ergebnis zufrieden. Danach teilten sie sich auf dem Gang eine Zigarette.

»Das war wie Ariadnes Faden«, sagte Simon.

Jane hob den Kopf, verwundert, dass er sich ausgerechnet auf die griechische Sage bezog, die sie Jesse gegenüber einmal erwähnt hatte. Aber er hatte recht: Es war wirklich so, als würde sie einem Faden aus der Dunkelheit ins Licht folgen.

»Wie heißt es doch so schön?«, meinte er. »Keine Liebe ohne Schmerz.«

»Keine Liebe ohne Opfer«, verbesserte Jane.

Die B-Seite des Albums begann mit »A Shanty«, einer Variation eines Seemannslieds.

»I know the truth, you can't stop being you
No matter whether blue, this storm's just passing through.«

Der Track reinigte die Gehörgänge und verband Elemente eines traditionellen Shantys mit Pop-Akzenten von Huck und Kyle. Danach folgte die Highway-Ballade »Brand New Cassette«, die mit ihren deutlichen Bluesrock-Anklängen in der Seele brannte wie Zigarettenrauch in einer wunden Kehle. Als Simon den Sample-Teil in die Masteraufnahme hineinkopierte, ging er so behutsam vor, als würde er ein lebenswichtiges Organ transplantieren. Der nächste Song, »No Two Alike«, mit seiner klassischen, beinahe naiv wirkenden Instrumentierung aus Bass, Keyboard und Gitarre und einer Melodie, die an Kinderreime erinnerte, war pure Nostalgie. Seine wahre Kraft offenbarte sich erst in der Bridge.

> *»Be a man, find a job, learn to pay your dues,*
> *They say you have your father's stride, but can you fill his shoes?«*

Danach folgte mit »A Thousand Lines« ein verhältnismäßig schneller Song, bei dem die verschiedenen Stimmen der Begleitung so zart und filigran gewoben waren wie eine Krone aus Blüten. Jedes Mal, wenn Jane und Simon glaubten, die perfekte Mischung gefunden zu haben, und den Song noch einmal abspielten, stach Richs Gitarre unangenehm hervor wie eine kaputte Sprungfeder in einem Sofa. Das Album endete mit »Light's On«. Es war einer von insgesamt drei Songs, bei denen Jane sich nur auf dem Klavier begleitete, und Simon bewies sein Können beim Abmischen der Coda, in der die Melodiestimme zu einer dissonanten, beinahe atonalen Harmonie auseinanderfiel. Der Song war ebenso technisch beeindruckend wie emotional ernüchternd.

Irgendwann waren alle Stücke fertig, nur »A Thousand Lines« bereitete ihnen weiterhin Kopfzerbrechen. Sie mischten den Song wieder und wieder auf jede nur erdenkliche Art. Erst legten sie einen Tiefpassfilter über Richs Tonspur, dann unterlegten sie sie mehrstimmig. Sie probierten es mit einem Verzerrer, regelten den Hall herunter, dann wieder herauf. Doch was immer sie auch versuchten, sein Gitarrenspiel besaß einfach nicht die Feinheit, nach der der Song verlangte. In ihrer Verzweiflung beschloss Jane sogar, seinen Part noch einmal selbst einzuspielen, doch auch das führte nicht zum gewünschten Ergebnis.

Niedergeschlagen saßen sie vor dem Mischpult und betrachteten die Bandspulen wie zwei Waschbären, die eine Mülltonne geplündert hatten und nun ihre Beute in Augenschein nahmen.

»Vielleicht sollten wir den Song rausschmeißen«, schlug Jane nach einer Weile vor.

Simon schluckte. »Eine Sache können wir noch probieren.« Er öffnete eine Schublade und holte ein unbeschriftetes Tonband heraus. Vorsichtig entfernte er Richs Gitarre aus dem Mastertape und ersetzte sie durch die Tonspur auf dem neuen Band. Dann spulte er das Mastertape zurück und drückte auf »Play«.

Ein Vibrieren ging durch Janes Körper, sobald sie Jesses unverwechselbare Tambour-Technik vernahm. Sein Spiel fügte sich nahtlos in den Song ein. Mit klopfendem Herzen und sprachlos vor Staunen lauschte sie, wie seine Finger ihre Wünsche intuitiv in Klänge verwandelten.

»Wo kommt das her?«, fragte sie hinterher.

»Keine Ahnung. Vor ein paar Wochen habe ich es auf dem Mischpult gefunden. Es waren nur ein paar Tracks drauf. Ich habe Willy gefragt, und er meinte, ich soll es erst mal weglegen. Aber wenn du schon kurz davor bist, den Song vom Album zu streichen, wäre es doch vielleicht eine Überlegung wert.«

Jane räusperte sich. »Welche Songs hat er noch aufgenommen?«

Außer für »A Thousand Lines« gab es auf dem Band noch Tracks für »New Country« und »A Shanty«, beides schnellere Nummern, die nicht ganz so schwermütig waren wie der Rest des Albums. Während sie Jesse zuhörte, wurde ihr ganz warm ums Herz. Ihre Musik musste ihm gefallen haben, denn er hatte das Bedürfnis gehabt, etwas zu ihrem Album beizutragen.

»Ich weiß nicht recht. Was meinst du?«, fragte Simon.

Jane konnte sein Unbehagen gut verstehen. Wenn sie die Tracks benutzten, riskierten sie, Rich damit vor den Kopf zu stoßen. Wenn sie es nicht taten, würde die Qualität des Albums darunter leiden.

Jane atmete aus. »Wir nehmen sie.«

»Welche?«

»Alle.«

Simon wirkte erleichtert, dass sie diejenige gewesen war, die den Entschluss gefällt hatte. Gemeinsam machten sie sich daran, Richs Tonspuren aus »A Thousand Lines«, »A Shanty« und »New Country« zu entfernen und durch Jesses zu ersetzen. Es war schon kurz vor Mitternacht, als sie endlich Feierabend machten.

»Ich glaube, du hast die richtige Entscheidung getroffen«, sagte Simon, als er die Tür des Studios hinter ihnen abschloss. Er zögerte. »Was wirst du Rich sagen?«

Jane fischte ihre Zigaretten aus der Tasche. »Ich werde ihm sagen, wie dankbar ich ihm bin und dass es am Ende einfach nicht gepasst hat. Ich glaube, er wird es verstehen.«

Simon nickte, machte jedoch keine Anstalten zu gehen.

»Weißt du«, fuhr Jane fort. »Es könnte sicherlich nicht schaden, wenn du ihn mal zum Abendessen einlädst – um die Wogen ein bisschen zu glätten. Ich habe so das Gefühl, dass ihr beide nicht zum letzten Mal zusammengearbeitet habt.«

Ein Lächeln huschte über sein Gesicht. »Ja, vielleicht mache ich das.« Als er den Flur hinunter zum Ausgang ging, sah er aus wie ein kleiner Junge.

Sie steckte sich eine Zigarette an. Nach einer Weile setzten sich ihre Füße ganz von selbst in Bewegung und nahmen Kurs auf Studio A. Das Licht über der Tür war aus, das Studio war also gerade nicht in Benutzung. Jane trat ein.

Von innen sah Studio A sah fast genauso aus wie Studio C. Jane stand im Regieraum, rauchte und starrte auf das Band im Laufwerk. Dann drückte sie auf »Play«.

Das Band enthielt nur eine einzige Tonspur, den Gesang für »Let the Light Go«. Es war Monate her, seit sie zuletzt Jesses Stimme gehört hatte. Sie klang rein und klar, und Jane musste unwillkürlich an all die Male denken, die sie ihn den Song hatte singen hören, sei es in ihrem Motelzimmer in Washington oder in der Minglewood Hall in Memphis.

Sie spulte das Band zurück und drückte ein zweites Mal auf »Play«. Und als das Band zu Ende war, hörte sie es noch ein drittes Mal.

32

Am Morgen des 24. Dezember fuhren Jane und Elsie zum Hafen, um Grace von der Fähre abzuholen. Sie warteten im Kombi, während die Fähre anlegte. Im Radio liefen Weihnachtslieder.

»Da ist sie«, sagte Elsie.

Grace winkte ihnen vom Landungssteg aus. Eine dünne Schneeschicht bedeckte ihren Mantel wie Puderzucker.

Grace war nicht die Einzige, die es zu Weihnachten in die Heimat zog. Der neuesten Ausgabe der *Island Gazette* zufolge waren Jesse und Morgan auf der Insel gelandet, um dort mit ihren Familien die Feiertage zu verbringen. Elsie benutzte den Artikel, um damit den Küchentisch abzudecken, während sie, Grace und Jane das Weihnachtsessen zubereiteten, und schon bald war das Foto des Händchen haltenden Pärchens am Flughafen unter einem Berg Kartoffelschalen begraben.

Morgans erste Single »Broken Door« war Anfang Dezember erschienen, in derselben Woche, als Jane auf die Insel zurückgekehrt war. Seitdem gab es eine Flut von Presseberichten über die beiden, denn anders als Jane hatte Morgan gleich mehrere Interviews über ihre Romanze mit Jesse Reid gegeben. Darin schilderte sie freimütig, wie sie sich schon als Kinder auf der Insel kennengelernt hätten und dass ihre Liebe in mehr als einer Hinsicht vorherbestimmt gewesen sei. Die Berichterstattung in der Lokalzeitung war dabei noch kitschtriefender als die der überregionalen Medien.

Jane kam sich vor wie ein Geist, der mitansehen musste, wie jemand Neues in sein Haus einzog. Woche für Woche kletterte »Broken Door« in den Charts weiter nach oben. Der Song schwamm auf derselben Welle des Erfolgs, der im Jahr zuvor »Spring Fling« in die Top Ten katapultiert hatte. Jane hatte nicht als Jesses Freundin Bekanntheit erlangen wollen, doch als Morgans Erfolg den ihren überflügelte, begann sie zu fürchten, dass sie vielleicht überhaupt nicht bekannt werden würde.

Ihr einziger Trost waren die zehn Mastertracks in ihrem

Zimmer, die Rich und Kyle bei ihrer Rückkehr Anfang der Woche vorbeigebracht hatten. Willy hatte bis zu den Feiertagen warten wollen, ehe er einen Termin für das Covershooting festlegte, danach würde das Label über das Erscheinungsdatum von *Ursa Major* entscheiden. Jane vermutete, dass das Album Ende Januar in die Läden kommen würde. Bis dahin befand sich ihr Leben in der Warteschleife.

Am Heiligabend versammelten sich alle zum Festessen in Gray Gables. Rich und Kyle kamen etwas früher, um bei den Vorbereitungen zu helfen, und Jane kam sich vor, als wäre ihr Leben zurückgespult worden. Als Greg mit Maggie und Bea eintraf, reagierte Rich verhalten, allerdings war seine alte Schwermut verschwunden. Überhaupt fiel Jane auf, dass er so glücklich zu sein schien wie schon lange nicht mehr. Als Jane ihm erzählt hatte, dass sie Jesses Tonspuren für das Album benutzt hatten, war er nicht gekränkt, sondern erleichtert gewesen, und sowohl er als auch Kyle hatten bereits mehrere Buchungen für Studiogigs im neuen Jahr. Jane verbot es sich, Kyle zu fragen, wie die Aufnahmesessions mit Jesse gelaufen waren.

Eine der Kundinnen aus dem Salon hatte Elsie eine Weihnachtsgans geschenkt, die sie nun, knusprig gebraten, mit Schüsseln voller Kürbis, Kartoffelpüree, grünen Bohnen und Zucchinibrot auftischten. Sie stießen miteinander an und aßen und tranken, bis nichts mehr übrig war als leere, von Pflaumensauce und Bratensaft verschmierte Teller. Nach dem Abendessen verteilte Grace Knallbonbons, die sie aus London mitgebracht hatte, und sie tauschten die darin enthaltenen Papierkronen untereinander, bis jeder seine Lieblingsfarbe bekommen hatte.

»Auf so was fährt Nate also ab, ja?«, sagte Maggie, als

Grace eine orangefarbene Tiara aufsetzte. Grace wurde rot. Nate war der Hauslehrer von Millies Enkelkindern und seit einiger Zeit auch Graces Freund.

»Mags, gib mir die blaue«, sagte Greg und nahm Maggie die Krone vom Kopf. Als Maggie ihm zur Strafe einen Klaps auf die Finger gab, beugte Grace sich zu Jane.

»Weißt du«, sagte sie. »Ohne dich wäre ich niemals gefahren. Danke.« Sie drückte ihren Arm, dann stand sie auf, um nach Bea zu schauen. Jane rief sich Graces Abschiedsworte ins Gedächtnis: *»Wenn ich an Weihnachten zurück bin, wird es dir schon viel besser gehen.«* Damals hatte Jane es nicht geglaubt, aber ihre Tante hatte recht behalten. Ihr Leben war weiß Gott nicht perfekt, aber sie hatte ein Album aufgenommen, auf das sie stolz sein konnte. Und das war doch immerhin etwas.

»Komm«, sagte Greg und zog Jane von ihrem Stuhl. »Lass uns ein bisschen Musik machen.« Rich zupfte bereits an seiner Gitarre, als Greg sie in Richtung Wohnzimmer schob.

Irgendwann neigte sich die Feier ihrem Ende zu. Bea war auf der Couch eingeschlafen, und Jane war so satt, dass sie das Gefühl hatte, nie wieder eine Gans anschauen zu können. Sie wusste nicht mehr, wann sie zuletzt so viel gelacht hatte.

»Frohe Weihnachten«, sagte Grace und umarmte sie zum Abschied. Sie würde die Nacht bei ihrer Enkeltochter verbringen. Greg winkte lediglich, da er Bea nicht aufwecken wollte, die von Maggie nach draußen getragen wurde. Von der Veranda aus beobachtete Jane, wie die vier zu Gregs zerbeultem VW Käfer gingen, und fand, dass sie eine perfekte kleine Familie abgaben. Kyle und Rich blieben noch, um beim Abwasch zu helfen, dann fuhren auch sie nach Hause. Jane und Elsie bliesen die Kerzen aus.

»Gute Nacht«, sagte Elsie, ehe sie die Treppe in den ersten Stock hinaufstiegen.

Einige Stunden später erwachte Jane davon, dass unten jemand an die Haustür klopfte. Sie sah, wie in Elsies Zimmer auf der anderen Flurseite das Licht anging, und hörte sie die Treppe hinunterschleichen. Einen Moment lang war alles still.

»Janie, ich glaube, du solltest mal runterkommen«, rief ihre Großmutter irgendwann. Jane wälzte sich aus dem Bett. Zum Schlafen trug sie ein viel zu großes T-Shirt mit der Aufschrift »Bongo's Whale Watching Tours« und dicke Socken. Nun warf sie sich eine Decke um die Schultern und machte sich auf den Weg nach unten.

»Was ist denn los?«, murmelte sie und blieb auf der vorletzten Stufe stehen.

Elsie schaute durch den Türspion. »Es ist Jesse.«

Jane glaubte sich verhört zu haben. »Jesse?«

»Sollen wir aufmachen und ihn fragen, was er will?«

Jane schluckte.

»Du hast recht, lieber nicht«, sagte Elsie. »Irgendwann wird er schon wieder gehen.«

»Nein. Fragen wir ihn, was er will«, sagte Jane.

Elsie schob den Riegel zurück, und da stand er. Seine Haare waren länger als in ihrer Erinnerung, und er hatte sich einen Bart wachsen lassen. Er trug keine Jacke und hatte wegen der Kälte die Schultern bis zu den Ohren hochgezogen.

»Es ist ein bisschen spät«, sagte Elsie. Jane kam die letzten Stufen hinunter. Als Jesse sie sah, konnte er den Blick nicht von ihrem Gesicht abwenden.

»Darf ich reinkommen?«, fragte er. »Ich entschuldige mich für die späte Stunde.«

Jane nickte, und Elsie entriegelte auch die Fliegengittertür, um Jesse hereinzulassen. Sobald er drinnen war, verschloss sie beide Türen wieder.

»Ich gehe zurück ins Bett«, verkündete sie. Als sie an Jane vorbeiging, zögerte sie kurz, sagte jedoch nichts weiter. Janes Herz klopfte so heftig, dass ihr ganz schwindlig wurde. Jesse Reid stand bei ihr im Eingangsflur. Es kam ihr seltsam vor, wie ein Traum. Zaghaft machte sie einen Schritt auf ihn zu.

»Was willst du hier?«, fragte sie mit trockenem Mund.

Jesse fuhr sich mit der Hand durchs Haar. »Ich bin nach Hause gekommen.« Auch er trat näher. »Über Weihnachten.« Er schüttelte den Kopf. »Aber je länger ich dagesessen habe, desto mehr hatte ich das Gefühl, dass es gar nicht mein Zuhause ist.«

Er wagte sich noch einen Schritt weiter vor. »Dies hier ist mein Zuhause«, sagte er und schaute sich um. »Du bist mein Zuhause.«

Jane konnte kaum noch atmen.

»Ich wusste, dass ich nicht bei dir sein kann. Trotzdem wollte ich die ganze Zeit ins Auto steigen und zu dir fahren. Und irgendwann habe ich es dann einfach gemacht.«

Er kam immer näher, vorsichtig, als wäre sie ein wildes Tier, das er nicht verschrecken wollte. Jane stand da und vermochte sich nicht zu rühren.

»Bitte, schick mich nicht weg«, sagte er, als er bei ihr angelangt war. Sie sah ihm in die Augen, und er strich ihr die Haare über die Schulter nach hinten. Die Geste der Vertrautheit überraschte sie beide, und zunächst wusste keiner von ihnen, wie er darauf reagieren sollte.

Dann zog Jesse sie an sich und drückte sie an seine Brust. Jane hörte das Pochen seines Herzens und begann zu schluchzen. Sie schluchzte und schluchzte, bis sie keine Tränen mehr übrig hatte und nur noch seine Finger spürte, die sanft durch ihre Haare glitten.

Sie nahm ihn mit nach oben in ihr Zimmer. Morgen früh würde es Fragen geben, aber in diesem Augenblick spielte all das keine Rolle. Jane spürte plötzlich wieder, dass sie einen Körper hatte. Sie empfand Verlangen, aber noch stärker war die Erleichterung, wenigstens einen Moment lang zugeben zu können, wie sehr sie Jesse immer noch begehrte.

Sie konnte es nicht in Worte fassen, aber als er sie küsste, hörte sie Musik und hatte das Gefühl, an einen heiligen Ort zu kommen, von dem sie geglaubt hatte, sie würde ihn nie wieder betreten. Es war ein Ort, an dem sie nicht nur Jesse begegnete, sondern auch dem Menschen, der sie in seiner Gegenwart sein durfte – einem Menschen, der gut war und von innen heraus leuchtete und der das Hoffen noch nicht verlernt hatte.

Jesse strich mit den Daumen über ihre Wangenknochen, und sie versanken erneut in einem Kuss. Er roch so gut und schmeckte so vertraut, dass die langen Monate des Getrenntseins sich einfach in Luft auflösten. Jane streifte ihm das Hemd ab. Als sie sich aufs Bett legten und sie durch den kühlen Stoff der Jeans seine Härte spürte, schnappte sie nach Luft.

Er zog sich die Hose aus und streifte ihr das T-Shirt über den Kopf, sodass sie nur noch ihre Socken am Leib trug. Mit den Fingern fuhr er die Kontur ihres Körpers nach, als müsse er sich vergewissern, dass sie wirklich da war. Dann ließ er seine Hand in ihr Kreuz gleiten und zog sie an sich. Ein kleines Stöhnen drang aus seiner Kehle.

Sie ertrank in seinen Küssen und keuchte an seinem Hals, während die Wogen der Erregung sich in ihrem Körper brachen. Er hielt sie an den Hüften fest und bewegte sich in ihr, bis auch er erschauerte. Danach blieb er noch einen Moment lang auf ihr liegen, die Stirn an ihre gepresst, ehe er sich mit ihr zusammen auf die Seite drehte und sie an seine Brust zog. So hielt er sie, während ihr Herzschlag allmählich zur Ruhe kam und ihr Atem gleichmäßiger wurde. Arm in Arm schliefen sie ein.

Jane träumte, es wäre Morgen. War Jesse schon weg? Sie verließ ihr Zimmer und ging nach unten. Als sie sich dem Flurspiegel näherte, war es plötzlich Abend. Sie trug ein figurbetontes fliederfarbenes Kleid. Als die den Blick nach unten richtete, stellte sie fest, dass sie einen Lippenstift in der Hand hielt. Sie zog die Kappe ab und drehte daran, bis oben die Farbe herauskam. Dann ließ sie ihn vor Schreck fallen. Ihr Spiegelbild trug immer noch das gleiche Kleid, aber ihre Züge hatten sich verändert. Auf einmal war sie die Frau aus Chicago mit einem Ausdruck blinder Verehrung im Gesicht.

Mit einem Ruck fuhr sie aus dem Schlaf. Es war mitten in der Nacht. Sie schaute sich um. Jesse lag neben ihr. Sie hatte noch Zeit.

33

Sie erwachte im grauen Licht des Morgens. Während der Nacht hatten sie ihre Position verändert, jetzt drückte sich Jesses Nase in ihre Halsbeuge, und seine Arme und Beine lagen auf ihrem Körper. Sie roch seine Haare und spürte das Gewicht seines Kopfes neben sich auf dem Kissen.

Als er sich zu regen begann, war der schöne Moment dahin. Seine Hände schienen als Erstes aufzuwachen und wühlten sich in ihr Haar. Dann öffnete er die Augen. Er sah sich im Zimmer um, zog sie in seine Arme, nahm ihre Hand und legte sie auf seine Brust.

»Sind das die Mastertracks?«, fragte er und deutete zum Plattenspieler, wo Jane das Päckchen von Pegasus hingelegt hatte.

Sie nickte.

»Hast du die Tonspuren gefunden, die ich dir dagelassen habe?«

Wieder nickte sie. »Was hat dich dazu bewogen, sie aufzunehmen?«

Jesse nahm ihre Hand und fuhr die Linien in ihrer Handfläche mit den Daumen nach. »Nach unserer Trennung habe ich versucht, mir einzureden, dass es so das Beste ist. Morgan mochte mich, und die Leute fanden, dass wir gut zusammenpassten, also dachte ich mir: Warum nicht? Willy hat sich geweigert, mir irgendwas über dich zu erzählen. Das hat mich wahnsinnig gemacht. Ich hatte keine Ahnung, was du so treibst oder mit wem du zusammen bist. Als ich nach L. A. kam, wusste ich erst gar nicht, dass du auch da warst und gerade dein Album aufnahmst. Dann habe ich von deinem bevorstehenden Auftritt im Troubadour erfahren. Ich habe Willy darauf angesprochen, und er hat mir gesagt, dass du in L. A. bist, um dein neues Album aufzunehmen, aber praktisch schon im Flieger zurück an die Ostküste sitzt. Er hat mich angefleht, nicht zu deinem Konzert zu gehen, er meinte, das würde alles nur verkomplizieren. Aber ich musste dich unbedingt sehen. Ich hatte mir fest vorgenommen, mich unauffällig zu verhalten, damit du mich nicht bemerkst, aber dann habe ich im Studio zufällig ›Ursa Major‹ gehört und ... Ich wollte unbedingt mit dir darüber sprechen. Als ich nach oben in deine Garderobe kam, waren nur noch Vincent Ray und dieser unerträgliche Tommy Patton da.« Seine Stimme wurde düster. »Ich gehe mal davon aus, dass Vincent ihn mitgebracht hat.«

»Ja.«

»Unfassbar.«

Insgeheim stimmte Jane ihm zu. Jesses Erscheinen auf ihrem Konzert war ihr wie ein Fluch erschienen, aber vielleicht war es in Wahrheit ein Segen gewesen. Er sprach aus, was sie dachte, ohne dass sie es ihm erst umständlich erklären musste.

»Danach wusste ich nicht, wohin mit mir«, fuhr er fort. »Ich konnte den Gedanken, zurück zu Morgan zu fahren, nicht ertragen, und ich hatte keine Ahnung, wo du bist, also bin ich ins Studio gefahren. Bei euch war noch die Aufnahme von ›A Thousand Lines‹ im Tonbandgerät ... Es schien keinen Gitarrenteil zu haben, also dachte ich mir, ich versuche einfach mal mein Glück. ›A Shanty‹ und ›New Country‹ habe ich mir auch vorgenommen, die anderen Songs waren einfach ... perfekt. Ich wusste immer schon, dass du schreiben kannst, Jane.«

Er grinste, doch gleich darauf verfinsterte sich seine Miene. »Ich dachte, du würdest dich vielleicht bei mir melden, nachdem du die Tracks gefunden hast.«

»Mein Toningenieur hat sie mir erst gezeigt, als ich kurz davor war, ›A Thousand Lines‹ von der Platte zu schmeißen«, sagte Jane. »Deine Aufnahme hat den Song gerettet.«

»Dann verwendest du sie also?«

Jane nickte und hielt seine Hand fest. Sie wusste, dass sie ihm etwas sagen musste. Sie wünschte, es wäre nicht so.

»An dem Abend im Troubadour ...«, begann sie. Sie hatte das Gefühl, an den Rand einer Klippe zu treten. Um weiterzukommen, musste sie springen, aber der Abgrund vor ihr war dunkel und gefährlich, und sie hatte keine Ahnung, was sie bei der Landung erwartete. Deshalb zögerte sie. »Seitdem denke ich anders – seit ich Tommy Patton getroffen habe«, fuhr sie fort. »Ich sehe meiner Mutter sehr ähnlich, aber er hat mich überhaupt nicht wiedererkannt.«

»Nach dem, was du mir erzählt hast, sind sich die beiden ja auch nur kurz begegnet«, sagte Jesse. »Und ich glaube kaum, dass deine Mom die Einzige war, die Patton ausgenutzt und dann vergessen hat.«

Jane holte tief Luft. »Aber was, wenn das gar nicht stimmt? Was, wenn sie die ganze Zeit gelogen hat? Ich habe ihre Behauptung, ›Lilac Waltz‹ wäre von ihr, nie angezweifelt, aber als ich gesehen habe, wie Patton auf mich reagierte, bin ich ins Grübeln gekommen ... Was, wenn ihre Version der Geschichte gar nicht der Wahrheit entspricht?«

Jesse dachte nach. »Aber die Leute haben doch gehört, wie sie ›Lilac Waltz‹ gesungen hat, oder nicht? Welchen Anlass hast du, an ihr zu zweifeln?«

Dies war er: der Moment, in dem Jane springen musste. Sie öffnete den Mund.

Pass auf, was du ihm sagst.

Als Jesse ihre Hand drückte, fiel ihr ein bläulich gelber Fleck in seiner Ellenbeuge auf. Sie berührte ihn sacht mit der Fingerspitze. Jesse entzog ihr seinen Arm.

»Weiß Morgan davon?«

Er seufzte. »Ja.«

Jane spürte, wie sie langsam von der Klippe zurückwich. »Und?«

»Es gefällt ihr natürlich nicht, aber sie weiß, dass ich mich bemühe.« Er umfasste Janes Hand fester. »Jane, ich muss dir was sagen.« Sein Ton ließ sie aufhorchen. »Eigentlich sollte ich ihr heute einen Heiratsantrag machen.« Er sah sie an.

Schlagartig wurde Jane kalt, und sie ließ seine Hand los. »Warum erzählst du mir das?«

»Tut mir leid. Ich weiß.«

Ihre Gedanken wirbelten wild durcheinander. Lenny Davis würde endlich die Hochzeit bekommen, die Jesses Ruf reinwusch. Das war auch der Grund, weshalb Willy noch keinen Erscheinungstermin für *Ursa Major* festgelegt hatte. Er hatte von dem bevorstehenden Heiratsantrag gewusst und begriffen, was Jane in diesem Moment ebenfalls begriff: Der Presserummel, den Jesses Verlobung mit Morgan nach sich ziehen würde, wäre so groß, dass auf Monate hinaus jedes andere Album gnadenlos untergehen würde. Indem Willy ihren Erscheinungstermin nach hinten verschob, hatte er sie vor dem Ertrinken gerettet.

»Wirst du es denn tun?«

»Ich weiß nicht.« Er atmete tief ein. »Ich denke immer wieder: Was, wenn du es wärst? Wir beide? Wie viel schöner das wäre.«

Ja, was dann?, dachte sie. Dann würde ihr die ganze Publicity zugutekommen. Sie würde wieder im Rampenlicht stehen – aber sie war nicht mehr dieselbe Frau wie vorher. Ihr Blick driftete zu den Tonbändern, und ihre Songtexte kamen ihr in den Sinn, nur dass sie jetzt wie die Balladen einer Frau klangen, die eine Beziehung zerstört hatte. *»My love light's on / And I've got nothing left to lose.«* Sie erschauerte. Ihr Album hatte das Potenzial, wirklich bedeutungsvoll zu werden, und die Klatschmagazine würden es auf billige Schlagzeilen reduzieren. Ihre Glaubwürdigkeit als Künstlerin wäre dahin.

Dafür bekäme sie Jesse. Bei diesem Gedanken blieb ihr fast das Herz stehen.

Aber für wie lange? Und wenn sie sich irgendwann wieder trennten, was würde dann aus ihrer Musik werden?

Schon beim letzten Mal wäre sie fast in der Versenkung verschwunden. Wenn sie erneut Schluss machten, würde das Label sie endgültig fallen lassen. Vor ihrem geistigen Auge sah sie, wie sie im Aufenthaltsraum des Zentrums die Zeitschriften ordnete: Jesse, Loretta und Morgan auf den Titelblättern von *Time*, *Rolling Stone* und *Life*. Das durfte sie nicht zulassen.

»Ich werde niemals heiraten«, sagte sie.

»Wir müssten ja auch nicht heiraten. Ich möchte dich einfach nur an meiner Seite haben.«

»Ich kann nicht. Wenn ich das tue, wird alles, wofür ich so hart gearbeitet habe, nichts mehr wert sein. Dann bin ich nur noch ein Name in einem *Rolling Stone*-Schaubild über all die Frauen, mit denen du was hattest.«

»Das wird irgendwann nachlassen«, sagte Jesse. »Ich rede hier von unserem Leben. Willst du etwa behaupten, dass eine Platte wichtiger ist als das?«

»Diese Platte bedeutet mir alles. Ich erwarte nicht, dass du das verstehst.«

»Was soll das denn heißen?«

»Du bist immer im Zwiespalt, was deine Kunst angeht. Ich nicht.«

Jesse betrachtete sie. »Sei meine Partnerin«, bat er. »Ohne dich ist alles sinnlos.«

»Es tut mir leid, aber ich kann einfach nicht«, wiederholte Jane. »Es steht zu viel auf dem Spiel.«

Jesse war fassungslos. »Begreifst du denn nicht, dass es auch das Beste für dein Album wäre?«

»Ich will, dass man mich allein nach meinem Talent beurteilt. Ich will nicht deinetwegen bekannt sein. Ich will keinen Ruhm aus zweiter Hand.«

»Ruhm kommt immer aus zweiter Hand«, sagte er. »Die Welt ist nun mal so, wie sie ist. Diese Idee, die du hast, von der reinen Wertschätzung deiner Kunst, unberührt von Geld oder Sex oder Macht – das ist ein Hirngespinst. Das ist nicht real. Aber real ist, dass ich mit dir zusammen sein und für dich sorgen möchte.«

Janes Zorn loderte auf. »Das ist alles andere als real«, widersprach sie. »Du kannst ja nicht mal für dich selber sorgen.«

Jesse sah aus, als hätte sie ihn geschlagen. Einen Moment lang saß er da wie betäubt. Dann nahm er ihr Gesicht in beide Hände und küsste sie. Jane war dermaßen überrumpelt, dass sie den Kuss erwiderte. Sie keuchte, und er zog sie an sich. Als sie sich von ihm losmachte, waren beide außer Atem.

»Du liebst mich, Jane.«

»Du kennst mich nicht so gut, wie du glaubst«, entgegnete sie, noch immer benommen von dem Kuss.

»Ich kenne deine Songs. ›A Thousand Lines‹, ›Brand New Cassette‹, ›Ursa Major‹ – die handeln von uns.«

Jane warf ihm einen Blick zu. »An deiner Stelle würde ich nicht davon ausgehen, dass du ›Ursa Major‹ verstehst.«

Jesse ließ sich nicht beirren. »›*Evenings turning to a spoon / Wish that you would come down soon*‹ – da geht es doch um mich.«

»Aber nicht so, wie du denkst.«

Er blickte sie forschend an. Sie starrte in das strahlende Blau seiner Augen und spürte, wie die Luft zwischen ihnen pulsierte. Erneut streckte Jesse die Arme nach ihr aus und wollte sie an sich ziehen, doch diesmal hielt Jane einige Zentimeter von seinem Gesicht entfernt inne. Er runzelte die Stirn. Sein Blick wanderte zu ihren Lippen, und er beugte sich nach vorn. Jane kam ihm nicht entgegen.

»Jane«, sagte er. »Bitte.«

Sie biss sich auf die Lippe. Es wäre so leicht gewesen, ihn zu küssen und sich wieder mit ihm im Bett zu verkriechen. Unwillkürlich spannten sich ihre Muskeln an, als sie daran dachte, wie er sich auf sie legte. Sie spürte bereits, wie seine Gliedmaßen sich um ihren Körper schlangen, er seine raue Wange an ihrem Hals rieb, und hörte seine tiefe Stimme in ihrem Ohr.

»Nein«, sagte sie.

Es dauerte lange, ehe Jesse etwas erwiderte. Es war, als brächte er nicht mehr den nötigen Willen zum Sprechen auf. Er ließ sie los, ballte die Hände zu Fäusten und öffnete sie wieder.

»Okay.« Er stand vom Bett auf und zog sich an. Jane fühlte sich taub. In wenigen Minuten wäre er fort. Mit ausdrucksloser Miene fuhr er sich durchs Haar. Seine Schönheit ließ alles, was er tat, bedeutungsvoll erscheinen.

Sie setzte sich auf, und sie sahen einander einen Moment lang an, ohne zu sprechen. »Willst du überhaupt heiraten?«, fragte sie schließlich.

Eine Kaltfront zog über Jesses Gesicht hinweg, und seine Augen gefroren zu Eis. Sein Ton blieb höflich, trotzdem musste Jane unwillkürlich an die schlimmsten Phasen während ihrer Tour denken. »Eigentlich ist mir das egal«, sagte er. »Ich wollte mit dem Menschen zusammen sein, der mir am meisten auf der Welt bedeutet, aber da das ja nun nicht möglich ist, spielt es keine große Rolle mehr, was ich tue. Man sieht sich, Jane.«

Sie lauschte, wie seine Stiefel die Treppenstufen hinabpolterten, und kurz darauf fiel die Haustür ins Schloss.

Erst dann wagte auch sie sich nach unten. Sie stand im Flur. Das weiße Licht des Morgens machte die Risse in der Tapete sichtbar.

Flowers painted on the wall,
Tattered paper bouquets fall.

Sie betrachtete ihr Spiegelbild. Nach einiger Zeit hörte sie Elsie hinter sich die Treppe herunterkommen.

»Ist er weg?«

Jane nickte. Die Frage von ihrer Großmutter schien der einzige Beweis, dass er überhaupt hier gewesen war. Elsie trat hinter sie und legte ihr sanft die Hände auf die Schultern. Ihre Blicke trafen sich im Spiegel. Jane senkte den Kopf.

»Sag Grace nichts davon«, bat sie.

34

Alex Calder war noch nie auf Bayleen Island gewesen, hatte allerdings schon länger den Wunsch gehegt, die Insel zu fotografieren. Bereits als er aus dem Flugzeug stieg, bemerkte er eine Veränderung des Lichts, das vom Salz in der Luft ganz weich und diffus war.

Jane Quinn stieg aus einem zerbeulten Kombi mit holzverkleideten Seiten, der neben dem von Unkraut überwucherten Runway parkte, und winkte ihm. Alex strahlte, und die beiden umarmten sich zur Begrüßung. Er hatte von Anfang an für Jane geschwärmt und konnte es gar nicht erwarten, sie erneut vor die Linse zu bekommen. Mit ihren windgepeitschten blonden Haaren, dem Leinenkleid und den ledernen Stiefeln passte sie perfekt in die Umgebung. Sie stiegen in den Kombi, und Jane bog auf eine bewaldete Straße ein.

»Wie lange bleibst du?«, fragte sie, während sie unter einem Baldachin knospender Zweige dahinfuhren, deren frisches Grün vor dem Hintergrund des dunklen Waldes leuchtete.

»So lange wie nötig«, antwortete er. »Pegasus übernimmt die Kosten. Bis nächste Woche habe ich keine anderen Aufträge.«

Jane schaltete das Radio ein. Dort lief gerade »Under Stars« von Jesse Reid.

»Imagine, a life with you,
Makes me complete.
Imagine a dance hall
Rip your stockings, move your feet.«

Alex verdrehte die Augen und wechselte den Sender. Der Song war wie eine ansteckende Krankheit, vor der man sich nicht schützen konnte. Er lief auf jedem Sender, jeder Jukebox, jedem Kassettenrekorder. Die einzigen anderen Künstler, die noch gespielt wurden, waren diejenigen im unmittelbaren Umfeld des Seuchenherds: Morgan Vidal natürlich und Loretta Mays. Jesse Reid hatte Mays' Song »Safe Passage« mit in sein Album aufgenommen, und infolgedessen hatte ihr Debüt *Hourglass* die Charts erobert.

Die Produktion aller anderen Alben im Winterkatalog von Pegasus war fürs Erste auf Eis gelegt worden, damit ihre Verkaufszahlen nicht unter dem sensationellen Erfolg von *Under Stars* und Morgan Vidals Debütalbum litten. Es hatte keinen Sinn, mit zwei Megahits wie diesen in Konkurrenz treten zu wollen.

Deshalb wusste Alex auch, dass man den Erscheinungstermin von Janes neuem Album auf Juni verschoben hatte. Ihm waren Gerüchte zu Ohren gekommen, dass Jane und

Jesse während der Tournee im Jahr zuvor ein Liebespaar gewesen waren, trotzdem schien es ihr nichts auszumachen, seinen Song im Radio zu hören. Sie begann ihm Fragen über seine Arbeit zu stellen.

»Was ist entscheidend für die Emotion auf einem Foto?«, wollte sie wissen.

»Eine Kombination verschiedener Faktoren«, antwortete Alex. »Motiv. Licht. Perspektive. Das, was ich in einer ganz bestimmten Situation sehe.«

»Als du das Cover für die Breakers fotografiert hast, was hast du da gesehen?«

Er überlegte eine Weile. »Ich habe ein Mädchen gesehen, das einem Tyrannen die Stirn bietet«, sagte er schließlich.

Jane legte den Kopf schief. »Dann ist das Foto also aus deiner ganz persönlichen Perspektive geschossen.«

»Kann man so sagen.«

Sie fuhren an einem Schild mit der Aufschrift »Fischerdorf, 2 Meilen« vorbei. Die Bäume wurden spärlicher und machten Sträuchern Platz, bis die Straße irgendwann an einem langen Pier endete. Vertäute Boote schaukelten auf dem Wasser, daneben stapelten sich grüne und gelbe Hummerkisten. Jenseits einer kleinen Ladenzeile ragte ein Wellenbrecher aus Felsen etwa eine halbe Meile weit ins Meer hinein.

Jane parkte den Wagen und kletterte mit Alex auf den Wellenbrecher. Irgendwann ging sie in die Hocke und bedeutete ihm, dasselbe zu tun. Er beugte sich herunter, bis sie ungefähr auf derselben Höhe waren, und sie zeigte auf eine Ansammlung kleiner Häuser, die sich in der sumpfigen Bucht drängten.

»Siehst du das?«, fragte sie. »Die sieben Lichter?«

Alex kniff die Augen zusammen. Aus der Ferne betrachtet, bildeten die erleuchteten Häuser eine Formation, die aussah wie der Große Wagen. Ursa Major – der Titel ihres Albums.

»Gefällt mir«, sagte er. »Das soll der Hintergrund für das Foto werden?«

»Ja. Ich will eine Nahaufnahme, im Dunkeln.«

»Das wird cool«, sagte Alex. Jane sah ihn an.

»Was siehst du jetzt in diesem Moment, wenn du mich anschaust?«, fragte sie.

Alex betrachtete ihre hübschen grauen Augen, die scharfen Wangenknochen und ihre betörenden Lippen. »Ich sehe eine Frau, die weiß, was sie will.«

Jane dachte eine Weile nach, dann stand sie auf, und er folgte ihr zurück zum Wagen.

Sie fuhr ihn ins Regent's Cove Hotel, wo er sein Zimmer bezog, ehe sie beide zum Abendessen ins Hotelrestaurant gingen. Ihm fiel auf, dass die Menschen sie überall mit ihrem Vornamen ansprachen – nicht weil sie berühmt war, sondern weil sie zur Gemeinschaft gehörte.

Nach dem Essen nahm sie Alex mit ins Carousel. Ein bebrillter Gast an der Theke nickte ihr zu, als sie an ihm vorbeigingen. »Jane«, sagte er.

Jane erwiderte seinen Gruß und setzte sich mit Alex ans andere Ende der Bar, wo sie ihm einen Drink spendierte. Alex war entspannt und aufgeregt zugleich. Es gab eine gewisse Chemie zwischen ihnen, das spürte er deutlich. Als sie anfingen, sich über das Album zu unterhalten, wusste er, dass es nur noch eine Frage der Zeit war.

»Das Budget ist deutlich höher als beim letzten Shooting«, sagte er, als ungefragt zwei neue Drinks vor ihnen auftauchten.

»Ein Trostpreis von Willy für den fünfmonatigen Aufschub«, meinte Jane.

»In gewisser Hinsicht müsste dir das doch schmeicheln. Wenn sie nicht glauben würden, dass dein Album Chancen auf Erfolg hat, hätten sie den Erscheinungstermin nicht geändert.«

Jane betrachtete ihn prüfend und nippte an ihrem Drink. »Deine Augen sind sehr blau«, stellte sie fest. Alex legte ihr lächelnd eine Hand aufs Knie. Sex mit ihr würde bestimmt eine Menge Spaß machen, allerdings hatte er nicht damit gerechnet, dass sie es noch mehr wollte als er. Sie schafften es gerade noch in sein Zimmer, ehe sie sich an seinem Gürtel zu schaffen machte. Alex registrierte kaum, dass sie keine Unterwäsche trug, ehe sie ihren Rock hochschob und sich rittlings auf ihn setzte. Sie war ganz wild vor Verlangen und scherte sich nicht darum, was er von ihr dachte. Sie wollte einfach nur vögeln. Alex versuchte krampfhaft, sich zurückzuhalten, und sagte im Kopf sämtliche Mannschaften der NBA auf, die ihm einfielen. Sie kam mit einem lauten Schrei, woraufhin er ihr Gesäß umfasste und sie weiter auf und ab bewegte, bis sie abermals zu stöhnen begann. Er zog ihr das Kleid über den Kopf. Sie hatte fantastische Titten, wie kleine Zuckerhütchen, die jedes Mal hüpften, wenn er in sie stieß. Er biss ihr in die linke Brustwarze, während er sie fickte, und wenig später erreichten sie gemeinsam den Höhepunkt.

Kaum dass sie fertig waren, stieg sie von ihm herunter und fischte eine Zigarette aus ihrer Handtasche.

»Du hast ja keine Ahnung, wie lange ich mir das schon gewünscht habe«, sagte er.

Jane sah ihn an, als wüsste sie die Antwort darauf ganz genau. Alex stellte fest, dass dieser eine Blick von ihr mehr Zärtlichkeit enthielt als der Sex, den sie zuvor gehabt hatten.

Am nächsten Morgen kam das Frühstück zusammen mit der Morgenzeitung auf einem silbernen Tablett.

»Die *Island Gazette* ist ja ziemlich heiß auf das Thema Jesse Reid und Morgan Vidal«, meinte Alex, während er den Artikel auf der Titelseite überflog, in dem es um die Bauvorhaben des Pärchens ging, die für knapp zehn Prozent der arbeitenden Bevölkerung auf Bayleen Island neue Jobs schaffen würden. Sie planten, im Norden der Insel eine Villa sowie einen trendigen Nachtclub zu errichten.

Jane nahm einen Zug von ihrer Zigarette und warf sich einen Hotelbademantel über, der dasselbe Muster hatte wie die Vorhänge. »Es war eine ziemliche Achterbahnfahrt«, meinte sie und schnippte die Asche in ein gläsernes Schälchen. »Erst haben wir sie geliebt, weil sie eine große Hochzeit auf der Insel geplant hatten. Dann haben wir sie gehasst, weil sie stattdessen nach New York durchgebrannt sind. Und jetzt lieben wir sie wieder, weil sie einen Club eröffnen. Wir sind ein sehr wankelmütiges Völkchen.«

Alex versuchte aus diesen Bemerkungen etwas über Janes Vergangenheit mit Jesse herauszulesen. So, wie sie über seine Ehe sprach, konnte ihre Affäre nichts Ernstes gewesen sein. Sie wirkte beinahe gelangweilt.

»Also, ich freue mich auf neue Musik«, sagte er. »Wenn ich noch einmal ›Under Stars‹ hören muss …«

Jane blies den Rauch aus und zwinkerte ihm zu.

An diesem Tag erkundeten sie gemeinsam die Insel. Jane zeigte ihm die Villen, die einst den Walfangunternehmern gehört hatten, die Privatstrände und die Tonklippen. Als die Sonne am Himmel tiefer sank, kehrten sie ins Fischerdorf zurück, und wieder nahm sie ihn mit auf den Wellenbrecher.

»Was siehst du jetzt?«, fragte sie. »Wenn du mich anschaust?«

Alex zögerte. Er hatte das Gefühl, ein Objektiv zu sein, für das sie die richtige Einstellung suchte.

»Ich sehe eine Frau mit vielen Facetten«, sagte er.

Sie verließen den Platz, ohne ein einziges Foto gemacht zu haben. An einem der Fischstände im Dorf kaufen sie sich Hummerbrötchen, die sie aßen, während sie zusahen, wie die Sonne im Meer unterging.

»Möchtest du die Songs hören?«, fragte Jane. »Von *Ursa Major?*«

Alex sah auf. »Sicher. Sehr gern.«

Er dachte, sie würde im Auto vielleicht eine Kassette einlegen, doch stattdessen fuhren sie zurück nach Regent's Cove. Dort parkte Jane den Wagen vor einem Laden mit grün gestrichener Fassade und dem Namen Widow's Peak.

»Der Salon gehört meiner Großmutter«, erklärte sie ihm, ehe sie die Tür hinter ihnen wieder absperrte. Sie ging mit ihm nach hinten in einen Lagerraum und nahm einen Gitarrenkoffer. »Hier haben wir früher immer geprobt.«

Sie setzten sich auf zwei Kartons, und Jane begann ihre Gitarre zu stimmen. Währenddessen trat ein Ausdruck tiefer Konzentration in ihr Gesicht, der ihr das Aussehen einer Zauberin verlieh.

Alex wusste nicht genau, ob er noch nie oder schon hundertmal verliebt gewesen war, vermutlich war das eine Frage der Interpretation. Er hatte Frauen gekannt, die sich nur dann wirklich attraktiv fühlten, wenn sie andere beeindrucken konnten, und vermutete, dass es bei Jane genauso sein würde. Deshalb rechnete er nicht damit, von ihrer Musik berührt zu werden.

Bis sie anfing zu singen.

Alex lauschte wie gebannt. Sie offenbarte sich ihm nicht durch ihre Musik, vielmehr nahm sie ihn mit auf eine Reise an einen unbekannten Ort. Jeder Song führte ihn tiefer in einen Tunnel voller Rätsel und Geheimnisse.

»Oh, the moon is new tonight, little lion,
Nowhere to be seen, peaceful and serene,
Have a dream and sleep, little lion,
Have yourself a dream.«

Er hatte das Gefühl, durch die Zeit zu treiben. Seine ältere Schwester Kathleen war gestorben, als er neun Jahre alt gewesen war. Er erinnerte sich an die Leere, die er beim Betreten ihres Zimmers empfunden hatte, das immer unverändert blieb wie ein Schrein.

»Wooden poles and telephone wires,
Clotheslines running through the plains,
You were right, I am a liar,
And I will never love again.«

Hin und wieder erhaschte er weit vor sich im Tunnel einen Blick auf Jane. Ihre Jugend und ihre Traurigkeit rührten sein Herz, doch zugleich spürte er, wie er mit jedem Song tiefer und tiefer in sich selbst versank. Er war im Krieg gewesen. Er hatte sterbende Kameraden im Arm gehalten. Er versuchte nach Möglichkeit nicht daran zu denken, aber jetzt kamen die Erinnerungen zurück.

»Maybe you'll remember me after I'm gone.
If this is all right, then why does it feel wrong?«

Als sie aufhörte zu spielen, bemerkte er es zunächst gar nicht. Sie sah ihn lange an – es war ihm unmöglich zu sagen, wie lange –, ehe er aus seiner Trance erwachte. Er suchte ihren Blick, und in dem Moment erkannte er, dass er sich geirrt hatte: Die Trennung von Jesse Reid hatte sie keineswegs kaltgelassen. In Wahrheit hatte sie Jane fast vernichtet, sie wusste es bloß nicht.

Jane legte ihre Gitarre zurück in den Koffer. Alex stand auf. Und er stellte fest, dass er sie trösten wollte.

Er beugte sich zu ihr herab, um ihr einen Kuss zu geben, doch genau wie am Abend zuvor zog sie sich sofort hinter ihr sexuelles Verlangen zurück. Ihre Hände wanderten über seine Brust und griffen nach seinem Gürtel. Keine dreißig Sekunden, und sie würden ficken.

Alex hielt ihre Hände fest. »Lass uns auf mein Zimmer gehen.« Er sagte ihr nicht, dass er sie hinterher im Arm halten wollte.

In dieser Nacht schlief Jane sehr unruhig. Alex selbst fand überhaupt keinen Schlaf. Er sah zu, wie das Mondlicht über ihr Gesicht glitt, und fragte sich nicht zum ersten Mal, wie es sein konnte, dass eine gute Liebe allein durch schlechtes Timing zerstört wurde.

Als sie am nächsten Tag erneut ins Fischerdorf fuhren, fühlte sich Alex wie eine Flunder, die mit einem Filetiermesser ausgeweidet worden war. Sturmwolken ballten sich über ihnen zusammen und verliehen dem Licht einen bläulichen Schimmer.

Jane erreichte ihre angestammte Stelle auf dem Wellenbrecher und blieb stehen. »Wie sehe ich heute aus?«

Alex war so müde, dass er das Erste sagte, was ihm in den Kopf kam. »Wenn ich ehrlich bin, würde ich dir gerne die Traurigkeit aus dem Leib vögeln.«

Sie schwieg einen Moment lang. »Okay«, sagte sie dann.

Alex war nicht sicher, ob er sie richtig verstanden hatte. »Okay?«

»Okay«, sagte sie. »Dann solltest du jetzt das Foto machen.«

Er kletterte am hinteren Ende des Wellenbrechers ein Stück hinunter, damit er Jane und die Konstellation der Häuser im Hintergrund von unten aufnehmen konnte. Als er ihr Gesicht in den Fokus nahm, traten ihre Wangenknochen so scharf hervor wie die Abbruchkanten eines Steinbruchs. *Songs in Ursa Major* würde die Leute eiskalt erwischen.

35

Rolling Stone
8. Juli 1971
Mark Edison

Der Gesang der Sirene: Über Jane Quinn und *Songs in Ursa Major*

Als Erstes sollte man vielleicht über Jane Quinn wissen, dass ihr vieles scheißegal ist.

So wird man die zurückgezogen lebende Sängerin auch eher rauchend in einer Ecke ihrer Stammkneipe antreffen als im Kreis der Reichen und Schönen der Musikbranche. Und sie kann es sich leisten, denn Jane Quinn hat *es*, diese unnachahmliche, schwer in Worte zu fassende Eigenschaft, die man nur bei echten Stars findet. (Und nein, ich rede hier nicht von ihren langen Haaren, die die Farbe von Sonnenschein haben.) Quinn strahlt eine mühelose Lässigkeit aus, der nachzueifern wir uns nicht einmal erträumen können, die wir jedoch sofort erkennen, wenn wir sie sehen.

Als ich Quinn zum ersten Mal auf einem Festival begegnete, trat sie noch zusammen mit ihrer Band, den Breakers, auf. Damals spürte ich sofort, dass ich es mit einem zukünftigen Star zu tun hatte. Sie zog die Menschen magisch an, angefangen beim Publikum über ihre Bandkollegen und Tourbegleiter bis hin zu Jesse Reid, der, wie man munkelt, eine Zeit lang ihr Geliebter war. Was der energiegeladene Pop der Breakers jedoch noch nicht erahnen ließ, war die Tatsache, dass es sich bei Quinn um ein musikalisches Genie ersten Ranges handelt. Doch zum Glück soll es ja vorkommen, dass Bands sich trennen.

Mit ihrem Solodebüt *Songs in Ursa Major*, das am 22. Juli bei Pegasus Records erscheinen wird, beweist Quinn, dass ihre faszinierende Bühnenpräsenz und ihre bezaubernde Erscheinung lediglich ein harmloses Vorgeplänkel zu dem sind, was sie wirklich ausmacht: eine fast grenzenlose Originalität und atemberaubendes musikalisches Können.

Die zehn Songs auf dem Album sind eher Blues als Rock 'n' Roll, auch wenn man in *Ursa Major* (mitunter sogar mehrfach in einem Song) dieselben Hooks findet, die *Spring Fling* zum Hit machten.

Nicht alle Stücke der Platte halten sich an die traditionelle Struktur eines Popsongs, doch beim Hören kann man nicht eine Sekunde lang daran zweifeln, dass Jane Quinn weiß, was sie tut.

Ohne den elektrischen Klang, durch den *Spring Fling* praktisch über Nacht zur Sensation wurde, rücken Quinns gesangliche Fähigkeiten stärker in den Vordergrund, und ihre Bandbreite reicht von einem geradezu akrobatischen Sopran bis hin zu einer tiefen Bruststimme. Doch so atemberaubend ihre gesangliche Virtuosität auch sein mag, es sind ihre Fähigkeiten als Komponistin, die sie in eine Reihe mit Dylan, McCartney und Simon stellen. Das Spiel zwischen Melodie und Text auf *Ursa Major* kombiniert poetische Sprache mit einer Vielzahl unterschiedlicher Stilelemente, die aus dem Album ein Highlight machen.

Wenn man *Ursa Major* zum ersten Mal hört, denkt man gar nicht an die Sängerin, weil man sich unversehens in die Zeit seiner ersten großen Liebe und der darauffolgenden bitteren Enttäuschung zurückversetzt fühlt. Erst bei wiederholtem Hören fragt man sich, wer wohl die Schöpferin dieses Albums ist und welche Geschichten sie dazu inspiriert haben müssen, solche Songs zu schreiben.

Quinns Musik ist stark von dem kleinen Fischerdorf geprägt, in dem sie aufwuchs. Sie ist die Jüngste eines auf ihrer Heimatinsel weithin bekannten, allein aus Frauen bestehenden Familienclans, dessen Wurzeln bis in die Walfangära zurückreichen und dessen Urahninnen angeblich Seehexen waren. Themen wie das Wasser und sternklare Nächte prägen ihre Musik ebenso sehr wie ihre Biografie, und in Songs wie »Little Lion«, »Last Call« oder »A Shanty« spürt man die tiefe Verbindung zur See.

Ein weiterer bedeutender Faktor in Quinns Leben und Werk ist sicherlich das legendäre Folk Fest von Bayleen Island, auf dem bereits Quinns Mutter vor ihrem Verschwinden im Jahre 1959 auftrat. Zehn Jahre später wurde Quinn dort von Starmacher Willy Lambert entdeckt, nachdem die Breakers als Ersatz für den verletzten Jesse Reid eingesprungen waren. Quinn und ihre Band unterschrieben einen Vertrag bei Pegasus Records, und der Rest ist, wie man so schön sagt, Geschichte.

Man kann *Ursa Major* als eine Reihe von Briefen betrachten, aber auch als eine Variation der altbekannten Erzählung von der Unschuld, die zur Erfahrung reift und schließlich der Enttäuschung weichen muss. Dabei vereint das Album in nur sechsunddreißig Minuten Spielzeit sämtliche Elemente eines Klassikers. Es sind Minuten, die das Potenzial haben, ein Leben zu verändern.

Schon der Titelsong ist ein echtes Meisterstück. Ein Hörerlebnis, als fände man sich unversehens unter einem dunklen Nachthimmel wieder. »Ursa Major« beginnt mit einer Art Selbstporträt eines Seemanns, der durch das *»black and white«*, das Schwarz und Weiß, navigiert – ein Bild, das sich sowohl auf den nächtlichen Himmel als auch auf die Tasten eines Klaviers bezieht. In Quinns Händen werden die beiden Sternbilder Ursa Major und Ursa Minor, der Große und der Kleine Wagen, zu *»starry signs themselves reflecting like mirrors in a bar; all those tinted bottles; all those tinted scars.«* Zu Oberflächen, Instrumenten einer schmerzhaften, mitunter brutalen Selbstspiegelung.

Damit enthüllt Quinn auch die zentrale Metapher des Songs: einen Vergleich zwischen dem Sternbild des Großen Wagens und dem Teufelskreis der Drogenabhängigkeit. Das Bärenjunge (lateinisch *Ursa*), dessen tollpatschiges Verhalten schließlich in der Heroinsucht mündet, ausgedrückt im Bild des Löffels: *»evenings turning to a spoon.«* Der Höhepunkt des Stücks spiegelt das ekstatische Leid auf dem Cover des Albums wider, ehe er sich in ein letztes leises Flehen zurückzieht: *»Please don't leave me alone.«*

Der echte Geheimtipp jedoch ist der neunte Song »A Thousand Lines«. Hier transzendiert Quinn das Genre mädchenhaften Betroffenheitspops und schenkt uns etwas, was bisher in der Popmusik nur äußerst selten anzutreffen war: die hässliche Fratze der Wahrheit: *»How pretty a pair we always made, even liars go in twos.«* Doch egal, wie düster die Strophe auch ist, im Refrain heißt es wieder: *»I could write a thousand lines, and you would still be on my brain.«*

Musikalisch erhält Quinn Unterstützung von zwei ehemaligen Bandmitgliedern, dem Bassisten Kyle Lightfoot und Rich Holt an der Gitarre. Lightfoot, bekannt für sein großartiges Spiel am bundlosen E-Bass, beweist, dass er auch am akustischen Bass ein Meister ist. Er verleiht der Musik ihr dynamisches Fundament, während Holts druckvolles Spiel zu der rastlosen Grundstimmung beiträgt, die das Album wie ein roter Faden durchzieht. Die Percussion von *Painted Lady*-Veteran Huck Levis ist wunderbar subtil, und erst beim dritten oder vierten Hören beginnt sich einem die wahre Komplexität seiner musikalischen Entscheidungen zu erschließen, die die Platte zugleich erdet und in die Höhe hebt.

Übrigens hatte auch Jesse Reid bei einigen Songs buchstäblich seine Finger im Spiel. Die Gitarrenbegleitung bei »New Country«, »A Shanty« und »A Thousand Lines« stammt von ihm, wobei diejenigen, die hofften, auf dem Album eventuell mehr über Quinns angebliche Affäre mit dem jungen Folkstar zu erfahren, enttäuscht werden. Sie müssen sich damit begnügen, den letzten Track des Albums, »Lights On«, zu analysieren: *»I can't promise you tomorrow, couldn't you promise today. You'll be on a billboard, and I'll be on my way.«*

Bei aller Begeisterung ist *Ursa Major* nicht ohne Mängel. »Wallflower« ist routiniert gesungen, wirkt jedoch unvollständig wie ein Duett, bei dem eine Stimme fehlt. Mitunter neigt Quinn auch zum Prätentiösen. Ihre im Beiheft abgedruckten Liedtexte offenbaren manchmal eine manierierte Schreibweise im Stil einer Emily Dickinson, so auch im Titelsong: *»Now's the time to be alive, they say their tones as sharp as knives, when, hidden in your Crescent, you're just trying to survive.«* Musikalisch gesehen ist diese Passage hingegen pures Gold.

Gelegentlich lenkt Quinns gesangliche Akrobatik vom Wesentlichen ab, und es gibt Momente, in denen sie die Grenzen dessen, was man als eine vernünftige Anzahl von Silben für eine Verszeile betrachten kann, stark überdehnt.

Doch solche Kleinigkeiten fallen nicht weiter ins Gewicht, wenn man sich begreiflich macht, welch großen Einfluss *Songs in Ursa Major* auf die Musikwelt haben wird. Das Album hat mit der Masse gewöhnlicher Popmusik ungefähr so viel gemein wie ein brodelnder Vulkan mit einer Tasse lauwarmem Tee. Auf *Ursa Major* verwandeln sich hochfliegende Hoffnungen in tiefste Verzweiflung, nur um gleich darauf in Trotz umzuschlagen, und das alles gelingt Quinn mit einer lebendigen Unmittelbarkeit, die man bei ihren handzahmen Zeitgenossen vergeblich suchen wird.

Auf die Frage, wie sie es schafft, diese Extreme miteinander zu vereinen, zieht Jane Quinn an ihrer Zigarette und sagt: »Wenn ich traurig bin, dann meistens, weil ich davor besonders glücklich war.«

36

»In fünf Minuten sind Sie dran«, teilte ein Produktionsassistent Jane mit. Sie lächelte. Ihr Gesicht war ganz steif von der vielen Schminke.

»Eine Frage noch«, sagte Archie Lennox, Marketingleiter der Pegasus Studios, und winkte den Produktionsassistenten zu sich.

Nach dem Feature im *Rolling Stone* war es Archie gelungen, Jane ihren ersten Auftritt in einer Late Night Show zu besorgen. Jane war geschockt gewesen, als die Macher der Show *Tremain Tonight* ihr angeboten hatten, sie extra für die Live-Übertragung der Sendung nach L. A. einzufliegen. Selbst jetzt, während sie auf ihren Auftritt wartete, konnte sie noch nicht glauben, dass sie tatsächlich zugesagt hatte.

Am Set erhob sich Nick Tremain von seinem Schreibtisch, an dem er seinen Eröffnungsmonolog gehalten hatte, und ging zu einer kleinen Sitzgruppe. Eine Assistentin reichte ihm einen Stapel Moderationskarten mit dem *Tremain Tonight*-Logo auf der Rückseite. Darauf befanden sich die Fragen, die er Jane stellen würde. Sie stöhnte leise.

»Alles in Ordnung bei dir?«, erkundigte sich Willy, der breitbeinig zwischen den am Boden liegenden Stromkabeln stand.

»Warum kann ich nicht einfach auf Tour gehen?«, klagte sie. Sie hatte selbst einige kleinere Gigs in der Umgebung organisiert, doch die Fahrten von und nach Bayleen Island kosteten mehr, als sie mit den Auftritten verdiente. Es war Welten von der *Painted Lady*-Tour entfernt.

Willy zuckte die Achseln. »Tritt ein paarmal im Fernsehen auf, verkauf ein paar Platten, dann klappt es vielleicht.«

»Ich darf nicht mal singen.«

»Es gibt mehr als nur eine Möglichkeit, Alben zu verkaufen. Heute verkaufst du in erster Linie dich selbst.«

Jane schnitt eine Grimasse. »Aber meine Sprache ist die Musik.«

»Es ist dein erstes Soloalbum, Jane. Du musst ein bisschen Einsatz zeigen.«

»Jesse ist auch mit seinem ersten Album auf Tour gegangen.«

»Das war was anderes.«

»Soll heißen: Das Label mochte ihn.« Jane zögerte kurz. »Versucht Vincent Ray mich zu sabotieren?«

Willy schüttelte den Kopf. »Dein Name hat einfach noch nicht den Wiedererkennungswert, den er braucht, um die Ausgaben für eine Tour zu rechtfertigen.«

Jane verdrehte die Augen.

»Versuch dich zu freuen«, riet Willy. »Es gibt genug Künstler, die alles tun würden, um ins Fernsehen zu kommen.«

»Man sollte mir wenigstens erlauben zu singen.«

»Da bin ich ganz deiner Meinung. Aber das wollen die Produzenten der Show nun mal nicht. Sie wollen ein Interview.«

Ehe Jane etwas erwidern konnte, gab Archie ihr ein Zeichen, dass es Zeit wurde.

Jane trat hinter dem Kreis aus Kameras und Technikern

hervor in das hell erleuchtete Set, das aussah wie ein Wohnzimmer aus den Fünfzigerjahren. Nick Tremain war fast bis zur Unkenntlichkeit frisiert und geschminkt. Er wurde in ganz Amerika für seine nahbare Art und sein freundliches Gesicht geliebt, doch aus der Nähe sah er geradezu grotesk aus. Er erhob sich aus seinem Sessel und küsste Jane zur Begrüßung auf die Wange wie eine alte Freundin, wobei er jedoch peinlich genau darauf achtete, dass sein Gesicht näher an den Kameras war.

»Nach dem Artikel im *Rolling Stone* hatte ich mit einer Amazone gerechnet, und jetzt schauen Sie sich an: Sie sind ja nur ein kleines Persönchen!«

»Äh, danke?«, sagte Jane. Sie schielte zu Willy, der ihr aufmunternd zunickte. Archie bedeutete ihr, zu lächeln.

»Auf Ihrem Album *Songs in Ursa Major* gibt es ja ein paar echte Ohrwürmer. Stimmt es, dass Sie sie alle selbst geschrieben haben?« Nick begleitete sie zu ihrem Sessel, und die beiden nahmen Platz.

»Ja«, sagte Jane. Aus dem Augenwinkel nahm sie wahr, wie Archie sie mit Gesten zu animieren versuchte, etwas ausführlicher zu antworten. »Ich schreibe gerne Songs.«

»Und Sie sind sehr gut darin«, sagte Nick, als lobe er ein Kind, das ihm ein Wachsmalbild gezeigt hatte. Er nahm die nächste Moderationskarte zur Hand.

»Ihre Songs sind sehr persönlich. Wie kommen Ihnen die Ideen dazu?«

»Persönliche Beobachtungen«, antwortete Jane. »Dinge, die ich selbst oder Menschen, die ich kenne, erlebt haben.«

»Meinen Sie damit jemand Bestimmtes? Ich habe da nämlich so ein Gerücht gehört, dass es in einigen Songs um Jesse Reid geht.«

Archie hatte im Vorfeld mit ihr abgesprochen, was sie auf eine solche Frage antworten sollte: Alle Künstler bei

Pegasus seien Freunde, die sich in ihrem Schaffen gegenseitig beeinflussten und inspirierten. Dieser Gedanke war ebenso sehr Teil des Erfolgsrezepts des Unternehmens wie die Platten selbst. Wenn man einen Pegasus-Künstler mochte, war die Wahrscheinlichkeit groß, dass man sich irgendwann auch die anderen anhören würde.

»Meine Songs …«, begann Jane, geriet dann jedoch ins Stocken. Sie ließ den Blick durchs Studio schweifen, bis er an einem etwa zwölfjährigen Mädchen im Zuschauerraum hängen blieb. Es saß da und beobachtete Jane gebannt. Genauso hatte sie früher Maggie angesehen, weil diese ihr großes Vorbild gewesen war. Eine Art Beschützerinstinkt regte sich in ihr. Sie wollte keinen schlechten Eindruck bei dem Mädchen hinterlassen, aber genau das tat sie, indem sie Tremains aufdringliche Fragen beantwortete.

Sie räusperte sich. »Wovon handeln meine Songs denn in Ihren Augen?«, gab sie die Frage zurück.

Nick Tremain machte ein verdutztes Gesicht. »In meinen Augen? Na ja, also, ich bin kein Experte. Ich möchte mir da kein Urteil anmaßen.«

»Jeder Mensch ist ein Experte, wenn es um seinen eigenen Geschmack geht. Welcher ist Ihr Lieblingssong auf dem Album?«

»Oh, sie gefallen mir alle.« Mit anderen Worten: Er hatte die Platte gar nicht gehört.

Janes Augen wurden schmal. Auf der anderen Seite der Studiokulisse saß Nicks Band und wartete auf ihren nächsten Einsatz. Einer der Musiker hatte eine Gitarre.

»Wie wäre es, wenn ich Ihnen was vorspiele, und dann können wir uns darüber unterhalten?«, schlug sie vor.

Das Publikum, das dies für abgesprochen hielt, spendete eifrig Beifall, als sie aufstand und zur Band hinüberging. Die Kameras folgten ihr.

»Sicher, warum nicht?«, meinte Nick mit einem gewinnenden Lächeln.

Jane kümmerte sich nicht darum, was Willy und Archie von ihrem spontanen Einfall hielten. Der Gitarrist reichte ihr sein Instrument, und ehe jemand sie aufhalten konnte, hatte sie angefangen zu spielen. Sie hatte sich für »Brand New Cassette« entschieden, in erster Linie deshalb, weil sie die Gitarre dafür nicht neu stimmen musste.

»Yellow neon rest stop sign,
Humming in the cool night air.
French fries, coffee, diner fare,
Now I know you won't be mine,
Now I know that I did care.«

Sie sang für den Kameramann, für den Tontechniker und für das junge Mädchen im Publikum. Bei der zweiten Strophe hatten der Bassist und Drummer die Melodie aufgegriffen und begleiteten sie. Während die Kameras auf Jane gerichtet waren, kam ein Runner zu Nick, um ihm den Titel des Songs ins Ohr zu flüstern. Als Jane fertig war, stand er auf. »Meine Damen und Herren, das war Jane Quinn mit ›Brand New Cassette‹.« Das Publikum jubelte.

In der Werbepause marschierte Nick Tremain schnurstracks zu Archie. »Nehmen Sie Ihre jungen Künstler gefälligst an die Leine, Sie Arschloch«, fauchte er, ehe er in seine Garderobe stürmte.

»Großartig gemacht, Jane«, sagte Archie, ehe er Nick und dessen Produzenten folgte.

Jane, die immer noch ganz beseelt war von der positiven Reaktion der Zuschauer, schaute fragend in Willys Richtung.

»Du spielst mit dem Feuer«, warnte er.

Trotzdem sorgte die Sendung für so viel Wirbel, dass Archie schon bald Anfragen von der *Tonight Show*, der *Mike Douglas Show*, der *Phil Donahue Show* und der *Des O'Connor Show* erhielt. Jane nahm die Anfragen unter der Bedingung an, dass sie während der Show singen durfte. Sie konnte die Männer, die sie interviewten, nicht davon abhalten, sie wie ein Kind zu behandeln, doch sobald sie spielte, wurde sie eins mit ihrem Publikum.

»Alle diese Lieder stammen von Ihrem aktuellen Album *Songs in Ursa Major*, richtig?«, fragte Don Drischol, Gastgeber von *Variety Tonight*.

Jane hatte gerade »Last Call« gespielt und nahm jetzt wieder in ihrem Sessel Platz. »Ganz genau«, sagte sie.

»Erzählen Sie uns doch mal, wie es war, das Album aufzunehmen«, bat Don. »Ich wette, Sie haben noch nie zuvor so viele Knöpfe und Regler auf einmal gesehen.« Er gluckste über seinen Scherz.

»Doch, bei den Aufnahmen zum Album meiner Band«, gab sie gut gelaunt zurück. Archie hatte ihr geraten, *Spring Fling* stets als »das Album ihrer Band« und nicht als »ihr erstes Album« zu bezeichnen, damit die Zuschauer das Gefühl hatten, bei der Entdeckung einer neuen Künstlerin dabei zu sein.

»Und Sie arbeiten nicht mit einem Produzenten zusammen, stimmt das?«, fragte Don.

»Wenn man Simon Spector an seiner Seite hat, braucht man keinen Produzenten.« Die Antwort war als Kompliment für Simon gedacht, doch als sie sah, wie Willy jenseits der Kameras zusammenzuckte, wurde ihr bewusst, dass man sie auch als Spitze gegen Vincent Ray verstehen konnte.

»Und die anderen Musiker?«

»Kyle Lightfoot, der Bassist, und Rich Holt, der Gitarrist, waren beide auch schon in meiner Band, den Breakers.« Höflicher Beifall vom Publikum. »Und mein guter Freund Huck Levi hat auch mitgemacht, er war für die Percussion verantwortlich.«

»Sie haben Huck auf der *Painted Lady*-Tour kennengelernt, nicht wahr?«

»Ja.«

»Sind Sie dort auch zum ersten Mal Jesse Reid begegnet? Soweit ich weiß, hat er Sie auf dem Album auch musikalisch unterstützt.«

»Ich habe Jesse auf Bayleen Island kennengelernt, wo ich aufgewachsen bin«, antwortete Jane. »Er war so nett, mir ein paar Gitarrenaufnahmen zur Verfügung zu stellen.«

»Das waren ja aufregende Wochen bei Pegasus – Sie, Jesse und Loretta Mays alle zur gleichen Zeit im Studio. Das muss Ihnen vorgekommen sein wie eine Wiedervereinigung nach der Tour.«

»Nur der Bus hat gefehlt.«

»Was sagen Sie zu Jesses stürmischer Romanze mit Morgan Vidal?«

»Na ja. Scheint doch sehr romantisch zu sein.«

»Ein kleines Vögelchen hat mir gezwitschert, dass einige der herzzerreißenden Songs auf *Ursa Major* von Jesse handeln«, fuhr Don fort. Seine Wimperntusche war so dick aufgetragen, dass Jane kaum noch das Weiße seiner Augen sehen konnte, als er sich zu ihr beugte. »Sie waren doch mal ein Paar, oder?«

Jane lehnte sich ebenfalls nach vorn. Sie schaute Don an, als wäre sie im Begriff, ein sehr bedeutendes Geständnis zu machen. »Don«, sagte sie.

»Ja?« Don spiegelte ihre Körperhaltung, bis er beinahe aus seinem Sessel fiel.

Jane hielt seinen Blick fest. »Wie könnte ich je etwas mit Jesse gehabt haben, wenn ich doch eigentlich in Sie verliebt bin?«

Das Publikum brüllte vor Lachen.

Als Jane das Set verließ, fing sie Willys Blick ein. »Was Neues zu den Verkaufszahlen?«

»Mach weiter so, und du kriegst deine Tour«, antwortete er und reichte ihr ein Wasser.

»So weitermachen?« Jane trank einen Schluck. »Ich dachte, das hier war die letzte Sendung?«

»Die letzte an der Westküste. Archie hat in New York auch noch ein paar Auftritte für dich klargemacht. In drei Wochen geht es weiter.«

»Und danach darf ich auf Tour gehen?«

»Bist du denn gar nicht neugierig, ob du es in die Charts schaffst?«

Jane hob die Schultern und blinzelte an den Scheinwerfern vorbei in Richtung Zuschauerraum. Als einige Mädchen im Publikum bemerkten, dass sie in ihre Richtung blickte, standen sie auf und hielten ihre »Was würde Jane tun?«-Schilder hoch, um ihre Aufmerksamkeit zu erregen. Jane winkte ihnen lachend, woraufhin die Mädchen einander mit großen Augen ansahen und vor Freude quietschten.

Sollte Jesse die Charts für sich haben. Sie brauchte nur ihre Fans.

37

In der Woche, als Jane nach Bayleen Island zurückkehrte, kletterte ihre Single »Last Call« auf Platz neun der Charts. Damit rutschte Loretta auf Platz zehn ab, und Morgan wurde ganz aus den Top Ten verdrängt. Jesse hielt sich weiterhin unangetastet auf Platz eins.

Am Sonntag brachte ein Kurier einen silbernen Umschlag nach Gray Gables. Statt einer Absenderadresse waren auf der Rückseite die Umrisse eines Silos eingeprägt. Im Umschlag steckte eine dicke schwarze Karte mit silberner Schrift, die Jane zur großen Eröffnungsparty von Morgans und Jesses Nachtclub Silo einlud. Jane fragte sich, ob ihr Name versehentlich auf der Gästeliste gelandet war.

Willy belehrte sie eines Besseren. »Die Devise lautet: Alle Mann an Deck«, sagte er am Telefon. »Die Veranstaltung wird vom Label gesponsert, und es werden jede Menge Fotografen dort sein. Du musst kommen.«

»Ich kann nicht.«

Willy schnaubte. »Ich weiß, dass die Situation nicht ideal ist, aber du musst wenigstens kurz vorbeischauen. Ich fahre dich persönlich hin und weiche die ganze Zeit nicht von deiner Seite. Wir sehen uns in zwei Wochen.« Ehe sie protestieren konnte, legte er auf.

In Perry's Landing erstand sie ein blaues Glitzerkleid, das ihre blonden Haare silbrig schimmern ließ. Grace und Elsie waren voller Bewunderung, als sie im Flur stand und darauf wartete, dass Willy sie abholen kam.

»Wunderschön«, sagte Elsie. Sie zwinkerte Jane zu, ehe sie in der Küche verschwand. Grace stand mit tränenfeuchten Augen hinter ihr.

»Ich bin so stolz auf dich«, sagte sie. »Du hast die Sache

mit Jesse wirklich großartig gemeistert. Du kannst erhobenen Hauptes zu der Party gehen.«

Draußen ertönte eine Hupe und signalisierte Jane, dass Willy vorgefahren war. Grace hielt ihr die Tür auf, und Willy sprang aus dem Wagen, um ihr die Beifahrertür zu öffnen.

»Gut siehst du aus«, sagte er, als er rückwärts aus der Einfahrt setzte. Grace winkte ihnen von der Veranda aus zu. »Ich weiß, dass du keine Lust auf die Party hast. Umso mehr weiß ich es zu schätzen, dass du mitkommst.«

»Für Pegasus tue ich doch alles.«

Willy nickte. Seine Augen leuchteten. »Apropos. Deine Fernsehauftritte waren großartig, und die Verkaufszahlen sind enorm gestiegen. Dem Vorstand ist es nicht entgangen, dass du dich ... bislang kooperativ verhältst.«

»Was willst du mir damit sagen?«

»Ich will dir sagen, dass man uns eine Tour durch fünf Städte in Neuengland genehmigt hat. Sämtliche Kosten werden übernommen.«

»Heißt das New York?«

»Das heißt Burlington, Nashua, Portland und noch zwei andere Städte ... Die Namen habe ich vergessen. Eigentlich wollte ich warten, bis alles in trockenen Tüchern ist, aber da du heute Abend so tapfer bist, dachte ich mir, ich gebe dir etwas, worauf du dich freuen kannst. Und? Freust du dich?«

»Sollte ich denn?«

»Ich finde schon. Seit drei Monaten liegst du mir damit in den Ohren, dass du eine Tour willst, und jetzt bekommst du eine.«

»Fünf Kleinstädte – zählt das als Tour?«

Willy rollte mit den Augen. »Es ist immerhin ein Anfang.«

Sie bogen in eine gekieste Zufahrt ein, und vor ihnen tauchte der Umriss des Silos auf. Wenig später hielten sie auf einem runden Vorplatz voller Autos, aus denen Gäste ausstiegen und einem gigantischen Scheunentor zustrebten. Unter einem Spalier aus Glyzinien und Lichterketten tummelten sich jede Menge funkelnder Gestalten. Muschelkalk knirschte unter ihren Füßen. Zwischen den wartenden Autos liefen Angestellte vom Parkservice emsig hin und her. Einer öffnete Jane die Tür, der andere nahm Willy den Autoschlüssel ab.

Als sie sich dem Eingang näherten, wuchs Janes Nervosität. Willy, der das zu spüren schien, bot ihr seinen Arm. Sie schenkte ihm ein kleines Lächeln, und die beiden gingen hinein.

Das Silo war todschick, aber zugleich auch gemütlich, wie das Wohnzimmer eines Rockstars. Eine schlichte hölzerne Bühne im hinteren Bereich erinnerte Jane an das Peggy Ridge Opry House, wobei das Silo natürlich das Allerneueste an Ton- und Lichttechnik zu bieten hatte.

Im Obergeschoss gab es eine breite Galerie mit Blick auf die Tanzfläche, und an der Decke hing ein riesiger Kronleuchter in Form eines Wagenrads. Es gab gleich mehrere erstklassig bestückte Bars.

Jane entdeckte Jesse sofort. Er stand vorne an der Bühne und unterhielt sich mit einem Mann mit riesigem Cowboyhut. Ein Schauer durchrieselte sie. Eine unsichtbare Kraft zog sie zu ihm hin, doch Willy führte sie stattdessen zu einigen reservierten Tischen am Rand der Tanzfläche, wo sogleich ein Kellner erschien, um ihre Bestellung aufzunehmen. Jane sah, wie Willy die Leute im näheren Umkreis beäugte und bereits überlegte, wem er später alles die Hand schütteln musste. Als ihre Drinks kamen, stürzte er seinen in wenigen Zügen hinunter.

»Ich sollte wohl mal die Runde machen«, sagte er. »Kann ich dich hier allein lassen?« Jane nickte, und er stürzte sich ins Getümmel.

Mit klopfendem Herzen sah sie sich um. Nicht einmal auf den Partys, die sie in L. A. besucht hatte, waren so viele Prominente anwesend gewesen. So sah es also aus, wenn Pegasus voll hinter einem stand.

»Janie Q«, ertönte plötzlich eine Stimme mit britischem Akzent. Jane drehte sich um. Hannibal Fang hatte Kurs auf ihren Tisch genommen. Ihr fiel ein Stein vom Herzen.

»Licht meines Lebens, Feuer meiner Lenden«, sagte er und setzte sich auf Willys Platz. »Ich hatte so gehofft, dass du heute kommst. Ich habe *Ursa Major* rauf- und runtergehört. Es hat in mir ... Gefühle ausgelöst.«

»Gute Gefühle, hoffe ich«, sagte sie.

»Für dich doch immer. Damit hast du Chancen auf einen Grammy, glaub mir.«

»Wirklich?«

»Der Preis für die beste Newcomerin, garantiert«, sagte er mit einem schurkischen Grinsen. »Und? Ist heute endlich unser Abend?«

»Schon möglich«, erwiderte Jane. Hannibal hob eine Augenbraue und winkte dann dem Kellner. Um sie herum flammten die Blitzlichter der Kameras auf.

Jane spürte, dass sie beobachtet wurden. Als sie den Kopf hob, streifte sie Jesses Blick. Er stand auf der anderen Seite des Raums, und seine Augen leuchteten hell wie zwei blaue Flammen. Ihr Magen krampfte sich zusammen, doch im nächsten Moment betrat Morgan die Bühne, und Applaus brandete auf. Sie trug einen gestreiften Hosenanzug, und ihre stufig geschnittenen Haare erstrahlten im Scheinwerferlicht wie ein roter Heiligenschein. Hannibal verdrehte die Augen, als Jesse sich zu ihr auf die Bühne gesellte.

»Ich danke euch allen, dass ihr gekommen seid«, sagte Jesse ins Mikrofon. Morgan stand neben ihm und strahlte Selbstbewusstsein und Sinnlichkeit aus. Die Ringe an ihren Fingern funkelten bei jeder Bewegung.

»Dies hier ist unser Zuhause«, sagte sie ausgelassen. »Und es soll auch eures werden. Willkommen!« Sie streifte sich die Schuhe von den Füßen, und Jesse sah sie voller Zuneigung an. Jane versteifte sich.

»Was meinst du, Mrs Reid?«, fragte er. »Hast du Lust, für diese Leute etwas zu singen?«

»Ja, warum nicht?« Ihre Augen blitzten, und ihre Wangen waren leicht gerötet. Die Chemie zwischen den beiden war im ganzen Club zu spüren. Jane nippte an ihrem Drink.

Als Jesse die ersten Takte von »Broken Door« anstimmte, war es um die Menge geschehen. Der Unterschied zwischen einem guten und einem großartigen Künstler bestand darin, dass man bei einem guten Künstler das Gefühl hatte, hautnah dabei zu sein, während man bei einem großartigen Künstler vergaß, dass man überhaupt auf einem Konzert war. Morgan und Jesse waren großartig. Wer sie auf der Bühne sah, konnte gar nicht anders, als sie zu bewundern. Sie waren wie Tennisprofis, die ein Ass nach dem anderen schlugen. Auf »Sylvie Smiles« folgte »Sweet and Mellow«, dann »Painted Lady«, »Under Stars« und schließlich »Strangest Thing«.

Irgendwann beugte Hannibal sich zu Jane. »Wenn die beiden schon auf der Bühne so sind, möchte ich mir lieber nicht vorstellen, was bei denen im stillen Kämmerlein alles so abgeht …«

Jane bedeutete dem Kellner, ihr noch einen Drink zu bringen, diesmal einen doppelten. Sie wusste genau, worauf Hannibal anspielte. Es war, als würde man bei einer

Partie Strippoker zuschauen. Mit jedem Song entblößten die zwei eine weitere Schicht ihres Privatlebens. Als sie das Duett »Summer Nights« sangen, fehlte nicht mehr viel, und sie wären auf der Bühne übereinander hergefallen.

Als Jane den Blick umherschweifen ließ, kam ihr der Gedanke, dass nichts von alldem real war. Es gab hier keine echte Liebe, keine echten Emotionen, nur ein Becken voller Haifische, die versuchten, ihren Platz in der Nahrungskette zu behaupten. Abscheu machte sich in ihr breit. Sie und ihre Fans gehörten nicht hierher.

Die Gäste sprangen begeistert von ihren Plätzen auf, als Loretta zu den beiden auf die Bühne kam und sich ans Klavier setzte. Jesse zählte den ersten Takt für »Safe Passage« vor. Im Refrain sang Morgan die Harmonie.

»When darkness falls upon you,
And the cold begins to bite
Just reach for my hand, dear,
And we'll walk back to the light.«

Loretta hatte den Song als eine Antwort auf »Strangest Thing« geschrieben, und das hörte man dem Text der zweiten Strophe an. Zusammen waren die drei so gut, dass Jane einen Moment lang ihre Eifersucht vergaß und einfach nur zuhörte. Nachdem sie sich verbeugt hatten, trat Jesse noch einmal ans Mikrofon.

»Loretta ist ein ganz besonderes Mitglied unserer Familie«, sagte er. »Sie wird uns auf unserer *Under Stars*-Tour begleiten. Wir haben vor, alle fünfzig Bundesstaaten zu bereisen. Stars and Stripes forever!«

Unter dem Gelächter der Gäste verließ Loretta die Bühne. Jane hob ihr Glas an die Lippen und fischte einen

Eiswürfel heraus. Die Kälte brannte auf ihrer Zunge, doch sie behielt ihn im Mund, bis er geschmolzen war.

Sie hatte auf Loretta herabgeschaut, weil diese immer nach den Regeln spielte. Aber jetzt würde eine von ihnen auf eine nationale Tournee gehen, während die andere sich mit den Resten zufriedengeben musste, die für sie abfielen. Abermals ließ sie den Blick durch den Raum schweifen, und dabei kam ihr ein furchterregender Gedanke: Vielleicht spielte es gar keine Rolle, wie viele Fans sie da draußen hatte, wenn niemand hier drin sie mochte?

Ruhm kommt immer aus zweiter Hand.

Jane hatte stets an dem Glauben festgehalten, dass ihre Musik für sich selbst sprach. Aber was, wenn Jesse recht gehabt hatte und diese Vorstellung naiv war? Was, wenn die Musik vollkommen egal war, solange gewisse Leute einen nicht unterstützten?

Überall um sie herum traten die Gesichter scharf hervor, eins berechnender als das andere. Irgendwann landete ihr Blick auf Willy. Er hatte ein gutes Herz, aber sie konnte nie ganz sicher sein, wie weit seine Bereitschaft ging, für sie gegen den Strom zu schwimmen.

Es gab nur einen einzigen Menschen, der Jane so gesehen hatte, wie sie sich selber sah, der sie unterstützt und an ihr Talent geglaubt hatte, als sie es nicht konnte. Nur einen Menschen, der für sie hatte da sein wollen. Und sie hatte ihn zum Teufel gejagt. Für eine Tournee durch fünf Kleinstädte.

»Okay, einen letzten Song haben wir noch für euch«, hauchte Morgan ein wenig atemlos ins Mikrofon, während Jesse einige Saiten zupfte, und es wurde still. Er schien auf diesen Moment gewartet, ihn geradezu herbeigesehnt zu haben, und nun ließ er sein Publikum zappeln. Er spielte einige unzusammenhängende Akkorde, um sie noch ein wenig mehr auf die Folter zu spannen. Dann stimmte er das Intro zu einem Song an, der Jane so vertraut war wie ihre eigenen.

»*Let the light go,*
Let it fade into the sea,
The sun belongs to the horizon,
And you belong to me.«

Jesse sang den Teil, den Jane früher gesungen hatte, und im Refrain stimmte Morgan mit ein. Ihre Stimme war wie ein Nebel, und Jesses Stimme war wie das Licht, das diesen Nebel durchdrang. Die Art, wie ihr Gesang seinen einhüllte und umschmeichelte, war atemberaubend.

Als Jesse sich zu Morgan umdrehte und sie ansah, saß Jane stocksteif auf ihrem Stuhl. In ihren Augen brannten Tränen. Bis zu diesem Moment hatte sie nicht gewusst, wie sehr sie sich darauf verlassen hatte, dass Jesse sie immer noch liebte.

»*I'll watch over you,*
As long as I am here,
As long as I am near,
You can dream, dream away.«

Die Zuschauer erhoben sich von ihren Sitzen, noch ehe das Lied zu Ende war. Auch Jane und Hannibal standen auf.

»Ich könnte eine Zigarette vertragen«, sagte er. »Du auch?« Jane nickte und folgte ihm nach draußen.

Die Nachtluft war schwül und duftend. Jane spürte, wie die Kühle der Klimaanlage langsam von ihrer Haut wich, während sie an Hannibals Newport zog.

»Weißt du«, sagte er, während er mit Daumen und Zeigefinger seine Zigarette zwischen den Lippen drehte. »Ich könnte meinen Rolls-Royce bringen lassen, und wir zwei fahren in die Nacht hinaus.«

Jane musste nicht lange überlegen. »Okay«, sagte sie.

Hannibal war hocherfreut, wenngleich nicht überrascht. »Ausgezeichnet.«

Die Mitarbeiter vom Parkservice waren wie vom Erdboden verschluckt. Wahrscheinlich waren sie drinnen, um den Eröffnungsabend mitzuerleben. »Rühr dich nicht vom Fleck«, wies er sie an, ehe er Kurs auf den Parkplatz nahm.

Als Jane die Zigarette an die Lippen hob, öffnete sich hinter ihr die Tür zum Club. Gelächter schwappte nach draußen, und sie hörte eine gedämpfte Stimme sagen: »Ich muss nur schnell was nachschauen. Es dauert nicht lange.« Als sie sich umwandte, stand Jesse vor ihr. Ohne ein Wort zu sagen, nahm er sie beim Arm und führte sie weg vom Club.

Sobald sie außer Sichtweite waren, verlangsamte er seine Schritte. Jane spürte die Hitze, die sein Körper nach dem Auftritt verströmte. Seine Hand lag immer noch auf ihrem Arm. Er schien unfähig, sie wegzunehmen, und Jane wollte es auch gar nicht. Langsam drehte er sie zu sich um. Jane machte einen Schritt nach hinten, bis sie den Stamm eines Baums im Rücken spürte.

Jesse sah sie an und beugte sich zu ihr, als wolle er sie küssen. »Warum bist du gekommen?«, fragte er.

Jane blinzelte. Sie hatte Mühe, die Sprache wiederzufinden.

»Das hier sollte ein fröhlicher Abend werden«, sagte er. »Du hattest kein Recht, hier aufzutauchen.«

»Du hast mich doch eingeladen.«

Er öffnete den Mund und schloss ihn wieder. »Ich …« Er brach ab. »Das muss Morgan gewesen sein.«

»Ja, sie ist was ganz Besonderes«, sagte Jane, weil sie es sich einfach nicht verkneifen konnte.

»Vorsicht«, warnte er.

»Sie hat unser Lied ziemlich gut gesungen.«

»Mein Lied.«

Jane schüttelte den Kopf. »Du hast gesagt, dass der Song für immer mir gehört. Dann war das wohl gelogen.«

Jesse machte einen Schritt auf sie zu und drückte sie gegen den Baumstamm. Sein Gesicht war nur noch wenige Zentimeter von ihrem entfernt. »Du wagst es, mich als Lügner zu bezeichnen?«, wisperte er.

Jane erschrak. »Beruhig dich doch.«

Seine Finger streiften die Schulter ihres Kleids, und ihr stockte der Atem. Seine Miene wurde weicher. »Ich erinnere mich noch an den Tag, als du zum ersten Mal bei mir warst«, sagte er. »Du wolltest Grace ablösen, damit sie bei Maggie sein konnte. Ich weiß noch, wie ich gedacht habe: Dieses Mädchen ist pures Gold.« Ein Schatten legte sich über seine Züge. »Das habe ich wirklich geglaubt. Niemand lügt so gut wie du, Janie Q.«

Er ließ sie los. Trotz der milden Nacht spürte Jane, wie ein kalter Schauer durch ihren Körper ging.

Pass auf, was du ihm sagst.

»Wovon redest du?«, fragte sie. Sie wollte ihm doch nur sagen, dass sie einen Fehler gemacht hatte, und jetzt bewegte sich die Unterhaltung in eine Richtung, von der sie nicht wusste, wie sie damit umgehen sollte.

»*When hidden in your Crescent / You're just trying to survive*«, zitierte er. »Das kam mir von Anfang an komisch vor. Crescent mit einem großen C. Aber eigentlich ist es total offensichtlich, nicht wahr?«

»Jesse, was um alles in der Welt …«

»Lass das«, sagte er anklagend.

Jane konnte kaum noch atmen, als sie den Kopf hob. In den blauen Tiefen seiner Augen sah sie, dass er die Wahrheit kannte. Manchmal, wenn er sie früher angesehen hatte, war es ihr so vorgekommen, als wüsste er längst Bescheid. Als müsste sie ihm gar nichts mehr erklären, weil er es spürte und sie verstand. Doch jetzt verzerrte Wut seine Züge, und Jane musste sich eingestehen, dass sie sich dieses Verständnis wohl nur eingebildet hatte.

Du hast recht, ich bin eine Lügnerin.

»Jesse, ich wollte es dir sagen.«

Sein Blick war eisig. »Hast du aber nicht. Du hast mir gesagt, deine Mutter wäre verschwunden, und ihr wüsstet nicht, wo sie steckt oder ob sie überhaupt noch lebt. Was für ein Schwachsinn. Sie war die ganze Zeit im Zentrum. Du besuchst sie jede Woche. Ich weiß alles, Jane. Ich habe meinen Vater gebeten, Nachforschungen anzustellen.«

Scham durchzuckte sie wie ein elektrischer Schlag.

»In der einzigen Sache, die wirklich zählt, hast du mich angelogen«, sagte er.

»So war es nicht. Ich hatte nicht das Recht ...«

»Doch, das hattest du. Du hast mich in dem Glauben gelassen, dass wir etwas gemeinsam haben. Das war mir heilig. Das werde ich dir niemals verzeihen.«

»Was willst du damit sagen?«

»Das hier.« Er nahm ihr Gesicht in beide Hände, sodass seine Zigarette nur noch Millimeter von ihrem Ohr entfernt war. »Danke«, sagte er. »All die Zeit über dachte ich, es wäre meine Schuld, dass es mit uns nicht geklappt hat. Ich dachte, es läge an meiner Sucht, an meiner Schwäche, an meinen Lügen. Ich dachte, ich hätte es verbockt. Inzwischen ist mir klar geworden, dass du noch viel kaputter bist als ich. Von daher: danke. Jetzt habe ich wenigstens eine Chance auf ein glückliches Leben.«

Er ließ sie los. Janes Knie zitterten, als er zurück ins Licht trat.

And I will never love again.

»Ich gehe jetzt zu meiner Frau«, sagte er.

Er ging zurück zum Silo, und Jane spürte, wie eine schreckliche Kälte von ihr Besitz ergriff.

Pass auf, was du ihm sagst.

Sie konnte unmöglich nach Gray Gables zurückkehren. Sie würde es nicht ertragen, Grace unter die Augen zu treten.

Sie spürte die gewaltige Größe der Nacht, die sie zu verschlingen drohte. Sie wollte nicht auf Willy warten. Sie wollte auch nicht mit Hannibal wegfahren. Sie zog sich die Schuhe aus und spürte die lebendige Insel unter ihren Füßen pulsieren.

Dann rannte sie los.

38

Als Jane die Middle Road erreichte, dämmerte es bereits, und sie schlug den Weg nach Süden in Richtung Caverswall ein. Der Morgennebel hatte sich noch nicht verzogen, als sie einige Zeit später vor einer langen Einfahrt stand. Sie war nicht gekiest wie die Zufahrtsstraße zum Silo, sondern glatt asphaltiert. Vor dem Wärterhäuschen blieb sie stehen.

»Wilde Nacht gehabt?«, fragte Lewis und deutete auf Janes Kleid. Er öffnete ihr das Tor, und sie ging weiter. Sie trug ihre Schuhe in der Hand, als hätte sie sich nachts ins Haus geschlichen und wollte niemanden aufwecken. Sie folgte dem gepflasterten Pfad um das Hauptgebäude herum zum Personaleingang. Dabei kam sie an einem Schild vorbei, das Besuchern den Weg zu verschiedenen Örtlichkeiten des Zentrums wies: Parkplatz, Garten, Langzeitunterbringung, geschlossene Abteilung. Ganz oben stand in goldener Schrift »Cedar Crescent Hospital und Rehabilitationszentrum«.

»Wo kommst du denn her in dem Aufzug?«, fragte Monika hinter dem Empfangstresen. Alles im Zentrum war hell und sauber, angefangen bei den Fluren über die Zimmer bis hin zum Aufenthaltsraum für die Pfleger und Pflegerinnen.

»Du bist früh dran«, sagte Jane.

»Das stimmt wohl«, gab Monika zurück.

Jane trug sich in die Liste ein, ging in die Umkleide, holte eine Uniform aus Graces Spind und zog sie sich über das Kleid. Sie stellte ihre hochhackigen Sandaletten weg, schlüpfte in Graces Tennisschuhe und drehte sich die Haare zu einem Knoten. Dann ging sie zurück zu Monika und nahm den Hörer vom Telefonapparat, um ein kurzes Gespräch zu führen.

»Ich habe dich für heute gar nicht im Plan stehen«, sagte Monika, nachdem Jane aufgelegt hatte.

»Ich bin eigentlich auch nicht dran. Ich dachte einfach, ich schaue mal nach ihr.«

»Kein Problem.« Als Monika aufstand, klimperte an ihrer Hüfte ein faustgroßes Schlüsselbund.

Jane folgte ihr die Personaltreppe hinauf. Zwischen anderen blauen Uniformen gingen sie an den Intensivpatienten im ersten Stock vorbei, dann an der Kinder- und Seniorenstation im zweiten und kamen schließlich zur Erwachsenenstation im dritten Stock.

In Filmen über psychiatrische Anstalten flackerte immer das Licht auf den Gängen, und Schreie hallten von den Wänden wider. Die Gänge im Zentrum aber waren still und weiß wie frisch gefallener Schnee. Monika redete über das neue Fahrrad, das sie ihrer Tochter kaufen wollte, bis sie irgendwann vor Zimmer 431 stehen blieben. Sie warf einen Blick durch das kleine Sichtfenster in der Tür und schüttelte lächelnd den Kopf.

»Wir sind wach«, verkündete sie. »Heute ist ein großer Tag.« Dann klopfte sie an.

»Hey, Charlie«, sagte sie. »Du hast Besuch.«

»Herein, wenn's kein Schneider ist«, kam eine Stimme von drinnen, so sinnlich, klar und geschmeidig wie ein Saxofon-Riff.

»Jane«, sagte sie. »Liebling.«

Charlie erhob sich von ihrem Platz am Frisiertisch, um Jane zu begrüßen. Sie trug einen gestärkten weißen Overall, bewegte sich jedoch mit einer Eleganz, als wäre sie in Haute Couture gehüllt.

»Ruf durch, wenn ihr was braucht«, wandte Monika sich an Jane und deutete mit einer Kopfbewegung zu dem roten Telefon neben der Tür.

»Vielleicht ein paar Cocktails?«, sagte Charlie. Alkohol war in der Anstalt verboten, aber die Realität spielte für Charlie keine Rolle, sie wusste nicht einmal, dass sie in einer Anstalt lebte.

»Ich schaue mal, was sich machen lässt«, sagte Monika, ehe sie ging.

»Mein lieber Schatz.« Charlie gab Jane einen Kuss auf jede Wange. »Hast du die Nachricht über Bobs Party heute Abend bekommen?«

Jane setzte sich auf Charlies Bett, während diese wieder am Frisiertisch Platz nahm und kritisch ihr Äußeres begutachtete. Sie nahm eine imaginäre Puderdose in die Hand und begann sich großzügig das Gesicht zu pudern. »Heute ist ein großer Tag«, sagte sie. »Wir müssen gut vorbereitet sein. In einer Stunde kommt Doris, um uns abzuholen.«

»Stimmt«, sagte Jane. »Wie geht es ihr?«

»Macht aus allem ein Drama, wie immer.« Charlie verdrehte die Augen. »Sie ist ganz außer sich, weil sie erst nach mir von der Party erfahren hat. Ich habe ihr erklärt, dass mein Name einfach vor ihrem im Adressbuch steht, aber meinst du, sie hört auf mich? Natürlich nicht. Und das war erst der Anfang.« Während sie sprach, trug sie in kreisförmigen Bewegungen den nicht vorhandenen Puder auf. Jane ließ sich gegen das Kopfkissen sinken und sah ihr dabei zu.

»Also habe ich zu ihr gesagt: ›Wenn du so empfindest, musst du mit Bob darüber reden. Wie soll ich dir da helfen?‹« Sie drehte sich zu Jane um und sah sie ungläubig an.

Jane schüttelte den Kopf. »Keine Ahnung.«

Charlie war wie eine Jukebox. Wenn man sie hin und wieder fütterte, lief sie die ganze Nacht. »Und was glaubst du, was sie dann gemacht hat?«, fragte sie, ehe sie sich wieder ihrem Spiegelbild zuwandte. »Sie ist zu Lucy gefahren und hat ihr alles brühwarm erzählt!«

Charlie lebte in einer Welt, die hauptsächlich von den großen Leinwandstars ihrer Kindheit bevölkert wurde: Doris Day, Bob Hope, Lucille Ball. Ihr behandelnder Psychiater Dr. Chase hatte es Jane einmal so erklärt: »Sie glaubt, dass sie dorthin gehört. Seit ihrem Zusammenbruch erträgt sie den Gedanken an eine Welt nicht mehr, in der sie kein Star ist. Alles, was diese fiktive Realität bedroht, löst extreme Stimmungsschwankungen aus.«

Anfangs durfte Jane sich nicht einmal mit Charlie alleine in einem Raum aufhalten. Damals konnte schon ein einziger Blick einen Ausbruch provozieren. Jahre hingebungsvoller Pflege hatten sie fügsamer gemacht, und inzwischen war es über zwei Jahre her, seit sie zuletzt die Beherrschung verloren hatte. Trotzdem gab es in ihrem Zimmer keinen Gegenstand, den man als Waffe benutzen konnte, sei es ein Schminkkoffer oder auch nur einen Löffel.

»Gehst du mal ran?«, sagte Charlie und deutete auf das rote Telefon. Es klingelte zwar nicht, aber Jane nahm trotzdem den Hörer ab.

»Ja?«, meldete sich Monika am anderen Ende.

»Ist es Doris?«, wollte Charlie wissen, ehe sie sich wieder zu ihrem Frisiertisch umdrehte.

»Ja, es ist Doris«, sprach Jane in den Hörer.

»Ich möchte sie jetzt nicht sprechen«, sagte Charlie. Man konnte sehen, wie aufgewühlt sie war. »Lass dir irgendeine Ausrede einfallen.«

»Sie ist gerade in der Badewanne«, sagte Jane. »Sie ruft später zurück.« Nachdem sie aufgelegt hatte, stieß Charlie einen Seufzer der Erleichterung aus.

»Wahnvorstellungen« und »Halluzinationen« waren die medizinischen Fachbegriffe für das, woran Charlie litt. Bisher hatte kein Medikament ihr dauerhaft helfen können. Lucy war Charlies Lieblingspflegerin, die in Wahrheit Mary hieß, aber eine verblüffende Ähnlichkeit mit Lucille Ball hatte. Charlies Welt folgte einer mehr oder weniger beständigen Logik. Ihr Leben drehte sich wie eine Fernsehserie um verschiedene dramatische Episoden, größtenteils Partys. Solange man sich an die Regeln hielt, konnte einem nichts passieren, und die Regeln waren einfach: Man musste Charlie reden lassen und durfte sie niemals darauf hinweisen, dass sie sich das alles bloß einbildete.

Es klopfte an der Tür.

»Ich habe dir doch gesagt, du sollst Doris abwimmeln«, sagte Charlie. Die Tür öffnete sich einen Spalt, und Mary kam herein. Sie trug ein Tablett mit zwei Plastikbechern vor sich her. Einer enthielt Wasser, der andere mehrere Tabletten.

»Hi, Jane«, sagte Mary. »Hi, Charlie.«

»Lucille«, sagte Charlie, stand auf und küsste auch Mary auf beide Wangen. »Wenn man vom Teufel spricht.«

»Du siehst sehr glamourös aus«, sagte Mary. »Ist heute Abend die Party bei Sinatra?«

»Die war doch letzte Woche«, entgegnete Charlie pikiert.

Jane saß auf dem Bett und schwieg. Je mehr Stimulation Charlie bekam, desto schwerer fiel es ihr, echte Personen in ihre fiktive Welt zu integrieren. Wenn sie mehr als zwei Besucher hatte, wurde sie schnell fahrig und verlor den Faden.

»Es passt gerade nicht so gut, Lucille«, sagte sie nun. Sie hatte einen imaginären Lippenstift hervorgekramt und war dabei, ihn aufzutragen. Sie ging mit den Fingern ganz nah an ihre Lippen heran, nur um gleich darauf zurückzuzucken, als hätte sie sich verbrannt. Die Tabletten standen unangetastet neben ihr auf dem Frisiertisch.

»Du hättest dir wenigstens ein Kleid anziehen können«, tadelte sie die Pflegerin. »Ich habe dir doch gesagt, die Party heute Abend ist wichtig. Wenn du so rumläufst, findest du nie einen Mann.«

»Du hast recht«, sagte Mary.

»Das sagst du doch nur, um mich zu beschwichtigen!«, keifte Charlie und funkelte Mary böse an. »Glaub ja nicht, dass ich so was nicht merke. Ich finde, du solltest jetzt gehen!«

Mary nickte. »Du musst nur diese Tabletten hier nehmen, dann bin ich sofort weg.«

Charlie verdrehte die Augen, gehorchte aber. Mary

nahm den leeren Becher und trat zu Jane. »Deine Mitfahrgelegenheit ist hier«, raunte sie ihr zu.

Jane nickte, und Mary ging. Jane sah noch zu, wie Charlie so tat, als würde sie sich mit Parfüm einsprühen, dann stand sie auf.

»Ich gehe dann auch mal«, verkündete sie. Hinter Charlie stehend, konnte sie die Tätowierung des Familienwappens in ihrem Nacken sehen. Sie war ein wenig verblasst, aber noch gut zu erkennen: Sonne, Mond, Wasser.

»Jane, Liebes, sehen wir uns später auf der Party?«

Manchmal, wenn Charlie ihr solche Fragen stellte, übersetzte Jane sie im Kopf in ganz normale Fragen wie »Sehen wir uns bald wieder?«.

»Wahrscheinlich eher nicht«, antwortete sie. »Mom, ich bin gekommen, weil ich eine Zeit lang weg sein werde.«

Charlie lachte peinlich berührt. »Nenn mich bitte nicht so, Liebes, du weißt, ich mag das nicht.« Abermals spielte sie mit ihrem Phantomlippenstift. Beim Anblick der langsamen, präzisen Bewegungen hätte Jane sich glatt einreden können, dass es den Lippenstift wirklich gab.

»Ist sonst noch was?«, fragte Charlie. »Doris müsste jeden Moment hier sein.«

Jane schüttelte den Kopf und ging ohne ein weiteres Wort.

Auf dem Weg ins Erdgeschoss kam sie an mehreren Schwestern vorbei, die sie mit Namen begrüßten. Sie hängte die Uniform zurück in Graces Schrank und ließ alles bis auf die Tennisschuhe dort. Vorne am Tresen trug sie sich aus der Liste aus, dann verließ sie die Klinik. Gregs VW Käfer stand mit laufendem Motor auf einem Behindertenparkplatz. Maggie entriegelte die Tür, damit Jane einsteigen konnte.

»Ihr müsst mich zum Schiff fahren«, sagte sie und deutete den Schweigefuchs an.

Maggie musterte sie von oben bis unten: das Kleid, die Haare, die Schuhe. Dann erwiderte sie das Zeichen.

»Du wirst Bargeld brauchen«, sagte sie.

Banditen stellen keine Fragen.

39

Jane stand in der Schlange beim Boarding und wartete darauf, dass sie dem Lufthansa-Mitarbeiter ihr Ticket reichen konnte. Sie trug eins von Gregs Flanellhemden über ihrem blauen Glitzerkleid und hatte eine Reisetasche mit Maggies Klamotten dabei. Eine große Plastiksonnenbrille verdeckte ihre Augen. Als der Mitarbeiter ihren Namen las, stutzte er kurz. »Platz 16 F«, sagte er mit starkem deutschen Akzent.

Als sie zur Startbahn rollten, kamen die Selbstvorwürfe wie ein Schwarm wütender Hornissen. Wenn die Maschine nur endlich abheben würde, könnte sie ihnen vielleicht davonfliegen.

Es war passiert, als sie neun Jahre alt gewesen war, genau wie sie es Jesse gesagt hatte. Ihre Mutter war eines Abends aus dem Haus gegangen und nicht mehr zurückgekehrt. Und der Auslöser des Ganzen war »Lilac Waltz« gewesen.

Folgendes allerdings hatte sie Jesse nicht gesagt: Seit Charlie den Song im Radio gehört hatte, litt sie unter starken Stimmungsschwankungen. In einem Moment war sie himmelhoch jauchzend, im nächsten zu Tode betrübt. Sie tanzte durchs Haus, weil der Briefträger die Post gebracht hatte, nur um gleich darauf zu weinen und vor Wut zu toben, weil es alles nur Werbung war. Sie erzählte allen, dass sie »Lilac Waltz« komponiert hätte, völlig unabhängig davon, ob es in dem Gespräch gerade um Musik oder den Wocheneinkauf ging.

Erst als eine Unterlassungsklage von Tommy Pattons Plattenfirma Elektra ins Haus flatterte, wurde ihnen klar, dass Charlie ihm schon seit Längerem Hassbotschaften schickte. Jane wusste noch, wie sie sich mit Maggie in deren Zimmer versteckt hatte, während ihre Mütter sich gegenseitig anschrien.

»Was willst du denn damit erreichen?«, rief Grace.

»›Girl‹ reimt sich auf ›pearl‹«, kreischte Charlie. ›GIRL‹ reimt sich auf ›PEARL‹!«

Danach herrschte einige Monate lang Ruhe, und es schien, als wäre Charlie wieder die Alte. Ihre Ausbrüche wurden seltener, sie gewann ihren Lebensmut zurück und widmete sich wieder ihrem Alltag.

Dann verkündete die National Academy of Recording Arts and Sciences, dass sie als Sponsor beim Folk Fest einsteigen und als Zeichen ihres Engagements einen Auftritt von Tommy Patton organisieren würde. Grace und Elsie wappneten sich für einen weiteren Tobsuchtsanfall von Charlie, doch diese nahm die Neuigkeit erstaunlich gelassen auf.

»Dann gehe ich an dem Abend einfach nicht hin«, sagte sie.

Am Abend von Tommy Pattons Auftritt auf dem Festival hatte sie sich zu einem Date verabredet. Jane konnte sich noch genau daran erinnern, wie sie in ihrem verblichenen fliederfarbenen Kleid und mit zur Banane gedrehten Haaren an der Tür gewartet hatte.

Ihr Verehrer war ein Texaner namens Bill, der in einem beigefarbenen Cadillac vorfuhr und einen Zahnstocher im

Mund hatte. Er hupte dreimal, damit Charlie nach draußen kam.

»Wie charmant«, sagte Elsie.

»Wartet nicht auf mich«, sagte Charlie. Das letzte Bild, das Jane von ihrer Mutter in Gray Gables hatte, war, wie sie vor dem Flurspiegel ihren Lippenstift auffrischte, ehe sie zur Tür hinausging.

Nach sieben Stunden landete Janes Flieger in Frankfurt. Sie studierte die Anzeigetafel und ging zum Schalter von Olympic Air.

»Ein Ticket nach Griechenland«, sagte sie.

»Sehr gern, Miss«, sagte die Frau am Schalter. »Ich hätte noch einen Platz in der Maschine um elf Uhr vierzehn nach Athen. Nur Hinflug?«

»Ja«, sagte Jane.

Grace erzählte später, dass gegen zwanzig Uhr, eine Stunde vor Tommy Pattons Auftritt, ihr innerer Alarm angeschlagen hätte. Sie wollte ihrer Schwester nur zu gern glauben, dass diese die Sache mit »Lilac Waltz« hinter sich gelassen hatte, doch während sie mit Jane und Maggie im Wohnzimmer saß und im Fernsehen *The Honeymooners* anschaute, begann plötzlich ihr Herz schneller zu schlagen. Sie zog sich in Charlies Zimmer zurück, um sich zu sammeln, und fand auf dem Bett ein zweites Schreiben vom Gericht. Daneben lagen Hunderte in Charlies Handschrift verfasste Briefe, die alle denselben Text enthielten: *Ich bring dich um für das, was du getan hast, Tommy Patton.*

Elsie blieb mit Maggie und Jane zu Hause, während Grace zum Festivalgelände fuhr. Sie parkte den Kombi auf einem Acker oberhalb der Hauptbühne und suchte von dort aus die Menge ab. Im Zwielicht war das Publikum eine einzige wogende Masse, und Grace hatte keine Ahnung, wie sie Charlie in dem Gewimmel jemals finden sollte.

Doch sie hatte Glück. Charlie stand direkt vor der Bühne, und ihr goldblondes Haar leuchtete im Licht der Scheinwerfer. Die Menschen in ihrer unmittelbaren Umgebung beäugten sie voller Argwohn, während sie mit maskenartig verzerrtem Gesicht zu Tommy Patton hinaufstarrte. Graces Magen krampfte sich zusammen. Sie lief los, gerade als die ersten Takte von »Lilac Waltz« erklangen. Verzweifelt bahnte sie sich einen Weg durch die Zuschauermassen, um so schnell wie möglich zu ihrer Schwester zu gelangen. Als sie bei ihr ankam, hatte Patton soeben die zweite Strophe angestimmt.

Charlie hielt eine Schnapsflasche in die Höhe, und im ersten Moment sah es so aus, als wolle sie einen Schluck daraus trinken. Doch als sie das Gesicht zur Seite drehte, sah Grace die Zigarette zwischen ihren scharlachroten Lippen. Etwas flatterte in ihrer Hand: ein Fetzen Stoff, der im Hals der Flasche steckte.

Charlie hielt die Glut der Zigarette an den Stoff, dann warf sie die Flasche auf die Bühne.

»Charlie, nein!«, schrie Grace mit gellender Stimme.

Die Flasche zerbrach zu Pattons Füßen und explodierte in einem Feuerball. Im Chaos, das daraufhin ausbrach, machte Charlie Anstalten, die Bühne zu erklimmen, doch Grace erwischte sie am Handgelenk und hielt sie zurück.

»Lass mich los!«, fauchte Charlie und wollte Grace beißen.

Tommy Patton schrie. Sein Hemd hatte Feuer gefangen, und er war nicht der Einzige, den es erwischt hatte. Überall um ihn herum versuchten die Menschen, den Flammen zu entkommen.

Fünf Stunden nachdem sie in Frankfurt ihr Ticket gekauft hatte, erreichte Jane Athen. Sie war jetzt so weit weg von zu Hause, dass sie nicht einmal mehr die Schilder lesen konnte, die in einem ihr fremden Alphabet geschrieben waren.

»Ich möchte nach Kreta«, sagte sie zu einem Mann, der an einem Schalter unter einem großen Logo saß, auf dem, so würde sie später lernen, »Hellenic Airlines« stand.

Der Mann stellte ihr bereitwillig ein Ticket aus. »Damit kommen Sie bis nach Heraklion«, sagte er. Jane nahm das Ticket.

»War das nicht ein wunderschöner Abend?«, sagte Charlie selig, als Grace sie zurück zum Auto schleifte. »Ich bin froh, dass ich Gelegenheit hatte, mit so guten Musikern aufzutreten. Denkst du, im nächsten Jahr laden sie mich wieder ein?«

»Wovon redest du?«, fragte Grace. »Was ist aus deiner Verabredung geworden?«

»Meine Verabredung?«

»Der Mann, mit dem du heute Abend losgefahren bist.«

»Das war doch keine Verabredung«, sagte Charlie verächtlich. »Das war bloß irgendein Fan, den ich im Ort getroffen habe und der so nett war, mich zu meinem Auftritt zu fahren. Er ist extra aus Texas hergekommen, um mich zu sehen!«

»Hast du auch nur die geringste Ahnung, was du angerichtet hast?«

»Ich bin die bedeutendste Songschreiberin meiner Generation, das lasse ich mir weder von dir noch von sonst jemandem kaputt machen«, sagte Charlie, vor Wut kochend. Ohne zu wissen, was sie tat, gab Grace ihr eine Ohrfeige.

»Dafür wirst du büßen«, knurrte Charlie. »Weißt du überhaupt, wer ich bin?«

»Weißt du noch, wer du bist?«, schrie Grace, ehe Charlie sie an der Gurgel packte. Im nächsten Moment wälzten sich die beiden Schwestern am Boden und kämpften verbissen miteinander, bis Graces Hand eine Getränkedose ertastete.

Während Charlie bewusstlos auf der Rückbank des Wagens lag, kontaktierte sie Elsie von einer Telefonzelle an der Straße aus.

»Gott sei Dank, es geht euch gut«, stieß Elsie hervor, als sie Graces Stimme hörte. »Es kommt überall im Radio – was ist passiert?«

Grace blickte auf den entgegenkommenden Verkehr.

»Es war Charlie«, sagte sie. »Sie ist komplett ausgerastet. Ich weiß nicht, ob … Ich weiß nicht, ob ich es riskieren kann, sie mit nach Hause zu bringen.«

Am anderen Ende entstand eine Pause, in der Gelächter aus dem Fernseher zu hören war.

Ein grauer Crown Victoria näherte sich.

»Hat jemand sie gesehen?«, fragte Elsie.

Der Wagen drosselte sein Tempo und hielt neben Grace an. Eine Sirene leuchtete auf.

Grace schluckte. »Ja.«

Jane fand den Busbahnhof in Heraklion, indem sie einer Gruppe amerikanischer Hippies aus dem Flughafenterminal folgte.

»Wohin fährt der Bus?«, fragte sie, als sie sich in die Schlange der Wartenden einreihte, um bei einer Frau in einem kleinen stuckverzierten Häuschen die Fahrkarten zu kaufen.

»Matala«, gab ein junger Mann mit langen Haaren Auskunft.

Jane kam ein Gespräch in den Sinn, das sie in Laurel

Canyon mitangehört hatte. Es war, als wäre ihr geheimer Wunsch erhört worden.

Matala, da muss man unbedingt mal gewesen sein. Nur du und das Meer, die Höhlen und die Sterne.

Jane stellte sich ans Ende der Schlange.

»Hey, du bist doch Jane Quinn«, sagte der junge Mann und beäugte sie neugierig.

»Wer soll das sein?«, fragte Jane.

In einer ersten gerichtlichen Anhörung sagte Dr. Chase aus, dass Charlie Quinn nicht verhandlungsfähig sei, da sie an einer akuten psychotischen Störung litte. Daraufhin verfügte der Richter, dass sie in eine Einrichtung eingewiesen werden solle, bis ihr Zustand sich so weit gebessert habe, dass ihr der Prozess gemacht werden könne.

»Sie haben die Möglichkeit, sie auf eigene Kosten unterzubringen«, sagte er. »Ansonsten wird der Staat die Fürsorge übernehmen.«

Auf Bayleen Island gab es nur einen einzigen Ort, der dafür infrage kam. Das Zentrum war eine exklusive Privatklinik, in der sich renommierte Ärzte gegen fürstliche Bezahlung um all jene kümmerten, die von den Reichen und Vornehmen dorthin abgeschoben worden waren. Als Grace zum ersten Mal durch das Tor der Klinik fuhr, ahnte sie noch nicht, dass dieser Ort schon bald ein fester Bestandteil ihres Lebens werden würde. Ihr einziger Gedanke war, dass sie alles tun musste, damit ihre Schwester auf der Insel bleiben konnte.

Nach der Anhörung stellten sich die Inselbewohner geschlossen hinter die Quinns. Sie waren eine alteingesessene Familie, außerdem war es im Interesse aller, die Angelegenheit nicht an die große Glocke zu hängen. Man wollte die Sponsoren des Festivals auf keinen Fall vergraulen, denn wenn sie das Festival verloren, würde die ganze Insel darunter leiden.

Ohne Charlie namentlich zu erwähnen, berichtete die *Island Gazette*, dass die Polizei einen Fall von Brandstiftung aufgeklärt und zusammen mit dem Organisationskomitee des Festivals eine spezielle Sondereinheit gegründet habe, damit »sich ein solcher Vorfall nicht wiederholt«. Nach einer Weile geriet die Sache in Vergessenheit.

Nur nicht für die Quinns.

Nach zahlreichen Untersuchungen, die sich über mehrere Monate hinzogen, setzte sich Dr. Chase mit Grace und Elsie zusammen und erklärte ihnen, dass Charlie an einer Krankheit namens Schizophrenie litte. Ein solches Leiden manifestiere sich normalerweise bereits in der Jungend, in seltenen Fällen jedoch könne es jahrelang unbemerkt bleiben, bis es durch ein konkretes Ereignis ausgelöst werde.

»Sie hat sehr starke Wahnvorstellungen«, sagte der Mediziner. »Im Moment ist noch nicht abzusehen, wann sie wieder entlassen werden kann. Sie muss rund um die Uhr beaufsichtigt werden, ansonsten könnte sie zur Gefahr für sich selbst oder andere werden. Aber es gibt verschiedene Behandlungsmöglichkeiten.«

Jesse hatte recht gehabt, als er »Spark« zum ersten Mal gehört hatte: Es ging darin wirklich um Elektroschocktherapie. Die Behandlung begann kurz nach Charlies Einweisung. Danach war sie jedes Mal apathisch und verwirrt. Man probierte auch verschiedene antipsychotische Medikamente bei ihr aus, doch jedes hatte schlimmere Nebenwirkungen als das vorherige.

In diesem ersten Jahr riss Jane mindestens einmal pro Woche von zu Hause aus, fuhr mit dem Bus zum Zentrum und flehte die Schwestern an, sie zu ihrer Mutter zu lassen. In jenen Tagen war Charlie noch in der geschlossenen Abteilung untergebracht. Erst nach einem Jahr durfte sie sonntags Besuch empfangen.

Etwa zur selben Zeit stellten die Quinns fest, dass sie noch ein ganz anderes Problem hatten: Geld.

»Wie wäre es mit einer Vereinbarung?«, schlug Grace Dr. Chase vor. »Arbeit als Gegenleistung für ihre Pflege?«

Sie hörte im Widow's Peak auf und fing im Zentrum als Wäscherin an. Im Laufe der Jahre arbeitete sie sich immer weiter hoch und ließ sich erst zur Krankenschwester, dann zur Physiotherapeutin ausbilden. Auch Jane fing an, im Zentrum zu arbeiten, sobald sie alt genug dafür war. All das reichte gerade, um die Kosten für Charlies Unterbringung zu decken. Geld verdienten sie nur durch Graces zusätzliche Pflegejobs, ansonsten waren sie komplett auf Elsies Einkommen aus dem Salon angewiesen.

Außerhalb der eigenen vier Wände sprachen die Quinns von Charlie fortan nur noch als »Charlotte«. Das half ihnen dabei, eine Grenze zwischen der Vergangenheit und der Gegenwart zu ziehen. Wenn jemand nach ihr fragte, behaupteten sie, dass sie verschwunden sei. Dies war von Anfang an ein Konfliktpunkt zwischen Elsie und Grace.

»Wir sollten nicht lügen«, meinte Elsie. »Psychische Krankheiten sind nichts, weshalb man sich schämen müsste. Wenn wir den Leuten sagen, dass sie verschwunden ist, schaffen wir dadurch nur ein Stigma.«

»Dieses Stigma existiert doch längst«, widersprach Grace. »Daran können wir nichts ändern. So bewahren wir uns wenigstens die Chance auf ein halbwegs normales Leben, wenn sie irgendwann entlassen wird.«

Der Streit flammte in regelmäßigen Abständen immer wieder auf, doch letzten Endes beugte Elsie sich Graces Entscheidung, da diese am meisten für die Familie opferte.

Doch Charlies Zustand besserte sich kaum. Es war nun

schon über zehn Jahre her, seit sie in die Klinik gekommen war, und die Ärzte hatten nichts erreicht, außer sie ruhigzustellen. Trotzdem hatten die Quinns die ganze Zeit über geschwiegen. Sie ertrugen es nicht, sich einzugestehen, dass Charlie nie nach Hause kommen würde. In den Spekulationen der anderen fanden sie einen gewissen Trost: Solange sich jemand fragte, wo Charlie steckte, konnten sie sich vorstellen, dass sie vielleicht wirklich weggegangen war. Hin und wieder kam Grace der Verdacht, dass Greg die Wahrheit wusste, doch er hatte sich nie etwas anmerken lassen. Ihr Geheimnis existierte ungestört unter einem Berg aus Lügen.

»Eines Abends ist sie ausgegangen und nicht zurückgekommen. Wir haben nie wieder was von ihr gehört. Sie könnte überall sein. Vielleicht ist sie auch tot.«

Jane konnte diesen Text im Schlaf aufsagen. Er war ihr Treuegelöbnis an die Familie.

Als sie aus dem Bus stieg, kam ihr eine Erinnerung: goldener Nachmittagssonnenschein, ein Bücherwagen, ein zerfleddertes Buch. Charlies Blick war in die Ferne gerichtet. Sie las nicht vor, sondern erzählte die Geschichte aus dem Gedächtnis.

»Was fasziniert dich so sehr daran?«, fragte Jane.

Ihre Mutter setzte sich auf. »Ach, ich weiß auch nicht, Jane. Irgendwie mag ich das Ungeheuer.«

Jane schüttelte den Kopf. »Das ist es nicht.«

Ihre Mutter dachte nach. »Mag sein«, sagte sie schließlich. »Ich glaube, die Geschichte verrät uns etwas über die Natur der Wahrheit. Man kann sie verbiegen, begraben und zerstückeln, aber sie verschwindet nie ganz. Ich glaube, das empfinde ich als beruhigend.«

»Aber wieso?«, fragte Jane. »Theseus, Dädalus, der

Minotaurus – das ist doch nur Fantasie. Nichts davon hat es wirklich gegeben.«

Charlies Blick wurde scharf. Sie befeuchtete ihre Lippen mit der Zunge, und Jane verspürte ein seltsames Unbehagen, das sie nicht benennen konnte.

Gleich darauf war ihre Mutter wieder die Alte. »Die Realität ist nicht immer so, wie sie zu sein scheint, Janie«, sagte sie sanft. »Manchmal sind Geschichten wahrer als das echte Leben.«

Als Jane in den blauen Abend hinaustrat, kam sie zu dem Schluss, dass ihre Mutter recht gehabt hatte. Man konnte die Wahrheit verbiegen, begraben und zerstückeln, ohne dass sie jemals wirklich verschwand. Menschen hingegen konnten sehr wohl verschwinden.

Auf dem Weg ins Dorf dachte sie bei sich, dass sie genau das wollte: eine Zeit lang verschwinden.

40

Matala war ein kleiner Fischerort an der Südküste der Insel, zwischen muschelüberkrusteten Klippen und der Bucht von Messara gelegen. Das aquamarinblaue Wasser war selbst für Mittelmeerverhältnisse ungewöhnlich warm. Das Dorf bestand aus einer Handvoll Häuser, die verstreut am Wasser lagen, darunter zwei Restaurants, ein kleiner Gemischtwarenladen, eine Bäckerei sowie einige Souvenirläden mit recht bescheidenem Angebot. Die Hauptattraktion waren mehrere von Menschen gemachte Höhlen, die gegenwärtig von einer Gruppe amerikanischer Hippies bewohnt wurden.

Dort verbrachte Jane ihre erste Nacht. Sie schlief mit der Reisetasche fest im Arm, und beim Aufwachen war ihr Körper über und über mit kleinen weißen Krebsen bedeckt. Sie schüttelte die Tiere ab, während einige nackte Kalifornier ihr dabei zuschauten, die allerdings zu bekifft waren, um das Komödiantische an der Szene zu würdigen.

Noch am selben Tag nahm sie sich ein bescheidenes Zimmer in einer Pension direkt neben dem Restaurant Delphini. Für ein paar Tage waren die Höhlen vielleicht akzeptabel, aber sie hatte vor, länger zu bleiben.

Als Nächstes machte sie sich daran, ihr altes Leben abzustreifen. Sie mied Fernseher, Radios, sogar Uhren. Ihr einziger Referenzpunkt war das Restaurant. Wenn das Fischerboot des Delphini noch draußen war, war es zu früh zum Aufstehen. Erst wenn mehrere Dutzend Tintenfische zum Trocknen auf der Leine hingen, wurde es Zeit für Jane, in den Tag zu starten.

Sie lief zum Strand hinunter, zog sich aus und legte sich nackt in die Sonne. Wenn sie ihr Handtuch durchgeschwitzt hatte, ging sie kurz ins Meer, um ihre verbrannte Haut zu kühlen, dann marschierte sie zurück zu ihrem Platz. Sie kam sich vor wie einer der zum Trocknen aufgehängten Tintenfische, dennoch staunte sie, wie anstrengend es war, einfach nur dazuliegen und nichts zu tun. Wenn die Sonne unterging, nahm sie eine schnelle Mahlzeit im Delphini ein, ehe sie, begleitet von den Klängen der Gespräche unter ihrem Fenster, einschlief. Sie träumte nicht, und genau so war es ihr recht.

Das technologische Zentrum von Matala war der Gemischtwarenladen. Dort gab es einen Fernsehapparat, ein Telefon und den einzigen Kühlschrank des Ortes. Von dort aus rief Jane in Gray Gables an. Elsie nahm ab.

»Ich bin in Griechenland«, sagte Jane.

Elsie seufzte. »Was ist passiert?«

»Ich wusste einfach nicht mehr weiter.«

»Oje.«

»Und wie ist es so bei euch?«

»Turbulent. Grace hat sich große Sorgen um dich gemacht. Das war absolut unnötig, Jane.«

»Es tut mir leid.«

»Soll ich mal nachschauen, ob sie da ist?«

»Nein.« Jane stellte sich vor, wie Grace sie mit zehn Jahren am Straßenrand aufgelesen hatte, und schämte sich für ihre Feigheit.

»Das ist doch wohl das Mindeste, was du tun kannst«, sagte Elsie.

»Es geht nicht«, sagte Jane. Wenn Grace herausfand, dass Jesse ihr Geheimnis kannte, würde sie Jane nie wieder mit denselben Augen sehen. Sie hatte so viele Opfer gebracht und war immer so großherzig gewesen, und was war Janes Dank dafür? Sie hatte Jesse eine Spur aus Brotkrumen gelegt und damit die eiserne Regel der Familie gebrochen: *Erzähl niemandem von Charlie*. Sie konnte sich dieser Wahrheit nicht stellen, auch weil das zwangsläufig bedeutet hätte, an Jesse zu denken. Sie verspürte den plötzlichen Drang, zum Sonnenbaden an den Strand zu gehen.

Elsie seufzte abermals. »Ich bin froh, dass es dir gut geht.« Sie notierte sich die Adresse und Telefonnummer des Ladens, und in den darauffolgenden Wochen korrespondierten sie mehr oder weniger regelmäßig miteinander. Jane schickte Postkarten, und Elsie hielt sie mit wöchentlichen Briefen auf dem Laufenden. So erfuhr Jane unter anderem, dass Beas Vokabular nun auch die Worte »Gewitter« und »Drachen« umfasste, dass Grace ihre Patientin Millie in diesem Jahr nach Italien begleiten würde und dass man im Zentrum erwog, Charlies Chlorpromazin-Dosis zu erhöhen.

Jane las gerade einen solchen Brief während ihres Abendessens im Delphini, als ein Koch aus der Küche kam. Er trug eine brennende Pfanne vor sich her und sah mit seinen breiten Schultern, der braun gebrannten Haut und den großen, mit winzigen weißen Narben übersäten Händen sehr verwegen aus. Er hatte sich die von der Sonne gebleichten Haare oben am Kopf zu einem Knoten gedreht, und rotbraune Bartstoppeln zierten sein markantes Gesicht. Fasziniert sah Jane zu, wie er einen flambierten Fisch auf den Teller eines Gastes beförderte. Auf dem Rückweg in die Küche blieb er an ihrem Tisch stehen und schwang seine Pfanne wie einen Tennisschläger.

»Hast du Fragen zur Speisekarte?«, erkundigte er sich im undefinierbaren Englisch eines Weltenbummlers.

Jane schüttelte den Kopf. »Höchstens Komplimente.«

Er sah sie von der Seite an. »Hast du schon mal Matala-Aal gegessen?« Die Art, wie er »Matala-Aal« sagte, brachte sie zum Lachen. Sie konnte sich gar nicht mehr erinnern, wann sie zuletzt gelacht hatte.

»Nein.«

»Na, dann schauen wir doch mal, ob du Aal magst, Jane Quinn. Dann könnten wir vielleicht Freunde werden.«

Bei einem Glas kretischem Wein stellte er sich ihr als Roger Kavendish vor. Er war in Saskatoon geboren, hatte aber auch längere Zeit in London gelebt. Er hatte ein Jahr im Le Cordon Bleu gelernt, ehe er ausgestiegen war, um sich fortan durch die schönsten Regionen der Welt zu kochen.

»Und du bist hergekommen, um dem Rummel zu entfliehen«, sagte er. Es war keine Frage, sondern eine Feststellung, und Jane widersprach ihm nicht. Ihr gefiel die Art, wie er redete, so als gäbe es für ihn nichts Schöneres, als im mittlerweile menschenleeren Restaurant mit einer Flasche Wein unter den Sternen zu sitzen.

»Und? Magst du den Aal?«, fragte er sie.

Obwohl Jane im Moment eher nach Alleinsein zumute war, störte die Anwesenheit dieses Mannes sie nicht. »Ja. Ich mag den Aal.«

Seine Augen blitzten. Jane spürte ein angenehmes Ziehen im Bauch.

»Na, dann«, sagte er.

Roger wusste über alles ein bisschen Bescheid und teilte sein Wissen gerne mit ihr. Während sie gemeinsam die Höhlen und Strände um Matala erkundeten, lernte Jane die Namen der einheimischen Pflanzen und Tiere kennen und schnappte ein paar griechische Wörter auf.

»Es ist selbst für deine Verhältnisse ziemlich gewagt, einfach von zu Hause abzuhauen, ohne dass du weißt, wie man nach der Toilette fragt«, meinte Roger und knuffte sie. Jane widerstand dem Drang, mit der Hand seinen Bizeps zu streicheln.

Rogers sonniges Gemüt täuschte nicht darüber hinweg, dass er eine ausgezeichnete Intuition besaß. Das machte Jane das Zusammensein mit ihm leicht. Er war ein aufmerksamer Gesprächspartner und jederzeit bereit, das Thema zu wechseln, falls ihr etwas unangenehm wurde.

Zudem erwies er sich als begnadeter Koch, und in den darauffolgenden Wochen speiste Jane wie eine Königin. An einem Abend gab es Jakobsmuscheln, am nächsten Calamari, dann frischen Seebarsch und wilden Thunfisch. Sie wusste, dass Roger sie mit seinen Kochkünsten zu verführen suchte, und störte sich nicht daran. Als Koch hatte er ein sehr gutes Gespür für Timing, und Jane vermutete, dass er auf den richtigen Moment wartete. Eines Abends, gerade als sie sich fragte, ob sie seine ständige Zuwendung womöglich doch falsch verstanden hatte, lud er sie ein, mit ihm im Meer zu schwimmen.

Im Schutz der Dunkelheit nahm er unter Wasser ihre Hand und zog sie an sich. Ihre Lippen trafen sich in einem Rausch aus Haut und Salz. Endlich konnte Jane seine Schultern und seine Arme berühren. Seine Haut war rau vom Salzwasser. Er knurrte an ihrem Hals, als sie die Beine um seine Hüften schlang und er in sie hineinglitt. Obwohl sie bis zur Taille im Wasser standen, spürte sie, dass er stärker war als Jesse, und das Gefühl, getragen zu werden, erlaubte es ihr, sich ganz dem Augenblick hinzugeben. Ihre Finger gruben sich in sein Haar, während er in sie stieß, und ihre Seufzer schallten über das warme Wasser. Hinterher legten sie sich auf den Rücken, trieben Hand in Hand auf der Wasseroberfläche und ließen sich von den sanften Wellen schaukeln wie zwei Otter.

Als Jane an diesem Abend ins Bett ging, fühlte sie sich immer noch so, als würde sie schweben.

Roger brauchte viel Freiraum. Die Vorstellung, jede Nacht im selben Bett – oder überhaupt in einem Bett – zu verbringen, passte nicht zu seinem Selbstbild. Keine Woche mit ihm glich der anderen. Gerade wenn Jane den Eindruck hatte, dass er die Zweisamkeit genoss, zog er sich eine Zeit lang in die Höhlen zurück. Manchmal kam Jane mit, manchmal auch nicht. Obwohl er gegen jede Routine allergisch zu sein schien, entwickelte sich zwischen ihnen eine gewisse Beständigkeit, als wären sie zwei Planeten, die einander in einigem Abstand, aber auf immer gleichen Umlaufbahnen umkreisten. Jane wusste, dass er da war, selbst wenn sie ihn nicht sehen konnte.

Die Wochen wurden zu Monaten, und irgendwann war Janes Haar weiß von der Sonne, ihre Haut dunkelbraun, und an ihren Füßen klebte der Strandteer. Anfang Oktober begannen die ersten Touristen die Insel zu verlassen, aber das Meer und die Luft waren immer noch angenehm warm, und Jane dachte nicht daran, nach Hause zurückzukehren. Bis auf Elsie und Roger hatte sie die ganze Zeit mit keiner Menschenseele gesprochen.

Sie hatte auch weder gesungen noch Musik gemacht. In Matala gab es nirgendwo eine Gitarre oder ein Klavier. *Songs in Ursa Major* erschien ihr wie ein Traum, das Werk einer fremden Person. Sie hatte keine Ahnung, wie lange ihr Album schon in den Läden erhältlich war oder ob es sich gut verkaufte.

Ihr graute vor einem Gespräch mit Willy. Sie wollte nicht hören, wie tief sie ihn enttäuscht hatte – falls er überhaupt ans Telefon ging, wenn sie anrief. Sie war fest davon überzeugt, dass sie sich mit ihrer Flucht jegliche Zukunft bei Pegasus verbaut hatte.

Aber hier spielte all das keine Rolle.

Hier waren ihre einzigen Sorgen das Wetter und ihr Appetit. Alles, worüber sie nachdenken musste, war, was sie zum Abendessen haben wollte und ob es vielleicht regnen würde.

Mitte Oktober, als sie in den Gemischtwarenladen ging, um ein wenig Obst zu kaufen, reichte ihr der Inhaber einen Zettel mit der Nachricht, dass jemand für sie angerufen habe. Darunter stand eine sehr lange Telefonnummer, die so aussah, als käme sie aus Europa. Während Jane wählte, rätselte sie, wer es sein könnte.

»Hier spricht Jane Quinn«, sagte sie, als am anderen Ende jemand abnahm.

»Ich bin so froh, dass du zurückrufst.« Es war Grace.

»Wo bist du?«, fragte Jane, deren Magen sich zusammenkrampfte.

»Deshalb habe ich ja angerufen. Wir haben beschlossen,

von Sizilien aus eine kleine Bootstour zu machen. Ich komme nach Kreta, in etwa zehn Tagen müssten wir da sein. Darf ich dich besuchen kommen?«

»Wenn du möchtest«, sagte Jane.

»Sehr«, sagte Grace.

Sie besprachen die Einzelheiten. Als Jane auflegte, war sie wie betäubt. Sie sah zu, wie der Ladenbesitzer dem Postboten sein Wechselgeld abzählte, und lauschte auf das Summen des Dorfkühlschranks, das sich mit den Klängen des lokalen Radiosenders vermischte. Auf einmal kam ihr all das sehr zerbrechlich vor, so als könnte ein einziger Windstoß es davonwehen.

41

Jane trat von einem Fuß auf den anderen, als der Bus in Matala hielt. Sie hatte für die Gelegenheit extra eine beigefarbene Tunika angezogen, die sie in einem der Souvenirläden erstanden hatte, und sich die Haare zu einem langen Zopf geflochten. Ihre Füße waren nackt. Sie atmete tief ein und wusste nicht, was sie erwartete.

Dann stieg Grace aus dem Bus. Sie hielt die Hand eines gelehrt aussehenden Mannes von Anfang vierzig.

Jane grinste. »Du musst Nate sein.« Sie hatte noch nie einen von Graces Freunden kennengelernt.

»Und du bist Jane«, entgegnete Nate und schüttelte ihr fest die Hand. Grace strahlte.

Jane nahm sie mit ins Delphini, und bei fangfrischem Wolfsbarsch und einer Flasche selbst gekeltertem Weißwein lernten sich alle besser kennen.

»Nichts geht über Cornwall«, sagte Roger zu Nate. »Ich habe einen Sommer lang im Spotted Goose gearbeitet.«

»Während meines Studiums habe ich da gekellnert«, sagte Nate und grinste. »Ich bin froh, wenn ich in meinem Leben nie wieder einen Stargazy Pie sehen muss.«

Roger schüttelte sich.

»Wobei – nichts ist vergleichbar mit Cornish Yarg«, schob Nate hinterher.

»Ein Käse, der einer Königin würdig ist«, pflichtete Roger ihm bei.

Nach dem Mittagessen zogen die beiden Männer los, um die Höhlen zu erkunden, während Grace und Jane im Restaurant zurückblieben.

»Er scheint ein sehr herzlicher Mensch zu sein«, sagte Grace.

Jane nickte. Auf einmal war die Nervosität wieder da. Sie sahen zwei Möwen zu, die gemeinsam am Strand eine Muschel knackten.

»Du wirkst ... aufgeräumt«, meinte Grace.

Jane blickte auf das glatte Meer hinaus. »Es gefällt mir hier. Alles ist so einfach.«

Sie steckte sich eine Zigarette an und machte sich auf Vorwürfe gefasst. Doch als sie ihre Tante ansah, lag nichts als Zärtlichkeit in deren Miene. Plötzlich war Jane den Tränen nahe. »Es tut mir leid«, sagte sie. »Ich hätte nicht einfach so abhauen dürfen. Ich – ich habe alles kaputtgemacht.«

Grace sagte nichts. Janes Wangen brannten. Dann sprach sie aus, was sie seit Monaten mit sich herumtrug. »Jesse weiß über Mom Bescheid. Und es ist meine Schuld. Grace, es tut mir so unendlich leid.«

Grace betrachtete Jane mit unergründlicher Miene. »So was Ähnliches hatte ich schon befürchtet.«

Jane zitterte. Dies war der Moment, in dem Grace begreifen würde, dass Jane ihre Güte nicht verdient hatte.

»Ich weiß noch, als du klein warst, da hast du dich immer so geschämt, wenn wir dich erwischt haben, nachdem du ausgerissen warst. Du konntest mir danach tagelang nicht in die Augen sehen. Vielleicht hast du deshalb nicht gemerkt, wie glücklich wir waren, dich wiederzuhaben.«

Jane ließ den Kopf hängen. »Ich habe dich enttäuscht«, sagte sie.

»Nein, das wollte ich damit gar nicht sagen. Ich wollte sagen, dass es keine Rolle spielt. Viel wichtiger ist, dass es dir gut geht.«

»Komm schon, Grace«, sagte Jane.

»Janie. Es ist okay.«

»Nein, ist es nicht«, beharrte Jane und schluckte den Kloß in ihrem Hals herunter. »Das weißt du ganz genau. Du hast mir noch gesagt, ich soll Jesse nicht vertrauen.«

Grace verzog das Gesicht. »Das war falsch von mir.«

Jane stutzte. »Nein. Du hast bloß versucht, Mom zu schützen. Ich musste nichts tun, außer den Mund zu halten, und nicht mal das habe ich geschafft. Ich habe alles verdorben.«

Grace sah sie wehmütig an. »Janie, da gab es doch gar nichts zu verderben.«

Jane starrte sie ungläubig an. Offenbar verstand Grace immer noch nicht. »Jesse weiß, wo Mom ist. Er weiß Bescheid!«

»Ich habe dich schon verstanden. Und ich sage dir: Es ist okay.«

»Nein. Das kann doch nicht sein. Sonst …«

Sonst habe ich Jesse völlig grundlos angelogen.

Ihr kamen die Tränen.

Grace nahm ihre Hand. »Jane. Ich bin diejenige, die sich entschuldigen muss. Als das mit Charlie passiert ist, hatten wir keine Ahnung, wie wir mit der Situation umgehen sollten. Wir haben einfach nur reagiert. Die erste Zeit war der reinste Albtraum, das ständige Auf und Ab, eine Behandlung nach der anderen – das hat uns fast zugrunde gerichtet. Wir dachten, wenn wir es geheim halten, wird es vielleicht ein kleines bisschen leichter. Es war das Einzige, worüber wir die Kontrolle hatten.« Sie stützte den Kopf in die Handfläche. »Ich hätte nie gedacht, dass es so lange dauern würde. Ich habe einfach auf den richtigen Moment gewartet. Darauf, dass ich mich damit abfinde, dass sie nicht wiederkommt. Aber dieser Moment ist nie eingetreten. Und eines Tages bin ich aufgewacht, und zehn Jahre waren vergangen. Ach, Jane – ich glaube, ich habe mir nie erlaubt zu trauern, und dadurch habe ich deine Trauer verlängert. Das war grausam von mir. Es tut mir so unfassbar leid.« Auch sie hatte Tränen in den Augen.

Das war mehr, als Jane ertragen konnte. Sie hatte das Gefühl, als bräche ein Damm in ihrem Innern. Sie drückte ihre Zigarette aus und berührte Grace am Arm. »Das muss es nicht«, sagte sie. »Das Zentrum ist ein Teil meines Lebens. Nur deinetwegen habe ich es überhaupt ausgehalten. Die meiste Zeit habe ich gar nicht gemerkt, dass wir ein Geheimnis haben. Jedenfalls nicht, bis …«

»Jesse«, sagte Grace.

Jane nickte. »Ich kann es selbst nicht begreifen. Schon ab dem ersten Moment hatte er etwas an sich. Als er mich nach Mom gefragt hat, habe ich ihm gesagt, was ich immer sage, aber ich weiß noch genau, wie ich mir dachte: ›Er würde es bestimmt verstehen.‹«

Grace musterte sie. »Natürlich«, sagte sie. »Wer sollte

so etwas besser verstehen als jemand, der selbst Patient im Zentrum war?«

So hatte Jane die Sache noch gar nicht betrachtet.

»Je länger ich mit ihm zusammen war, desto mehr habe ich gemerkt, wie sehr es mich belastet, ihm die Wahrheit zu verschweigen. Nur, dass mir das gar nicht wirklich bewusst war. Da war einfach nur diese Musik in mir.«

»*Ursa Major*«, sagte Grace.

Jane nickte. »Der Song war nicht als Hinweis für ihn gedacht. Die meisten Leute auf der Insel kennen nicht mal den vollständigen Namen des Zentrums. Man muss schon dort gewesen sein, und selbst dann müsste man …«

»Auch eine Verbindung zu dir haben?«, ergänzte Grace.

Jane liefen die Tränen über die Wangen. »Ich habe es so richtig verbockt.«

»Jane«, sagte Grace.

Sie schüttelte den Kopf. »Doch. Wirklich. Ich habe nicht begriffen, was zwischen uns passiert. Er hat versucht, es mir zu sagen, aber ich wollte es nicht hören. Ich dachte, wenn ich erfolgreich bin, dann hat mein Leben endlich einen Sinn. Ich habe mich so sehr an diese Vorstellung geklammert, dass nichts anderes mehr wichtig war. Also habe ich mir eingeredet, dass ich Jesse nicht liebe, und ihn gehen lassen.« Ihre Hände zitterten stark. »Ich habe ihn in dem Glauben gelassen, dass wir beide um unsere verstorbene Mutter trauern. Dass wir diese Erfahrung gemeinsam haben. Das wird er mir nie verzeihen.«

»Gib ihm Zeit. Sobald er ein wenig über die Sache nachgedacht hat, wird er es bestimmt verstehen. Er ist schließlich auch nicht vollkommen.«

Jane spürte ein dumpfes Ziehen in der Kehle. »Es ist sowieso egal«, sagte sie. »Er hat eine andere geheiratet. Ich war so blind. Ich habe nur an meinen Erfolg gedacht.«

»Du warst auf einem Kreuzzug. Da gab es keinen Platz für Jesse.«

»Wie meinst du das?«

Die Art und Weise, wie Grace den Kopf zur Seite neigte, erinnerte sie an Maggie. »Seit du den Vertrag bei Pegasus unterschrieben hast, war die Musik wie eine heilige Mission für dich. Ich glaube, in gewisser Hinsicht hast du sie als eine Möglichkeit betrachtet, die Sache mit Charlie wiedergutzumachen – als könnte dein Erfolg alles geradebiegen, was bei ihr schiefgelaufen war.«

Jane ließ sich gegen die Lehne ihres Stuhls sinken. »Es hat meinem Leben einen Sinn gegeben«, gestand sie leise.

Ein Bild vom Eröffnungsabend des Silos kam ihr in den Sinn – Loretta, Jesse und Morgan, wie sie gemeinsam auf der Bühne standen, umgeben von Plattenbossen, die eigens zu der Veranstaltung geladen worden waren. »Jedenfalls war es früher so. Nach dem Abend im Silo ist mir klar geworden, dass ich vielleicht gar nicht für den großen Erfolg gemacht bin. Und sobald ich angefangen habe, das infrage zu stellen, ist alles andere wie ein Kartenhaus in sich zusammengestürzt.«

Einen Moment lang sahen sie schweigend den Möwen zu, die auf den Wellen schaukelten.

»Und was jetzt?«, fragte Grace irgendwann.

Jane wischte sich die Tränen von den Wangen. »Nichts«, sagte sie. »Jetzt lebe ich hier.«

Grace verschränkte die Arme vor der Brust. »Was ist mit deiner Musik?«

»Ich bin nicht mehr mit Leib und Seele dabei.«

Grace runzelte die Stirn. »Soll das etwa heißen, wenn du nicht so sein kannst wie Jesse, willst du alles hinschmeißen?«

»Es war naiv, es überhaupt zu versuchen. Jedes Mal,

wenn ich Glück hatte, dachte ich, es liegt daran, dass ich für Großes bestimmt bin. Jetzt sehe ich, dass das alles nur Zufälle waren. Launen des Schicksals. Nichts von alldem hatte mit mir zu tun.«

»Jane, wie kannst du so etwas sagen?«

Jane zuckte mit den Achseln. »Ist schon gut. Es war befreiend, das endlich zu erkennen.«

Grace betrachtete sie. »Man kann nie wissen.« Nach einem Moment des Schweigens fuhr sie fort: »Ich glaube, dein mysteriöses Verschwinden hat deiner Bekanntheit nicht unbedingt geschadet.«

Jane lachte.

»Im Ernst«, sagte Grace.

Sie hatte eine Mappe mit Ausschnitten aus Zeitungen und Magazinen mitgebracht. *Ursa Major* wurde einhellig für seine künstlerische Ausdruckskraft gelobt, und man spekulierte, wohin Jane verschwunden sein könnte. Die meisten Artikel stammten aus dem Sommer, aber das Interesse an ihrem Verbleib dauerte unvermindert an, was Jane niemals für möglich gehalten hätte. Es gab zum Beispiel die Theorie, dass sie aus einer tragischen Dreiecksbeziehung mit Jesse und Morgen ausgebrochen sei, und verschiedene wilde Thesen darüber, mit welchen internationalen Stars sie eine Affäre habe. Manch einer vermutete gar, sie hätte sich in ein tibetanisches Kloster zurückgezogen und ein Schweigegelübde abgelegt.

»Ich bin fast ein bisschen traurig, dass ich nicht selbst auf die Idee gekommen bin«, meinte Jane.

Am Nachmittag schwammen sie im glasklaren Mittelmeer, und Grace erzählte von ihrem Aufenthalt in Italien. Gegen sechs Uhr abends lieferte Roger Nate wieder bei ihnen ab, ehe er seine Schicht in der Küche des Delphini antrat. Nate sah aus, als hätte der Besuch in den Höhlen ihn ein wenig verstört.

»Die Leute hausen da einfach so«, sagte er. »Nackt!«

»Das ist kein Witz«, sagte Jane. Die Feindseligkeit der Einheimischen gegenüber den Höhlenbewohnern hatte zusammen mit dem fortschreitenden Verfall der Sitten und dem Ausmaß an Vermüllung stetig zugenommen. »Aber ich kann dir eine Flasche Wein als Trost anbieten.«

»Das Angebot nehme ich gerne an«, sagte Nate.

Sie genossen ein üppiges Mahl. Roger war in Bestform und wirbelte mit brennenden Pfannen und bunten Gemüsespießen zwischen Küche und Terrasse hin und her. Nachdem die Teller abgeräumt waren, begannen einige Leute aus dem Ort Musik zu machen, und die anderen tanzten dazu. Unter einem sternenklaren Himmel drehten sie sich im Kreis, bis der Restaurantbesitzer irgendwann das Licht ausmachte. Jane überließ Grace und Nate ihr Zimmer in der Pension und schlief mit Roger im Freien.

Als Jane die beiden am nächsten Morgen zum Bus brachte, war sie wehmütig.

»Weißt du, Janie«, sagte Grace. »Wir haben noch Platz, falls du mit uns zurückkommen möchtest. Wir könnten dich bis auf den Kontinent mitnehmen, das wäre überhaupt kein Problem.«

Jane lächelte. »Danke, dass du gekommen bist.«

»Danke, dass ich kommen durfte«, erwiderte Grace. »Wir sehen uns dann bald zu Hause.«

»Ja«, sagte Jane. Sie sah dem Bus nach, bis er in einer Wolke schwarzer Auspuffgase verschwunden war.

Sie hatte nicht die Absicht, nach Hause zurückzukehren.

42

Als der November kam, brach der Barkeeper des Delphini seine Zelte ab und zog aufs Festland. Roger legte ein gutes Wort beim Betreiber ein und erreichte, dass Jane den Job hinter der Theke übernehmen konnte. Die meisten Mahlzeiten im Restaurant bekam sie umsonst, und die Arbeit brachte genug Geld ein, um davon ihr Zimmer zu bezahlen. So konnte sie auf unbestimmte Zeit weiterleben.

Als sie eines Nachts Arm in Arm auf ihrer Pritsche lagen, spürte sie im Halbschlaf, wie Roger sie an der Schulter berührte.

»Was ist?«, fragte sie. Gleich darauf hörte sie von draußen Stimmengewirr.

»Ich glaube, jetzt ist es so weit.«

Jane öffnete die Augen. Bunte Lichter tanzten auf der Fensterscheibe. Roger hatte recht, die Dorfbewohner hatten mit ihren Appellen an die örtliche Polizei offenbar endlich Erfolg gehabt. Diese war mitten in der Nacht mit mehreren Einheiten angerückt, um die Hippies aus den Höhlen zu vertreiben.

»Ach du Scheiße«, sagte Jane.

Draußen befand sich eine Karawane aus Hunderten sonnengebräunten, splitternackten Gestalten auf dem Weg in den Ort. Lachend und tanzend, mit Taschenlampen und Fackeln winkend, zogen sie an den belustigten Ordnungshütern vorbei. Jane und Roger tauschten einen Blick, dann begaben sie sich nach unten, um dem Schauspiel beizuwohnen.

Das Kamerateam eines regionalen Fernsehsenders hatte sich auf der Terrasse des Delphini eingerichtet. Die Korrespondentin versuchte den Kameramann dazu zu bringen, sie ins Bild zu nehmen, während er mit seinem Objektiv der Parade der Nackten folgte. Sie verdrehte die Augen, dann sah sie Jane und Roger im Türrahmen sitzen.

»Verrückt, oder?«, sagte sie.

»Ich habe noch nie so viele Matala-Aale auf einmal gesehen«, meinte Roger.

Jane sah der Prozession zu. Als die Kamera eine Reihe hüpfender Männer einfing, spürte sie vom Wasser her einen kalten Hauch.

Nach der Räumung der Höhlen wurden die Intervalle zwischen Bestellungen im Delphini immer länger. Eines Abends saßen Roger und Jane ganz alleine da und sahen zu, wie über der Terrasse des Restaurants der Mond aufging. Roger erhob sein Glas.

»Worauf stoßen wir denn an?«, fragte Jane.

»Rabat«, sagte Roger, wobei er das R extra lange rollte.

Jane nickte. »Wo ist das?«

»Marokko«, sagte er, ebenfalls mit rollendem R.

»Wann?«

»In einer Woche«, sagte er. »Vielleicht auch in zwei. Ich bleibe nicht gerne länger als sechs Monate am selben Ort. Du solltest mitkommen, Jane. Dort sind die Winter warm.«

In Wahrheit sehnte sich Jane nach zu Hause, aber sie hatte kein Geld mehr. Den Vorschuss für *Ursa Major* hatte sie für die Flüge ausgegeben, und seitdem lebte sie von ihrem Ersparten, ohne neues Geld dazuzuverdienen. Sie hatte zwar noch ein kleines Polster, aber für einen Transatlantikflug würde es bei Weitem nicht ausreichen.

»Ich halte einfach die Stellung bis zur nächsten Saison«, teilte sie Elsie am Telefon mit. »Sobald die Touristen wiederkommen, kann ich mein Einkommen verdreifachen.«

»Aber bist du denn nicht einsam ohne Roger?«, fragte Elsie.

Jane zögerte. Sie besaß gerade noch genug Geld, um Roger nach Rabat zu begleiten. Sie hatte eine vage Vorstellung von Marokko und war hin- und hergerissen. Die größten Pluspunkte waren sicherlich Roger und die Nähe zum Atlantik. Aber die Reise dorthin würde den letzten Rest ihrer Barschaft verschlingen, sodass sie für ein Ticket in die Heimat noch länger sparen müsste.

»Ich komme schon klar«, sagte sie.

Am nächsten Morgen ging Roger zum Fischerboot, um den Fang des Tages abzuholen. Jane blieb zurück und hatte ein Auge auf das Restaurant. Ohne die Touristen wirkte der Strand klein, und das Aquamarinblau des Wassers war unter der winterlichen Wolkendecke nicht mehr ganz so strahlend wie sonst.

Irgendwann fielen ihr zwei Männer auf, die aus dem Ort in Richtung Restaurant geschlendert kamen. Während sie sich langsam näherten, dachte Jane über neue Verdienstmöglichkeiten nach. *Bier zapfen, Wäsche waschen, Haare schneiden, Spritzen geben, Windeln wechseln.*

Die Männer stammten vom Kontinent, das sah man schon aus der Entfernung an der Blässe ihrer Haut und der modischen Kleidung. *Nähen, kellnern, Briefe schreiben, Austern öffnen.*

Je näher sie kamen, desto vertrauter wirkten sie. Jane fragte sich, ob sie zu viel Sonne abbekommen hatte. Sie kannte den Gang, die Frisuren, das selbstbewusste Auftreten. *Nägel lackieren, Betten machen, Muffins backen, Songs schreiben.*

Früher hatte sie Songs geschrieben. Dieser Gedanke ging ihr durch den Kopf, kurz bevor sie anfing zu halluzinieren. In ihrer Halluzination betrat Willy das Restaurant Delphini. Die roten Gläser seiner Pilotenbrille leuchteten wie

Ampeln, und er grinste von einem Ohr bis zum anderen. Außerdem gab es ihn in doppelter Ausführung.

»Von allen Kaschemmen auf der Welt«, sagte die Willy-Fata-Morgana zur Begrüßung.

Jane blinzelte mehrmals. »Willy?«, fragte sie.

Willy nahm die Brille ab. Jane betrachtete seinen Begleiter.

»Jane, das ist mein Bruder Freddy von Ear Wool Records.«

»Freut mich«, sagte Freddy und schüttelte Jane die Hand. Sie erinnerte sich dunkel. Freddy war Willys mittlerer Bruder, der in London lebte und Rock-Alben produzierte.

»Ihr seid in Matala«, stellte sie fest.

»Wir haben gehört, dass du hier bist, und dachten uns, wir schauen mal vorbei«, sagte Willy, während er sich auf einen der Barhocker schwang.

»Woher wusstest du, dass ich hier bin?«

Ehe er antworten konnte, tauchte Roger mit einem prall gefüllten Netz im Arm auf.

»Jane, die Tintenfische haben sehr an ihrem Leben gehangen. Ich musste ziemlich grob mit ihnen sein«, sagte er und ließ das Netz fallen. Dann begann er, die toten Tiere auf die Leine zu hängen.

»Roger.« Jane winkte ihn zu sich.

Roger schaute von Willy zu Freddy. »Hallo, hallo«, sagte er. »Ihr seid bestimmt gekommen, um Jane zurück in die Zivilisation zu holen.«

Willy und Freddy tauschten einen Blick. »Das war der Plan, ja«, sagte Willy und schielte zu Jane.

»Ich gehe nicht zurück«, sagte diese. Es war die Wahrheit. Ihr fehlte das Geld, aber das würde sie Willy auf keinen Fall sagen.

»Jane, diese Herren haben eine weite Reise hinter sich«, meinte Roger. »Wir sollten erst mal was zu Mittag essen.«

Jane sah Willy und Freddy an, dass sie Roger nicht ganz über den Weg trauten, doch sobald sie von seinen gebratenen Jakobsmuscheln probiert hatten, waren sie bekehrt. Wahrscheinlich würden sie ihn an Janes Stelle mitnehmen.

»Köstlich«, lobte Freddy. »Haben Sie schon mal darüber nachgedacht, ein Restaurant in London zu eröffnen?«

»Ein- oder zweimal«, sagte Roger und zwinkerte Jane zu.

»Ernsthaft. Ich habe noch nie so fantastische Jakobsmuscheln gegessen.«

Roger grinste. »Das ist keine große Kunst, Mann. Komm, ich zeige dir, wie es geht.«

Roger und Freddy stapelten die Teller, dann zogen sie sich für einen kleinen Kochkurs in die Küche zurück.

Willy sah Jane an. »Magst du mich rumführen?«, fragte er.

Sie nahmen den Weg am Strand entlang. Willys Slipper versanken im Sand, und Jane versuchte sich daran zu erinnern, wann sie das letzte Mal geschlossene Schuhe getragen hatte.

»Ich verstehe nicht ganz, was hier los ist«, sagte sie. »Müsstest du nicht eigentlich auf der *Under Stars*-Tour alle fünfzig Bundesstaaten bereisen?«

Willy vergrub lachend die Hände in den Taschen. »Elsie hat mich angerufen.«

Jane sah ihn verdutzt an.

»Sie meinte, du bräuchtest vielleicht Hilfe beim Nachhausekommen, auch wenn du niemals darum bitten würdest.«

Jane zündete sich eine Zigarette an.

»Freddy lebt in London, und als ich ihm gesagt habe,

dass ich nach Europa komme, hat er mir angeboten, mich zu begleiten. Ich kann nicht glauben, dass du dich ganz allein bis hierher durchgeschlagen hast.«

Er wartete auf eine Antwort. Jane grub die Zehen in den Sand. »Dazu hatte Gran kein Recht«, sagte sie. »Ich komme schon klar. Roger und ich verstehen uns gut, und ich fühle mich wohl hier. Ich kann jederzeit nach Hause kommen, wenn ich will.« Selbst in ihren eigenen Ohren klangen die Worte hohl.

Willy nahm die Brille ab. »Ist das so?«

Jane hatte vergessen, wie wissend sein Blick war. »Ja«, sagte sie.

Willy zog die Augenbrauen hoch. »Ich weiß noch, was ich dir für dein letztes Album gezahlt habe. Ich weiß auch, was internationale Flüge kosten. Wenn du genug Geld hast, um nach Hause zu fliegen, dann ist Roger ein Habsburger Prinz.«

»Bei Roger weiß man nie so genau«, sagte Jane.

Willy hob begütigend die Hand, und sie setzten ihren Strandspaziergang fort.

An diesem Abend servierten Roger und Freddy ihnen gegrillten Seebarsch, und der kretische Wein floss in Strömen. Der ungewöhnlich milde Nachmittag hatte die Dorfbewohner in Feierlaune versetzt, und im Laufe des Abends füllte sich die Terrasse mit so vielen Gästen, dass man fast den Eindruck hatte, es wäre Hochsaison.

Der Postbote stimmte ein bekanntes Lied auf seiner Laute an, und Paare begannen zu tanzen. Jane musste schmunzeln, als sie sah, wie die Gebrüder Lambert überlegten, inwieweit das Instrument für den Massenmarkt taugen könnte.

Auf einmal fiel ihr das Atmen schwer. Sie trat an den Rand der Terrasse und blickte hinaus aufs dunkle Meer.

Starless night, I am a stranger.

Sie hörte Schritte im Sand. Als sie aufsah, stand Willy neben ihr.

»Komm mit zurück«, bat er. »Lass dir von mir helfen.«

Jane starrte aufs Wasser. »Dort gibt es nichts mehr für mich. Ich bin geschockt, dass Pegasus überhaupt bereit war, deine Reise hierher zu finanzieren.«

Willy wand sich ein wenig. »Das haben sie nicht«, sagte er nach einem Moment.

Janes Wangen wurden heiß. »Verstehe«, sagte sie. »Das war's dann also, ja? Sie haben sich endgültig von mir losgesagt.«

Willy seufzte. »Ganz so einfach ist die Sache nicht, aber es sieht nicht gut aus.«

Erst da ging es ihr auf.

»Du bist privat hergekommen? Du willst meinen Rückflug aus eigener Tasche bezahlen? Willy, das geht nicht. Das kann ich auf gar keinen Fall annehmen.«

»Solltest du aber.« Willy räusperte sich. »Wirklich. Ich fühle mich dafür mitverantwortlich, dass du überhaupt hier bist.«

Jane öffnete den Mund, um ihm zu widersprechen, doch er hob abwehrend die Hand.

»Du hast mir im Sommer ganz klar zu verstehen gegeben, dass du nicht zur Eröffnung ins Silo fahren willst, und ich habe nicht auf dich gehört«, sagte er. »Ich glaube nicht, dass du jetzt hier wärst, wenn ich dich nicht gezwungen hätte hinzugehen. Das ist also meine Schuld. Bei unserer ersten Begegnung habe ich dir gesagt, dass meine Künstler für mich immer an erster Stelle stehen. Das ist mir sehr wichtig. Ich will nicht einer von den Lamberts sein, die immer nur auf den Profit schielen.«

Jane blickte auf die Hornhaut an ihren Füßen.

»Das habe ich nicht verdient«, sagte sie. »Du wolltest doch bloß, dass ich ein bisschen Werbung für mich mache. Du hast immer nur versucht, mich bekannt zu machen, und ich habe so getan, als wüsste ich alles besser. Ich … ich habe wirklich keine Ahnung, weshalb du hier bist.«

Willy sah sie mit gequälter Miene an. »Ich kann Jane Quinn doch nicht in einer Höhle wohnen lassen.«

Jane schüttelte den Kopf. »Jane Quinn ist eine Persona non grata.«

Willy seufzte. »Ja, das ist sie wohl. Und ich bin ihr Manager.«

Als sie zurück zum Restaurant gingen, fing Jane Rogers Blick ein. Sie sah an seinem Gesicht, dass er bereits wusste, was sie ihm zu sagen hatte. Er nahm sie mit auf die Tanzfläche, hielt sie im Arm und vergrub die Finger hinten im Stoff ihrer Bluse. Jane sah in seine funkelnden Augen und lächelte.

»Eins ist ja wohl klar«, sagte er. »Wenn es nicht gut läuft, erwarte ich dich in Rabat.«

43

Ein Großteil der Presse würde erst gegen siebzehn Uhr vor dem Felt Forum eintreffen, Marybeth Kent vom *Snitch Magazine* allerdings war mit ihrem Fotografen Trevor bereits eine Stunde früher vor Ort.

»Wir haben einen entscheidenden Vorteil gegenüber *Esquire*«, raunte sie ihm zu, als die beiden den Sicherheitsleuten ihre Presseausweise zeigten und den roten Teppich betraten.

Als auch der Rest der Reporter angekommen war, hatten sich Marybeth und Trevor den besten Platz auf einer leicht erhöhten Plattform direkt vor dem Eingang des Theaters gesichert.

Auf der anderen Seite der 8th Street drängten sich jubelnde Fans hinter der Absperrung. Als die erste Limousine vorfuhr, stießen sie einen kollektiven Begeisterungsschrei aus. Ein Plattenboss mit silbergrauem Haar in Begleitung mehrerer glitzernder Assistentinnen stieg aus dem Wagen.

»Wie sehe ich aus?«, fragte Marybeth. Sie hatte sich ein langes Paillettenkleid ausgesucht und trug ihre roten Haare offen. Ihre türkisblauen Katzenaugen funkelten hinter einer Brille mit Schildpattrahmen. Trevor, der rote Hosenträger zu einer farblich passenden Fliege kombiniert hatte, reckte den Daumen in die Höhe. Sie mussten nur glamourös genug aussehen, dann würden sie nicht weiter auffallen.

Auf ihrem erhöhten Platz kam Marybeth sich wie eine Jägerin vor. Abende wie dieser folgten einem ganz bestimmten Muster, das entfernt an Tierwanderungen erinnerte. Indem man den Zug der Vögel beobachtete, konnte man auch die Ankunft des Großwilds vorhersagen.

In diesem Moment erreichte Lacey Dormon das Theater und schwebte in irisierendem Pink die Stufen empor.

»Lacey, irgendwelche Vermutungen, was den heutigen Abend angeht?«, rief Marybeth.

»Ich bin nur hier, um meine Freunde moralisch zu unterstützen«, antwortete Lacey, ehe sie im Gebäude verschwand.

Marybeth staunte über die Anzahl der Stars, die gekommen waren. Im letzten Jahr war die Hälfte der Preisträger gar nicht persönlich erschienen, aber die Plattenfirmen hatten sich ein Beispiel an der Oscar-Verleihung genommen und versuchten, der Show mehr Glamour zu verleihen. Wahrscheinlich hatten sie ihre Künstler zur Teilnahme verdonnert.

Augenblicke später hielt eine weitere Limousine am Straßenrand, und Loretta Mays stieg aus. Als der Wagen wieder anfuhr, brachen die Fans auf der anderen Straßenseite in lauten Jubel aus.

Loretta war für insgesamt sieben Grammys nominiert, darunter die vier wichtigsten. »Safe Passage« war für den Preis als Single-Auskopplung des Jahres und Song des Jahres im Rennen, *Hourglass* als bestes Album und Loretta selbst als beste Newcomerin. Darüber hinaus war sie auch noch für das beste Albumcover, das beste Begleitheft und die beste Studioaufnahme im Bereich nicht klassische Musik nominiert. Sie strahlte, als sie den roten Teppich entlangschritt. Dies war ihr Abend, und alle wussten es.

Marybeth jedoch hatte nur Augen für die Gäste, die unmittelbar nach Loretta ankamen: Kyle Lightfoot und Rich Holt. Sie wurden von einem schlanken Mann mit Brille begleitet – vermutlich ein Studiomusiker. Marybeth hatte einige sehr drängende Fragen zu Jane Quinn, und wenn jemand das Gerücht bestätigen konnte, dass sie bei den Grammys auftreten würde, dann bestimmt ihre ehemaligen Bandkollegen. Marybeth lächelte ihnen entgegen, als sie die Treppe hochkamen.

»Was für ein Abend«, sagte sie zur Einleitung. »Sie sind bestimmt ganz aufgeregt.«

»Wir freuen uns, hier zu sein«, erwiderte Kyle.

»Mal ganz unter uns.« Marybeth senkte die Stimme und beugte sich zu ihnen. »Wissen Sie, ob Jane Quinn heute kommt?«

»Jane ist unberechenbar«, lautete Kyles Antwort.

Hannibal Fang, der ebenfalls für die beste Single nominiert war, tauchte hinter ihnen auf, und die drei jungen Männer nutzten die Gelegenheit, sich zu entschuldigen und weiterzugehen.

Seit der Eröffnung des Nachtclubs Silo war Jane nicht mehr gesehen worden. Es war ein legendärer Abend gewesen, der *Snitch* monatelang mit Stoff versorgt hatte. *Songs in Ursa Major* hatte sich von Anfang an sehr gut verkauft, und Janes erste Single »Last Call« war im Laufe des Sommers oft im Radio gespielt worden. Mutmaßungen über ihr mysteriöses Verschwinden hatten dafür gesorgt, dass sie und ihr Album nach wie vor interessant waren.

Obgleich die Kritiker *Ursa Major* als künstlerische Meisterleistung gefeiert hatten, war es nicht für einen Grammy nominiert. Als Musikjournalistin wusste Marybeth natürlich, dass es bei solchen Veranstaltungen immer auch um Politik ging, doch als Fan fand sie, dass man Jane zu Unrecht übergangen hatte.

Und mit dieser Auffassung stand sie nicht allein da. Heerscharen junger Frauen, denen *Ursa Major* aus der Seele sprach, waren hellauf empört. Einige von ihnen hatten sich an der Straße versammelt und hielten Schilder in die Höhe, auf denen »Gerechtigkeit für Jane« oder »Was würde Jane tun?« geschrieben stand. Marybeth selbst hatte »A Thousand Lines« in Endlosschleife gehört, nachdem ihr langjähriger Freund sich von ihr getrennt hatte, weil sie angeblich »zu anstrengend« sei, und sie besaß ein »No Pain, no Jane«-T-Shirt.

Eine Woche zuvor hatte eine anonyme Quelle bei Pegasus durchblicken lassen, dass Jane Quinn gegenwärtig im Studio für einen Überraschungsauftritt bei den Grammys probte. Marybeth hegte den Verdacht, dass es sich dabei um eine geschickte Publicity-Maßnahme handelte. Genau so etwas würde die Menschen zu Hause vor die Bildschirme locken. Und wie es schien, war der Plan des Labels aufgegangen. Die Spannung angesichts der Frage, ob Jane Quinn zurückgekehrt war, brachte die Luft zum Knistern.

Die Rufe von der anderen Straßenseite erreichten eine bisher ungekannte Lautstärke. Jesse Reid und Morgan Vidal waren vorgefahren. Über kein Pärchen hatte Marybeth im vergangenen Jahr mehr geschrieben als über dieses. Ihre Ehe schien von den Göttern der Plattenindustrie höchstpersönlich eingefädelt worden zu sein. Seit sie zusammen waren, standen sie unangefochten an der Spitze des Musik-Olymps. Es gab niemanden, der ihnen, was Verkaufszahlen oder Medienaufmerksamkeit anging, auch nur im Entferntesten das Wasser reichen konnte.

Wenigstens bis jetzt. Als Marybeth die beiden den roten Teppich entlangkommen sah, schlug ihr innerer Alarm an. Sie war nicht umsonst Enthüllungsjournalistin. Ihr wahres Talent, wenn man es denn als solches bezeichnen konnte, bestand darin, dass sie sich von Stars und Prominenten niemals blenden ließ, sondern sie als das sah, was sie im Kern waren: gewöhnliche Menschen. Und genau wie gewöhnliche Menschen verrieten auch sie mit kleinen Gesten mitunter mehr, als ihnen lieb war. Der Unterschied war nur, dass die meisten Normalsterblichen so sehr vom Ruhm geblendet waren, dass sie es gar nicht bemerkten.

Marybeth hatte die Erfahrung gemacht, dass man einem Paar immer ansehen konnte, ob es sich in einer Krise befand, dabei spielte es keine Rolle, ob es über den roten Teppich flanierte oder im Restaurant am Nebentisch saß. Und ihr Instinkt sagte ihr, dass Jesses und Morgans Verliebtheitsphase eindeutig vorüber war.

Jesse wirkte unbeteiligt und geistesabwesend. Er hatte zwar ein Lächeln aufgesetzt, das jedoch fast gehässig aussah, und obwohl er sich dicht an Morgans Seite hielt, ging er nicht mit ihr zusammen, sondern eher wie ein Tier, das an der Leine geführt wurde.

Morgan war strahlend schön in einem nudefarbenen Trägerkleid aus Satin, das ihre langen Beine betonte. Dennoch nahm Marybeth die Panik hinter ihrer Fassade wahr. Sie schielte immer wieder zu Jesse, als wäre er eine Maschine, von der sie sich vergewissern musste, ob sie noch ordnungsgemäß funktionierte.

»Welchen Designer tragen Sie?«, rief Marybeth überschwänglich, als die beiden an ihr vorbeigingen. Trevor schoss mehrere Fotos hintereinander. Als Morgan murmelte, ihr »lieber Freund Giorgio« habe das Kleid entworfen, bemerkte Marybeth, wie Jesses Miene zu Stein wurde. Unwillkürlich musste sie daran denken, wie er zwei Jahre zuvor Jane Quinn angeschaut hatte, und verspürte Mitgefühl für Morgan.

Seine blauen Augen richteten sich auf Marybeth, und sie hatte das Gefühl, erkannt zu werden. Vielleicht war es diese Eigenschaft, die ihn zu einem Superstar gemacht hatte: Schon weniger als zwei Sekunden Blickkontakt gaben einem das Gefühl, etwas ganz Besonderes zu sein.

Die beiden verschwanden im Theater. Noch eine halbe Stunde bis zum Beginn der Show.

»Hast du alles, was du brauchst?«, fragte Trevor.

»Definitiv«, sagte Marybeth.

Auf der Straße warteten noch drei Limousinen in der Schlange. Zunächst stieg eine Schar Hintergrundsängerinnen aus, dann folgte ein Country-Duo.

»Sollen wir dann langsam zusammenpacken?«

Marybeth schüttelte den Kopf. Ihr Blick war auf die letzte Limousine gerichtet, die eben vor dem roten Teppich zum Stehen gekommen war. Die Tür ging auf.

Gleich würde etwas Bedeutsames passieren, das spürte

Marybeth ganz deutlich. Sie brauchte einen Moment, um zu begreifen, woher sie diese Gewissheit nahm: Die Fans gegenüber waren mucksmäuschenstill geworden. Jemand Unbekanntes war aus der Limousine ausgestiegen, und sie wussten nicht, wie sie reagieren sollten.

Eine schlanke, große Gestalt tauchte am Fuß des roten Teppichs auf, als wäre sie auf einer Wolke herabgeschwebt. Sie trug ein elegantes schwarzes Kleid und silberne Halsketten, die wie gesponnenes Mondlicht funkelten. Ihre langen weißblonden Haare hingen ihr offen den Rücken hinab. Als die Limousine weiterfuhr, zögerte sie zunächst. Sie betrachtete den Teppich, die Stufen, den Eingang zum Theater. Dann, als sei ihr soeben bewusst geworden, wo sie sich befand, drehte sie sich um und schaute zu den wartenden Fans auf der anderen Straßenseite.

»Es ist Jane!«, schrie ein Mädchen mit überschnappender Stimme. Der Jubel, der daraufhin losbrach, ließ fast die Absperrung einstürzen.

»Hast du das?«, fragte Marybeth, an Trevor gewandt, der sofort anfing zu knipsen.

Willy Lambert gesellte sich zu Jane, nahm ihren Arm und geleitete sie zum Eingang. Jane hielt sich an ihm fest und blinzelte ins Blitzlichtgewitter. Marybeth war wie vom Donner gerührt. Die Person, die da gerade die Stufen hinaufkam, hatte zwar rein äußerlich Ähnlichkeiten mit Jane Quinn, wirkte jedoch vollkommen anders, beinahe scheu. Oben angekommen, blieb sie stehen und schaute sich um. Der Blick ihrer grauen Augen fiel auf Marybeth, und sie lächelte. Zum ersten Mal in ihrem Leben spürte Marybeth am eigenen Leib, was es hieß, einem Star verfallen zu sein.

»Ich kenne Sie«, sagte Jane. »Sie arbeiten bei *Snitch.*« Noch nie hatte ein Prominenter Marybeth erkannt. »Ich weiß noch, dass Sie sich in Portland als Studentin ausgegeben haben.«

»Ja. Entschuldigung dafür«, sagte Marybeth.

Jane zuckte mit den Schultern. »Manchmal verlangt unser Job, dass wir nicht wir selbst sind.«

Deshalb liebe ich dich so, hätte Marybeth am liebsten geantwortet.

Doch ehe sie die richtigen Worte finden konnte, hatte Willy Jane eine Hand in den Rücken gelegt und schob sie sanft in Richtung Eingang. Jane neigte den Kopf wie eine Priesterin, die im Begriff war, ein Opfer darzubringen. Die Türen öffneten sich, und sie trat ins gleißende Licht.

44

Jane und Willy hatten versucht, mit Pegasus über Janes nächstes Album zu sprechen, waren jedoch abgeblockt worden. Wie es schien, hatte man sich dazu entschieden, ihren Vertrag auslaufen zu lassen.

Willy meinte, es bestünde noch eine kleine Chance, dass der Vorstand seine Meinung ändern würde. Das Label hatte bislang zwar noch keine zweite Single veröffentlicht, aber »Last Call« wurde nach wie vor im Radio gespielt. Während sie auf Antwort wartete, schrieb Jane pflichtschuldig einige Songs über ihre Erlebnisse in Griechenland und übernahm regelmäßige Schichten im Carousel. Es war nicht viel, aber es reichte, um die Zeit zu überbrücken.

Ende Februar kam endlich der Anruf.

»Jane«, sagte Willy. »Es ist etwas Unerwartetes passiert.«

»Was denn?« Jane machte sich auf das Schlimmste gefasst.

»Du wurdest eingeladen, bei den Grammys aufzutreten.«

Jane war nicht sicher, ob sie richtig gehört hatte. »Ich soll singen?«, sagte sie. »Aber ich bin doch gar nicht nominiert.«

»Ich bin genauso überrascht wie du. Vielleicht denken sie, das kurbelt die Publicity an.«

»Solche Veranstaltungen sind immer so geschmacklos und überkandidelt«, sagte Jane. Es gab die Grammy-Verleihung seit ungefähr zehn Jahren, und in Janes Augen war sie steif und zum Gähnen langweilig.

Willy räusperte sich. »Mit geschmacklos meintest du: ›Selbstverständlich gehe ich hin‹, richtig?«, fragte er.

»Ja«, sagte Jane. »Natürlich.«

Sie reiste eine Woche vor der Veranstaltung nach New York. Ihre Stimmung war verhalten optimistisch. Pegasus hatte sie im Plaza Hotel untergebracht, und sie folgte dem Pagen vergnügt zu ihrem Zimmer. Doch kaum dass er die Tür geöffnet hatte, sank ihr Mut.

»Ich wusste gar nicht, dass die hier überhaupt so kleine Zimmer haben«, sagte Willy betreten. Vermutlich war seine Reaktion ein recht guter Indikator für die Größe der Penthouse-Suite, die Morgan und Jesse bekommen hatten.

»Ich bin einfach froh, dass ich hier sein darf«, sagte Jane.

Am nächsten Morgen begleitete Willy sie zur Probe ins Büro von Pegasus. In der Nacht hatte es leicht geschneit, und als sie durch den Central Park in Richtung Westen gingen, mussten sie den von Ruß und Tierurin verschmutzten Schneeklumpen ausweichen. Mehrere Pferdekutschen warteten in einer Reihe auf Kundschaft. An den Geschirren bimmelten Glöckchen, und die Tiere trugen Scheuklappen, damit sie im Straßenverkehr nicht in Panik gerieten. Jane spürte eine Woge der Übelkeit in sich aufsteigen, als sie die trüben, blutunterlaufenen Augen der Pferde sah.

»Diese Stadt ist einfach widerlich«, sagte Willy.

Als sie den Empfangsbereich von Pegasus betraten, fragte sich Jane, ob die zwei frostigen Sekretärinnen noch dieselben waren wie bei ihrem ersten Besuch. Erst aus der Nähe erkannte sie, dass sie vollkommen anders aussahen und darüber hinaus wahrscheinlich nicht viel älter waren als Jane selbst.

»Miss Quinn, Mr Lambert«, sagte die eine. »Sie werden bereits erwartet. Bitte, folgen Sie mir. Darf ich Ihnen etwas zu trinken anbieten?«

»Wir wollen eigentlich nur ins Studio«, sagte Willy.

Die Empfangsdame legte die Stirn in Falten. »Verzeihung, aber mir liegen andere Informationen vor. Ich soll Sie gleich nach Ihrer Ankunft nach oben in den großen Konferenzraum bringen.«

»Also gut«, lenkte Willy ein. »Aber in zehn Minuten fängt unsere Probe an. Ich hoffe, es dauert nicht lange.«

»Bestimmt nicht«, sagte die Dame. »Bitte, hier entlang.«

Willy und Jane wechselten einen Blick. Sie gelangten in einen sonnendurchfluteten marmornen Gang, der von großen gläsernen Büros mit Blick auf die Stadt gesäumt war. Ihr Weg endete in einem stattlichen Besprechungsraum mit bodentiefen Fenstern auf zwei Seiten. An den anderen Wänden hingen Goldene Schallplatten.

Jane blinzelte. Es schien, als wäre gerade eine Sitzung im Gange. Lenny Davis saß am Kopf eines blank polierten Konferenztischs. Hinter ihm an der Wand standen seine beiden Muskelprotze, und um ihn herum saßen mehrere Männer, die Jane noch nie in ihrem Leben gesehen hatte. Sie fragte sich, ob die Empfangsdame womöglich irgendetwas verwechselt hatte, und schielte hilfesuchend zu Willy.

Im selben Moment ergriff Lenny Davis das Wort. »Jane, Willy. Kommt doch rein.« Er deutete auf den freien Stuhl zu seiner Linken. Erst nachdem Jane darauf Platz genommen hatte, stellte sie fest, dass Vincent Ray ihr direkt gegenübersaß und sie mit seinen Blicken aufspießte.

Dies hier war keine normale Vorstandssitzung. Es war ein Hinterhalt. Als sie das Geräusch der zufallenden Tür hörte, konnte sie ihren Fluchtinstinkt nur mit Mühe unterdrücken.

»Wie schön, dass ihr euch zu uns gesellt«, sagte Davis. Sein Tonfall war herzlich, doch Jane bemerkte seinen berechnenden Blick, den sie noch gut aus Memphis kannte. Ein Schauer des Ekels durchlief sie, als sie sich daran erinnerte, wie er sie hinter der Bühne der Minglewood Hall als »süßes kleines Ding« bezeichnet hatte.

»Was geht hier vor?«, wollte Willy von einem Mann wissen, der neben Lenny saß. Er trug einen maßgeschneiderten Leinenanzug und sah aus wie eine ältere Version von Willys Bruder Danny. »Dad?«, hakte Willy nach.

»Will«, sagte Jack Lambert. Er warf einen Blick zu Jane, begrüßte sie jedoch nicht. »Nimm doch bitte Platz.«

Schweigend blickte Jane in die ausdruckslosen Mienen der Männer um sie herum. Man sah ihnen förmlich an, wie sie im Kopf eine Rechnung aufstellten: die Jahre, bis Jane zu alt aussah, multipliziert mit den Dollars, die sie bis dahin an ihr verdienen konnten.

»Jane, dies hier ist der Vorstand von Pegasus«, sagte Davis. »Vincent Ray kennst du ja schon.«

Vincent Ray fixierte sie immer noch mit starrem Blick. Sie nickte.

»Es handelt sich um ein rein freundschaftliches Gespräch«, fuhr Davis fort. »Wir würden gerne von Jane hören, wie sie sich ihren Auftritt vorstellt.«

»Ihr alle?«, fragte Willy ungläubig und steckte seine Sonnenbrille in die Hemdtasche. Jane sah auf. Zwei Jahre zuvor hätte er niemals einen solchen Ton angeschlagen. Doch der Erfolg hatte ihn selbstbewusster gemacht, und die Anwesenheit seines Vaters schien seine rebellische Seite zum Vorschein zu bringen.

»Wir möchten uns nur vergewissern, dass wir alle auf derselben Wellenlänge sind«, sagte Lenny Davis.

»Okay«, sagte Jane. »Zunächst mal danke für die einmalige Gelegenheit.«

Lenny Davis lächelte ohne jede Wärme.

»Der Produzent der Veranstaltung hat ›Last Call‹ erwähnt, weil das ja meine Single-Auskopplung ist«, fuhr Jane fort. »Aber ich bin auch für andere Vorschläge offen.«

Lenny Davis nickte, dann wandte er sich an Vincent Ray. »Wir hatten an ›Spring Fling‹ gedacht«, sagte dieser.

Jane stutzte. »Den alten Breakers-Song?«

»Das ist immer noch deine meistverkaufte Single«, sagte Vincent Ray. »Wir wollen den Auftritt dafür nutzen, die Öffentlichkeit darauf vorzubereiten, was für Musik du in Zukunft machen wirst.«

»Moment mal«, ging Willy dazwischen. »Ich habe monatelang versucht, das Label zu einer wie auch immer gearteten Stellungnahme in Bezug auf Janes nächste Alben zu bewegen, und absolut nichts erreicht. Und jetzt redet ihr auf einmal davon, als wäre es eine ausgemachte Sache?«

»Nach der enttäuschenden Performance von *Songs in*

Ursa Major hatten wir eigentlich geplant, Janes Vertrag zu beenden«, sagte Lenny. »Aber dann hat Vincent Ray vorgeschlagen, vom Optionsrecht Gebrauch zu machen, um die Verkäufe des Breakers-Albums noch mal anzukurbeln.«

Das konnte doch nur ein schlechter Scherz sein. Der Gedanke, dass Vincent Ray sich für *Spring Fling* eingesetzt hatte, war vollkommen absurd. Erneut sah Jane fragend zu Willy. Erst jetzt fiel ihr auf, dass sie die Aussicht kannte. Es war derselbe Besprechungsraum, in dem sie seinerzeit die Fotos für *Spring Fling* geschossen hatten. Ihr wurde ganz flau zumute. Vincent Ray hatte die Sache mit dem Cover offenbar immer noch nicht verwunden, und jetzt versuchte er, es als ein Symbol seiner Macht über sie umzudeuten. Wenn es ihm gelang, Jane zu zwingen, bei den Grammys »Spring Fling« zu singen, würde das eine Botschaft an die gesamte Branche senden: Vincent Ray bekam immer, was er wollte.

»Wenn man die Zahlen von *Spring Fling* mit denen von *Ursa Major* vergleicht, wird deutlich, dass Jane sich zu weit von ihrer Basis entfernt hat.«

Willy sah aus, als hätte er einen Schlag ins Gesicht bekommen. »Moment mal. ›Last Call‹ ist höher eingestiegen als ›Spring Fling‹. Der einzige Grund, weshalb es sich nicht so gut verkauft hat, war die Entscheidung des Labels, die Platte nicht zu promoten.«

»Im Vorstand sind sich alle darüber einig, dass die Grammys eine hervorragende Gelegenheit sind, Jane an ihr altes Image anzupassen«, fuhr Vincent Ray ungerührt fort. »Wir werden den Auftritt nutzen, um sie ins Licht der Öffentlichkeit zurückzuholen und klarzumachen, dass sie in Zukunft wieder strandtauglichen Gute-Laune-Pop machen wird. Keine musikalischen Experimente mehr.«

»Aber ich habe seit über einem Jahr nicht mehr zusammen mit meiner Band gespielt.«

»Oh, wir missverstehen uns«, sagte Vincent Ray. »Das wird ein Solo-Auftritt.«

Jane schauderte bei dem Gedanken, vor Leuten wie Morgan, Loretta und Jesse eine Akustikversion von »Spring Fling« spielen zu müssen. Doch sie hielt den Mund.

»Das ist doch Irrsinn – Janes Fans haben *Ursa Major* geliebt«, appellierte Willy an die Runde. »Ihr müsst die ›Was würde Jane tun‹-T-Shirts doch auch gesehen haben.«

»Junge Mädchen sind wie Schafe«, sagte Lenny Davis. »Sie mögen alles, was man ihnen vorsetzt. Um auch die Männer zu kriegen, muss Jane wieder Pop singen.«

Jane reichte es. »Ich habe genug gehört.«

»Sie haben genug gehört?«, wiederholte Lenny.

»Ja. Dann trete ich eben gar nicht auf.«

Vincent Ray schnaubte höhnisch. »Dir bleibt gar keine andere Wahl. Es gibt eine Klausel in deinem Vertrag, die dich dazu verpflichtet, jede Werbemaßnahme wahrzunehmen, die wir als notwendig erachten. Ich schlage vor, dass du uns deine Dankbarkeit erweist, weil wir uns dir gegenüber im Sommer so nachsichtig gezeigt haben.«

Willy war am Ende seiner Geduld angelangt. »Also gesetzt den Fall, Jane tritt bei den Grammys auf und passt sich wieder ihrem alten Image an«, sagte er. »Wie soll es denn danach weitergehen?«

»Vincent Ray hat sich großzügigerweise bereit erklärt, ihr nächstes Album zu produzieren, das ein würdiger Nachfolger von *Spring Fling* werden wird«, sagte Lenny Davis.

Jane ertappte sich bei dem Wunsch, das Label hätte doch beschlossen, sie fallenzulassen. »Ich will keinen Produzenten.«

»Sie undankbares Kind«, wies Jack Lambert sie zurecht. »Es geht nicht darum, was Sie wollen und was nicht. Sie stehen bei uns unter Vertrag. Wenn wir von unserem Optionsrecht Gebrauch machen, müssen Sie liefern.«

»Ich schreibe keine Songs wie ›Spring Fling‹«, sagte Jane.

»Dann stellen wir eben jemanden ein, der sie schreibt. Sie kapiert es einfach nicht.« Lenny wandte sich Unterstützung heischend an Vincent Ray. »Kannst du es mal versuchen?«

Vincent Ray fixierte Jane und sprach betont langsam. »Du singst das, was wir dir vorschreiben.«

»Wie bitte?«

»War das immer noch nicht deutlich genug? Wie wäre es damit: Wir besitzen dich – na ja, jedenfalls die Teile von dir, die irgendwie von Bedeutung sind. Deine alten Titel, deine neuen Titel, dein Image, deine Zeit. Alles, was du je gemacht hast, und alles, was du bist, gehört uns.«

Ursa Major gehörte Pegasus.

Willy ballte die Fäuste, sodass seine Knöchel weiß hervortraten. »So kannst du nicht mit ihr sprechen.«

Jack Lambert fixierte seinen Sohn mit einem vernichtenden Blick. »Wenn du deinen Job anständig gemacht hättest, müsste er das auch nicht.«

»Das muss doch nicht ungemütlich werden«, schaltete Lenny Davis sich ein. »Wir haben viel Geld in Jane investiert und möchten diese Investition nur ungern abschreiben. Wenn sie uns beweist, dass sie ein folgsames Mädchen sein kann, und tut, was wir ihr sagen, dann gibt es keinen Grund, weshalb wir nicht weiterhin gewinnbringend zusammenarbeiten können.«

»Und wenn nicht?«, fragte Willy.

Lenny Davis und Vincent Ray tauschten einen Blick.

»Dann nehmen wir ihre nächsten vier Alben und lassen sie zusammen mit *Ursa Major* in der Versenkung verschwinden«, sagte Vincent Ray.

Jane schnappte nach Luft.

Jesse hatte vorausgesagt, dass es dazu kommen würde. Damals war sie entrüstet gewesen und hatte ihm unbedingt zeigen wollen, dass er sich irrte. Sie hatte der Welt ihren Stempel aufdrücken wollen. Sie erinnerte sich, wie sie bei ihm im Wohnzimmer zusammengesessen hatten, Jesse entspannt im Sessel, während sie die Noten zu seinen Songs aufschrieb. Sie hatte davon geträumt, endlich ihren eigenen Namen auf einem Albumcover zu lesen. Sie hatte gedacht, damit wären all ihre Probleme gelöst. Wie dumm sie gewesen war. Wie hoffnungsvoll. Sie hätte jedes verkaufte Exemplar ihrer Alben dafür gegeben, die Hoffnung zurückzubekommen, die sie damals noch gehabt hatte.

»Okay«, sagte sie.

Willys Kopf schnellte zu ihr herum.

»Braves Mädchen«, lobte Lenny Davis.

»Okay?«, wiederholte Willy. »Das ist nicht okay. *Ursa Major* wurde von der Kritik einhellig gelobt.«

»Willy«, mahnte sein Vater.

»Nein«, sagte Willy. »Das ist eine Farce. Ich werde nicht …«

»Willy«, sagte Jane. »Es ist alles gut.«

Einen Moment lang herrschte Stille im Raum, dann ergriff Vincent Ray das Wort. »Ich denke, wir haben heute eine Überraschung erlebt«, sagte er. »Ich für meinen Teil hätte jedenfalls nicht damit gerechnet, dass Jane ausgerechnet die Stimme der Vernunft ist und du das Maul aufreißt, Lambert.«

Jane und Willy erhoben sich von ihren Plätzen und verließen rückwärts wie unter vorgehaltener Waffe den Raum. Sobald sie draußen auf dem Flur standen, stieß Willy einen tiefen Seufzer aus und beugte sich nach vorn.

»Ich habe den Mist, den mein Vater abzieht, so satt«, sagte er und rieb sich mit der Hand das Gesicht. »Das macht doch alles überhaupt keinen Sinn. Dass er den gesamten Vorstand involviert hat, muss ja bedeuten …« Er schüttelte den Kopf und drehte sich zu Jane um. »Und seit wann bist du ein braves Mädchen?«

»Seit ich müde bin«, sagte Jane.

»Du bist müde?«

Sie zuckte mit den Schultern. »Ich bin es leid zu kämpfen, wenn ich sowieso nicht gewinnen kann. *Ursa Major* gehört dem Label. Vielleicht muss ich mich einfach damit abfinden.«

»Nein, Jane, das musst du nicht. Ich will auf keinen Fall, dass du aufgibst. Du solltest zu einem Label gehen, das dich zu schätzen weiß.«

Jane lachte trocken. »Nach drei weiteren Alben wie *Spring Fling*? Wozu? An der Spitze eines jeden Labels sitzt ein Vorstand genau wie der da drin. Diese Typen werden in mir immer nur einen hübschen Armschmuck für Jesse Reid sehen, niemals eine eigenständige Künstlerin. Vielleicht ist es das Beste, ihr Spiel einfach mitzuspielen.«

»Jane, ich will das nicht hören – nicht aus deinem Mund.«

Jane tätschelte ihm den Arm. »Du bist ein guter Kerl, Willy. Und es ist bloß eine unwichtige Preisverleihung. Vielleicht schalten die Leute gar nicht ein. Ich habe dir ja gesagt, solche Veranstaltungen sind geschmacklos.«

Willy schien noch mehr sagen zu wollen, besann sich jedoch eines Besseren. Nach einem Moment nickte er. »Na, komm, gehen wir in den Probenraum«, sagte er und fischte seine Pilotenbrille aus der Hemdtasche.

Seitdem Pegasus die Produktion nach L. A. verlegt hatte, war man dazu übergegangen, die alten Tonstudios als Probenräume zu vermieten. Man hatte die Textilverkleidung aus den Räumen entfernt und nur den nackten Beton zurückgelassen. Begleitet vom Summen der Leuchtröhren transponierte Jane »Spring Fling« fürs Klavier, damit es ohne ihre Band nicht ganz so dürr klang.

Oh,
We should be a movie,
We should be a show.

Im Laufe der Woche kam ihr hin und wieder die Zeit in den Sinn, die sie während der Aufnahmen zu *Spring Fling* mit Rich, Kyle und Greg im Studio verbracht hatte. Sie waren in genau diesem Raum gewesen. Doch zu ihrem Erstaunen musste sie die meiste Zeit an *Ursa Major* denken. Sie hätte es nicht für möglich gehalten, Sehnsucht nach einer Zeit zu empfinden, in der sie sich so elend gefühlt hatte. Andererseits hatte sie damals noch nicht gewusst, dass es auch noch etwas jenseits dieses Elends gab.

Die Taubheit in ihrem Inneren war schlimmer als jeder Schmerz, den sie während der Arbeit an *Ursa Major* durchlitten hatte. Damals hatte sie sich wenigstens noch lebendig gefühlt.

Oh,
You make me feel groovy,
Light it up and go.

Als die Limousine vor dem Theater hielt, kam sie sich genauso dumm und einfältig vor wie der Text von »Spring Fling«. Vielleicht war es also nur passend, dass sie ausgerechnet diesen Song singen musste.

45

Janes Sitzplatz befand sich ganz hinten im Saal neben Kyle, Rich und Simon. Willy brachte sie hin, ehe er nach vorn ging, wo die Nominierten saßen.

»Gut siehst du aus, Janie Q«, sagte Kyle.

»Bereit?«, fragte Rich.

Jane zuckte die Achseln. Im selben Augenblick gingen die Lichter aus. Das Publikum war größer, als sie vermutet hatte. Die Frauen funkelten auf ihren Sitzen wie Juwelen in samtenen Schatullen. Der Moderator Andy Williams trat ins Scheinwerferlicht. Applaus schwappte durch den Saal, als er, umkreist von Fernsehkameras wie von einem Schwarm Geier, zu seinem Begrüßungsmonolog ansetzte.

Im Laufe der nächsten Stunde wurde *Hourglass* von Loretta Mays für das beste Albumcover, das beste Beiheft und als bestes Studioalbum ausgezeichnet. Jane jubelte mit, als Huck den Preis für das beste Pop-Instrumental in »Safe Passage« gewann, und als Jesse wenig später auf die Bühne kam, um für denselben Song die Auszeichnung für die beste Single entgegenzunehmen, bebte der Saal förmlich.

Etwa die Hälfte der Show war um, als ein Produktionsassistent neben Jane auftauchte, um sie für ihren Auftritt abzuholen. Sie folgte ihm durch ein Gewirr aus Gängen bis in den Backstagebereich, wo Willy sie bereits erwartete.

»Wie fühlst du dich?«, fragte er.

Jane sah ihr winziges Spiegelbild in seiner blauen Brille. »Es sind ja nur drei Minuten«, sagte sie.

Die beiden warfen einen Blick in die funkelnde Zuschauermenge.

»Es wird Zeit«, sagte der Produktionsassistent. Jane ließ sich von ihm zur Seitenbühne bringen. Von dort aus konnte sie Andy Williams sehen, der abwechselnd das Publikum und eine CBS-Kamera anlächelte. Der Inspizient zählte die Sekunden an den Fingern herunter.

»Bitte, begrüßen Sie mit mir Jane Quinn mit ›Spring Fling‹.«

Ein Raunen erhob sich im Saal, als Jane die Bühne betrat.

Sie hatte das Gefühl, als würde die Zeit sich verformen, indem sie zugleich schneller wurde und sich verlangsamte. Wenn sie die Augen zusammenkniff, konnte sie Kyle und Rich sehen. Sie entdeckte Lacey, wie immer in Pink, und Huck zu ihrer Linken. Im vorderen Bereich waren mehrere Reihen für die Mitglieder der National Academy of Recording Arts and Sciences reserviert. Das Scheinwerferlicht blinkte auf Lenny Davis' Halsketten und Vincent Rays kahlem Schädel. Sie sah auch die Nominierten, allen voran Loretta mit ihrem Mann sowie Hannibal Fang, der in Begleitung eines kroatischen Supermodels gekommen war. Und natürlich Morgan und Jesse.

Plötzlich fiel ihr das Atmen schwer. Seit fast einem Jahr war sie Jesse nicht mehr so nah gewesen. Er saß leicht zusammengesunken in der zweiten Reihe und fixierte den Hinterkopf des vor ihm Sitzenden. Für Jane sah er aus wie eins der müden Pferde im Central Park mit Scheuklappen vor den Augen.

Sie ging zum Flügel, dessen Lack im Licht glänzte. Ihre

Finger senkten sich auf die Tasten. Es waren nur drei Minuten. Ein einziger Song. Wie hatte Jesse es noch gleich formuliert? »Spring Fling« *ist wirklich kein schlechter Song.*

Sie hob den Kopf und sah Willy an der Seitenbühne stehen. Seit dem Folk Fest 1969 war viel Zeit vergangen. New York, Griechenland, L. A. Was hatte er an jenem Abend in Laurel Canyon zu ihr gesagt?

Sobald du ein Instrument in die Hand nimmst, sorgst du für Ärger.

Ganz hinten im Saal wechselten Kyle und Rich einen Blick.

»Was ist denn?«, fragte Simon.

»Sie hat noch nicht …« Kyle verneigte sich, so wie Jane es vor dem Spielen immer zu tun pflegte.

Auf der Bühne sah Jane, wie Vincent Ray ungeduldig darauf wartete, dass sie anfing zu spielen und seinen Triumph besiegelte. Es wäre ein großer Sieg für ihn, und jeder im Saal würde ihn als solchen erkennen.

Bei dem Gedanken drehte sich ihr der Magen um. Noch einmal wanderte ihr Blick zu Jesse. Selbst der teuerste Hengst musste irgendwann in die Abdeckerei. Er schien vor ihren Augen zu flackern, eine wunderschöne Flamme, die kurz davor war zu verlöschen.

Dann begegnete er ihrem Blick.

You run through me like fountain dye …
Starry signs themselves reflecting …
No matter where you roam …

Jane beugte sich über die Tasten und schloss die Augen. Ein Sturm erhob sich aus dem Piano.

»Das ist aber nicht ›Spring Fling‹«, stellte Rich fest.

Simon erkannte den dritten Song von *Ursa Major.* »Nein. Das ist ›Wallflower‹.«

Während Jane das Intro spielte, spürte sie, wie in ihrem Innern eine Kraft emporstieg und ihr Herz zu galoppieren begann. Das Label hielt vielleicht die Karten in der Hand, aber diese drei Minuten gehörten ihr, genau wie dieses Instrument. Es waren bescheidene Mittel des Widerstands, eine Handvoll Schwefelhölzer gegen den bitteren Frost des Winters, aber eins wusste sie: Wenn sie jetzt aufgab, würde sie mehr verlieren, als sie ertragen konnte.

Du und ich, dachte sie und rief sich die Noten ins Gedächtnis. Dann begann sie zu singen.

»*Flowers painted on the wall,*
Tattered paper bouquets fall,
Your laugh echoes down the hall.«

Als die Kameras herumschwenkten, atmete sie tief ein. Sie spielte mit unendlicher Zärtlichkeit, jede Note ein Schmerz. Hannibal, der in der ersten Reihe saß, lächelte.

Das einzige Image, zu dem sie an diesem Abend zurückkehren würde, war ihr eigenes.

»*I've never known a girl like you,*
I've never known a girl like you,
Dress so faded, eyes so blue,
Lord in heaven, see me through.«

Am Ende des Refrains befand sie sich wieder auf der Festivalwiese vor Tausenden von Zuschauern. Sie empfand dasselbe wie damals: Mut, geboren aus Trotz. *Zeig mir, was du kannst.* Sie trieb das Piano an, und ihre Finger flogen durch die Oktaven wie der Wind über die Wellen.

»Pianozähmerin«, wisperte Kyle.

Während ihre Finger wie von selbst weiterspielten, hob sie den Kopf und blickte hinaus in den Saal. Den Einsatz für die nächste Strophe ließ sie verstreichen. Stattdessen übernahm ihre rechte Hand die Melodie von »Wallflower«, während sie einen ganz anderen Song anstimmte.

Denn genau wie Jane hütete auch dieser Song in seinem Herzen ein Geheimnis.

»I count to three and suddenly
The moon hangs low,
White as a pearl.«

Jane hatte »Wallflower« als Kontrapunkt zu »Lilac Waltz« komponiert, und wenn man die beiden Lieder zusammen hörte, umschmeichelten die Melodien einander wie Ranken ein Spalier. »Wallflower« erzählte Janes Seite der Geschichte, die sie niemals hätte preisgeben dürfen. Mit Tränen in den Augen spielte sie weiter.

»I'm the girl in your arms,
The air is filled with melody,
And you still think so well of me.«

So viele Jahre lang hatte sie sich für ihre Mutter rächen wollen. Aber diese Bürde war nie die ihre gewesen, jedenfalls nicht wirklich. Nun war es Zeit, sie loszulassen. Sie spürte die Tasten des Flügels hart und glatt unter ihren Fingerspitzen und schickte die letzten Zeilen von Charlies Song in den Saal.

»Darling, it was not meant to be
After the lilac waltz.«

Ihre Stimme schimmerte silberhell vor dem Hintergrund der tiefen, wuchtigen Akkorde, und Jane meisterte Spiel und Gesang mit unvergleichlicher Präzision. Sie holte Luft und ließ sich von den Klängen zurück in den Refrain von »Wallflower« tragen.

»I've never known a girl like you.«

Der Anblick, wie Charlie in ihrem fliederfarbenen Kleid aus dem Haus trat, war das Bild, das sie in ihren Träumen heimsuchte und ihr ganzes Leben definierte. Jetzt hatte sie es einem ganzen Saal voller geldgieriger Heuchler offenbart. Und Jesse.

»Car pulls up, a screen door slams,
Clicking heels, a beige sedan,
Inside is another man.«

Dort saß er, keine zehn Meter von ihr entfernt. Ein Abgrund aus Schmerz und Sehnsucht, Verwirrung und Bedauern trennte sie, und doch hielt Jane in diesem Augenblick noch ein letztes Schwefelhölzchen in der Hand. Sie suchte seinen Blick, als sie die letzte Strophe anstimmte, und stellte sich vor, sie wäre eine Laterne, die ihm von einer weit entfernten Klippe aus den Weg leuchtete.

»I stand aside, I watch you go,
I start to cry, nobody's home,
I love you so, and you'll never know.«

Sie sah ihn so lange wie möglich an. Erst für den letzten Refrain wandte sie sich wieder dem Klavier zu. Als der Song sich seinem Ende näherte, ließ sie die Finger über die hohen Tasten gleiten, wo sie die Melodie von »Lilac Waltz« zu einer Diskantstimme verwoben.

»By and by, how time flies.«

Als der letzte Ton verklungen war, schloss sie die Augen.

Nach einem Moment der Totenstille brach tosender Applaus los. Jane öffnete die Augen, und im ersten Moment verwandelte das Gegenlicht der Scheinwerfer das Publikum in einen bunt schillernden Regenbogen.

Dann erhob sich Loretta Mays, die erfolgreichste Musikerin des Jahres, von ihrem Platz. Strahlend applaudierte sie Jane im Stehen.

»Bravo«, rief sie.

Die Reihen hinter ihr folgten ihrem Beispiel. Jane erhaschte einen Blick auf leuchtendes Pink, als Lacey Dormon aufstand. Sie hörte Kyle und Rich von ganz hinten rufen. Hannibal Fang stieß einen ausgelassenen Jubelschrei aus, und selbst Morgan spendete höflich Beifall. Jesse war zusammen mit den anderen aufgestanden, hielt den Blick jedoch gesenkt.

Als Jane sich vom Klavierhocker erhob, schielte sie unwillkürlich zu den Bossen von Pegasus. Lenny Davis' Gesicht war finster, und Vincent Ray sah aus, als würde er ihr am liebsten an Ort und Stelle eine Lektion erteilen. Sollte er es nur versuchen. Jane war ein wissbegieriger Mensch, und es gab kaum etwas, was sie nicht zu lernen bereit war.

Andy Williams kam zurück auf die Bühne geeilt, und die Scheinwerfer richteten sich auf ihn. Einen Moment lang stand Jane im Schatten. Dann bat Andy sie zu sich.

»Das nenne ich aber mal eine Überraschung«, sagte er. »Tja, so ist das wohl im Rock 'n' Roll!«

Jane machte eine kleine Verbeugung und ging von der Bühne, während die Menge weiterhin applaudierte. Ihr ganzer Körper war von pulsierender Energie erfüllt. Im Schutz der Seitenbühne warf sie noch einen letzten Blick in Jesses Richtung. Er lachte gerade über einen Scherz von Andy.

Willy kam kopfschüttelnd auf sie zu. »Hattest du das von Anfang an so geplant?«, fragte er und reichte ihr eine Flasche Wasser.

Jane schüttelte den Kopf.

Er strahlte sie an. »Das ist die Jane, die ich kenne.«

»Die uns in die Scheiße reitet«, sagte Jane.

»Aber so richtig«, sagte Willy.

46

Als Jane am nächsten Tag von Bord der Fähre ging, wurde sie von Maggie, Elsie und Grace gleichzeitig umarmt. Eng umschlungen gingen sie zum Kombi. Dabei kamen sie an einer Schar Schülerinnen vorbei, die Plakate mit der Aufschrift »Was würde Jane tun?« hochhielten.

»Jane, wir lieben dich!«

»Du bist mein Idol!«

»Jane, gehst du mit meinem Bruder zum Abschlussball?«

»Och, endlich hast du auch mal eine Einladung bekommen«, sagte Maggie.

An diesem Abend saßen die Quinns in einem gemütlichen Nest aus Wolldecken von brennenden Kerzen umgeben auf den Verandastufen. Zur Feier des Tages hatte Elsie eine Flasche Fliederwein aufgemacht, und die vier tranken und schauten in den Sternenhimmel.

»Gran wusste es gleich«, sagte Maggie. »Du hast dich ans Klavier gesetzt, und sie meinte nur: Das wird nicht ›Spring Fling‹.«

»Als Baby hattest du immer diesen Gesichtsausdruck, wenn wir versucht haben, dich mit Gemüsebrei zu füttern«, sagte Elsie.

»Gemüsebrei ist ja auch eklig.«

»Was ist passiert?«, fragte Grace.

»Ich konnte es einfach nicht«, sagte Jane, als ein Bild von Jesse vor ihrem inneren Auge erschien.

»Interessant.« Elsie zwinkerte. »Ich glaube, es ist ganz gut für die Gesundheit, es denen da oben zwischendurch mal zu zeigen.«

Jane lachte. »Daran musst du mich vielleicht erinnern, wenn die da oben mein nächstes Album in einem tiefen Loch vergraben.«

»Es war wirklich ein atemberaubender Auftritt«, sagte Grace.

Elsie nickte. »Von mir hast du das nicht.«

»Ich glaube, wir wissen, von wem sie es hat«, sagte Maggie.

Am nächsten Tag fuhren Jane und Grace ins Zentrum. Sie saßen auf der Sonnenterrasse und sahen dabei zu, wie Charlie auf dem Rasen ihre Calisthenics-Übungen machte.

»Wem lächelt sie denn die ganze Zeit zu?«, fragte Jane.

»Den Paparazzi.«

Nachdem Charlie fertig war, kam sie zu ihnen. »Jane!«, rief sie aufgeregt. »Du bist wieder da! Wie war deine Reise? Wo warst du noch gleich?«

Jane wusste nie genau, wie viel ihre Mutter von ihren

Gesprächen im Gedächtnis behielt. In diesem Moment kam Charlie ihr beinahe normal vor.

»New York«, antwortete sie.

»Wie aufregend«, sagte Charlie. »Was hast du dort gemacht? Du musst mir verzeihen, ich hatte so viel zu tun, dass es mir glatt entfallen ist.«

Jane schielte zu Grace. »Ich war bei der Grammy-Verleihung.« Sie war sich nicht sicher, ob ihre Mutter wusste, was die Grammy-Verleihung war. Bei ihrer Einweisung hatte es die Show noch nicht sehr lange gegeben.

»Wirklich?«, sagte Charlie und machte große Augen. »Das ist seltsam, ich war auch dort! Wir müssen uns knapp verpasst haben.«

»Ja. Seltsam«, antwortete Jane mechanisch.

»Ich habe dich gar nicht gesehen«, fuhr Charlie fort. »Hast du mich denn gesehen? Ich hatte ein schwarzes Kleid an mit silbernen Ketten! Ich bin auf die Bühne gegangen und habe ganz wundervoll Klavier gespielt. Eigentlich hätte ich ein fremdes Stück singen sollen, und du kannst dir vorstellen, wie überrascht alle waren, als ich stattdessen ›Lilac Waltz‹ gesungen habe.«

Jane und Grace tauschten einen Blick.

»Und?«, sagte Charlie. »Hast du meinen Auftritt gesehen?«

»Ja«, sagte Jane. »Das habe ich.«

»War ich nicht gut?«

»Du warst die Beste.«

»Den Song habe ich selbst geschrieben, weißt du das?«

»Ja, ich weiß«, sagte Jane.

Charlie lächelte, und einen Moment lang sah sie wieder aus wie früher. Dann überquerte ein anderer Patient die Sonnenterrasse und winkte ihr. Ein Pfleger folgte mit zwei Federballschlägern.

»Das ist Tony Trabert«, sagte Charlie, die den Gruß erwiderte. »Er hat schon zweimal die US Open gewonnen!«

Eine halbe Stunde später kam Mary nach draußen, um Charlie ihre Tabletten zu geben, und Grace und Jane verabschiedeten sich. In den ersten Minuten nach einem Besuch bei Charlie waren sie immer schweigsam. Grace legte Jane eine Hand auf die Schulter, und die beiden gingen zurück zum Hauptgebäude. Als sie den Aufenthaltsraum durchquerten, blieb Jane vor dem großen Fernsehapparat stehen.

»Sie müssen sich die Preisverleihung hier angeschaut haben. Dass sie so spät noch aufbleiben durfte.«

»Vielleicht hat die Nachtschwester eine Ausnahme gemacht, damit sie dich sehen konnte«, sagte Grace. »Ich glaube jedenfalls, du hast ihr gefallen.«

Es dunkelte bereits, als sie hinaus auf den Parkplatz traten. Jane bot Grace eine Zigarette an, und sie standen zusammen, rauchten und sahen den Möwen zu, die über den Baumwipfeln dahinglitten.

»Glaubst du, sie hat ›Lilac Waltz‹ wirklich selbst geschrieben?«, fragte Jane nach einer Weile.

Grace zuckte mit den Schultern. »Spielt das eine Rolle?«

Jane sah ihre Tante erstaunt an. »Wenn der Song nicht gewesen wäre, säße sie jetzt nicht hier drin.«

»Ehrlich gesagt, bin ich mir da nicht so sicher. Ich kenne Charlie schon so viele Jahre. Ich glaube, es wäre zwangsläufig so gekommen.«

»Wie meinst du das?«, fragte Jane.

Grace seufzte. »Irgendetwas hätte früher oder später ihre Symptome ausgelöst. Sie wäre so oder so krank geworden, und ich hätte so oder so alles unternommen, damit sie auf der Insel bleiben kann. Song hin oder her, in meinen Augen gibt es keine Version der Geschichte, in der sie nicht hier gelandet wäre.«

Jane wusste, dass ihr Auftritt bei den Grammys Konsequenzen nach sich ziehen würde, und während sie sich wieder in ihrem alten Leben auf der Insel einrichtete, wartete sie auf eine Nachricht von Willy. Einige Wochen vergingen, in denen gleich mehrere monatlich erscheinende Magazine eine zweite Single-Auskopplung von *Ursa Major* forderten.

Es war bereits Mai, als endlich das Telefon klingelte.

»Jane, rein zufällig bin ich gerade auf der Insel«, sagte Willy.

»Niemand ist rein zufällig auf der Insel.«

»Ich schon. Mittagessen im Regent's Cove Hotel. In einer Stunde.«

»Abgemacht«, sagte Jane. »Aber die Rechnung geht auf Pegasus.«

Willy legte glucksend auf.

Die Luft war warm und schwer vom Duft der Blüten. Jane zog sich ein Sommerkleid an und ging zu Fuß in den Ort. Sie wusste, dass Willy von Jesse kam, und versuchte den Gedanken aus ihrem Kopf zu verbannen. Nach den Grammys hatte sie nichts mehr von ihm gehört, aber das hatte sie auch nicht erwartet. Im Gegenteil: Sie hatte gehofft, dass der Auftritt ihr helfen würde, endgültig mit Jesse abzuschließen. Elsie und Grace sagten ihr immer wieder, so etwas brauche Zeit, doch Jane bezweifelte, dass irgendwann ein Moment kommen würde, in dem sie sich nicht mehr nach ihm sehnte.

Eine Kellnerin begleitete sie an Willys Tisch. Als er lächelnd zu ihr aufblickte, spiegelte sich der Hafen in den blauen Gläsern seiner Brille. Sie bestellten, und kurz darauf kehrte der Kellner mit Champagner zurück.

»Was ist denn das?«, fragte Jane.

»Es gibt was zu feiern.«

»Du wirst Vater.«

»Wie man's nimmt.« Er erhob sein Glas, und Jane tat es ihm gleich.

»Auf die Freiheit«, sagte er.

»Auf die Freiheit«, wiederholte Jane. Sie tranken.

Willy beugte sich über den Tisch. »Pegasus ist im Begriff, Insolvenz anzumelden«, verkündete er mit einem breiten Grinsen.

»Du machst Witze.«

Willy schüttelte den Kopf. »Ich wusste gleich, dass was im Busch ist, als sie uns in diesen Hinterhalt gelockt haben. Es kommt nämlich so gut wie nie vor, dass die gesamte Chefetage bei einer kreativen Entscheidung ihre Finger im Spiel hat. Es sei denn, die Firma steckt in ernsthaften Schwierigkeiten. Wie sich rausstellt, ist das Breakers-Album eins der wenigen, mit denen sie in den letzten Jahren tatsächlich Gewinne erzielt haben, weil das Produktionsbudget so niedrig war. Und jetzt wollten sie schnell noch ein paar Hits produzieren, um die Aktionäre zu besänftigen.« Willy trank einen tiefen Schluck aus seiner Champagnerflöte. »Als ob so was jemals funktionieren würde. *Snitch* wird einen Enthüllungsbericht darüber drucken. Nach den Grammys hat eine Reporterin – offenbar ein glühender Fan von dir – angefangen nachzuforschen, weshalb du ursprünglich ›Spring Fling‹ singen solltest, und siehe da: Sie hat herausgefunden, dass das Label nicht mehr zahlungskräftig ist. Zum Ende des Quartals werden sie sämtliche Aktivposten veräußern.«

»Und … was bedeutet das?«, fragte Jane.

Willy grinste. »Es bedeutet, dass dein Vertrag null und nichtig ist. Du bist frei. Du kannst hingehen, wo du willst.

Was mich zum zweiten Teil meiner Neuigkeit führt. Black Sheep Records.«

»Aha?«

»Was meinst du? Oder ist der Name zu offensichtlich?«

»Mir gefällt er. Das heißt also, du gründest dein eigenes Label. In welchem Studio denn?«

»In meinem eigenen. Ich habe genug Ersparnisse, und mit dir – wenn du dabei bist, was ich sehr hoffe –, Jesse und noch ein paar anderen müssten wir in einigen Jahren schwarze Zahlen schreiben.«

»Das ist fantastisch«, sagte Jane. Sie und Jesse würden weiterhin bei demselben Label arbeiten. Der Gedanke war tröstlich.

»Ich glaube, du begreifst gar nicht, wie fantastisch das ist«, sagte Willy. »Jane, Pegasus ist gezwungen, auch seine komplette Backlist zu veräußern. Du kannst die Rechte an *Ursa Major* zurückkaufen.«

»So viel Geld habe ich nicht, Willy.«

»Bald schon. Und bis dahin schieße ich es dir vor.«

Jane ließ sich gegen ihre Stuhllehne sinken.

»Freiheit«, sagte sie.

47

Malinda King rockte mit ihrer Band The Lost Cause die Bühne des Silos, während unter ihr auf der von blauen Lichtern erhellten Tanzfläche die Menge wogte. Morgan schaute von der Galerie aus zu, wie der Junge, den sie schon seit geraumer Zeit beobachtete, endlich mit seiner Freundin in einer stillen Ecke verschwand.

Sie und Jesse wollten, dass sich auch die Einheimischen im Silo willkommen fühlten, und diese beiden waren definitiv Einheimische. Das Mädchen trug eine Bauernbluse und Jeans, der Junge ein Hemd mit gestärktem Kragen. Morgan hatte den Eindruck, dass dies ein sehr ungewöhnlicher Abend für zwei durch und durch gewöhnliche Menschen war.

Trotzdem konnte sie den Blick nicht von ihnen losreißen.

Im Verlauf mehrerer Songs war das Mädchen unter den Blicken des Jungen förmlich aufgeblüht. Morgan glaubte nicht, dass er besonders tiefgründige oder poetische Gedanken hatte, aber das spielte keine Rolle. Heute Abend waren sie die Hauptfiguren in ihrem eigenen Film, und so, wie der Junge das Mädchen ansah, musste es sich einfach schön fühlen. Jede Berührung dauerte ein wenig länger, bis er sie endlich an sich zog und küsste.

Morgan steckte sich eine Zigarette an.

Mit dem Silo hatten sie und Jesse einen Ort schaffen wollen, der die Menschen faszinierte. Sie sollten hinterher damit prahlen, welchen Künstler sie live auf der Bühne erlebt oder was sie auf der Toilette getrieben hatten. Eigens zu diesem Zweck war der Club wie ein Labyrinth voller dunkler Ecken und lauschiger Winkel gebaut worden.

Morgan hatte sich schon oft vorgestellt, wie Jesse sie in eine dieser Ecken zog und sie einige Augenblicke lang ihre Pflichten als Gastgeberin vergaß, während sie sich heimlich ihrer Leidenschaft hingaben. In ihrer Fantasie spielte es sich so ab: Sie ertappte ihn dabei, wie er sie aus der Entfernung beobachtete. Sie lächelte, und daraufhin schlüpften sie beide in den nächstbesten Besenschrank.

Morgan atmete den Rauch durch die Nase aus. Inzwischen fürchtete sie, dass es mit der Leidenschaft in ihrem

Leben vorbei war. Sie war noch jung, gerade mal vierundzwanzig, aber verglichen mit den zwei Teenagern kam sie sich uralt vor.

Anfangs war es zwischen ihr und Jesse auch so aufregend gewesen, doch im Laufe der Zeit hatte sich immer deutlicher herauskristallisiert, dass Jesse bereits in einer Beziehung war und Morgan nie etwas anderes sein würde als die Zweitbesetzung.

Außenstehende mochten denken, dass sie alles hatte, was man sich nur wünschen konnte: Schönheit, Karriere, eine tolle Ehe. Doch in Wahrheit musste sich mit den wenigen kurzen Momenten zufriedengeben, in denen Jesse ihr Aufmerksamkeit schenken konnte, weil er gerade mal nicht auf Drogen war. Morgan hatte jahrelang heimlich für ihn geschwärmt, bevor sie ein Paar geworden waren, und als sie erfahren hatte, dass er süchtig war, hatte sie geglaubt, für das Problem bestens gerüstet zu sein.

Ihr Vater war ein kluger, aber unterkühlter Mann gewesen, und im Laufe ihrer Kindheit hatte sie gewisse Verhaltensweisen herausgebildet, die notwendig waren, um mit einem Menschen wie ihm zusammenzuleben. Sie hatte gelernt, die Augenblicke abzupassen, in denen sie ihn gefahrlos um ein wenig Zuneigung bitten konnte. Sie wusste, dass die Strafe für einen falsch gewählten Zeitpunkt Häme und Missachtung waren.

Ihr Psychoanalytiker verwendete dafür Begriffe wie »Masochismus« und »Verstrickung«, aber Morgan kam es eher so vor, als besäße sie ganz besondere Fähigkeiten, die sie nun bei Jesse einsetzen konnte. Als sie von seiner Neigung erfahren hatte, war sie mit der Neuigkeit zunächst gut umgegangen. Viele Menschen hatten Probleme, das war kein Grund, jemanden fallen zu lassen, der in jeder anderen Hinsicht ein ausgezeichneter Fang war.

Und als Jesse ihr beteuert hatte, alles dafür tun zu wollen, seine Sucht in den Griff zu bekommen, hatte sie ihm geglaubt.

Doch inzwischen hangelte sie sich nur noch von einer leeren Hoffnung zur nächsten. *Wenn er erst sein Album fertig hat, dann wird er vielleicht merken, dass er mit den Drogen aufhören muss. Wenn wir erst verheiratet sind, dann wird er die Drogen vielleicht gar nicht mehr brauchen. Wenn der Club eröffnet. Wenn er einen Grammy gewinnt.*

Jedes dieser Ereignisse nährte aufs Neue ihre Illusion, doch sie alle verstrichen, ohne dass sich etwas geändert hätte, sodass es ihr zunehmend schwerfiel, an ihrem Glauben festzuhalten. Ihre Zukunftsvisionen wurden immer düsterer. *Wenn ich eine Woche lang verschwinde und ihm nicht sage, wo ich bin. Wenn ich ihn für immer verlasse.*

Lost Cause begann mit dem Intro für »Sea Runner«, einer neunminütigen Up-Tempo-Nummer. Es war fast ein Uhr nachts, und die meisten VIPs waren längst zu anderen Partys aufgebrochen. Einer der Gründe, weshalb Morgan einen Club auf der Insel statt in New York hatte eröffnen wollen, war die spätere Sperrstunde um zwei Uhr früh. So hatte sie Zeit, sich nach den Auftritten noch mit den Künstlern zu unterhalten. Morgan ging ganz in ihrer Rolle als Clubbetreiberin auf und packte überall mit an, vom Soundcheck bis hin zum Auf- und Abbau.

Bei Jesse war das anders. Ihm gefiel die Idee, einen Club zu betreiben, deutlich besser als die Realität.

Normalerweise schauten sie gegen dreiundzwanzig Uhr im Silo vorbei. Die Aussicht, die berühmten Besitzer zu sehen, lockte viele Gäste an, und sie begriffen diese Auftritte als Teil ihrer Investition. Doch mittlerweile brachten sie ihnen keine Freude mehr. Sie waren zu einer Art Zwang geworden, dem Jesse sich bei erstbester Gelegenheit entzog, indem er irgendwohin verschwand, um sich einen Schuss zu setzen.

Morgan sah ihn vor sich, wie er im Büro hinter der Bühne mit einem Gummischlauch um den Oberarm auf dem grünen Ledersofa lag. Als sie ihn die ersten Male so gesehen hatte, war sie dermaßen angewidert gewesen, dass sie Angst bekommen hatte, ob sie sich nicht vielleicht doch überschätzte.

Aber dann war er zu sich gekommen und hatte sie mit seinen blauen Augen angesehen, und sie hatte sich noch ein Stückchen mehr in ihn verliebt. Sie fand, dass es ihre heilige Pflicht war, den Kampf mit ihm zusammen durchzustehen und ihm Glauben zu schenken, wenn er ihr sagte, wie sehr er sich schäme und dass es ganz bestimmt das letzte Mal gewesen sei.

Die Zeiten, da sie hemmungslos auf der Toilette gevögelt hatten, schienen sehr lange her. Wahrscheinlich machte das junge Pärchen jetzt genau das.

Die Spitze von Morgans Zigarette leuchtete rot im blauen Schein der Lichter, als sie einen letzten Zug nahm und eine Weile hingerissen zuhörte, wie Malinda Kings Stimme die Berge und Täler von »Sea Runner« durchschiffte.

Als sie den Rauch ausatmete, musste sie plötzlich husten, und Tränen schossen ihr in die Augen. Sie drückte die Kippe am Geländer aus.

Gleich darauf fingen auch andere Gäste an zu röcheln. Morgan spähte durch das schummrige Licht nach unten auf die Tanzfläche. Das Silo hatte eine Nebelmaschine, die sie manchmal benutzten, um den Raum voller erscheinen zu lassen, wenn nicht viel los war. Sie eilte zur Gegensprechanlage und rief unten in der Bar an. Ihr Manager Dennis nahm ab.

»Hey«, sagte sie. »Läuft eventuell die Nebelmaschine gerade?«

Ehe er antworten konnte, erklang aus den Lautsprechern ein schrilles Kreischen, als Malinda King zu keuchen begann. Als Nächstes sprang der Drummer hinter seinem Schlagzeug hervor und starrte mit weit aufgerissenen Augen hinter die Bühne.

»Feuer!«, rief er.

Morgan wurde eiskalt. »Macht die Lichter an«, befahl sie Dennis. »Ruf die Feuerwehr.« Sie legte auf und rannte die Stufen hinunter ins Erdgeschoss.

Die betrunkenen Gäste begriffen zunächst gar nicht, was los war.

Morgan hatte die Tanzfläche etwa zur Hälfte überquert, als die Lichter angingen. Oben zwischen den Deckenbalken und auf der Galerie hatte sich schwarzer Qualm gesammelt, und immer mehr Rauchwolken quollen in den Raum wie giftige Tentakel.

Der Anblick riss die Gäste aus ihrer Erstarrung. Die Band stürzte an Morgan vorbei zum Ausgang. Ohne die laute Musik war ein Knacken zu hören, dann ein Bersten. Im nächsten Moment hatten die Flammen auf den Vorhang hinter der Bühne übergegriffen, und zwischen den Falten klafften brennende Löcher wie weit aufgerissene rote Mäuler.

»Du musst hier raus!«, sagte Dennis und packte Morgan am Arm.

»Ich glaube, Jesse ist noch hinten!« Sie schüttelte seinen Griff ab. Die Tür zum Büro war abgeschlossen. Morgans Finger zitterten, als sie fieberhaft an ihrem großen Schlüsselring nestelte.

»Lass mich.« Dennis steckte seinen eigenen Schlüssel ins Schloss und umfasste den Türknauf mit seinem T-Shirt.

Schwarzer Rauch drang in den Flur, und als Morgan ins Zimmer stürzte, wäre sie um ein Haar über zwei große Füße gestolpert.

Jesse lag bewusstlos am Boden. Irgendetwas stimmte nicht mit ihm. Selbst wenn er high war, reagierte er auf Ansprache normalerweise mit Lauten oder Bewegungen. Morgan und Dennis richteten ihn auf. Schaum troff aus seinem Mund, und sein Kopf sackte schlaff nach hinten wie bei einer Puppe.

»Ist er …«

Dennis schüttelte den Kopf. Noch lebte Jesse.

Mittlerweile war der ganze Raum von Rauch erfüllt. Dass Jesse am Boden gelegen hatte, hatte ihm womöglich das Leben gerettet.

Geduckt schleiften sie ihn aus dem Büro. Panik stieg in Morgan hoch. Jesses Haut fühlte sich an wie Gummi, und er war bleischwer.

»Er muss ins Krankenhaus«, sagte Dennis. Aber das war keine Option. Niemand durfte Jesse Reid so sehen. Er würde wegen Drogenbesitzes angeklagt werden, und die Presse würde ihn in Stücke reißen.

Sie hatten darüber gesprochen, was zu tun wäre, falls es irgendwann einmal so weit kam. Ein Name zuckte durch Morgans Kopf.

»Los«, sagte sie. »Schaffen wir ihn zum Hinterausgang.«

48

Grace und Jane waren, umgeben von einem Berg aus Schokoladeneinwickelpapier, bei einem *Alle lieben Lucy*-Marathon vor dem Fernseher eingeschlafen. Als das Klingeln des Telefons sie weckte, war längst Sendeschluss. Grace stand auf, und ihre dunkle Silhouette durchschnitt die vibrierenden Neonstreifen des Testbilds, als sie am Fernsehapparat vorbei in die Küche ging.

»Hallo?«, sagte sie in den Hörer. Die Uhr über der Spüle zeigte fünf nach zwei an. »Hier spricht Grace.«

Jane richtete sich auf und schaltete den Fernseher aus. Gleich darauf hörte sie ihre Tante scharf Luft holen.

»Natürlich erinnere ich mich an Jesse«, sagte Grace ohne jede Spur von Schläfrigkeit in der Stimme.

Jane hatte auf einmal das Gefühl, als befände sich kein Sauerstoff mehr im Raum.

»Sie sollten mit ihm ins Krankenhaus fahren.«

Eine Pause.

»Verstehe.«

Wieder eine Pause.

»Ja«, sagte Grace dann. »In Ordnung. Wie lautet die Adresse?« Sie notierte sich etwas. »Ich kann in fünfundzwanzig Minuten da sein. Bringen Sie ihn in Seitenlage.« Sie legte auf. Einen Moment lang stand sie da und schwieg. Dann suchte sie Janes Blick.

»Das war Morgan Vidal. Jesse hat eine Überdosis genommen.«

Janes Herz begann wie wild zu klopfen. Grace war bereits auf dem Weg zur Tür. Im Vorbeigehen schnappte sie sich ihre Notfalltasche.

»Komm, Jane, ich brauche dich«, rief sie.

»Lass mich fahren«, sagte Jane.

Auf der Fahrt in Richtung Norden setzte Grace ihr die Situation in knappen Worten auseinander. »Es gab einen Brand im Silo. Die Hauptstraßen sind alle dicht.«

Gray Gables lag zehn Minuten näher an Jesses Haus als die Notfallzentrale von Bayleen Island, und wenn man den Verkehr miteinberechnete, würden sie es vermutlich sogar zwanzig Minuten schneller schaffen als der Krankenwagen.

»Jetzt zählt jede Sekunde«, sagte Grace.

Jane überfuhr eine rote Ampel, während ihre Tante in der Tasche kramte, um erste Vorbereitungen zu treffen.

»Was passiert denn jetzt?«, fragte Jane und schaute kurz zu Grace, die gerade eine Spritze aufzog.

»Naloxon kann die Symptome der Überdosis vorübergehend stoppen. Die Wirkungszeit ist kürzer als die von Heroin, selbst wenn es gut anschlägt, muss ich es ihm also mehrmals verabreichen. Und wir müssen ihm den Magen auspumpen.«

Jane schluckte. Sie hatte während ihrer Arbeit im Zentrum schon mehrfach bei einem solchen Eingriff assistiert. Bei der Vorstellung, dabei zusehen zu müssen, wie Jesse diese Tortur durchmachte, wurde ihr ganz übel.

»Wird er es schaffen?«, fragte sie.

»Das weiß ich nicht, Jane. Ich habe keine Ahnung, wann er sich den Schuss gesetzt oder wie viel und was für einen Stoff er genommen hat. Vielleicht war er verunreinigt.«

Jane konzentrierte sich wieder aufs Fahren. Jesses und Morgans Haus lag neben dem Silo, aber sie wusste nicht, wo genau sich die Zufahrt zum Grundstück befand. Als sie sich dem Club näherten, hörten sie ein Hupkonzert, weil so viele Gäste gleichzeitig versuchten, vom Feuer wegzukommen, und die Straße verstopften. In der Ferne sah sie ein rotblaues Leuchten.

»Bei der Holmes-Farm musst du dich links halten«, wies Grace sie an.

Janes Adrenalinspiegel schoss in die Höhe, als sie von der Straße abbogen. Die Frontscheinwerfer schnitten durch die Dunkelheit, und der Kombi holperte über eine unbefestigte Piste. Offenbar war Jesses Haus so abgelegen, wie er es sich immer erträumt hatte.

Wenig später blitzte ein Licht zwischen den Bäumen auf wie ein Geist, der ihnen den Weg wies. Als Jane eine Lichtung erreichte, erkannte sie eine Laterne am Fuß eines riesigen dunklen Gebäudes. Eine Tür ging auf, und Morgan Vidal trat ins Freie.

»Los geht's«, sagte Grace.

Jane bremste. Grace sprang aus dem Wagen und eilte hinter Morgan ins Haus.

Jane schaltete den Motor ab und holte die Kühltasche mit den Notfallmedikamenten aus dem Kofferraum. Als ihre Augen sich an die Dunkelheit gewöhnt hatten, erkannte sie die Umrisse des Hauses. Es war ein Mischmasch aus unterschiedlichen architektonischen Stilen mit einem mittelalterlich anmutenden Turm. Jane hatte das Gefühl, in einem Schauermärchen gelandet zu sein.

Die Küche war eine Kombination aus toskanischer Villa und klassischem Landhausstil. Als Jane Morgans Stimme aus einem Raum irgendwo weiter hinten hörte, ging sie unter einem von der Decke hängenden Rost voll blank polierter Kupfertöpfe hindurch in einen dunklen Flur. Mit klopfendem Herzen folgte sie dem Licht am anderen Ende, bis sie in ein großes repräsentatives Wohnzimmer gelangte.

Jesse lag auf einem Bettlaken am Boden. Er war bleich und ausgemergelt und rührte sich nicht. Der Anblick presste Jane die Luft aus den Lungen. Dieser Mensch, der so viel Musik in sich hatte, lag stumm und gebrochen vor ihr. Dann gab sie sich einen Ruck. Bis sie mit ihrer Arbeit fertig waren, durfte sie ihn nicht als Mensch betrachten. Er war ein Gerät, das repariert werden musste, mehr nicht.

»Jane«, sagte Morgan. »Was machst du denn hier?«

»Jane ist ausgebildet, eine Magenspülung durchzuführen. Ich habe sie mitgebracht, damit sie mir hilft«, sagte Grace, die bereits neben Jesse kniete und sich Handschuhe überstreifte.

Morgan machte ein Gesicht, als wolle sie Einwände erheben, doch dann hielt Grace die Naloxonspritze hoch und klopfte dagegen. Sie nahm Jesses Arm und suchte vergeblich nach einer guten Vene. »Jane, Schere«, sagte sie. Jane griff in Graces Tasche und holte eine Schere heraus.

»Was machen Sie da?«, wollte Morgan wissen.

Grace schnitt Jesses Jeanshose auf. Jane wandte den Blick ab, als die Nadel in seinen Oberschenkel eindrang.

Ein Moment verging, dann begannen seine Lider zu flattern. Jane stellte die Kühltasche zu seinen Füßen ab und zog sich ebenfalls Handschuhe über.

»Setzen wir ihn auf«, sagte Grace. Der Mann, der neben Morgan stand, bückte sich und half ihr, Jesse in eine aufrechte Position zu bringen. Morgan zog eine mit Chintz bezogene Ottomane heran, damit sie ihn mit dem Rücken dagegenlehnen konnten.

»Jesse, mein Schatz, bleiben Sie schön wach«, sagte Grace, ehe sie Jane signalisierte, ihr eine Flasche mit Betäubungsspray zu reichen. Grace zwängte Jesses Mund auf, und er machte ein Geräusch, das wie das eines gefangenen Tiers klang. Jane begann den Plastikschlauch mit einem Gleitmittel einzureiben.

»Wie heißen Sie?«, fragte Grace den Mann.

»Dennis.«

»Gut, Dennis. Halten Sie ihn fest.«

Sie betäubte Jesses Rachen und gab das Spray Jane zurück, die ihr im Gegenzug den Schlauch reichte.

»Jesse, mein Schatz, Sie müssen jetzt schlucken.«

Morgan sah in stummer Qual zu. Jane blickte zu ihr hoch. »Hast du einen Eimer?«, fragte sie. »Oder eine Schüssel?«

Morgan nickte und verließ das Zimmer.

»Schön weit aufmachen, Jesse«, sagte Grace. »So ist es gut. Ich weiß, es tut weh. Ich weiß.«

Jane begann derweil, mehrere große Einwegspritzen mit Natriumchloridlösung zu füllen. Sie hörte, wie Jesses Beine am Boden zuckten, während Grace ihm Stück für Stück den Schlauch in die Speiseröhre schob. Jane erschauerte. Wenigstens bewegte er sich.

»Ich weiß, mein Schatz«, redete Grace beruhigend auf ihn ein. »Ich weiß.«

Morgan kam zurück und stellte einen kupfernen Hummerkochtopf neben Jane ab – bestimmt ein Hochzeitsgeschenk. Dann stand sie wie gelähmt da und starrte Jesse an. Jane erinnerte sich, wie sie ihre Mutter zum ersten Mal unter dem Einfluss starker Beruhigungsmittel erlebt hatte, und empfand Mitleid mit Morgan. Das lenkte sie wenigstens von Jesse ab.

»Gleich geschafft«, sagte Grace. »Jane.«

Morgan wich taumelnd einige Schritte zurück, als Jane ihrer Tante ein Stethoskop und eine leere Spritze reichte. Grace steckte die Spritze in den Schlauch und pumpte Luft in Jesses Magen, während sie ihn zugleich mit dem Stethoskop abhörte.

»Ich bin drin«, sagte sie. Sie entfernte die leere Spritze, und Jane reichte ihr eine neue, die mit Kochsalzlösung gefüllt war. Langsam und vorsichtig drückte Grace die Lösung durch den Schlauch in Jesses Magen, um den giftigen Inhalt loszuwerden. Als sie den Kolben der Spritze wieder hochzog, füllte sie sich mit einer ekelerregend aussehenden gelben Flüssigkeit.

Grace entfernte die Spritze, und Jane reichte ihr eine frische, ehe sie den abgepumpten Mageninhalt mit einem metallischen Platschen in den Kupfertopf leerte. Dann füllte sie Natriumchloridlösung in die Spritze. In diesem Rhythmus arbeiteten sie, bis die Flüssigkeit aus Jesses Magen klar war.

»Jane«, sagte Grace. Jane reichte ihr einen Infusionsbeutel. Jesse wimmerte leise.

»Ganz ruhig, mein Schatz«, raunte Grace.

Dennis und Grace halfen Jesse auf die Ottomane, sodass Grace ihm einen Zugang in den Oberschenkel legen konnte. Jane schob ihr einen Tropfständer hin, und sie hängten den Infusionsbeutel daran.

Sobald sie aufgestanden waren und einen Schritt zurücktraten, kniete Morgan sich neben Jesse und begann ihm sanft Worte ins Ohr zu murmeln.

Grace legte Jane eine Hand auf die Schulter. Diese konnte den Blick nicht von Jesses Gesicht abwenden. Noch war er nicht außer Gefahr. Das Naloxon hatte gewirkt, aber jetzt war Jesse stark dehydriert, was ganz andere Probleme mit sich brachte. Jane wollte einfach nur sehen, wie er die Augen aufschlug. Leider schien das Flattern seiner Lider immer langsamer zu werden.

»Grace?«, rief Morgan nervös.

»Ich sehe es«, sagte Grace. »Danke, Jane. Bringst du schon mal das Zeug nach draußen?«

Jane versiegelte den ausgepumpten Mageninhalt in einem speziellen Beutel für medizinischen Abfall, während

Grace in ihrer Tasche nach einer zweiten Spritze mit Naloxon suchte. Als sie den Raum verließ, hörte sie noch, wie sich ihre Tante ein frisches Paar Handschuhe überstreifte.

Draußen setzte sie sich in den Wagen und lauschte auf das Zirpen der Grillen. Sie schloss die Augen und dachte an den wunderschönen traurigen Jungen, der ihr einmal seine Liebe gestanden hatte. Es hatte einen kurzen Moment gegeben, in dem sie die Herrin dieses Hauses hätte werden können. Sie hatte viel zu viel Zeit damit vergeudet, der verlorenen Chance nachzutrauern.

Sie malte sich aus, wie anders es ausgesehen hätte, wenn sie und Jesse es gebaut hätten, wie viel wohnlicher und schöner.

Wo Licht ist, ist immer auch Schatten.

Mit zitternden Fingern steckte sie sich eine Zigarette an.

Was sie sich hingegen nicht ausmalen konnte, war eine Zukunft, in der Jesse clean war. Egal, wie sie die einzelnen Elemente der Geschichte im Kopf drehte und wendete, er blieb doch immer ein Junkie.

Sie atmete den Rauch aus. Im nächsten Moment vernahm sie ein Klopfen an der Scheibe. Als sie aufblickte, stand Morgan vorm Auto.

»Kann ich reinkommen?«, fragte sie.

»Bitte«, sagte Jane. Morgan setzte sich auf den Beifahrersitz. Jane betrachtete ihr strohiges Haar und die blutunterlaufenen Augen. Selbst in diesem Zustand sah sie noch glamourös aus. Jane bot ihr eine Zigarette an.

»Ich wollte mich bei dir bedanken«, sagte Morgan.

Jane reichte ihr auch das Feuerzeug. »Bitte nicht.«

Morgan rauchte eine Weile schweigend. »Deine Tante ist echt unglaublich.« Ihre grazilen Finger schlossen sich um den schlichten Ehering. Sie schob ihn bis zum Knöchel hinauf und wieder herunter. »Ich habe Geschichten über sie gehört, da waren Jesse und ich gerade zusammengekommen. Er hat ständig von den Quinns aus Regent's Cove erzählt. Ich weiß noch, als wir mit dem Bau des Hauses begonnen haben, da hat er oft gesagt: ›Ich will, dass es so wird wie das Haus der Quinns.‹ Erst später habe ich begriffen, dass Jane Quinn auch eine von den Quinns aus Regent's Cove ist. Dann haben die Geschichten aufgehört.« Sie machte eine Pause. »Weißt du noch, wie wir uns zum ersten Mal bei Jesse in der ›Hütte‹ begegnet sind?«

Jane nickte. Sie war überrascht, dass Morgan sich noch daran erinnerte.

»Ich weiß noch, wie ich gedacht habe: ›Heilige Scheiße, ist die schön. In die wird er sich verlieben.‹ Ich glaube, er hat nie aufgehört, dich zu lieben. Nie ganz.« Jane versteifte sich. Morgan fuhr fort. »Mir war nicht klar, wie ernst es ist – bis zu dem Abend, als wir das Silo eröffnet haben. Das war der beste Auftritt, den wir je zusammen hatten. Ich wette, das lag daran, dass du unter den Gästen warst. Ich habe versucht, mir einzureden, dass du keine Gefahr bist. Du hattest ja deine Chance gehabt und wolltest ihn nicht.« Sie schüttelte den Kopf. »Ich habe mich dir so überlegen gefühlt. Selbst als es mit unserer Beziehung bergab ging, habe ich immer noch gedacht: ›Wenigstens bin ich nicht Jane Quinn. Wenigstens habe ich es mir nicht mit Jesse Reid verscherzt.‹ Als wäre es eine Ehre, sich diesen ganzen Scheiß anzutun.« Als sie weitersprach, glänzten Tränen in ihren Augen. »Ich kann nicht mehr, Jane. Zwei Jahre Ehe, und ich habe das Gefühl, fünfzig zu sein. Ständig habe ich mir Sorgen gemacht, dass so was passieren könnte. Und jetzt ist es passiert, und ich bin fast ... erleichtert. Was, wenn er nie wieder richtig gesund wird, und meine erste Reaktion darauf ist Erleichterung?«

»Jesse wird wieder gesund«, sagte Jane. *Er muss wieder gesund werden.*

»Aber für wie lange? Bis zur nächsten Überdosis? So habe ich mir das alles nicht vorgestellt. Ich will so ein Leben nicht.«

Jane saß bei Morgan, während diese weinte. Sie wusste nicht, was sie sagen sollte. Zum ersten Mal seit Langem stellte sie fest, dass sie so ein Leben auch nicht wollte.

49

Jane fuhr aus dem Schlaf, als Grace ans Autofenster klopfte. Morgan war längst gegangen, und Tageslicht fiel in bleichen Strahlen durch das Blätterdach der Bäume. Graces Oberteil wies Flecken in allen nur erdenklichen Farben auf, und ihre Augen waren verquollen, doch als sie sich auf den Beifahrersitz fallen ließ, wirkte sie zuversichtlich.

»Er ist stabil«, sagte sie. »Ich habe Betty angerufen, damit sie mich ablöst.«

Jane sah ein zweites Auto auf dem Vorplatz stehen. Trotzdem ließ sie nicht den Motor an. Sie wollte reingehen und sich mit eigenen Augen davon überzeugen, dass es Jesse gut ging.

»Es ist Zeit, nach Hause zu fahren, Jane«, sagte Grace. »Er wird schon wieder.«

Auf dem Weg zurück nach Regent's Cove mutmaßte Grace, dass Jesse sich gleich zu Beginn des Feuers den Schuss gesetzt haben musste. Dass er überlebt hatte, war einzig und allein dem Zufall zu verdanken.

»Das war wirklich haarscharf«, sagte sie. »Ich glaube

nicht, dass ich jemals einen Menschen getroffen habe, der so viel Glück hat.«

Um das Silo hingegen stand es deutlich schlechter. Als Jane und Grace die Küche betraten, saß Elsie am Tisch und betrachtete das Foto einer qualmenden Ruine auf der Titelseite der *Island Gazette*.

Die Feuerwehr ging davon aus, dass eine glühende Zigarettenkippe den Brand verursacht hatte. Sie waren weniger als zehn Minuten nach Eingehen des Notrufs vor Ort gewesen, aber das Dach hatte zu dem Zeitpunkt bereits Feuer gefangen, sodass ein Einsturz nicht mehr verhindert werden konnte.

Für Morgan war dies offenbar der Tropfen, der das Fass zum Überlaufen brachte. Als Grace am nächsten Tag kam, um nach Jesse zu sehen, flehte Morgan ihn an, sich in eine Entzugsklinik zu begeben. Doch Jesse weigerte sich hartnäckig.

»Du brauchst stationäre Behandlung«, sagte sie verzweifelt. »Ich kann das nicht mehr. Und ich will das auch nicht mehr. Es reicht.«

Sie rief Dr. Reid an, der kam, um seinen Sohn abzuholen. Grace half Jesse auf den Beifahrersitz des BMWs. Er hielt seinen Infusionsbeutel in der Hand wie ein Kind, das auf dem Jahrmarkt einen Goldfisch gewonnen hatte.

»Kommen Sie noch mit?«, wandte Dr. Reid sich an Grace. Sie nickte und folgte ihnen in ihrem eigenen Wagen zur »Hütte«.

Wenige Stunden später bestieg Morgan einen Flieger nach New York.

Als Jane an diesem Abend nach unten kam, unterhielten sich Elsie und Grace in gedämpfter Lautstärke auf der Veranda. Glühwürmchen schwebten zwischen den üppig wuchernden Fliederzweigen. Jane blieb im Flur stehen, um sie unbemerkt beobachten zu können.

»Dr. Reid hat ihm Methadon gegeben, um die Entzugserscheinungen zu lindern, aber er müsste dringend in eine Klinik«, sagte Grace. »Sobald die Depressionen einsetzen, hält ihn nichts davon ab, wieder Heroin zu nehmen. Oder noch Schlimmeres zu tun.«

»Er hat bestimmt Angst«, sagte Elsie. »Vielleicht zu viel Angst, um zu akzeptieren, wie ernst die Lage ist. Gibt es jemanden, dem er vertraut und der ihn vielleicht überzeugen könnte?«

»Sein Vater liebt ihn, aber er ist zu streng«, sagte Grace.

»Was ist mit Freunden?«

Grace schnalzte missbilligend mit der Zunge. »Leute aus dem Showgeschäft sind doch alle Heuchler. Und mit psychischen Krankheiten ist das so eine Sache. Mit so was wollen die meisten Menschen nichts zu tun haben.«

Elsie dachte nach. »Was hat ihm denn vor zwei Jahren im Sommer durch die Krise geholfen? Damals war seine körperliche Verfassung noch schlechter als jetzt.«

»Ich glaube, es war Jane«, sagte Grace. »Ich glaube, er liebt sie immer noch. Als er gestern Morgen zu sich kam, hat er mich gesehen, ihren Namen gesagt und angefangen zu weinen.«

Jane hielt den Atem an.

»Der Junge tut mir wirklich leid«, sagte Elsie. »Aber Jane ist gerade erst über ihn hinweg. Das ist nicht ihre Verantwortung.«

»Ich weiß«, seufzte Grace. »Ich weiß. Ich habe nur das Gefühl ... Mom, vielleicht überlebt er das nicht.« Sie begann zu schluchzen.

Elsie legte den Arm um ihre Tochter. »Grace«, sagte sie. »Deine Verantwortung ist es genauso wenig.«

Jane hatte noch nie erlebt, dass Grace weinte oder sich von Elsie bemuttern ließ. Sie ging ins Haus und starrte sich im Flurspiegel an. Jesses Leben war in Gefahr.

In dieser Nacht lag sie wach und dachte darüber nach, was passieren würde, wenn sie zur »Hütte« fuhr. Ihre Trennung lag zwei Jahre zurück. Vieles hatte sich seitdem verändert, aber in diesem Augenblick kam es ihr so vor, als wäre alles noch genauso wie früher. Sie erinnerte sich an die Worte, die Jesse am Heiligabend zu ihr gesagt hatte.

Ich wollte die ganze Zeit ins Auto steigen und zu dir fahren. Und irgendwann habe ich es dann einfach gemacht.

Am darauffolgenden Morgen nach dem Frühstück stieg sie in den Kombi, um Maggie zu besuchen, änderte unterwegs jedoch spontan die Richtung und schlug stattdessen den Weg zur »Hütte« ein. Sie hatte keinen Plan, lediglich die feste Überzeugung, dass sie handeln musste. Es fühlte sich ganz selbstverständlich und vertraut an. Wie oft war sie in Gedanken schon diese Strecke gefahren? Als sie vor dem Haus hielt, kam Dr. Reid ins Freie, um sie zu begrüßen.

»Jane«, sagte er mit einer Herzlichkeit, die sie überraschte. Er war nicht mehr die respekteinflößende Gestalt, an die sie sich erinnerte, sondern nur noch ein alter Mann in schrecklicher Angst um seinen Sohn. Jane kam der Gedanke, dass er vielleicht immer so gewesen war und sie es bloß nicht gesehen hatte.

Er führte sie durchs Wohnzimmer zur hinteren Veranda mit Blick auf den Garten. Durch die gläsernen Türen konnte sie Jesse in einem Korbstuhl sitzen sehen.

»Jesse«, sagte Dr. Reid. »Du hast Besuch.«

Jane trat ins Freie, und Jesse richtete sich ein wenig auf. Er sah sie kurz an, dann wandte er den Blick ab.

»Ich lasse euch zwei mal allein«, sagte Dr. Reid und verschwand im Haus.

Jesse war hager geworden. Er hatte violette Ringe unter den Augen, und seine Arme waren voller Blutergüsse. Er hing nicht länger am Tropf, wie Jane auffiel. Und er rauchte bereits wieder.

»Kann ich vielleicht auch eine haben?«, fragte sie. Jesse rührte sich nicht, und Jane begann sich zu fragen, ob es ein Fehler gewesen war zu kommen. Irgendwann schob er ihr die Schachtel und ein Päckchen Streichhölzer hin.

»Das ist wohl das Mindeste, was ich tun kann«, sagte er. Er hob den Kopf. »Danke.«

»Es ist schön, dich zu sehen«, sagte Jane nach einer kurzen Pause.

Erneut wich er ihrem Blick aus.

Jane zündete sich eine Zigarette an und nahm einen tiefen Zug. Es war ein diesiger Tag, und die Luft war schwül. Auf der Veranda schien sich das Sonnenlicht zu sammeln wie unter einem Brennglas. Auf Jesses Stirn lag ein dünner Schweißfilm.

»Kannst du laufen?«, fragte sie.

Er sah sie an, ließ den Blick durch den Garten schweifen und nickte. »Jane, würdest du …« Er versuchte sich aus seinem Sessel in die Höhe zu stemmen, und Jane stützte ihn. Sie half ihm die Stufen hinunter, und als sie den Rasen überquerten, hielt er sich weiterhin an ihr fest. Er roch nach Ethanol, aber auch nach Jesse. Wortlos schlugen sie einen schmalen Waldweg ein, an den Jane sich noch von früher erinnerte.

Unter dem Baldachin aus Blättern schien Jesse freier atmen zu können. Sie gingen nebeneinander, lauschten dem Gurgeln eines kleinen Bachlaufs, bis sie zu einer Brücke kamen. Dort blieben sie stehen, damit Jesse sich ans Geländer lehnen und ein wenig ausruhen konnte. Er ließ Janes Arm los und zündete eine Zigarette an, die sie wortlos hin- und hergehen ließen.

»Warum bist du hier?«

Jane schluckte. »Ich wollte sehen, ob es dir gut geht.«

Jesse beäugte sie voller Misstrauen. »Du bist hier, um mich zu überreden, mich einweisen zu lassen. Hat dich jemand dazu angestiftet? Mein Vater?«

Sie schwieg.

Jesse stöhnte frustriert auf. »Vielleicht erinnerst du dich noch daran, dass ich nicht gerade gute Erfahrungen mit solchen Einrichtungen gemacht habe«, sagte er, und seine Miene verschloss sich.

Jane reagierte instinktiv. »Und vielleicht erinnerst du dich noch daran, dass ich ziemlich gut weiß, wie das ist.«

Seine Augenbrauen wanderten in die Höhe. Er wartete darauf, dass sie fortfuhr.

»Ich hoffe, du weißt, dass es nichts Persönliches war«, sagte Jane. »Ich wollte dich nicht täuschen.«

Jesse betrachtete die Blutergüsse an seinem Arm. »Wahrscheinlich hast du dir gedacht, ich habe es nicht anders verdient.«

»Das habe ich nie gedacht. Ich ... ich wollte es dir sagen.«

»Tatsächlich?«

»Ja. An dem Abend, als du mich gefragt hast, ob ich mit dir auf Tour gehe.«

Jesse sah sie an. »Und was ist dazwischengekommen?«

Jane erwiderte seinen Blick. »Du hast mich geküsst«, sagte sie.

Unwillkürlich musste er ihren Mund anschauen. »Du hattest genug andere Gelegenheiten.«

»Und ich habe es auch noch mehrmals versucht«, sagte sie.

Sein Blick war bohrend. »Wann denn?«

Jane holte tief Luft. Es war alles so lange her, dass sie sich fragte, ob er sich überhaupt noch daran erinnern würde. »Chicago«, sagte sie. »Da war diese Frau in der City Winery.«

»Die ihr Glas auf die Bühne geworfen hat?«

Jane nickte. »An dem Abend, bevor meine Mutter ins Zentrum eingewiesen wurde, hatte sie beim Folk Fest eine brennende Flasche auf die Bühne geworfen. Auf Tommy Patton.«

»Ja, jetzt fällt es mir wieder ein. Als wir in der Gasse standen, wolltest du mir was sagen.«

»Ich wollte dir von Charlie erzählen. Ich ... ich wollte es dir schon Wochen vorher sagen, aber ich habe immer wieder Angst bekommen.«

Jesse musterte sie.

»Und dann war da Weihnachten«, sagte sie.

Jesse nickte widerstrebend. »Deshalb hat es dich so aus der Fassung gebracht, als Tommy Patton dich nicht zu kennen schien«, sagte er. »Du hattest Angst, dass die Geschichte deiner Mutter nur eine Wahnvorstellung gewesen sein könnte.«

Sie nickte. »An dem Abend war ich so nah dran wie noch nie, es dir zu sagen. Aber wenn man so lange mit einer Lüge gelebt hat, dann kommen einem die Worte manchmal nicht über die Lippen.«

»In *Ursa Major* hast du sie aber über die Lippen gebracht«, stellte er fest.

Jane strich sich eine Haarsträhne hinters Ohr. »Ja.«

»›*Evenings turning to a spoon*‹«, sagte Jesse. »Der Löffel. Ich war mir so sicher, dass es dabei um mich geht.«

»Ging es auch«, sagte Jane. »Damals war mir das bloß noch nicht bewusst.«

Jesse sah sie fragend an.

»Es gab so viel, was ich mir selbst nicht eingestehen wollte. Womit ich mich hätte auseinandersetzen müssen. Aber ich habe mich einfach nicht getraut, der Wahrheit ins Auge zu blicken, und deshalb ist sie nur indirekt ans Licht gekommen, durch meine Musik. Ich dachte, ich schreibe *Ursa Major* über Charlie. Erst später habe ich begriffen, worum es in dem Song wirklich geht.«

Jesse betrachtete sie aufmerksam.

»›*Starry signs themselves reflecting*‹ – das bezieht sich nicht auf Charlie und mich, sondern auf Charlie und dich. Ein Grund, weshalb ich diese tiefe Verbindung zu dir spüre, ist, dass du so bist wie sie. Ihr seid beide kreativ, begabt ...«

Jesses Miene verdüsterte sich. »Und psychisch labil.«

Sie runzelte die Stirn. »Du warst immer eine Inspiration für mich«, sagte sie.

Jesse atmete flach ein.

»Ich war bloß nicht frei«, fuhr sie fort. »Ich habe viel Zeit gebraucht, um zu begreifen, wie sehr ich in Charlies verrücktem Universum gefangen war. Es war ein trauriges Leben, aber gleichzeitig auch vorhersehbar. Egal, wie sehr ich versucht habe, etwas zu ändern, das Ergebnis war immer das gleiche. Bei dir war das anders. Du warst gefährlich.«

Jesse lachte. »Gefährlich? In welcher Hinsicht denn?«

Jane holte tief Luft. »Durch dich habe ich gelernt zu hoffen. Und als ich sah, was du dir antust, da habe ich mich selbst in dir wiedererkannt. Ich habe begriffen, dass ich mich jahrelang an eine völlig naive Hoffnung geklammert hatte und ... das habe ich einfach nicht ausgehalten.«

Einen Augenblick lang fürchtete Jane, ihn verärgert zu haben, doch dann schlug er die Augen nieder. »Du hattest recht«, sagte er. »Du hättest ewig gewartet.« Ein Windstoß ließ die Blätter rauschen. »Seit dem Tod meiner Mutter habe ich mich nicht damit abfinden können, dass ich noch hier bin und sie nicht. Ich wünschte, du hättest sie kennengelernt, Jane. Ihr Strahlen, ihre Güte ... Ich habe nie verstanden, warum sie gestorben ist und ich am Leben geblieben bin. Als ich dir begegnet bin, da hast du von innen heraus geleuchtet. Ich wollte unbedingt für dich da sein, so wie ich für meine Mutter nicht da sein konnte.« Er lächelte matt. »Aber du wolltest davon nichts wissen. Das ist das Faszinierende an dir: Du bist der einzige Mensch, der nie etwas von mir zu wollen schien ... Ich habe Dinge getan, auf die ich nicht stolz bin. Ich hätte Morgan niemals heiraten dürfen. Ich wollte glauben, dass wir es schaffen können, aber tief im Innern wusste ich es von Anfang an besser. Ich habe es nur getan, weil das Label mir dazu geraten hat. Und weil du mich nicht wolltest.«

Jane errötete.

»An dem Abend im Silo«, fuhr er fort, »da war ich so wütend. Ich war wütend, weil du mich belogen hattest, aber in Wahrheit konnte ich es einfach nicht ertragen, dass du mich abgewiesen hast. Ich wollte, dass du es bereust. Mit Morgan den Song zu singen war grausam von mir. Und was ich zu dir gesagt habe ...« Er schüttelte den Kopf. »Selbst danach konnte ich die ganze Nacht nichts anderes denken als: ›Ist sie mit Hannibal Fang weggefahren?‹« Er räusperte sich. »Erst als du auf einmal verschwunden warst, ist mir aufgegangen, wie ungerecht ich gewesen war. Ich hatte dich auf ein Podest gestellt. Solchen Erwartungen kann niemand gerecht werden.«

Janes Wangen brannten. »Und jetzt weißt du, dass ich bloß ein Mensch bin wie jeder andere.«

»Nein«, sagte er. »Für mich wirst du nie ein Mensch sein wie jeder andere.«

Einen Moment lang war es ganz still.

»Eine Weile habe ich gedacht, ich wäre darüber hinweg«, sagte er. »Dann habe ich dich ›Wallflower‹ singen hören, und ich ... ich bin dir rettungslos verfallen. Ich dachte, ich muss mich unbedingt von dir fernhalten, sonst habe ich nicht den Hauch einer Chance, Morgan ein guter Ehemann zu sein.«

Janes Mund wurde trocken. »Als ich das gesungen habe, hatte ich gerade eine ziemlich schwere Zeit hinter mir. Alles, was du über das Label gesagt hattest, ist eingetreten. Ich habe mich so niedergeschlagen gefühlt. Ich wusste einfach nicht mehr weiter.«

Jesse sah sie mit seinen blauen Augen an, und wieder einmal stellte Jane fest, wie schön er war, zugleich neu und vertraut.

»Eigentlich sollte ich an dem Abend ›Spring Fling‹ singen. Aber als ich dich gesehen habe, da habe ich mich so ...« Sie machte eine vage Handbewegung.

»Was?«

Jane schluckte. »So froh gefühlt«, sagte sie. »Du machst mich immer froh.«

Jesse machte einen Schritt auf sie zu.

Jane holte tief Luft. »Du hast mich angesehen, und ich dachte nur: ›Scheiß drauf.‹« Sie blickte ihm ins Gesicht. Das Licht veränderte sich, und für einen Moment lang sah er wieder gesund, jung und stark aus.

»Du hast mir so gefehlt«, sagte sie.

»Oh, Jane.« Er nahm ihre Hand und beugte sich nach vorn, bis seine Stirn ihre berührte. Jane schloss die Augen und erlaubte sich, in Gedanken in eine Welt zu entfliehen, wo es immer so war. Eine Welt, in der sie zusammen sein konnten und alles andere keine Rolle spielte.

So blieben sie stehen, bis eine Brise einsetzte. Als Jane

die Augen öffnete, sah sie, dass Jesse angefangen hatte zu schwitzen. Plötzlich bekam sie es mit der Angst zu tun. Es ging ihm gar nicht gut.

Ihr war, als würde sich eine eiserne Kette immer fester und fester um ihre Brust zusammenziehen.

Bitte, verlass mich nicht.

Sie begann zu weinen. Er schloss sie in seine Arme, und ihre Tränen durchnässten sein Hemd.

»Ich will nicht, dass du stirbst«, sagte sie. Das Blut pochte in ihren Ohren und füllte ihren Kopf mit formlosem Rauschen.

Als ihre Tränen allmählich versiegten, hörte sie wieder das Wispern der Blätter. Sie machte sich von ihm los und wich einen Schritt zurück. Jesse betrachtete die feuchten Spuren ihrer Tränen, dann hob er die Hand, um sie wegzuwischen. »Es ist nicht der Entzug, der mir Angst macht«, sagte er. »Sondern das, was danach kommt. Wenn ich allein bin, gefangen in meinem Kopf, jeden Tag für den Rest meines Lebens.«

Janes Herzschlag beschleunigte sich.

»Du weißt doch gar nicht, wie es sein wird«, sagte sie. »Du weißt es nicht. Vielleicht wirst du steinalt und blickst irgendwann mal voller Staunen auf dein Leben zurück.«

Er schüttelte den Kopf. »Das glaube ich nicht.«

Jane zuckte zusammen.

»Ich bin nur ehrlich«, sagte er. »Jeder Tag, an dem ich aufwache, wird ein Tag sein, an dem ich mich damit auseinandersetzen muss. Es wird keinen einzigen Moment mehr geben, in dem ich nicht kämpfen muss. Warum soll ich es überhaupt versuchen?«

Jane erinnerte sich an eine Nacht, in der sie unter den Sternen gelegen und sich davor gefürchtet hatte, sich mit sich selbst auseinanderzusetzen. Sie drückte Jesses Hand.

»Weil du es kannst. Weil es ein Geschenk ist, kämpfen zu können.«

Sie spürte die vibrierende Energie der Insel, das Salz in der Luft, die Festigkeit des Landes unter ihren Füßen. Im Wind war Musik, einfache Akkorde, die darauf warteten, zu Harmonien gesponnen zu werden. Als sie Jesse in die Augen sah, wusste sie, dass auch er sie hören konnte.

Sie schwiegen lange Zeit und lauschten gemeinsam auf das Lied in den Bäumen. Dann verließen sie die kleine Brücke und machten sich langsam auf den Weg zurück zum Haus.

Als Grace an diesem Abend ins Zentrum kam, herrschte im Aufenthaltsraum für das Personal helle Aufregung. Am Nachmittag hatte Jesse Reid sich für einen stationären Entzug in die Klinik begeben.

50

The Island Gazette
1. August 2022
Jen Edison

Am vergangenen Sonntag fand die Einweihung des Silo Parks mit angeschlossenem Wildtierschutzgebiet statt. Zu den Gästen zählten neben Stifter Trent Mayhew und mehreren Mitgliedern des Stadtrats von Caverswall auch zahlreiche Persönlichkeiten der Insel.

Ein Großteil des ursprünglichen Nachtclubs wurde im Zuge der langen und von vielen Baustopps geprägten Entwicklung des Parks abgerissen, doch einige Artefakte haben überdauert. Wer es weiß, erkennt in dem mit farbenfrohen Stauden bepflanzten Rund des Meditationsgartens den Wagenrad-Kronleuchter wieder, der früher an der Decke des Silos hing. Der Glyzinienweg zum Kräutergarten führte damals vom Vorplatz zum Eingang des Clubs, und der große Sandkasten befindet sich dort, wo einst die Bühne war.

Die Zeremonie wurde vor einer eigens für den Park geschaffenen gusseisernen Skulptur des ortsansässigen Bildhauers Lou Stanger abgehalten. Das Kunstwerk mit Namen »The Spirit Song« hat die Form eines Violinschlüssels, und in seinen Sockel sind die Namen aller Stars eingraviert, die während des nur einjährigen Bestehens des Clubs dort auftraten. Einige von ihnen hatten es sich nicht nehmen lassen, zur Einweihung des Parks zu erscheinen.

Wer leider fehlte, war die ehemalige Besitzerin des Silos, Morgan Vidal. »Das Ganze ist für mich mit zu vielen Emotionen verbunden«, sagte die Vierundsiebzigjährige, die in New York lebt. »Ich freue mich, wenn andere Menschen Freude an dem Park haben, aber ich selbst habe mit diesem Kapitel meiner Vergangenheit abgeschlossen.«

Auf ihre kurze, aber sehr öffentlich geführte Ehe mit Jesse Reid folgte eine noch aufsehenerregendere Beziehung mit Hannibal Fang, dem Frontmann der britischen Band Fair Play. Nach einem Jahrzehnt voller Platin-Hits zog sich Vidal schließlich aus dem Musikgeschäft zurück, um mehr Zeit mit ihrer Familie zu verbringen, und baute sich eine erfolgreiche zweite Karriere als Autorin der Rocker-Billie-Kinderbücher auf.

Unter den Anwesenden war auch Loretta Mays, über die jüngst das von Zuschauern wie Kritikern hochgelobte Biopic *Safe Passage* in die Kinos kam. In dem Zusammenhang haben Mays und Jesse Reid eine kleine *Safe Passage*-Tour angekündigt – weitere Einzelheiten dazu finden Sie auf IslandGazette.org.

Die Inhaber des allseits bekannten Musikhandels Beach

Tracks, Rich Holt und Simon Spector, wohnten der Zeremonie ebenso bei wie die anderen ehemaligen Mitglieder der Kultband The Breakers, Kyle und Greg Lightfoot und Jane Quinn. »Wir lassen nie eine Gelegenheit für eine Wiedersehensfeier aus«, sagte der vierundsiebzigjährige Lightfoot. Gemeinsam mit seiner Partnerin Maggie Quinn und den drei Töchtern spielte er eine zentrale Rolle bei der Gründung von Folk Friends, einem gemeinnützigen Verein, der für die Organisation des Folk Fests seit dessen Wiederbelebung im Jahr 2009 verantwortlich zeichnet.

»Der Club ist ein wichtiger Teil unserer kulturellen Geschichte«, sagte Kyle Lightwoods Frau, die zweiundsechzigjährige Regisseurin Ashley Kramer. Lightwood und Kramer, die sich während der Arbeit an Kramers dystopischem Blockbuster *Black Sand* im Jahre 1987 kennenlernten, zu dem Lightwood den Soundtrack beisteuerte, waren eigens für die Veranstaltung angereist.

Jane Quinn und Jesse Reid hielten im Rahmen der Feier jeweils eine kurze Rede. Quinns Karriere als Künstlerin umspannte die Siebziger- und Achzigerjahre. Ihr viertes Studioalbum *Glitter and Grime* wurde 1974 mit zwei Grammys ausgezeichnet. Obwohl *Glitter and Grime* seinerzeit der größere kommerzielle Erfolg war, gilt das Album *Songs in Ursa Major* unter Kritikern nach wie vor als Quinns Meisterwerk. Im Jahr 2000 nannte die *New York Times* es gar als einen der »fünfundzwanzig Meilensteine in der populären Musik des zwanzigsten Jahrhunderts«. Seitdem hat *Ursa Major Glitter and Grime*, was die Verkaufszahlen angeht, überflügelt und wurde insgesamt dreimal mit Platin ausgezeichnet.

Nachdem sie das Mikrofon an den Nagel gehängt hatte, tat sich Quinn mit Soullegende Lacey Dormon zusammen und gründete die Produktionsfirma Vit & Vim, die sich vor allem der Förderung von Künstlerinnen verschrieb und so auch die Girlpower-Revolution der späten Neunziger entscheidend mitbestimmte. Nach Dormons Tod 2006 zog sich Quinn hierher auf ihre Heimatinsel zurück, wo sie bis heute als Sprecherin für Mind Matters fungiert, ein Verein zur Förderung psychischer Gesundheit, den ihre Großmutter Lila Charlotte (den meisten nur unter dem Namen Elsie bekannt) und ihre Tante Grace Quinn Ende der Siebziger ins Leben riefen.

»Dies ist ein ganz besonderer Ort«, sagte die dreiundsiebzigjährige Quinn während der Zeremonie. »Er wird mich immer an die Frauen erinnern, die mich großgezogen haben, und ich freue mich, dass ich ihn nun auch meinen Töchtern zeigen kann.« Die Songschreiberin, die zeitlebens unverheiratet blieb, kam mit ihren Töchtern Lila und Suzie sowie ihrer Enkeltochter Caro zu der Feier.

Jesse Reid sprach als Letzter. Als ehemaligem Besitzer des Geländes kam ihm auch die Ehre zu, den Park offiziell zu eröffnen.

Reid, ebenfalls aktives Mitglied von Mind Matters, erinnerte an das Cedar Crescent Hospital und Rehabilitationszentrum, das er als seinen »Hafen im Sturm« während seines zehn Jahre andauernden Kampfes gegen die Drogensucht bezeichnete, die ihn nicht nur seine erste Ehe mit Vidal (1971–1972), sondern auch seine zweite mit der Musikanwältin Vita Spruce (1979–1981) kostete.

Am Ende gewann Reid den Kampf gegen die Drogen und fand in der Einheimischen Shelby Green, einer Meditationstrainerin, die er während eines Yogaretreats im Jahr 1987 kennenlernte, die große Liebe. Die beiden haben vier gemeinsame Kinder, von denen zwei, Alison und Kate, ebenfalls bei der Einweihungsfeier zugegen waren. Green verstarb im Jahr 2010 nach einer langen und schweren ALS-Erkrankung. Reid wich dabei nie von ihrer Seite.

Trotz seines bewegten Lebens hat Reid kein Album veröffentlicht, von dem weniger als eine Million Exemplare verkauft wurden. Sein aktuelles Werk *Lone Pine: A Jesse Reid Christmas* soll Ende des Jahres bei Black Sheep Omnimedia erscheinen.

In seiner Rede bedankte sich Reid für die Hilfe seiner Freunde, namentlich Quinn und Mays, und zollte auch seinem ehemaligen Manager Willy Lambert Anerkennung, der bis zu dessen Tod im Jahr 2012 ein untrügliches Gespür für Trends bewies und dem es zu verdanken ist, dass Black Sheep sowohl die CD- als auch die Streaming-Revolution relativ unbeschadet überstand.

»Am Anfang war das alles sehr aufregend und auch belastend«, sagte der fünfundsiebzigjährige Reid. »Aber inzwischen sehe ich nur noch das Schöne. Solche Erlebnisse sind wichtig. Es gibt nur noch wenige, die sich an die damalige Zeit erinnern.«

Eine Zeit der Legenden, der Schönheit und des Rock 'n' Roll.

Nach der Einweihung zogen sich Reid und Quinn für einen kleinen Plausch unter vier Augen in den Schatten zurück. Selbst nach all den Jahrzehnten fällt einem sofort ihr vertrauter Umgang miteinander auf. Wer sie jetzt sieht, Quinn mit ihrem Gehstock, Reid mit seiner Schirmmütze, der möchte kaum glauben, dass sie einst als Götter unter uns Sterblichen wandelten.

Anmerkung der Autorin

Nur wenige wissen, dass Joni Mitchell eine Zeit lang mit James Taylor liiert war. Mir war das jedenfalls neu. Als ich erfuhr, dass die beiden nicht nur eine Beziehung hatten, sondern auch in vielen der Songs auf ihren wegweisenden Alben *Blue* beziehungsweise *Mud Slide Slim and the Blue Horizon* aufeinander Bezug nahmen, wurde in meinem Kopf ein Prozess in Gang gesetzt. Das Ergebnis dieses Prozesses ist *Songs in Ursa Major*. Mich faszinierte die Vorstellung, dass die Bedeutung eines Songs zugleich von der Zeit überlagert wird und dauerhaft ist wie ein Tattoo – so beschreibt Mitchell es jedenfalls auf *Blue*.

Während mein Buchprojekt Gestalt annahm, tauchte ich tief in die Musik der frühen Siebzigerjahre, die Legenden um Laurel Canyon und die Alben von Columbia und A&M Records ein. Viele der Künstler, über die ich Recherchen anstellte, hatten enge Verbindungen zur Londoner Musikszene. James Taylor, Carly Simon und Joni Mitchell etwa haben in den späten Sechzigern und frühen Siebzigern dort Songs aufgenommen und sind, manchmal sogar gemeinsam, dort aufgetreten. Ein Teil dieser Geschichte hat seinen Weg in die Handlung von *Songs in Ursa Major* gefunden. James Taylor wurde bekanntermaßen von den Beatles für ihr Label Apple Records angeworben, und in *Ursa Major* nimmt Jesse Reid sein erstes Album zur selben

Zeit auf wie die fiktive britische Band Fair Play. Das Geplänkel zwischen Hannibal Fang und Janie Q ist größtenteils von Carly Simons Flirt mit Mick Jagger inspiriert (den sie in ihrer Autobiografie enthüllte), und die Widrigkeiten, denen die Breakers bei den Aufnahmen zu *Spring Fling* trotzen müssen, sind angelehnt an Joni Mitchells Erfahrungen bei den Aufnahmen von *Clouds*. Ihr Produzent Paul Rothchild ließ sie zwei Wochen lang im Stich, um stattdessen mit den Doors zu arbeiten.

Die Welt und Musik von *Songs in Ursa Major* wurden ferner beeinflusst von Carole King, Etta James, Jefferson Airplane, Odetta, Janis Joplin, John Martyn, Willie Nelson, Bob Dylan, Leonard Cohen, Crosby, Stills, Nash & Young, Nina Simone, Kris Kristofferson, Simon & Garfunkel, The Mamas and the Papas und Joan Baez.

Danksagung

Dieses Buch hat eine Familie, die so groß und liebevoll ist, dass man mit ihr ein ganzes Stadion füllen könnte. Doch es gibt einige Rockstars, die ganz oben auf dem Programmplakat stehen müssen. Das bin ich ihnen als Fan schuldig.

Dank gebührt zunächst meiner einmaligen Agentin und Freundin Susan Golomb. Es ist ihr Verdienst, dass die Arbeit an diesem Buch so viel Spaß gemacht hat, und sie hat Janie Q in mehr als einer Hinsicht auf die große Bühne verholfen. Desgleichen bedanke ich mich bei Mariah Stovall, Sarah Fornshell, Jessica Berger und dem wundervollen Team von Writers House. Ich habe wirklich großes Glück, dass ihr an meiner Seite seid.

Danke an Jenny Jackson, meine phänomenale Lektorin und Freundin – dein präzises und lehrreiches Feedback hat mir vieles erleichtert und der Geschichte echten Glamour verliehen. Jede einzelne Minute, die ich mit dir zusammenarbeiten durfte, war ein Geschenk.

Dank geht ebenfalls an mein Team bei Knopf, darunter Reagan Arthur, Maya Mavjee, Maris Dyer, Erinn Hartman, Demetris Papadimitropoulos, Emily Murphy, Morgan Fenton, Peggy Samedi, Lydia Buechler, Anne Zaroff-Evans, Maria Carella, Kathy Hourigan, Kelly Blair und Dan Novack. Ihr alle seid großartig.

Danke auch an meine Lektorin in Großbritannien, die

einzigartige Charlotte Brabbin, ihre Mannschaft bei Harper UK und an all meine internationalen Verleger. Ihr seid toll.

Danken möchte ich auch Sylvie Rabineau, Anastasia Alen und dem Team bei WME, die die *Ursa Major*-Show mit Stil und Finesse auf die Bühne gebracht haben.

Danke an Anna Pitoniak, Johanna Gustavvson und Emma Perry für die Hinweise und aufmunternden Worte.

Dank geht ebenso an meine geliebten Mentorinnen Carita Gardiner, Margie Friedman, Lindley Boegehold und Sherry Moore für ihre weisen Ratschläge und ihre Witze über Schriftstellerei, Frauen in der Medienbranche, kreative Integrität und die Conditio humana im Allgemeinen.

Danke an meine langjährige Heldin Mandy Moore, deren Album *Coverage* aus dem Jahr 2004 mich mit Joni Mitchell bekannt gemacht hat.

Ebenso an Caroline Hill für ihre Freundschaft, ihre inspirierenden Ideen und dafür, dass sie mich zu so vielen Klavierstunden mitgenommen hat.

Applaus für die Mental Notes, die mir gezeigt haben, wie es ist, Mitglied in einer Band zu sein, allen voran Phoebe Quin, Tom Murphy und Kevin Uy. Danke an Eric Brodie, der mit mir viele Orte der *Painted Lady*-Tour bereist hat. Ich war Rich, und du warst meine Jane.

Herzlichen Dank an die Familien Brodie, Casey und Garcia für all ihre Liebe und Unterstützung.

Danke an Mom und Dad, Clara und Ben. »Vögel fliegen zu den Sternen oder so«, und ihr habt mir immer den Weg gewiesen. Dad, danke, dass du mir *Sweet Baby James* vorgespielt hast, und für all deine guten Ratschläge, wie ich mich am besten innerhalb patriarchaler Unternehmensstrukturen zurechtfinde. Clara, danke, dass du meine zuverlässigste Erstleserin und Mit-Banditin bist. Mom, deine

Persönlichkeit und alles, was du mir beigebracht hast, hatten einen enormen Einfluss auf diese Geschichte. Danke, dass ich an deiner Magie teilhaben durfte. Ben, deine Virtuosität ist legendär. Danke, dass du die Songs in diesem Buch durch deine Musik zum Leben erweckt hast.

Allergrößter Dank gilt meinem herzensguten, tiefenentspannten und rundum genialen Ehemann Kevin. Du machst mich glücklich und versorgst mich kostenlos mit so vielen großartigen Ideen. Ich glaube, ich habe es vor ein paar Jahren schon mal erwähnt, aber du bist meine Krönung und mein Anker.